CLÉMENT CAMAR-MERCIER

La Tentation artificielle

roman

ACTES SUD

I

— Ce n'est pas grave, mais c'est très chiant.

Disons que l'histoire de Jérémie – ou plutôt ce qui nous intéresse pour écrire un roman de Jérémie – a commencé avec cette réplique. Elle a été prononcée un an plus tôt par un ophtalmologue rigoureux qui, après avoir palpé la paupière gauche de notre personnage, posa son diagnostic aussi implacable que bénin : chalazion. Il est rare qu'un ophtalmologue nous hante, ce sont des figures guère mémorables, ne nous laissant que peu, voire pas, de souvenirs. Cette spécialité médicale n'a d'ailleurs que sporadiquement droit au fameux "je te donne son numéro, c'est le meilleur de la ville, tu devrais y aller", la plupart des gens se contentant d'un ophtalmologue bas de gamme, travailleur détaché dans les déserts médicaux, bon seulement pour l'ordonnance des lunettes, participant mollement à une vaste arnaque généralisée, quelque part entre opticiens et mutuelles. Ce ne fut pas le cas pour Jérémie ; la consultation lui coûta cent quatre-vingts euros. Le chalazion est un petit kyste palpébral causé par l'inflammation d'une glande de Meibomius et qui se développe sur les paupières. Cette vilaine excroissance annonçait déjà la fameuse journée où le grand bouleversement de son existence débuta, mais s'il est d'importance de comprendre comment il est devenu un super-héros, disons-le d'entrée de jeu, la chose ne sera pas aisée.

9 h 01

L'auditoire était attentif. Jérémie voulait le croire : cette réunion serait l'acmé de sa vie professionnelle, l'apothéose de son irrésistible ascension. Une des plus importantes multinationales de la planète lui avait confié la tâche de repenser l'ensemble de la structure algorithmique en charge du fonctionnement de sa plateforme de vidéos à la demande. Dans cette salle futuriste aux baies vitrées multiples, il n'avait jamais vu la plupart des visages qui le scrutaient. Jusqu'ici, il n'avait eu de contacts qu'avec les représentants français, sous-fifres mondialisés, qui lui avaient résumé la liste de leurs envies et de leurs objectifs. Là, c'était différent, plusieurs avions privés venaient d'atterrir au Bourget, venant des quatre coins de la Californie, peut-être un peu des pays scandinaves, d'Allemagne, encore que, d'Asie aussi : Singapour, Hong Kong, Taiwan et toute la clique démocratique. Les dirigeants, les actionnaires, les cadres, les créatifs : ils étaient là, sans faute, accompagnés de leurs traducteurs respectifs. Le grand patron aussi, évidemment : Darshan venait de devenir l'actionnaire majoritaire, faisant passer cette entreprise historiquement américaine sous pavillon indien. Parce que Darshan comptait parmi le peu d'humains qu'il admirait, il y a près d'un an de cela, Jérémie avait accepté cette mission.

Nonobstant cette nuit dernière où il ne dormit pas, ainsi que sa tendinite, sa colopathie, ses mycoses, sa sinusite, son hémorroïde, son reflux gastro-œsophagien et son kyste périanal – dont nous recauserons vite –, le monde s'ouvrait à lui : il imaginait, à tort, être enfin devenu celui qu'il était.

Sa présentation durerait toute la journée, il suivait un plan minutieux, fruit de près de onze mois de travail. Il avait décidé de commencer par l'angoisse de la page blanche. Une bonne idée de début, pensait Jérémie, que de parler de ceux qui ont du mal avec les débuts. Si les diverses vidéos accessibles sur la plateforme (films, téléfilms, séries, documentaires) étaient triées et suggérées par des algorithmes selon le profil des clients, il était, selon lui, indispensable que, dorénavant, ces mêmes fictions soient en partie inventées par des algorithmes créatifs prenant en compte la façon dont d'autres algorithmes les suggéreraient. Parce que, tout simplement, entre algorithmes, on se comprenait mieux. Après une gorgée de thé vert bue dans une tasse à l'effigie de la multinationale, il expliqua. Le point fort de l'entreprise, ce qui fit son succès, en dehors de la quantité disponible pour le prix, c'était la pertinence des choix individualisés proposés au client. Il voulait garder ça, en le perfectionnant : il suffisait de trier les histoires par microgenres toujours plus précis, qui resteraient bien sûr inconnus des simples utilisateurs. Malgré ses deux seules mains, en les comptant sur les doigts, Jérémie donna onze exemples au hasard : étouffant thriller psychologique mettant en scène la mutation d'un homme persuadé d'être possédé par le diable dans une époque devenue technodépendante, comédie dramatique postapocalyptique pleine de chatons tigrés, psychodrame familial à propos de la filiation difficile impliquant les mystères de la construction de la pyramide de Gizeh avec prise d'otages dans le désert, polar à intrigue violente avec retournement final concernant l'identité de genre du criminel, drame sentimental à vocation historique contenant des couchers de soleil sur des monuments classés au patrimoine mondial de l'Unesco, péplum mêlant cinéma d'auteur et batailles chorégraphiées autour d'une héroïne vaillante faisant la promotion d'une Europe des nations sans nationalisme, film d'apprentissage musical sur l'acceptation des enfants handicapés dans les familles monoparentales de la zone périurbaine, histoire d'amour tragique entre polytoxicomanes comprenant des scènes pornographiques à haute intensité susceptibles d'effrayer les ménagères, biopic en noir et blanc dénonçant le postcolonialisme rampant des sociétés antiques, mélo triste avec relents humanistes sur fond d'éruption du Vésuve et, enfin, épopée écologique d'une jeune militante altermondialiste victime d'inceste dans son adolescence tâchant d'en finir avec l'humanité à coups d'épidémie globale incontrôlée. Ainsi, après avoir recoupé les informations communes à ce que les clients avaient aimé précédemment – car, sans s'en rendre compte, on s'attache à des détails précis –, pour savoir ce qu'ils allaient aimer ensuite, il n'y avait plus qu'à préciser le contenu. Tout était évidemment interchangeable, c'était la force d'une catégorisation millimétrée : il pouvait y avoir des chatons dans le thriller, un coucher de soleil chez les handicapés, des polytoxicomanes postcoloniaux ou des transitions de genre chez les nationalistes… Jusque-là, il n'inventait rien.

— Les gens qui aiment les soleils couchants, même s'il n'est indiqué nulle part qu'il y aura des soleils couchants, choisissent sans cesse de regarder des films avec des soleils couchants. C'est imparable.

Dorénavant, le recul permettait de maîtriser en détail quel contenu était le plus prisé, c'est-à-dire quels mots-clés étaient les plus performants pour combler des désirs mieux personnalisés, que les utilisateurs ne connaissent d'ailleurs pas eux-mêmes. Il fallait rester sobre et discret, comme l'interface. Jérémie conclut valeureusement.

— Il n'y a plus qu'à orienter vos auteurs dès le début du processus d'écriture. Du genre : là n'oublie pas de mettre un panda, là n'oublie pas la Shoah.

D'où le premier algorithme de la suite : une aide inventive qui accompagnait la création d'une fiction dans la perspective de faciliter et d'optimiser la manière dont elle serait finalement rangée et donc appréciée.

— Parce que plus c'est classable, plus c'est appréciable.

Un Suédois prit la parole.

— C'est comme nos meubles, au fond, la seule contrainte que l'on fixe à nos concepteurs, c'est la taille des cartons dans lesquels ils devront être transportés.

— Exactement, c'est comme vos meubles.

II

Mais revenons au chalazion. Le chalazion se soigne facilement, il suffit de poser des compresses chaudes sur les paupières, de les masser de manière circulaire et d'appliquer du Sterdex dans l'œil, une crème antibiotique, un peu grasse, certes, mais terriblement efficace. À l'époque, Jérémie ne fréquentait que rarement les pharmacies et en faisait même un point d'honneur : grâce à son protocole de vie saine, il n'était pas faible, comme la plupart des gens de son espèce. À présent, son pharmacien l'appelait par son prénom et, quand il le voyait entrer dans son officine, il ne pouvait s'empêcher, tel un vulgaire primeur, un bien senti :

— Alors, Jérémie, qu'est-ce que ce sera aujourd'hui ?

L'ophtalmologue ne lui avait donné qu'un seul conseil : diminuer son temps d'écran quotidien. Sauf que son écran, c'était sa vie, le code, son langage, et qu'il était hors de question de ne pas continuer au rythme effréné qu'il suivait depuis des années, sans compter le fait déprimant que l'origine de son bonheur et le sens de sa vie pussent être ce qui risquait de l'affaiblir. Jérémie savait que la prochaine évolution mettrait du temps à advenir et qu'il était urgent de penser un nouveau corps plus apte à la sédentarité de sapiens, et plus particulièrement du codeur. Il ne voulait pas devenir un de ces humains moyens, défaillants, ne voulait pas non plus se plaindre, il voulait rester fort, impeccable, bien sous tous rapports. Jérémie ne voulait pas devenir un héros de roman moderne, c'est-à-dire plein de failles, il voulait demeurer un héros de l'ombre, qui oriente l'humanité vers un destin grandiose sans que celle-ci se doute de quoi que ce soit, sans d'ailleurs qu'elle n'ait rien demandé. Quel intérêt à la médiocrité ? Ce n'est pas très utile. On parle de devoir : Jérémie en avait le sens.

Comme s'il pressentait que ce n'était que le début, il ne put s'empêcher de toucher constamment cette petite boule à l'œil, surplus dérisoire qui lui fit perdre sa laborieuse dignité fantasmée. À l'aune de son temps de guérison, il eût été exagéré de parler de dépression, néanmoins la semaine qui vit s'abriter en lui cette indécente maladie lui parut une des plus longues de sa courte existence. Plongeant dans une déchéance illusoire, gargouillant de frissons effroyables, l'application de sa crème et le massage de paupière l'emplissaient de terreur. Jusqu'à la disparition complète de sa malformation temporaire, il fut bien incapable de produire quoi que ce soit, c'est-à-dire d'écrire la moindre ligne en vue de continuer l'œuvre de sa vie qui consistait à fondre le langage en instrument et à dépoétiser systématiquement la réalité. C'est à ce moment-là, dans les ténèbres encombrées, capitonné à l'intérieur d'un corps qu'il ne souhaitait pour rien au monde sien, que les larmes auraient dû couler.

Le chalazion n'empêche pas de pleurer, n'a aucune sorte d'influence sur les glandes lacrymales, n'entraîne pas de profuses réactions en chaîne asséchant le malade.

Jérémie avait eu beau éplucher les sites internet spécialisés, la notice du Sterdex ou passer un coup de fil à un ami, rien ne suggérait un tel effet secondaire. Pourtant, tout semblait le nécessiter et, en premier lieu, cette sensation impalpable qui lui susurrait à l'oreille que quelque chose foirait en lui, qu'il s'était égaré dans un corps étranger, que tout ce qui l'avait rendu fier serait balancé dans les poubelles de l'histoire. Il n'arrivait même pas à tenir en équilibre entre ce qui sauve et ce qui met en péril. Vous vous dites qu'il en faisait beaucoup pour un modeste bouton sur l'œil. Sauf qu'on n'en fait jamais assez à l'instant où l'on se rend compte qu'on a toujours été incapable de pleurer.

III

9 h 17

— Ça se présentera sous quelle forme ?

Et c'est là que Jérémie avait fait fort. Tout le monde attendait une intelligence artificielle conversationnelle banale, de type ChatGPT. Les scénaristes poseraient leurs questions, rédigeraient des idées, et ils auraient des propositions de réponses, des indices, des pistes, qu'ils utiliseraient dans un second temps. Trop facile. Sur l'écran derrière lui surgirent une page blanche et ce qui s'apparentait à un traitement de texte classique. Les yeux se fixèrent sur la présentation, la concentration paraissait maximale. Jérémie présenta The Redactor. Ce nouveau logiciel de sa conception intégrait, sous la forme d'un correcteur automatique, son algorithme révolutionnaire pour auteurs en panne d'inspiration. Il fit défiler plusieurs captures d'écran illustrant son propos. À la manière de ce qui se faisait déjà pour l'orthographe ou la grammaire, en temps réel et cependant que l'écriture avançait, certains mots se soulignaient, certains paragraphes se surlignaient et des flèches multicolores accompagnaient l'apparition de suggestions. Vous n'aviez plus qu'à cliquer sur les icônes envahissant la page pour que le logiciel corrigeât tout seul, écrivît parfois intégralement des pans de dialogues ou même des descriptions entières.

— Les critères de correction sont à affiner selon vos envies.

Sans être interrompu dans son processus d'écriture, l'auteur voyait donc son histoire se modifier au fur et à mesure qu'il l'inventait, le tout pour respecter sa catégorisation future, l'idéologie, l'inclusivité, la durée, le public visé, le retour sur investissement, etc. Un *cliffhanger* dur à trouver ? Aucun problème. L'option "mise en haleine" était implacable et choisissait sans effort le retournement de situation propice à donner l'envie irrépressible de repartir pour un tour et, surtout, sans le moindre risque d'engendrer une déception. La déception était plus que jamais l'ennemi numéro un, juste devant la sensibilité. Il le savait.

— Sur quelle base de données avez-vous travaillé ?

Là encore, Jérémie n'avait pas fait dans la dentelle. The Redactor avait en mémoire l'ensemble des scénarios de l'histoire, ainsi que le nombre d'entrées en salle de chaque film depuis la création du cinématographe, les audiences télévisées et la quantité de visionnages sur plateforme. Il connaissait toutes les critiques qui avaient été rédigées, tous les prix remportés et tous les commentaires des internautes jamais écrits ; il connaissait aussi le minutage précis des moments à l'intérieur même des films ou des séries qui avaient entraîné une chute d'attention des spectateurs (consultation du téléphone, conversations simultanées, arrêt du visionnage, avance rapide déclenchée). De cette façon, il savait ce qui marchait et ce qui ne marchait pas, ce qui plaisait et ce qui ne plaisait pas. Le risque de produire du contenu voué à l'échec se voyait ainsi réduit au minimum, d'autant qu'on intervenait dorénavant au tout début du processus de création – et non plus pendant le tournage ou en salle de montage par exemple –, étape qui se révélait de surcroît la moins coûteuse, car elle ne demandait qu'un seul employé misérable : l'auteur – possiblement autoentrepreneur si on voulait encore minorer les coûts.

Et ça ne s'arrêtait pas là. Quand le scénario était fini, The Redactor l'analysait et proposait, en toute connaissance de cause, la distribution nécessaire à optimiser sa rentabilité. Fallait-il Steven Spielberg ou Bruno Dumont à la réalisation ? Timothée Chalamet ou Raphaël Quenard dans le rôle de l'assistant social ? Sachant aussi quels étaient les salaires respectifs de tous les acteurs et de tous les techniciens, le logiciel composait instantanément un budget et pondérait celui-ci en fonction des gains financiers prévisionnels. Jérémie ne leur dit évidemment pas que bientôt – c'était une affaire d'années – ses algorithmes généreraient les films et les séries dans leur intégralité, qu'il n'y aurait même plus à se farcir les calendriers de tournage des stars qui signeraient simplement un droit d'utilisation de leur image avant de partir se faire dorer la pilule à Dubaï tandis que l'ordinateur ferait le reste. Enfin, un monde équilibré leur tendait les bras.

— Et pour les titres ?

Il avait bien sûr prévu un optimisateur de titres qui proposait la possibilité jugée la plus pertinente, mais, à ce propos, Jérémie préférait les conclusions concrètes. D'autant plus qu'elles demeuraient très simples d'accès : après qu'une série ou qu'un film était mis en ligne, il fallait juste demander une évaluation du nombre de clics vingt-quatre heures plus tard. S'ils étaient en dessous des attentes, on devait changer le titre pour les prochaines vingt-quatre heures, analyser les résultats, et ainsi de suite.

— En une semaine maximum, en l'ajustant au nombre de clics, vous trouverez le meilleur titre.

L'humour faisait partie intégrante de sa personnalité et Jérémie savait que cela le rendait on ne peut plus plaisant aux yeux de ses employeurs, cette sorte d'alliance entre performance et je-m'en-foutisme, entre pédanterie, sérieux et autodérision. Aussi, dans son optimisateur de titre, dans la perspective de détendre l'atmosphère au sein de l'entreprise et de produire de l'anecdote pour les employés pendant les pauses déjeuner, il avait glissé l'option : le titre à ne surtout pas donner. Sans aucun doute, cela soufflerait un vent frais et libérateur dans les bureaux, tout en augmentant sensiblement la sacro-sainte rentabilité. En guise d'exemple farceur, il avait commencé à rédiger un scénario sur sa vie. L'optimisateur fut catégorique ; s'il y avait un titre à ne pas accorder à cette tentative saugrenue, c'était bien

LA TENTATION ARTIFICIELLE

IV

Il y a un avant et un après : j'ai bâti la maison de mes rêves. Le jour de la disparition de son chalazion coïncidait peu ou prou avec ce qui devait être, si ce n'est la dernière, au moins une des dernières réunions de chantier. Il comptait commencer sa nouvelle mission algorithmique dans sa demeure flambant neuve où il avait fait construire, entre autres, une salle révolutionnaire, souterraine, imaginée par ses soins et entièrement dédiée au codage et au bien-être du codeur. Il lui restait encore un an avant la fameuse réunion fatidique ; Jérémie n'était pas en avance, il n'était pas en retard. Un contrat, ça s'honore. Il le répétait assez à ses ouvriers pour ne pas s'appliquer à lui-même cette maxime. Dès que sa voiture s'approchait du portail électrique et qu'il saisissait la télécommande pour l'ouvrir, il respirait à profusion, pour réussir à ne pas élever la voix face au prolétariat mais à l'imprégner simplement de rigueur et d'autorité, se préparant au pire, à un chantier qui n'aurait guère avancé depuis la dernière fois ; il faut dire qu'il venait presque quotidiennement, ça n'aidait pas. Aujourd'hui, dix jours étaient passés sans qu'il s'y soit rendu, merci le chalazion ; il aurait peut-être plus de chance d'assister à une progression. Il avait de la gueule, ce portail. C'est un stade symbolique non négligeable dans la vie, il y a aussi un avant et un après portail automatique. Alors qu'il le franchissait, il le ressentit.

— C'est quoi ça ?

— Du parquet.

— Merci, je vois.

— Ne vous inquiétez pas, ça va être nickel.

— Je ne m'inquiète pas, je trouve juste étrange de mettre le parquet avant la dernière couche de peinture.

— C'est que la semaine dernière, je n'avais pas le peintre dispo, et le menuisier était là, donc il a avancé.

— Et là, pourquoi le placo n'est pas fini ?

— C'est que la plaquiste doit attendre le plombier.

— Mais le plombier était là la semaine dernière.

— Oui, mais tant que l'électricien n'a pas fini de poser les gaines, il ne peut rien faire.

— Et l'électricien, il vient quand ?

— Il attend le maçon.

— Ah.

— Mais ça sera clean, monsieur Jérémie, ne vous inquiétez pas.

— On a déjà six mois de retard, alors je m'inquiète un peu.

— Si vous saviez la moyenne de retard des chantiers…

Jérémie se demanda par quelle loi occulte la normalité pour un chantier était d'être en retard, n'eût-il pas fallu plutôt donner des dates plus lointaines de livraison prévisionnelle ?

— C'est pas possible, sinon les clients, ils n'accepteraient pas les devis.

— Mais les clients savent bien qu'il y aura au moins dix mois de retard. Ils ont juste à faire le calcul.

— Oui, mais ils ont l'espoir d'être une exception, alors ils acceptent les devis.

Décidément, ce M. Urak savait y faire. Le bon entrepreneur ne doit pas se contenter d'accomplir son travail, de bichonner la maison de vos rêves, de la lester solidement pour que vous y passiez le reste de vos jours avec un plaisir indissimulable, non, il doit aussi savoir parler, rassurer, devenir votre ami, un confident d'une nature pondérée, sans coquetterie.

— Bon, tant que vous mettez pas les plinthes avant d'avoir fini la peinture.

L'entrepreneur rigola. Jérémie avait appris à faire des blagues techniques, dans le jargon du bâtiment. Il aimait cet humour de caste, très présent chez les techniciens ou les informaticiens qui, avec trois mots incompréhensibles pour le restant des mortels, se tapent un fou rire mémorable, souvent bruyant, toujours excluant. Une manière de se reconnaître. De faire partie du jeu. "Et tu sais quoi, un jour j'ai vu un mec qui a branché une BXVT en 220 !" Et c'était parti pour la marrade. Bref. Au-delà de la manne financière potentielle qu'il représentait, Jérémie, lui, n'était pas un bon client pour un entrepreneur. Le bon client, c'est justement celui qui ne commence pas à s'intéresser au pourquoi ni au comment, c'est celui qui ne fait pas celui qui a compris quelque chose à un circuit électrique ou à un réseau de plomberie. C'est celui qui accepte d'ignorer les fondements de la matière. Néanmoins, sa blague des plinthes n'était pas mal. Sans pouvoir l'expliquer, M. Urak l'aimait bien, ce Jérémie. Et puis, le chantier était excitant : une belle baraque que je lui ai construite. Il en faisait une fierté toute personnelle, ce qui n'était pas sans énerver Jérémie : minute, c'est moi qui ai tout pensé, toi, t'as juste exécuté. Ce qui était faux, évidemment. Jérémie avait donné des instructions tarabiscotées, voulant se passer d'architecte car se croyant meilleur qu'un architecte de maison individuelle – cette sous-race de gueux –, Urak, lui, avait dû tout traduire, rendre réelles des idées loufoques qu'il ne comprenait pas, les faire exister, les révéler, en un mot : bâtir. Il n'insistait pas trop, sentant bien que, malgré ses qualités obscures, Jérémie pourrait assez vite se révéler caractériel – il avait le nez creux, cet Urak –, et puis son client lui devait encore une bonne centaine de milliers d'euros.

— Bon bah moi, je vais y aller.

— Vous ne travaillez pas ici aujourd'hui ?

— Non, il faut que j'aille sur un autre chantier, un problème de camion.

— Et vous revenez quand ?

— Je ne sais pas, ça dépend du garagiste.

— Ah.

La voiture de M. Urak franchit le portail automatique avant de disparaître dans le gris de Rambouillet qui est, à peu de chose près, le même qu'à Paris : un gris sourd, sans rédemption. Jérémie se retrouva seul dans ce palais vide et inachevé. Doucement, comme il en avait pris l'habitude et tel le maître de céans qu'il était, il entreprit un tour du chantier. Jamais il n'avait remis en question la taille de la maison ni le nombre aberrant de pièces ; c'était tant de chambres à meubler pour inviter tant d'amis qu'il n'inviterait pas, pour faire grandir tant d'enfants qui ne grandiraient pas. La vue depuis les fenêtres de l'étage était imprenable, la forêt s'étendait à perte de vue. La campagne à une heure de Paris lui avait dit le promoteur ; il n'avait pas menti. Depuis que le parquet en chêne massif avait été posé, la perception du volume des pièces avait été modifiée, une dynamique impérieuse, conséquence du motif en points de Hongrie, s'immisçait au creux de la modernité exubérante de l'édifice. Le manque de vie ne le dérangeait pas, au contraire, ces grands espaces vides le contemplaient, infléchissant ainsi en un tournemain toute sensation de perte ou de délaissement. En fin de compte, peut-être qu'il ne meublerait rien – pourquoi meubler finalement, ça empêche d'apprécier les finitions –, une chaise, à la rigueur – oui, c'est ça –, là, seule avec un cadre en acier tubulaire sans traces de soudure et un cuir de vache épais, au centre de chaque pièce comme unique ornement ; Jérémie s'y assiérait pour apprécier sans effort sa réussite, son luxe et son bon goût, par le simple truchement de l'ingénierie obséquieuse des matériaux. Il en commanda cinq sur-le-champ.

Cette salle de bains aussi avait de la gueule. Sa main caressa délicatement le marbre de Carrare dont les murs étaient intégralement recouverts, puis une fine pellicule de saleté se déposa dans le creux de sa paume et sur le bout de ses doigts. Il ramassa au sol un vieux chiffon qu'il humidifia dans la vasque murale en agate bleue et entreprit d'épousseter l'ensemble de la pièce. Si la plupart des gens en venaient à préférer la saleté incontestable à la propreté partielle, Jérémie n'était pas de ceux-là. Pendant plus d'une heure, il succomba à l'engrenage de la brillance, ne pouvant pas laisser cette baignoire en pierre naturelle massive sombrer dans un sacrilège de poussière. Une chose était sûre : Jérémie avait hâte que les travaux se terminent pour réaliser un grand ménage, peut-être avait-il même construit une maison si vaste pour pouvoir passer son temps libre, dont il ne disposait pas, à aspirer, balayer, laver, décrasser, éponger, savonner, frictionner, astiquer, rincer, racler, curer, récurer, désengorger, décaper, brosser, frotter, dégraisser, lustrer, cirer. Où Jérémie se rendit compte que l'immense variété des verbes qu'il connaissait ayant trait à l'art jubilatoire du nettoyage étaient tous, sans exception, du premier groupe. Que peut-on faire avec ce genre d'informations ? Les recouper avec d'autres informations, sûrement. L'heure avançait, il ne fallait pas qu'il tarde à se remettre à coder.

Un petit tour dans la cuisine, quand même, pour câliner du granit, et quel granit, un granit Capolavoro, dont la présence d'imposantes veines mélangeait des nuances de marron clair et de beige typiques du granit brésilien. D'une subtilité hors normes, lisse à souhait et puissamment non poreux. Jérémie rêvait déjà d'y découper finement des oignons, accoudé à l'îlot central qu'il avait doté d'un poêle à bois intégré et d'un piano de cuisine en acier inoxydable. Quand était-ce, la dernière fois qu'il avait découpé des oignons ? Jérémie n'arrivait même plus à s'en souvenir. La machine à café en cuivre venait d'être livrée, le carton traînait au milieu de la salle à manger. Il se rappela que le café n'était pas bon pour la santé. Enfin, selon la formule consacrée : ce qui compte, c'est de participer.

Sur la route de l'appartement qu'il louait temporairement dans le centre de Rambouillet, il ressentit une gêne. Au feu rouge, discrètement, et après avoir bien vérifié qu'on ne pût le voir, il glissa la main à l'intérieur de son pantalon en pure laine et se découvrit une nouvelle excroissance, comme si celle de l'œil s'était déplacée insidieusement pour se replacer, plus ferme et plus volumineuse, à la lisière de l'anus. Il hurla. On le klaxonna. Le feu était passé au vert.

V

9 h 57

Proposer une pause à cet instant-là était à double tranchant. Oui, fallait-il considérer ce moment comme la fin du début ? Et rompre alors avec l'intensité déployée jusqu'ici, au risque de ne pas être allé assez loin pour exiger respiration ou fallait-il se considérer comme étant toujours au début ? Si bien qu'il était plutôt indispensable de passer à la vitesse supérieure afin de ne pas perdre en efficacité et s'exposer à une baisse d'attention générale, voire, pire encore, une lassitude qui mènerait tout bonnement, elle, au début de la fin. Jérémie haïssait les gens qui réfléchissaient lentement. La pause risquant de faire flemmard, trop français – surtout avec les décalages horaires de chacun –, méprisant envers son auditoire et sa capacité de concentration, reflétant de surcroît peu de confiance en soi, il opta donc, sans hésiter plus d'un quart de seconde, pour la présentation d'une deuxième salve d'algorithmes qu'il destinait à l'entreprise, mais dans un nouveau domaine, dans l'idée de varier les plaisirs, taquiner d'autres sphères cognitives et sortir tout ce beau monde de sa zone de confort. Jérémie était perplexe quant à cette dernière expression, il ne l'avait jamais vraiment comprise et se mit à douter de sa pertinence. Parfois, Jérémie pensait des trucs qui n'avaient rien à voir, il ne l'expliquait pas vraiment ; il était juste génial. Varier les plaisirs, taquiner d'autres sphères cognitives : cela suffisait. Sans s'en rendre compte, il s'égara ainsi dans ses pensées, se tut pendant quelques secondes. L'assistance attendait évidemment que Jérémie sortît de cette rêverie. Le grand patron, là, il a les yeux rivés sur son téléphone, et depuis cinq minutes, au moins. Ne pas se laisser distraire ne pas réfléchir ne pas juger ne pas se déconcentrer ne pas perdre le fil ne pas le prendre pour soi ; malgré la sueur qui se mit à le piquer partout – spécifiquement là où l'on sait –, le coup de chaud s'estompa vite. Il redémarra sans accroc : il faut connaître ses futurs employés avant de les embaucher.

— Ce nouvel algorithme est là pour ça.

Cette fois-ci, il avait assez de doigts pour compter les questions à poser aux candidats et que la machine analyserait.

— Est-ce que vous diriez que vous préférez les choses utiles ou que vous suivez votre instinct ? Êtes-vous quelqu'un de dynamique ou d'indépendant ? Avez-vous un sens aigu de la justice ou êtes-vous motivé par l'estime des autres ? Possédez-vous une bonne capacité de concentration ou la solitude vous dérange-t-elle ? Êtes-vous capable d'admettre que vous avez eu tort rien que pour avoir la paix ? Les raisons très spéciales mises à part, êtes-vous rarement heureux ? Aimez-vous les tâches qui vous obligent à raisonner de façon abstraite ou vous préoccupez-vous plutôt de ce que les autres ressentent ? Enfin, choisissez la phrase qui vous correspond le mieux entre "il est difficile d'être enthousiaste quand on a beaucoup de problèmes à résoudre" et "j'ai parfois besoin qu'on me pousse un peu pour me mettre au travail".

Une première voix.

— Je ne vois pas le lien entre ce que les autres ressentent et les raisonnements abstraits.

— Parce qu'il n'y en a fondamentalement aucun, mais les candidats à l'embauche vont essayer de le chercher, c'est ce qui importe.

Une deuxième voix.

— Y a-t-il de bonnes ou de mauvaises réponses ?

— Absolument pas. L'algorithme ne va pas juger sur les réponses en elles-mêmes, ni même sur la sincérité des réponses. Il va juger sur ce que les réponses disent de ce que l'individu croit que vous voulez savoir.

Jérémie ne se trompait pas : l'important n'était plus de savoir qui je suis, mais de savoir celui que je veux vous faire croire que je suis.

— Faites-leur passer mon test des huit questions et laissez l'algorithme vous donner un avis sur le candidat à l'embauche. Il sera infaillible.

— La réduction me semble énorme, normalement on fait passer des tests d'une heure.

— Je sais, imaginez le gain de temps.

— Comment vous faites ?

— Je pose les bonnes questions, c'est tout.

Son débit s'accéléra. Il insista. Quel que soit le poste, un seul test, huit questions… Une seconde d'analyse pour les huit réponses… Ajoutez à cela une seconde d'analyse sur le cv… Une autre sur la lettre de motivation… Et puis trois dernières sur l'historique internet du candidat, de son GPS et celui de ses achats… Avait-il consulté le site de l'armée parce qu'il avait un désir d'autorité ou parce qu'il avait un vrai sens moral ? Mangeait-il bio ? Légumes verts ? Encore mieux : recettes consultées de type régime méditerranéen ? Abonnement à la salle de sport ? Combien de kilomètres parcourus par jour ? Heure du coucher ? Articles de presse les plus lus ? Très important : préférait-il prendre l'autoroute ou les chemins de traverse ? Son GPS l'amenait-il fréquemment à la CAF ou au bowling en semaine ?

— Les personnes qui achètent des patins autocollants pour mettre sous leurs chaises et éviter de rayer le parquet n'ont pratiquement aucun risque d'avoir un accident de voiture.

Et Jérémie leur dit évidemment d'oublier les notes pendant la scolarité, qu'elles ne voulaient plus rien dire, qu'elles étaient souvent extrêmement élevées pour ne pas faire diminuer les statistiques françaises déjà catastrophiques ou simplement pour prévenir une lapidation de la part de parents d'élèves. C'était le score d'influençabilité qui comptait, c'était mieux qu'une mention au bac : plus vous étiez cité dans des conversations personnelles ou suivi sur les réseaux, plus vous aviez des amis ou de la famille avec un bac +5, plus les bonnes universités vous désiraient. Idem pour les assureurs, idem pour les crédits. Il fallait faire pareil à l'embauche, point barre, ne pas chercher plus loin. Il n'y avait qu'à changer les profils recherchés. Attention, le nombre de gens que l'on connaissait ne voulait plus rien dire, l'essentiel était le nombre de gens dont on était connu. Bref, il existait dorénavant deux catégories d'humains : les gens influents et les gens influençables. Un savant mélange des deux aux justes postes optimiserait immédiatement l'entreprise.

— Les gens qui mettent plus de vingt minutes en moyenne pour acheter un billet d'avion sur un site de voyage ont du mal à prendre des décisions importantes rapidement. Pires sont ceux qui mettent des options sur les billets de train.

C'étaient souvent ces mêmes personnes qui avaient du mal à se réveiller le matin, qui se sentaient débordées très rapidement, un genre qu'il exécrait au-delà du raisonnable : les gens qui, sans complexe – cela faisait partie de leur "personnalité" – perdaient du temps. Jérémie savait tout et plus encore : ceux qui ne prenaient pas soin d'eux étaient apathiques. Échanges sur messagerie instantanée en journée égal chômeur ou employé peu scrupuleux… Avec l'analyse de soixante-huit choses qu'ils avaient aimées sur les réseaux sociaux, il pouvait connaître, quasiment sans marge d'erreur, l'orientation sexuelle, la couleur de peau, les convictions politiques, la situation familiale et amoureuse, le nombre d'enfants et le risque pour une femme de tomber enceinte dans les deux prochaines années. Si dix des amies avec qui elle communiquait souvent avaient acheté une table à langer dans les cinq dernières années, c'était plié. L'analyse du langage de dix courriels suffisait pour savoir si on avait affaire à un prédateur sexuel, ou à un harceleur au travail. Nous étions devenus trop prévisibles. Nous laissions trop de traces.

Une montre connectée ? Miracle, une seconde supplémentaire et : glycémie, masse adipeuse, tension, taux de cholestérol, rythme cardiaque, qualité du sommeil. Même en France, les gens en forme travaillaient plus dur, c'était dire. Se méfier des profils curieux, ils voulaient souvent changer de boulots quand ils ne créaient pas leur propre entreprise et commençaient à faire de la concurrence. L'attitude au travail est toujours le reflet du mode de vie.

— Savez-vous que les propriétaires de caniches à poil ras ne sont que rarement alcooliques ?

Ainsi, Jérémie leur fit facilement admettre que, pour embaucher ou licencier, il fallait uniquement se baser sur un score numérique de son cru, fignolé avec son test, que l'entretien individuel devenait secondaire, voire inutile, bien trop aléatoire, biaisé, sans compter que les employés des ressources humaines, en tant qu'humains précisément, étaient hautement sensibles et qu'ils pouvaient avoir des problèmes personnels.

— Imaginez les économies.

Ils imaginaient très bien.

VI

Aussi loin qu'il s'en souvienne, il avait désiré changer le monde. En mieux. Ce n'était pas prétentieux, c'était ce à quoi il souhaitait réellement prétendre. Vous devez le croire. Il y a ceux qui veulent vivre et il y a ceux qui veulent être vivants, ceux qui veulent être la vie. Jérémie, dès son plus jeune âge, était fasciné par une différence : celle entre sapiens et le reste du vivant. L'écart entre la plus infime bactérie ou un simple végétal et le singe le plus évolué ne l'impressionnait guère, leur cycle de vie était sensiblement le même : il y avait la nourriture, la survie et la reproduction. Bon, certains possédaient des pattes, et alors ? Certes, on avait pu déceler un éventail d'émotions ringardes chez le bonobo ou le chimpanzé, mais il n'y avait vu qu'une chatterie pour tenter vainement de juguler l'appétit totalitaire de son espèce. D'ailleurs, ce n'était en aucun cas le rire ou les sentiments qui devaient faire la fierté de l'humanité, sinon, on n'en serait pas là. Quand il prenait le singe le plus évolué et sapiens, là, ça devenait intéressant. Comment l'évolution avait bien pu passer d'un tel animal à cet autre ? Évidemment, cela ne s'était pas fait comme ça, d'un coup de baguette magique, et ils n'étaient que cousins, mais franchement. Cette différence ensorcelait Jérémie tant elle était inouïe. Certains farceurs ne la voyaient pas ou, plutôt, ne voulaient plus la voir. Invoquant dernièrement un nouvel argument étrange qui avait remplacé l'histoire et ses rivières de sang : celui de la destruction du biotope. Aucun animal ne mettrait ainsi en péril son milieu naturel, il n'y avait que sapiens pour le faire et sa bêtise en était à cette occasion révélée. Néanmoins, pour Jérémie, la puissance destructrice de l'espèce humaine révélait l'intelligence démentielle des outils de sa conception. Oui, avoir une telle capacité de destruction n'était pas donné à n'importe qui, surtout quand on était une espèce aussi vulnérable sur le plan purement physique. Et puis, le chaos ne devait pas non plus être systématiquement classé comme un signe de faiblesse mais plutôt de force : cela coulait de source, étymologiquement du moins. En effet, qu'il ne nous en déplaise, celui qui peut détruire est fort. Le mal n'est pas banal, il est exceptionnel. Nombre d'espèces animales s'étaient d'ailleurs éteintes par leur propre stupidité, par l'incapacité génétique qu'elles avaient à pouvoir se projeter dans le temps, à considérer un au-delà de leurs actes. Toutes les grandes avancées technologiques se sont faites au nom de la guerre. Celui qui maîtrise le mieux la destruction est toujours en haut de l'échelle. Regardez un chien, haut de gamme hein, genre border collie. Un des mammifères les plus intelligents hors primates, rien que ça. Très mignon au demeurant, capable d'apprendre le nom de mille doudous différents. Après, regardez un humain. Et bah Jérémie, ça lui retournait le bide, dans le bon sens, tellement il ne s'expliquait pas ce fossé et qu'il la trouvait magnifique, son espèce. Ne fût-ce que potentiellement. Ne lui enlevez pas ça, son amour de l'humain. C'est bien parce qu'il était un homme profondément bon que le mal pourrait avoir tant de prise sur lui. Jérémie n'aimait pas gâcher, n'avait jamais gâché. Une opportunité, un rendez-vous, des vacances, un examen, une ligne de code ou une tomate farcie. Le gâchis le terrifiait. Tout devait être exploité à son potentiel maximal. Il y veillait quotidiennement. Et sur cette planète, seul sapiens n'était pas utilisé à son potentiel maximal. Sapiens était gâché, se gâchait. Jérémie était perfectionniste. Regardez la main maintenant, votre main. Jérémie était en extase devant la connexion cerveau-corps. Faites bouger vos doigts, ces somptueux doigts qui ne sont qu'à vous. Penser en même temps à votre frigo, pour ceux qui n'ont pas de charge mentale : pensez à votre mère. Certains pensent même à une équation de physique nucléaire en prenant leur douche. Jérémie trouvait cela admirable. Déjà : de penser à deux choses à la fois. Mais la plupart du temps, sapiens était paresseux, ça le tuait. Sapiens était émotif, sapiens était sentimental. Sapiens était choqué. Dans le pire des cas, il rédigeait les droits de l'homme et il se retrouvait coincé pour plusieurs générations. Souvent, il tâchait de l'oublier. Jusqu'au terrible événement dont vous prendrez connaissance un peu plus tard, Jérémie avait des sentiments, évidemment, comme quiconque. Mais il avait tout perdu, et jamais il ne conviendrait que cela aurait été pour le pire. Non, il ne gâcherait pas son existence quoi qu'elle lui réservât : ce n'était que de cette manière-là qu'il essaierait de donner du sens à sa propre comédie, qui n'en était pas une. Il y a les victimes et il y a les autres.

Il ne voulait en aucun cas penser non plus que ce pût être une question de chance. Il lui eût semblé renoncer à ce qui constituait sa vie, c'est-à-dire à ce qui faisait qu'il était quelqu'un et non pas une poussière de quelqu'un. En arriver là, en tirer cette conclusion – pas de bol –, accepter de menus tracas comme imprévisibles et inévitables, c'était, sans exagération aucune à ses yeux, abdiquer tout. Il n'avait plus qu'à attendre mollement la mort, sans bouger, de peur que les mouvements ne la retardassent, avec un sourire, peut-être, en souffrant d'une douleur heureuse d'être ainsi reconduit à l'énigme première de son être : un corps. Mais ne dit-on pas corps pour ce qui est sans souffle ? Cela l'effrayait. Il subsistait toutefois en Jérémie quelques robustesses afin de ne pas sombrer dans cet avilissement ignoble dont il percevait ici les balbutiements à l'œuvre : le supplice de la chair. Cette chair qu'il avait combattue toute sa vie, depuis qu'il était une page blanche, déshonoré par l'idée de ce qui était contraire à l'humanité : oui, rien ne lui paraissait optimisé dans la souffrance, elle n'était que superflu. Et dans la langue de Jérémie, au cœur profond du code, s'il ne devait en rester qu'une, depuis toujours et jusqu'au bout, la règle serait : le superflu est proscrit. Et même si le superflu était à la rigueur digne d'être narré, le corps qui l'incarnait, lui, ne valait guère plus, dans la grille de lecture de celui dont nous contons l'histoire, qu'un cadavre.

VII

— Vous pouvez arrêter, là ?

— Qu'est-ce que je fais ?

— Vous contractez l'anus. Détendez-vous, voyons.

Placé en décubitus latéral gauche avec les genoux fléchis vers la poitrine, cependant que l'anuscope non fendu de taille standard (sept centimètres de long, dix-neuf millimètres de diamètre) du Dr Rosenblatt le pénétrait, Jérémie continuait à s'indigner de la causticité de la scène dans laquelle il était plongé. L'objet fâcheusement froid lui faisait un mal de chien et chaque mouvement, pourtant délicat, du gastroentérologue le recevant en urgence, l'embarrassait. Non pas comme un algorithme qui a besoin d'une quantité astronomique de données et d'ordinateurs surpuissants pour apprendre par lui-même, mais plutôt comme un enfant qui a besoin de toucher une seule fois le feu pour ne plus jamais recommencer, Jérémie sut à l'instant même où elle prononça J'entre qu'il ne se remettrait pas de sitôt quelque chose dans le cul.

— Voilà, c'est bien mieux comme ça.

Quand il y repensait, Jérémie vivait dans l'espoir que le gouvernement légiférât au plus vite dans le sens d'une notation citoyenne. Plus vite ça arriverait, plus vite son travail acharné se révélerait payant. Il se préparait depuis tant de temps. C'était notre avenir, il en était persuadé : on attendait juste d'avoir assez de données. Malgré les apparences et la charmante docteure qui le gourmandait avec sévérité sur ses contractions sphinctériennes, il se tenait prêt. Jérémie se prit à rêver de son score de citoyen modèle, selon que le gouvernement choisissait des lettres, une note sur vingt, sur dix, un pourcentage. Et si jamais, le lendemain de la promulgation d'une telle loi, le jour où, pour optimiser leur place dans la société, tous les citoyens seraient notés conformément à divers critères, le jour où certains seraient enfin punis pour leurs excès, leur mode de vie dépravé, leur absence de productivité, d'efficacité, et si jamais lui, Jérémie, était récompensé par la meilleure note… Il se destinait à être le citoyen idéal. Un rêve.

— Vous recommencez. J'ai bientôt fini, un peu de patience. Je dois aller voir là…

— Haaa.

Passé maître dans l'art de fuir l'inconfort, parfait pratiquant de l'injonction au bonheur, respectant à la lettre toutes les recettes du bien-être, refusant catégoriquement la notion de bordel comme naturel structurant, Jérémie avait, depuis quelques années, tout fait pour être heureux ; le choix avait été payant, il était hors de question que ça cesse. Il n'y avait non plus aucune raison qu'il fût puni ; à une autre époque de sa vie, il ne disait pas, il l'aurait sûrement mérité. Il l'avait d'ailleurs déjà été, puni. Jérémie l'oubliait, voulait l'oublier. Mais là, franchement, quel était le problème ? Qu'est-ce que j'ai ? À quoi ça servait de faire tout ce qu'il fallait faire si c'était pour se retrouver avec un

— Kyste périanal.

— Et donc, c'est quoi ?

— Un peu de pus, sous la peau, sous l'épiderme. Il peut y avoir plein d'origines.

— Et c'est grave ?

— Il faut vérifier qu'il n'y ait pas de fistule. Même si dans votre cas on est légèrement en retrait de l'anus, ça peut arriver.

— Une fistule ?

— Une fistule, c'est un lien anormal entre deux organes, ou entre un organe et la peau. En gros, il peut y avoir une infection plus profonde qui alimente votre kyste.

— Et dans ce cas-là ?

— Dans ce cas-là, on doit opérer, c'est compliqué, parce qu'on doit passer entre les muscles de l'anus, on doit le faire en plusieurs fois. Il arrive qu'on reste incontinent entre deux opérations. Et puis, toutes les fistules sont différentes. Vous saviez que Louis XIV avait vécu toute sa vie avec des fistules anales ?

— Non.

— On ne s'imagine pas, à l'époque, la capacité incroyable à supporter la douleur.

Un temps.

— Et comment on vérifie pour cette fis…

— Une IRM. Je vais vous prescrire ça. Allez bien au laboratoire que je vous indique, il faut des spécialistes, vous pouvez compter sur moi, je vous envoie chez les rois de la fistule.

— Merci… Et si c'est pas ça ?

— Si c'est pas ça, c'est un kyste simple, une infection, peut-être un poil incarné, ou autre chose, rien à voir avec l'hygiène, hein. Vous avez un mode de vie sédentaire ?

— C'est-à-dire ?

— Vous restez souvent assis, par exemple ?

— La plupart du temps, oui, je suis informaticien.

— Le corps humain n'est pas fait pour rester assis trop longtemps, il faut faire plus de pauses.

— On y travaille. Sur le corps, hein, pas sur les pauses. Et donc si c'est un kyste simple ?

— Soit il reste parce qu'il est trop sous-cutané et on l'enlève, c'est une petite opération celle-là, bénigne, soit il va se percer tout seul. Je vous prescris de l'Hexomédine pour le nettoyer tous les jours avec une compresse stérile et vous appliquerez cette crème antibiotique une fois sec, voilà, ça devrait vous soulager pour l'instant. Et vous revenez me voir quand vous avez fait l'IRM... Monsieur ?

Fourbu par ce galimatias, évidemment, dépassé par les événements, certes, mortifié par l'injustice, sans aucun doute, mais surtout, amouraché comme rarement il l'avait été depuis longtemps, Jérémie enfouissait silencieusement son regard dans les délicieux yeux bleus du Dr Chloé Rosenblatt, qui, tout naturellement, prit cela pour de l'inquiétude.

— Ne vous inquiétez pas : c'est très chiant, mais ce n'est pas grave.

VIII

Était-ce “halte-là !”, “hâte-la” ou “ah t’es là” ? Cinq ans que sa mère répétait les mêmes mots, en boucle, comme un disque rayé, cinq ans de minuscules accidents vasculaires cérébraux qui ne changeaient rien aux paroles, cinq ans qu’il n’arrivait pas à la comprendre. L’avait-il comprise un jour ? C’était une autre question. Jérémie avait malgré tout réussi à réduire les possibilités, mais impossible d’aller plus loin, il échouait face au plus petit dénominateur commun, à ce chiffre premier, sainte trinité indivisible. Trois. Dans tous les cas, elle donnait l’impression de s’adresser à la mort. Halte-là, entendre : ne bouge pas, je veux vivre. Hâte-la, entendre : qu’elle se dépêche, je n’en peux plus. Ah t’es là, entendre : je t’en prie, entre, je t’attendais.

Il y a toutes sortes de vieux. Il y a les vieux pleins de vie, qui sont les grands échalas de l’espoir. Il y a les vieux sincères qui sont les remords de l’âme. Il y a les vieux de la terre dont les mains couvertes de glaise feraient refleurir les déserts. Les vieux nébuleux qui sont le brouillard requis pour recouvrer la vue. Mais aussi les vieux sales, les vieux poreux, les vieux pernicieux, les vieux qui voudraient que le monde croupisse sous leur torrent de chiasse. Il y a les vieux sans pardon, fiers jusqu'à l'ultime bégaiement, les vieux séditieux qui s'enfuient à la moindre inattention. Il y a les vieux silencieux dont le salut passe par l'ivoire du regard, les vieux moyenâgeux qui rembobinent sans cesse, les vieux contrefaits qui ne sont pas si vieux. Il y a les vieux désespérés qui fuient le fantasque comme l'écolier l'école, les vieux de guingois qui vous serrent la peau jusqu'à la cyanoser, les vieux sacrilèges qui conspuent les modernes, les vieux gutturaux qui de leur salive bénissent, les vieux flamboyants qui se régalent des diseurs d'apocalypse, les vieux râleurs qui pestent à leur fenêtre, les vieux goguenards que rien ne semble atteindre, il y a les vieux jeux de mots qui ne font rire que moi, les vieux polychromes qui inventent des couleurs, les vieux agenouillés face au saint sacrement… Et il y avait sa mère.

Face à cette ossature fripée, à cette chose atrophiée, maigre souvenir symbolique de sa génitrice, Jérémie n'avait jamais bien su comment se comporter. Après son hospitalisation, il avait rapidement opté pour une banale ritualisation, nécessaire de survie désenchantée et indispensable protection salutaire pour tous les bien portants qui osaient se rendre régulièrement sur le territoire privilégié des ombres, à savoir l'Ehpad. Il lui avait quand même choisi un truc plutôt luxueux, dans Paris intra-muros, au nom très évocateur : Repotel. Jérémie rendait visite à sa mère deux fois par semaine, le lundi et le jeudi, pendant une heure : dès que sa main touchait la poignée de la chambre, il lançait le minuteur de sa montre connectée. Passé la salle collective, dite vulgairement des monstres, lieu de ténèbres par excellence, où les temps géologiques s'inscrivaient sur des corps séculaires immobilisés par des sangles ou des jeux télévisés, où la bave s'écoulait par litres de bouches asséchées, où les cris et la merde se confondaient, l'établissement n'était pas si mal. Jérémie ne trouva pas sa mère dans sa chambre à l'heure où elle aurait dû y être. Il avait certes une demi-heure de retard à cause de son rendez-vous chez la belle gastroentérologue, mais, d'après la fiche sur la porte, sa mère aurait quand même dû être là. Inquiet, il se mit à la recherche d'un infirmier qu'il dénicha assez vite.

— Ah oui. Venez voir.

Il fut accompagné jusqu'à la salle des monstres où on lui montra du doigt une table vide. Il ne comprenait pas, hésita, chercha.

— Là, dessous.

Jérémie aperçut sa mère – qu'il croyait paralysée à jamais –, assise par terre, tendue comme un piquet, dotée d'une force herculéenne, s'agrippant au pied de la table tel un naufragé au dernier bout d'un mât dans une mer houleuse.

— Mais qu'est-ce que… ?

— Ça fait trois heures qu'elle est là, on l'avait descendue pour le déjeuner, comme d'habitude, elle était dans son fauteuil. À la fin du repas, votre mère s'est sûrement laissée glisser, je ne sais pas, personne ne l'a vue, elle était attachée pourtant. Et depuis, impossible de lui faire lâcher prise.

Jérémie s'accroupit doucement, s'approchant de sa mère qui bafouillait son habituel “halte-là, hâte-la, ah t'es là” avec un ton qu'il ne lui avait jamais connu, un ton tranquille. Il caressa la main de sa mère de quelques doigts tremblants.

— Maman.

— Ah, t'es là.

Peut-être n'était-ce finalement pas à la mort que ce mot était destiné, mais à lui. Ou il était la mort et tout s'éclaircissait. Pour la détendre, il continua délicatement de la toucher. À quoi bon ? Sa mère ne voulait rien savoir, n'avait rien voulu savoir, ne voudrait rien savoir. Comme s'ils faisaient un beau câlin d'adieu à un mari repartant à la guerre, ses bras et ses jambes enserraient ce pied de table avec ardeur. La mère et l'objet se confondant ainsi en une seule structure cyborg, raide et homogène. Aujourd'hui, maman a fusionné avec une table. Voyant bien qu'il eût été vain de tenter quoi que ce fût sans risquer de la blesser – ou sans risquer qu'elle ne le blessât d'ailleurs –, Jérémie s'assit alors tout près et attendit avec elle sous la table, en lui parlant de ce temps où il était collégien. Qu'il était réconfortant pour lui de revenir à la maison et de la serrer aussi fort qu'elle serrait cette table. Il y pensait à cause de ça. Se souvenait-elle des câlins qu'il lui demandait quand il rentrait du collège ? Il courait vers elle. Sa mère disait : doucement, doucement. Parfois, elle devait enlever son tablier taché de sauce. Puis elle l'enlaçait. Lui aurait voulu ne plus bouger, rester blotti dans ses bras sévères, ne plus retourner là-bas où, tous les jours et sans qu'il en eût jamais rien dit, on lui écrasait la gueule dans son assiette à la cantine, on lui baissait son froc en cours de sport, on le poussait dans l'urinoir pour qu'il souille ses vêtements, on le frappait dans le dos quand il buvait à la fontaine, on lui crachait dessus au détour d'une récré, on le taclait sans vergogne dès qu'il jouait au foot, on lui jetait des tonnes de papier mouillé à la gueule, on lui balançait ses lunettes d'un geste nonchalant, on le bousculait bruyamment dans les couloirs bondés, on moquait sa taille devant la fille qu'il aimait, on lui vidait son sac au fin fond des buissons, on l'appelait binoclard-intello-serpent-à-lunettes-biactol, on lui faisait lécher le sol des chiottes. Et sur la feuille qu'on se passait de main en main dans une classe hilare, on écrivait à son propos des insultes obscènes, de ces mots d'hommes infâmes. Et chacun y mettait de la joie.

— Un jour, maman, on a chié dans mon cartable.

Voilà pourquoi il revenait de l'école avec toutes ces blessures, qu'elle soigna sans trop d'amour. Voilà pourquoi tant de pansements et tant de larmes (à l'époque, se dit Jérémie, je pleurais). Toujours, il inventait de nouvelles excuses qu'il imaginait patiemment sur le chemin du retour. Pour s'assurer de sa crédibilité et de ne pas avoir à souffrir l'humiliation de la vérité, il répétait un texte : celui qu'il devrait dire pour ne rien exposer de sa faiblesse, craignant de faire honte à maman. Qu'elle ne soit pas fière de lui. Pourquoi lui racontait-il tout ça ? En tout cas, sa mère se détendit légèrement. Il convoqua l'infirmier.

— Elle... elle comprend ce qu'on dit, vous pensez ?

— On ne peut pas savoir.

Que restait-il dans ce corps ? Quelle vie, quels rêves, quelles connexions neuronales étaient encore à l'œuvre là-dedans ? Il eût été bien prétentieux de répondre. Elle valait quand même un peu plus qu'un meuble. En relâchant tranquillement ses bras bleuis par des heures d'enlacement nerveux, de devenir-table, elle tourna la tête vers son fils et il comprit ce qu'elle voulait lui demander.

— Non, maman, ce n'est pas moi qui t'ai fait ça.

Elle lâcha complètement prise et, quittant sa position dans un soupir âcre et tremblant, la mère serra le fils d'une étreinte solennelle. Ça va aller. Après avoir fait un peu de place, Jérémie passa son bras sous ses jambes et la souleva, la guidant pour qu'elle s'agrippe à sa nuque. Il la releva et, comme on porte un enfant endormi, fuyant les monstres, la porta à son tour jusque dans son lit. Elle respirait bruyamment. Sa montre sonna. On ne doit rien à ses parents. Sans erreur possible, elle lui dit cette fois :

— Hâte-la.

IX

10 h 27

Jérémie en arrivait aux emplois du temps. L'heure était venue de comprendre que trop de plaisir était aussi peu rentable que trop peu de plaisir. Il adorait les emplois du temps et le nouvel algorithme qu'il allait exhiber était une petite surprise ; ayant eu l'idée quelques jours auparavant, il n'en avait encore jamais parlé à un quelconque sous-fifre mondialisé, la direction n'avait rien validé du tout ; c'était osé. Et après : la pause. Parfait. Il le pensa. Une surprise avant la pause, très dynamique. D'autant que ce chapitre pouvait être très court. Il irait à l'essentiel. Désormais, le temps du collège était loin : il s'aimait. C'était un peu moins vrai depuis un an, depuis le premier pas-grave-mais-très-chiant. Qu'importe, Jérémie avait de quoi être fier. Son idée sur les emplois du temps ne s'adressait évidemment ni aux cadres, ni aux dirigeants, ni aux concepteurs, ni aux créatifs, qui ne travaillaient que mieux en étant entièrement libres et qui, au demeurant, restaient la plupart du temps chez eux. Ah, mais tiens, il aurait fallu imaginer un algorithme pour attribuer les bureaux selon les jours de la semaine et permettre ainsi de revendre ou de louer au maximum les surfaces non utilisées. Comment n'y avait-il pas pensé ? Il l'évoqua, dit que c'était en cours de développement, improvisa cette digression, raisonnable dans sa durée, claire dans son élocution. Ce qu'on avait oublié de faire : dire qu'on y travaillait encore. Jérémie était ambitieux, ne manquait pas de mantras. Tous les grands hommes y vont un jour à l'esbroufe.

Il y avait donc un problème avec les métiers les moins valorisants et les moins valorisés – ça va souvent de pair –, tenus fréquemment par des jeunes ou des intérimaires, ce problème était très simple : les employés peu qualifiés quittaient leur poste précaire assez vite et l'entreprise devait former encore et encore de nouvelles personnes. Qui dit former dit temps dit argent. Bien entendu, le recours possible à un sous-traitant était tout à fait envisageable, il avait d'ailleurs été plus qu'envisagé puisqu'il avait été essayé. Jérémie avait les chiffres et les données, qu'il manipulait avec dextérité. Plusieurs incidents furent à déplorer, les sous-traités ne connaissaient rien à la boîte, sautaient d'une boîte à l'autre – bonjour l'espionnage industriel –, étaient peu motivés, mal formés. Jérémie n'eut pas l'impression de s'avancer quand il leur dit : "Plus jamais ça". Ils opinèrent tous de la tête, même le patron, qui n'avait plus les yeux rivés sur son téléphone et qui avait juste l'air de vaguement s'emmerder. Tout passait par l'emploi du temps de travail. Comme il n'y avait pas moyen de rendre ces métiers plus intéressants et qu'il était hors de question d'augmenter les salaires, la mission était de réussir à empêcher l'employé non pas de trouver un autre travail, mais plutôt de le chercher. La solution était simple : pas d'emploi du temps fixe. Celui-ci devait changer toutes les semaines, et n'être annoncé que deux jours à l'avance. Pas davantage, jamais. Les horaires aléatoires demeuraient avec certitude la réponse logique à la problématique : ainsi l'employé ne pouvait pas suivre des études à côté pour prétendre à un meilleur métier, il ne pouvait pas vraiment fonder une famille qui l'amènerait à rechercher un travail mieux payé, il ne pouvait pas non plus prendre trop de rendez-vous extérieurs nécessaires aux entretiens ou à faire des rencontres propices à une nouvelle embauche. Il ne fallait donc pas offrir trop de confort, car qui dit confort, dit bonheur, dit réflexion, dit remise en question, dit démission. En revanche, il fallait qu'il y ait tout de même un peu de confort, sinon le précaire n'hésiterait pas à partir, surtout en Europe, et en France par-dessus tout, la faute à l'assurance chômage. Il était donc nécessaire d'offrir une certaine flexibilité tout en tuant dans l'œuf l'imprévu, laisser la possibilité par exemple de poser des jours de manière modérée, mais en prévenant trois semaines avant, au minimum, car les entretiens d'embauche n'étaient jamais pris avec autant d'avance. Cet équilibre était si savant à trouver, au regard du nombre considérable d'employés peu compétents mais indispensables et du volume de données à prendre en compte, qu'il eût été impossible, chronophage et onéreux de le faire réaliser par des humains. Plus de panique, Jérémie était là.

X

Lorsque la sonnette retentit, il était allongé nu sur le parquet. La douceur du bois à même la peau chassait les feux de son esprit. Possédé par une conception absolutiste du luxe et des matières, quand il ne codait pas, Jérémie n'était nulle part plus à sa place qu'au creux d'une subtile abondance. Ce n'étaient pas ses parents qui lui avaient transmis une telle accointance pour le faste, ceux-ci n'étaient que vaguement bourgeois, vaguement intellectuels, vaguement à gauche, vaguement chrétiens, vaguement fonctionnaires, si bien que Jérémie se construisit avec une opposition farouche à tout ce qui lui semblait vague. Et puis son père était parti si vite. L'idée rabâchée que le bien et le mal cohabitaient en chaque individu, que rien n'était noir ou blanc, qu'il n'y avait de céleste beauté que dans l'habileté du compromis, qu'il n'était pas viable d'avoir des positions tranchées, que la radicalité se devait d'être réfrénée pour faire place à l'endoctrinement de la demi-mesure, n'était, pour Jérémie, qu'un blanc-seing au remodelage d'une humanité nivelée par le bas. Il était plus que temps d'assumer à nouveau des positions tranchées, des pensées radicales, des points de vue disruptifs à l'abri des biais de la courtoisie. Merde, on était quand même capable d'avoir un avis.

Voilà peut-être la raison pour laquelle, depuis plus de quinze ans, il avait décidé de consacrer sa vie à la création algorithmique. Clandestinement, il préparait un garde-fou contre le devenir minable de sapiens. Même s'il n'avait pas encore eu l'idée révolutionnaire qui l'obséderait bientôt, Jérémie furetait déjà sur une voie morale sinueuse, à la recherche d'une force et d'une rigueur depuis longtemps abandonnées par ses semblables. Dès la classe préparatoire, il avait été conquis par le nom latinisé du mathématicien perse du IXe siècle Muhammad Ibn Musa al-Khuwarizmi : Algorithmi. Parce que oui, les algorithmes étaient bien plus vieux que les ordinateurs, internet ou les super-calculateurs ; ils remontaient même au IIIe siècle avant le Crucifié et aux travaux d'Euclide. À l'époque, ils étaient conçus pour être exécutés à la main, parfois de tête, alors qu'aujourd'hui ils nécessitaient toujours plus de mémoire vive pour un résultat toujours plus surprenant. Au fond, quand on lui posait l'éternelle question C'est quoi un algorithme ? il répondait, avec une simplicité déconcertante, que c'était une formule qui permettait de résoudre un problème donné le plus rapidement et le plus efficacement possible.

Dans l'Antiquité, son fondement méthodique était la récursivité : on appliquait en boucle une même opération jusqu'à trouver le résultat. De nos jours, l'algorithme se définit plutôt comme une succession d'opérations effectuées par un ordinateur pour accomplir une tâche, répondre à une question, proposer des solutions, faire un choix et, de cette manière, organiser le réel. Ces opérations sont pensées à l'avance par un développeur dans un des langages informatiques existants, appelés plus vulgairement code, et que l'ordinateur se contente d'appliquer. Parfois, selon le niveau d'attention de son interlocuteur,

Jérémie se risquait à détailler la chose en distinguant trois sortes d'algorithmes : l'algorithme implicite dont la logique se base sur l'apprentissage de la machine par la machine, sur des données et un entraînement que son créateur lui impose ; l'algorithme explicite dont la logique est uniquement définie par son créateur, il ne peut ainsi rien décider ni apprendre par lui-même et, enfin, l'algorithme hybride qui est une savante combinaison des deux précédents, mêlant logique humaine et interprétation artificielle – ou l'inverse, il ne savait plus vraiment. Le mieux pour comprendre son métier était de donner des exemples, ce qu'il ne manquait pas de faire.

Tenez, au hasard : pour apprendre à une machine comment répondre à la question Y a-t-il un panda dans cette image ? c'est très simple. Vous lui donnez des centaines de milliers de photos dont certaines contiennent des pandas et d'autres pas, en lui indiquant lesquelles évidemment, ensuite, vous la laissez les regarder toute seule pour apprendre et elle saura très vite reconnaître un panda, même sur une image qu'elle ne connaît pas. Vu comme ça, vous pensez que ce n'est pas très utile de deviner s'il y a un panda dans une image, détrompez-vous, vu la quantité faramineuse de photos de vous qui traînent sur l'internet – et même si vous n'êtes pas un panda, l'entraînement est le même. Savoir analyser vos images pour vous maîtriser en détail, vous et vos habitudes, vous et votre personnalité, est une des activités les plus lucratives du monde. Dans le même genre, mais un brin plus sexy : apprendre à un algorithme à découvrir une tumeur. Vous lui montrez des milliers de scanners de bien portants et de malades, vous lui indiquez lesquels sont bien portants, lesquels sont malades, il part bosser un peu et il trouvera par la suite bien plus vite qu'un humain tout défaut apparent sur des imageries de contrôle. Quand il ne faisait pas allusion à la prédiction des catastrophes naturelles ou à l'aide inestimable que les algorithmes apportaient en matière de lutte contre le réchauffement climatique (il ne savait toujours pas comment, mais pas grave, ça marchait, les subventions pleuvaient et le grand public ne criait pas à la technologie malfaisante), Jérémie utilisait souvent l'exemple médical pour battre en brèche toute critique de sa technologie chérie.

Après Polytechnique, il avait tracé sa route en choyant son indépendance et en favorisant son travail, on acceptera alors qu'il eût presque quarante ans et qu'à un détail près il fût, comme un importun dans le monde, si peu engagé dans une sociabilité qu'il méprisait, mais qu'il désirait ardemment bouleverser. Il avait toujours refusé les offres mirobolantes que la plupart des multinationales de la Silicon Valley – et d'ailleurs – lui avaient proposées pour faire de lui leur star, salarié privilégié parmi les privilégiés, à coups de cadeaux et d'avantages. Il répondait non, et faisait monter les enchères pour qu'on l'embauchât uniquement au contrat. Jérémie était plus intelligent que les autres : il imaginait les meilleurs algorithmes et savait les concevoir comme personne. Habituellement, quand ce n'étaient pas des équipes bien plus nombreuses, au moins deux individus demeuraient nécessaires pour ce travail : un concepteur et un codeur. Jérémie était les deux : plus rapide, plus efficace, plus pertinent. Un guerrier solitaire. Il faisait bien entendu appel à des sous-traitants, à une armée de petits bras – ne communiquant avec eux que par internet et exigeant l'anonymat par contrat – pour les vérifications, les tests, les sondages, les analyses de données, les corrections de bugs, etc. En gros, il pensait et rédigeait le code dans ses grandes lignes, les autres s'occupaient du reste : un truc entre Damien Hirst et Hans Zimmer, quoi. Jusque-là, professionnellement, rien n'avait échoué, tout s'alignait, sa trajectoire se dessinait avec un naturel invraisemblable. Récemment, après un succès tonitruant pour optimiser un site de rencontre et un premier contact avec le ministère de l'Intérieur dans le but d'imaginer un algorithme de police prédictive, il avait obtenu un contrat avec la plus importante plateforme de vidéos à la demande qui venait d'être rachetée par l'homme le plus riche d'Inde. Sauf que, présentement, sur sa route, il y avait un kyste, un kyste et du pus qui cherchait aussi un chemin, et finirait par le trouver.

Qui ça pouvait être ? Jérémie se leva et se rendit devant la porte d'entrée dont les autocollants protecteurs de l'aluminium n'étaient pas encore retirés. Il fixa l'interphone intelligent dont l'écran affichait déjà le visage de Nicolas. Il en profita pour l'enregistrer dans le système, si bien que quand Nicolas reviendrait, l'interphone, par le biais d'une reconnaissance faciale dernière génération et malgré la barbe immense de celui-ci, le reconnaîtrait sans problème. Il pouvait personnaliser les sonneries à sa guise, conformément à la voiture ou à l'individu qui attendait devant le portail automatique. Chez lui, Jérémie avait tant d'algorithmes à fignoler : entre celui de son frigidaire connecté, qu'il avait perfectionné pour qu'il sache de manière autonome ce qui manquait à l'intérieur en vue de le commander tout seul au moment opportun, celui de son lave-linge, qui devait choisir la bonne dose de lessive et le programme le plus adapté après avoir analysé le linge introduit, celui de sa pompe à chaleur qui, en calculant au centième de degré près la différence de température entre l'eau chaude qui sortait du circuit de chauffage et celle qui en revenait après avoir fait le tour des radiateurs, pouvait sauver *a minima* deux pandas par an de la déforestation, celui de ses enceintes multidirectionnelles intégrées aux murs dans chacune de ses pièces, qui étaient capables de détecter son humeur aux intonations de sa voix et au rythme de ses gestes pour lui faire écouter ce qu'il avait besoin d'écouter avant qu'il n'en ressente le besoin, celui de son robot culinaire qui adaptait ses recettes selon ses avis sur les précédents repas qu'il lui avait préparés et

Jérémie aimait garder le meilleur pour la fin. Le fait est qu'il avait oublié que Nicolas devait venir et qu'il était à poil.

— Attends deux secondes, je t'ouvre.

Jérémie enfila dare-dare les habits qu'il avait enlevés dans un premier temps pour désinfecter et crémer son kyste, puis pour s'étaler au sol de ton son soûl, comme il adorait le faire, et laisser sa peau apprécier la douceur d'un parquet juste ciré, son nez s'imprégner de cette odeur unique. Il fallait dire que le menuisier avait tout déchiré sur ce coup-là. Il le pensait. En trois jours, les travaux avaient avancé. Il s'en étonnait. Le portail s'ouvrit dans un silence huilé.

Nicolas occupait depuis maintenant trois ans plusieurs postes particuliers dans la vie de Jérémie, de ces postes qu'on nomme souvent par d'incongrus anglicismes : *personnal shopper*, *life coach*, *sport partner*. Signalons-le, dans le cas de Nicolas, étant californien, et dans le cas de Jérémie, étant informaticien, l'anglicisme n'était en aucun cas un barbarisme. Avec le temps, et même s'il continuait de se faire payer des sommes astronomiques, Nicolas était devenu si ce n'est le meilleur ami de Jérémie, son plus proche confident. L'histoire de leur rencontre était assez amusante pour mériter qu'on vous la racontât. En effet, Nicolas n'ayant pas encore bien appris le français, il communiquait en anglais, langue que Jérémie parlait aussi de manière fluide, bien qu'approximative. Le piège, c'était l'accent. La scène se déroula lors d'une soirée privée du milieu de la Tech – entendre toutes les sociétés qui gagnent un max de fric dans le domaine du numérique. Nicolas, prof de sport à Venice Beach, y avait été introduit par son petit ami, Tom, anciennement chez Meta US, et qui venait d'être embauché par Iliad France. Le grand Nicolas se retrouva donc à cette soirée, puis au bar, à attendre son cocktail à côté de Jérémie, qui y buvait seul une menthe à l'eau. Rapidement, la discussion s'engagea et l'échange fut sincère, très sympa, le courant passait, quoi. À un moment, Nicolas, aussi expert en *mind analysis*, dit dans son américain le plus distingué quelque chose qui pourrait se traduire par : toi, t'es un mec stressé. Jérémie ne sembla pas d'accord avec le diagnostic et répondit d'un classique *not at all*, ce qui fit rire Nicolas : on ne pouvait pas la lui faire, pas à lui. Clin d'œil. Cherchant à trouver du boulot à Paris pour ne pas vivre aux crochets de son mec, Nicolas commençait à proposer ses services à gauche, à droite. Cette soirée était pour lui une aubaine. Et c'est là qu'il dit ce que Jérémie comprit comme

— *You know I play with balls*

, en y ajoutant un truc du genre

— *If you want, it's very good for stress.*

Jérémie ne l'avait pas vue venir celle-là, il avait déjà été dragué, mais de cette manière, jamais. La discussion continua dans une confusion pas possible qui mena nos deux joyeux lurons vers un fou rire mythique quand ils se rendirent compte qu'ils ne parlaient pas du tout – mais alors pas du tout – de la même chose. Évidemment qu'il ne lui proposait pas de jouer avec ses couilles pour le détendre, non, sa spécialité relevait des *bowls*, plus précisément de bols tibétains, qu'il faisait tinter et siffler pour procurer à l'auditeur allongé sur un matelas au sol une détente absolue. Depuis ce soir-là, Jérémie était accro aux *bowls*.

— Tu me la montres ?

— Viens.

Après avoir fait visiter à Nicolas l'intégralité de sa nouvelle maison, Jérémie l'emmena au sous-sol pour lui montrer une pièce, antichambre de son bureau secret où cette histoire finirait, entièrement dédiée à la méditation, à la pratique de multiples yogas et pleine à craquer d'authentiques bols tibétains flambant neufs.

— Qu'est-ce qu'on entend là ?

— Mes enceintes, dans mon bureau, je les rode depuis trois semaines.

— Avec quoi ?

— Fip, au volume le plus bas.

— T'es vraiment un dingue toi. J'imagine que j'ai pas le droit d'aller voir ?

— T'imagines bien. Le bureau, c'est la vie.

Jérémie sourit. Après avoir scruté dans leurs moindres détails la beauté des bols, des sculptures balinaises, des drapeaux népalais, après avoir tâté la ferme mollesse du futon, la précision des vases chinois et du bouddha en bronze qui trônait dans le coin de la pièce, Nicolas lui fit remarquer que c'était le seul endroit de la maison déjà meublé ; quand je vous disais que chez Jérémie on ne rigolait pas avec le bien-être.

— On l'inaugure ?

Jérémie ne pouvait pas avoir de secret pour lui. Nicolas l'avait vu tout de suite, qu'il n'était pas dans son assiette : la preuve, les bols ne furent d'aucun réconfort. Du jamais vu. Ils restèrent quelque temps dans la salle zen où brûlait un encens hors de prix. Jérémie lui raconta : d'abord le chalazion, et maintenant ce kyste. Le risque de fistule, ce lien anormal entre deux organes qu'il abritait sûrement. Il est toujours dangereux de parler de ce genre de sujets. C'est imprudent, impoli, secret. Peut-être même dégueulasse. Ça doit demeurer sous le tapis, allez savoir pourquoi. Il y a de ces béotismes qui retiennent. Et puis il y avait ce Dr Chloé Machin et ses yeux bleus qui le hantaient, sa mère qui s'accrochait à la table, les travaux qui n'avançaient pas. Jérémie en avait marre de vivre dans son appartement pourri du centre de Rambouillet. Bref, il n'était pas au bout de ses peines.

— Mais t'as qu'à dormir ici, avec tes bols. C'est plutôt confort. Qu'est-ce que tu te fais chier à rentrer là-bas ?

Nicolas avait raison, d'autant qu'il pourrait suivre la fin des travaux de plus près. Peut-être même que son installation aurait un effet oppressant sur Urak et ses artisans. Ils verraient, comme ça, dans quelle merde il était. Urak avait fui la frontière turco-syrienne, sa maison d'enfance était située en pleine zone de guerre, sous les feux de la guérilla kurde, de l'armée sans pitié d'Erdogan, de Daesh et des forces syriennes. Il avait vu son père mourir sous ses yeux, au fond du jardin. Tout compte fait, peut-être qu'il ne s'émouvrait pas de sa situation. Ça valait le coup d'essayer : c'était dorénavant un entrepreneur français, il devrait bien un jour *updater* son logiciel et comprendre les problématiques spécifiques de ses clients et nouveaux concitoyens.

— T'as beaucoup d'affaires, là-bas ?

— Non, presque rien, c'est un meublé et j'ai tout jeté de l'ancien appartement, ça me rappelait trop Aurélie.

— Des cartons ?

— Oui, quelques-uns, mais dans un garde-meuble. Non, à l'appart, franchement, six valises, quelques sacs cabas, des disques durs et deux ordis, c'est tout. Un livre, peut-être.

— Alors viens on y va, on prend tout et on t'installe.

— Maintenant ?

— Bah oui, maintenant. Puis demain t'appelles pour rendre l'appart.

Sur la route du retour, la voiture pleine à craquer de tout ce que Jérémie possédait, ils mirent la musique à fond et chantèrent à tue-tête *Anyone Who Loves Me*, comme les fans de Charlotte Cardin qu'ils étaient. Avant d'apercevoir l'immense cube bois-ardoise-verre qui allait enfin servir de maison à Jérémie, ils eurent le temps d'écouter la chanson quatre fois. Jérémie ne s'en lassait jamais. Ils vidèrent le véhicule, descendirent au sous-sol les affaires qu'ils entreposèrent dans ce qui serait bientôt une salle de sport avec sauna, puis commandèrent un thaï qu'ils se firent livrer.

— C'est beau, ça.

— Ouais, je sais, c'est du granit. J'ai dépensé sans compter.

Les pastels du couchant pénétraient à travers l'immense fenêtre de la cuisine ouverte. Le jardin était encore un vaste champ de terre où il ne fallait pas marcher, le temps que le gazon pousse. L'arrosage automatique s'enclencha une minute après qu'ils en eurent parlé. Ils doutèrent du hasard. Jérémie entassa maladroitement dans un sac kraft les restes du repas, puis se lança dans un long monologue où il expliqua à Nicolas ce qu'il avait en tête pour l'aménagement des pièces principales : le salon, la salle à manger, l'entrée, et sa chambre, au fond. Son lit tant désiré, deux cents par deux cents, draps en satin.

— J'espère que tu ramèneras ta docteure ès trous du cul au moins, sinon tu vas t'y sentir seul.

— T'es con.

Les tableaux, les vaisseliers, les bancs. Très important les bancs, Jérémie adorait les bancs. Plein de petits coins, très important aussi les petits coins. Et des bureaux, des bureaux partout. Une grande plante, là. Un palmier nain. Petite table basse. Il lui raconta aussi son projet temporaire de chaise centrale unique pour les immenses pièces, à l'étage. Ils passèrent une partie de la soirée à naviguer sur internet : Jérémie acheta enfin son canapé en cuir, quelques meubles en fer forgé ou en châtaignier et une dizaine de luminaires en cristal. Il n'avait même pas assez d'emplacements, qu'importe, il aurait le choix comme ça. Sur un logiciel de modélisation 3D auquel il avait participé pour filer un coup de main à d'anciennes connaissances de promo parce qu'il trouvait l'idée cool (un coup de main à vingt-cinq mille euros les quelques lignes de code) et qu'il retrouva dans les méandres d'une de ses tablettes, il dessina succinctement les plans de la maison et, au fur et à mesure, y intégra les prévisualisations des nouveaux meubles, puis passa le tout en trois dimensions. Il alla ensuite chercher dans ses affaires deux casques de réalité virtuelle, les alluma et en donna un à Nicolas. Ils les connectèrent en Bluetooth, les mirent ensemble sur le nez, et, en se déplaçant dans chaque pièce, grâce à l'augmentation du vrai, ils purent y intégrer les nouveautés, à l'instant même où Jérémie les achetait. Ça manquait de tapis. Ils rigolèrent beaucoup. Minuit sonna.

— Tu veux dormir ici ?

— Non, tu sais bien que je déteste dormir hors de chez moi. Je vais rentrer à moto.

Parce que c'était l'image qu'il se faisait de l'amitié, Jérémie avait passé une excellente soirée. Le lendemain, à sa demande, Nicolas lui envoya une facture.

XI

Cette nuit-là, il fit le rêve suivant. Dans ce qui semblait être un futur proche, assez semblable à son époque malgré quelques objets différents (dont un pèse-personne doté de la parole), plus perfectionnés, des moyens de communication encore améliorés, des architectures aux lignes fuselées, aux règles gravitationnelles de plus en plus contournées, Jérémie se leva de son lit. Sa maison était intégralement robotisée. Les stores s'ouvrirent par une simple traversée du salon. Après avoir bu, comme à son habitude au réveil, un litre d'eau à trente-sept degrés, Jérémie se dirigea vers les toilettes. Là, en revanche, du changement était à signaler. Des écrans affichaient sur les murs toutes sortes de chiffres étranges aux multiples couleurs sous lesquels on pouvait lire quelques explications : moyenne nationale, taux quotidien, minimum requis, seuil de mille points, bonus, malus, etc.

L'assise propre aux commodités était, elle, entièrement repensée, plus sobre et à la fois plus dynamique, plus imposante, plus sérieuse. Il y avait plusieurs boutons tactiles sur la chasse d'eau que Jérémie ne comprenait guère avant, comme fréquemment dans les rêves, de se souvenir. Il faisait partie de ce monde, y vivait, il en connaissait donc les règles et les coutumes. Il s'assit et, après avoir uriné, se débarrassa d'un étron plutôt convenable. Immédiatement, plusieurs jingles retentirent, des lumières clignotèrent, les écrans s'agitèrent, les chiffres s'affolèrent. Et puis le verdict tomba : selle de type 3, qualité 1, une très bonne note, apparemment. Il y a des matins meilleurs que d'autres. Jérémie connaissait à présent les usages de son nouvel environnement et, toujours assis, il utilisa sa télécommande pour regarder son historique, partager ce beau score avec ses amis mais, surtout, pour déclarer aux autorités ce résultat qui, après vérification biologique, lui fit commencer la journée avec un excellent score citoyen. Le rêve devint ensuite un petit peu plus confus. Jérémie se promenait dans une société qui s'était finalement décidée à noter ses membres, toutefois pas vraiment sur les critères qu'il aurait pu imaginer. Tout dépendait de la qualité de leurs excréments. Le classement détaillé comprenait par exemple : les selles dures morcelées à évacuation difficile, les selles dures moulées en saucisse et bosselées, les selles dures moulées en saucisse à bord craquelé, les selles molles moulées en saucisse et serpentin, les selles molles morcelées à bords nets et évacuation facile, les selles molles morcelées à bord déchiqueté et les selles totalement liquides.

Ensuite, la chose faite, on vous attribuait une note qui vous offrait avantages ou punitions jusqu'à la prochaine défécation : par exemple, il était exceptionnellement dur de trouver un emploi ou même d'acheter un billet d'avion pour quelqu'un souffrant de diarrhées chroniques ou de constipation. Le Smecta se négociait à prix d'or. Au contraire, la succession pendant six jours de selles avec un taux exemplaire d'azote fécal, de phosphore et de potassium permettait de gagner une demi-part d'impôt le mois suivant (la tenue des fèces étant hautement sujette au changement, le taux d'imposition était maintenant calculé au mois). À y découvrir l'ambiance régnant dans les rues, la politesse des citoyens, les trottoirs impeccables, les voitures silencieuses, les couleurs folkloriques, la verdure en excès, les visages enjoués, l'insécurité inexistante, l'air pur et frais l'imprégnant, Jérémie conclut que ce processus débouchait sur une société juste, parce qu'aléatoire. En ce sens, il était possible de faire le rapprochement avec les origines de la démocratie, c'est-à-dire le tirage au sort. Il n'y avait plus du tout de classes préétablies, d'héritages, de luttes sociales. Non, on pouvait, de manière complètement incongrue, d'un jour à l'autre, d'un mois à l'autre, gagner ou perdre en stature sociale. Le fameux transfuge était à portée de tous. La complexité des critères associés à l'analyse des selles regorgeait d'inventivité et le calcul du score citoyen n'était pas une affaire facile, nombre d'algorithmes devaient sûrement s'y atteler. En même temps, se dit Jérémie, c'était basé *a minima* sur l'hygiène. On ne pouvait plus se permettre de manger ou de boire n'importe quoi. Le sport aide la digestion. Le sommeil aussi. Sauf virus (mais ils semblaient éliminés), le transit était devenu la clé d'un jugement objectif sur les individus et leur mode de vie. Pas mal. À la vue des immenses écrans visibles dans les rues, celle qui devait diriger cette ville, cette époque, ce pays, cette nation – Jérémie ne savait pas précisément – était une femme qui ressemblait fort au Dr Chloé Rosenblatt. D'ailleurs, c'était elle. Jérémie déambula encore un peu dans cette ville idyllique en scrutant les yeux bleus de la gastroentérologue qui s'exhibaient partout où il déplaçait son regard et en se demandant qui étaient tous ces gens si heureux, aux allures d'Islandais, d'où ils venaient, où ils allaient. Il essaya à plusieurs reprises des toilettes publiques d'un confort et d'une propreté irréprochables, affichant son score instantanément à l'extérieur, sur un écran visible de tous. À sa sortie, des passants l'applaudirent. Il ne se passa rien d'autre. En revanche, au réveil, il ressentit une douleur intense et inconnue à l'épaule droite.

XII

11 h 10

Une pause bien méritée. Il connaissait en lui ce trait de caractère, peut-être une anomalie, qui faisait qu'il voulait tout contrôler. Aussi, jamais la moindre digression n'était susceptible de l'écarter du chemin, aucune résolution n'avortait là-devant et l'incertain ne pouvait d'aucune façon venir déstabiliser sa réalité. Sinon, Jérémie ne passionnerait personne. Sinon, il n'avancerait pas. Voilà ce qu'il s'était toujours forcé à penser et qu'il eut besoin de se remettre en tête. Depuis tout ce temps, quand même, qu'il endurait à crever, un an maintenant, qu'il acceptait, flegmatique, ce qu'on lui imposait, qu'il se débattait pour donner à cela une signification. Parce que tout a une signification sinon tout est perdu. Son auditoire, d'un pas si mou, rejoignit qui le buffet, qui une table, qui les toilettes, qui le couloir, qui le bureau du deuxième. Ils auraient eu tort de juger si vite Jérémie. S'il leur arrivait ne serait-ce qu'un dixième de tout ce que je souffre, s'ils avaient vécu la nuit que je viens de vivre, ils ne tiendraient même plus debout, songea-t-il en se servant une nouvelle tasse de thé avant de quitter discrètement la salle pour la terrasse, ne pouvant tolérer les chuchotements, les regards, les bavardages, ne pouvant subir absolument rien de plus ni rien de tout cela. À quand la fin de ses souffrances, à quand le sens de son supplice ? seules ces interrogations l'intéressaient et Jérémie, prêt déjà à supporter un échec qu'il n'avait plus essuyé depuis la cour de récréation ou sans doute depuis qu'il n'était plus père, attendait, comme s'il se persuadait de ce qu'il n'était pas responsable – ou, plutôt, comme s'il craignait cette responsabilité –, de savoir quel sort le destin voulait bien qu'il connût.

La bruine écrasait tout sur son passage, le ciel était lourd, les perspectives bouchées, l'horizon au milieu. Les trains, dans un fracas jubilatoire, allaient et venaient de la gare d'Austerlitz à la bibliothèque François-Mitterrand et c'est à ce moment-là qu'il le rejoignit sur la terrasse privée de la Station F.

— Bonjour, *hello, I…* je suis Darshan.

— Je, *I know… Jeremie, well… you know too, of course.*

Pas bandant comme intro. Le compte en banque de ce gars-là pesait plus de deux cents milliards de dollars, son entreprise, comprenant maintenant cette nouvelle succursale divertissements catégorie vidéos à la demande, plus de mille milliards en Bourse. Jérémie devait faire mieux.

— Pardonnez mon accent, mais je préfère continuer en français, ça m'entraîne.

— Pas de problème.

— Bravo pour tout ça déjà. C'est super, très, comment dit-on, pertinent, c'est ça, pertinent. Vous êtes un bon.

— Merci de votre confiance. C'est vrai, ça vous plaît ?

Jérémie avait envie de lui dire qu'il l'avait vu avec son téléphone pendant près de la moitié du temps où il s'évertuait, malgré son état, à lui présenter un truc qui allait non seulement révolutionner son entreprise, mais toutes les entreprises du milieu, si ce n'est l'histoire de l'humanité. Il était dingue, le mec : c'était de la bombe. Et si Jérémie avait été un peu plus dans son assiette, un peu plus dans un corps convenable surtout, il l'aurait compris, le Darshan, homme le plus riche d'Inde ou pas homme le plus riche d'Inde.

— Ça me plaît beaucoup oui. On va faire tout… tout comme vous dites.

Jérémie préférait ça.

— Mais je tenais d'abord à m'excuser si je regardais mon *phone* tout à l'heure, j'ai vu que ça vous avait dés-déstabili… dés-déstabilisé.

Jérémie n'était vraiment pas en forme pour avoir failli au point de laisser transparaître un sentiment.

— C'est juste que, pour que vous sachiez, j'ai une nouvelle sonde qui est arrivée sur Mars hier… et mes équipes venaient de rétablir la communication avec elle. Je… je regardais donc… un peu… sa caméra principale. Vous voulez voir ?

— Oui, bien sûr.

Darshan lui tendit son téléphone, un prototype pliable géant d'une marque pas encore déposée, et lui montra l'image en précisant :

— *It's live, baby.*

Jérémie s'approcha de l'appareil pour regarder attentivement. Il vit l'immensité catégorielle de nos désirs, il vit tant de révolutions passées autour du Soleil et tant d'autres à venir, il vit le dévalement autant que le dévoilement, il vit le réel et la contrefaçon, il vit la hardiesse salvatrice et l'évanescence des génies, il vit aussi le dénouement et le début d'un prochain tout, il vit sens et non-sens main dans la main, il vit le prédicat de nos croyances, il vit la substance de la pensée, il vit un système symbolique, il vit du minéral pur et l'absence de nourriture, il vit l'enfoui et le surgissement, il vit la quintessence de nos ennuis, il vit l'illusion pieuse de nos petits tracas, il vit de la bizarrerie. Il y vit surtout un travelling sur un vaste désert ocre, et l'horizon qui n'était pas au milieu.

— Vous savez ce que c'est ?

— C'est Mars ?

— Oui mais précisément sur Mars ?

— Je ne sais pas.

— Ça s'appelle la plaine des Enfers. On dit que c'est le sanctuaire des âmes… *damned* ?

— Damnées.

— Oui, merci, des âmes damnées, de toute la galaxie. On s'y retrouvera tous les deux, une fois que la mort nous aura pris.

XIII

Quand il déposa le gel sur son épaule, Jérémie repensa à elle. La première fois qu'il l'avait vue, c'était grâce à la même substance couplant la structure échographiée et la sonde, indispensable pour éviter une interposition qui brouillerait la transmission des ultrasons. À l'époque, c'était un gynécologue ; ils étaient deux et bientôt trois. Aujourd'hui, c'était un radiologue ; il était un et puis c'est tout.

Très vite, le médecin lui changea les idées. Avec l'échographe, il l'avait trouvée sans difficulté, sa tendinite.

— Un mouvement brusque dernièrement ?

— Non.

— Une chute ?

— Non.

— Bon.

— Qu'est-ce que j'ai ?

— Là, vous voyez ? Il y a un noyau de tendinopathie du sus-épineux avec une bursite d'accompagnement sur l'accrochage sous-acromial. C'est pas grand-chose, hein, mais ça peut faire mal.

— On attrape ça comment ?

— Dans votre cas, s'il n'y a pas eu de choc, c'est peut-être dû à une mauvaise position dans votre sommeil. Ou à une mauvaise posture répétée. Qu'est-ce que vous faites dans la vie ?

— Je code.

— C'est-à-dire ?

— Je suis informaticien.

— Ah, bah, cherchez pas. C'est ça. Écriture au clavier plus de deux heures par jour ?

— Largement.

— Alors c'est ça. Vous devriez diminuer, ou changer de position.

— Mais qu'est-ce que vous avez tous avec ça !? Je ne peux pas diminuer, et j'ai la même position depuis mes seize ans. Je ne vais pas en changer maintenant.

— Et bah faudra attendre que ça passe.

— Combien de temps ?

— Un an, parfois deux. Et ça peut revenir. Ça revient souvent. C'est par cycles, toute la vie. Si vous voulez que ça progresse vite, il faut être très à cheval sur les exercices, je vais vous prescrire du kiné.

— Mais je fais déjà deux heures de gym par jour.

— Quoi comme genre de gym ?

— Du yoga, des étirements, du Pilates, gym suédoise aussi. Un peu de muscu, mais pas trop, justement, pour éviter ce genre de trucs.

— Et bah comme quoi, ça n'a pas suffi, ou il y a quelque chose que vous faites mal. De toute façon, ça sert à rien de faire deux heures de yoga par jour si vous en passez douze devant un écran, hein. Le corps n'est pas fait pour ça. Enfin, vous verrez avec le kiné.

— Mais vous en voyez beaucoup, des trucs comme ça ?

— À votre âge, non, non, rarement, mais ne vous inquiétez pas, ça arrive, c'est pas grave,

— mais c'est très chiant.

— Voilà.

Après avoir dicté son rapport sur un vieux dictaphone et rédigé d'une écriture illisible une ordonnance, le radiologue s'arrêta quelques instants pour réfléchir, regarda Jérémie droit dans les yeux d'une allure paternelle et lui demanda s'il pouvait être sincère avec lui. Il acquiesça, évidemment.

— Alors je vais vous dire, moi, ce que je pense, au fond. Et c'est pas contre vous, attention. Vous m'avez l'air d'être un bon gars. Moi, j'étais dans l'armée avant. Sur le champ de bataille. Première guerre du Golfe, *Tempête du désert* d'abord, puis l'opération au sol : *Sabre du désert*. Avec mon échographe, presque le même que celui-là, un peu moins perfectionné, mais ça faisait le boulot. Les Américains à côté, ils avaient des scanners, des IRM, directement importés de chez eux, sous leur tente, et nous, les Français, on avait ces appareils de merde, pour les mêmes blessures, hein, pour de la chair ouverte, des balles coincées dans les muscles, des os défoncés, écrabouillés, détruits, des hommes en charpie, qui rentraient en deux, trois morceaux, parfois quatre. Pas pour des tendinites quoi, mais c'est pas contre vous, hein. Donc : moi, j'ai vu des gars de votre âge avec la moitié de leur bras charcutée, qu'ils tenaient dans les mains pour qu'il ne se détache pas de leur corps. Vous croyez qu'ils se plaignaient ? Qu'ils hurlaient ? Non, ils étaient fiers, ils ne mouftaient pas. Ils souffraient, point barre. Aujourd'hui, les gens, moi, ils me font pitié. Ils ont oublié ce que c'est que la vraie souffrance, ils sont sensibles à tout, suprasensibles même, au monde, au chagrin, à la pollution, aux maux de ventre. Vous savez ce qu'on est en train de devenir, nous, les Occidentaux ? Des chochottes. Oui, des chochottes, et pardonnez-moi l'expression, je ne dis pas ça pour vous. Je le vois gros comme une maison, notre devenir-chochotte. Parce que là-dehors, ils sont tous en train de réfléchir à ce qui ne va pas, à bien analyser leur corps, la planète, les inégalités et toutes ces conneries, c'est normal qu'à la fin, ils aient mal. C'est notre destin à tous de souffrir, au moins un petit peu. Ce qui n'est pas normal, c'est de n'avoir mal nulle part. Et on l'a oublié. Parti comme ça, je ne sais pas si on va réussir à survivre, c'est moi qui vous le dis. C'est la jungle la vie, et y en a qui savent souffrir, eux, et qui n'attendent que leur tour pour prendre notre place. Tout ça pour vous dire que vous êtes peut-être sur le bon chemin, oui peut-être que vous commencez à revenir dans la lucidité, que vous entrevoyez le sentier de la rédemption en vous rendant compte que finalement, un corps, c'est pas de tout repos et qu'avoir mal, ce n'est pas forcément aller mal, encore une fois, c'est tout à fait normal. Et dans normal, y a mal. Eh ! Une habitude, ça met du temps à se reprendre quand on l'avait perdue. Ça devrait être la routine, la base, le neutre : d'avoir mal quelque part, c'est une machine complexe le corps, hein, un bel engin, mais faut pas abuser non plus sur les exigences, toujours des je veux ci je veux ça. Voilà, ça déraille un peu, parfois, souvent. Qu'est-ce qu'on peut y faire ? Moi, je vous conseille : faites-en une force. Sortez d'ici en vous disant que vous avez appris quelque chose : que ce n'est pas normal d'avoir mal nulle part. C'est la vie, et il faut endurer.

D'ailleurs, vous savez que Louis XIV a vécu une partie de son règne avec un sphacèle ?

— Ah non, je ne savais pas, je savais pour les fistules, par contre.

— Aussi, oui. Vous connaissez votre histoire, c'est bien. Et alors : est-ce que ça l'a empêché d'être un bon roi ?

XIV

— Asseyez-vous ici, je vous en prie, M. le ministre ne va pas tarder à vous recevoir.
— Excusez-moi ?
— Oui ?
— Je peux vous poser une question ?
— Allez-y.
— L'escalier là-bas…
— L'escalier d'honneur.
— L'escalier d'honneur, voilà, à tout hasard, est-ce que vous savez qui en est le marbrier ?
— Le marbrier ?
— Oui, celui qui a fait le marbre, surtout le rouge, sur les murs.
— Ah, non, je ne sais pas, mais je peux me renseigner si vous le voulez.
— Je veux bien, merci.

En toute délicatesse pour ne pas incommoder son kyste et comme on le lui avait demandé, Jérémie s'assit sur une très belle banquette Empire, dans l'antichambre du ministère. Au mur, les portraits de tous les ministres de l'Intérieur depuis Lucien Bonaparte, ceux de Vichy compris. Le petit fascicule du ministère de l'Intérieur spécifiait que pendant la guerre, l'hôtel abritait les services de la Gestapo, mais que “la torture n’y était pas utilisée”. Ouf. De toute façon, Jérémie ne lut pas le petit fascicule, comme il ne regardait pas les portraits tant il était subjugué par le miroitement des rayons du soleil sur un pendule à colonnes en marbre plan et bronze doré, sûrement Louis XVI, et Le Dunois pour le cadran. Jérémie avait tout juste. Au lycée, il s’était entiché d’architecture et d’histoire des matériaux de construction, passion qui ne l’avait pas lâché depuis. Plus particulièrement la pierre, ignorant encore que c’était son destin, notre destin à tous. En toisant par la fenêtre les quatre cent treize arbres plantés au XIXe siècle en provenance des pépinières du Petit Trianon, et la majesté des six mille mètres carrés de jardin, il se dit deux choses : qu’il avait encore du chemin à parcourir niveau luxe, mais que ces fenêtres-là étaient mal isolées, rien à voir avec les siennes. À tous les coups c’est Coquet. Il le pensa au moment où le majordome revint pour lui donner le nom du marbrier de l’escalier d’honneur.

— Coquet.

— Évidemment. Merci, monsieur.

Après avoir exécuté une légère génuflexion, le majordome lui tourna le dos et se retira. L’œil de Jérémie s’arrêta maintenant sur un grand tableau abstrait, un peu fade à son goût – c’était le moins qu’on puisse dire –, faits de lignes géométriques, de quelques pointillés, d’angles, sans aucune couleur. Intrigué mollement, il prit le temps de se pencher sur le cartel qui indiquait : Charles-Henri Monvert, *Le Blanc, le gris, le noir, le blanc*, 1990/1991. Cette donnée ne changea absolument pas l’indifférence totale qu’il ressentait devant cette peinture, voire l’accentua, et la seule chose qu’elle provoqua chez lui fut un désir de tapis. Il ne s'était pas du tout occupé des tapis, il y avait pensé, avait mis ça dans un coin de sa tête, mais quand Nicolas était venu deux semaines plus tôt, il avait complètement oublié d'en commander. Il nota dans son téléphone l'artiste du tableau, convaincu que ces motifs seraient exquis – sur un tapis. Le tapis, ne pas oublier le tapis. **Gras**, souligné.

Ils manquaient d'ambition quand même, au gouvernement : non, ce n'était pas terrible, tout ça. Le mélange, un peu vieillot. Heureusement qu'ils avaient eu, à une époque, de grands artisans qui œuvraient sur des produits de qualité, parce que sinon, à dire vrai, cela ne payait vraiment pas de mine, ce ministère. Ah, si : ils avaient l'air d'avoir un bon jardinier. Néanmoins, c'était surtout le volume qui en jetait, en plein cœur de Paris. Mais s'il l'était lui, ministre, il garderait certains matériaux, qu'il ferait retravailler ensuite, typiquement : le marbre de l'escalier pour un îlot central ou une salle de bains, et il raserait tout le reste, pour reconstruire un truc nickel. Et bien isolé.

Jérémie s'engagea dans quelques étirements propices à soulager son épaule, toujours souffrante, et pour longtemps, s'il avait bien écouté le kinésithérapeute. Malgré la pureté irréprochable de son costume sur mesure en tweed, il se sentait serré, avec cette cravate qui ne lui seyait guère, vestige d'un autre temps s'accrochant à son pouvoir, jurant affreusement avec ses longs cheveux soyeux et ses lunettes à monture en écaille, alors qu'objectivement, le pouvoir avait changé de mains depuis belle lurette : oui, il avait atterri dans l'orbe sombre de tous les Jérémie, dont il était un des augustes représentants, de ceux qui parmi ses semblables n'avaient plus peur d'embrasser la lumière. Dans les ténèbres, il s'était toujours tenu prêt. Jérémie devait toutefois se prêter encore un peu au jeu des déférences pour continuer à les persuader de leur rôle cardinal. Les transitions peuvent prendre du temps, il fallait s'en accommoder, même s'il avait hâte que cette attitude rébarbative s'achevât et qu'éclatât au grand jour l'évidence de la réalité : ils n'étaient plus rien quand eux étaient tout. Vu de son cœur, c'était maintenant à ces vieux croupis d'hier, fin de race dégénérée, derniers lambeaux d'un jour, de se mettre à genoux et de confesser la vaste supercherie pour que s'arrêtent toutes ces simagrées, que l'anticipation des effets l'emporte sur le respect des principes, que les résultats l'emportent sur les actes et, enfin, que la fin justifie vraiment les moyens.

En même temps, cette technocratie avait assurément du bon, et peut-être valait-il mieux que cette mascarade ne cessât jamais. À l'idée que son destin fût de rester dans l'ombre d'une gouvernance de pantins, Jérémie ne se réjouissait guère, mais il était aussi fort probable que la quintessence de son pouvoir, de leur pouvoir, du pouvoir de la Tech, reposât sur l'ignorance généralisée de son existence, ou plutôt sur une volonté collective de s'illusionner sciemment. Qui croyait vraiment que les gouvernements, les présidents, les ministres, les assemblées et les parlements eussent désormais quelques prérogatives, franchement, il aurait aimé le savoir, peut-être devait-il commander un sondage en ce sens. Pourquoi pas, mais au fond : quel intérêt ? Ceux qui tentaient de dénoncer cet état de fait se voyaient immédiatement mis au placard polymorphe des complotistes, fascistes, indigénistes et autres bannissements progressistes : tout cela avait été évidemment conçu et imaginé pour le servir, pour jouer en sa faveur, à lui, et à ses petits copains aux fortunes bientôt proches du PIB des plus grands États industrialisés. Durant ces dernières années, leurs algorithmes avaient maintenu le consensus, encourageant les uns, parfois les autres, proposant la possibilité d'une paix entre ce qui s'appelait encore les extrêmes, mais l'équilibre ne tenait à rien et tous leurs cabinets de conseil, leurs gestionnaires de crises à la noix, leurs experts en réseaux sociaux, leurs millions de faux comptes pour truquer une élection, les médias ou les influenceurs, tout ça ne faisait pas le poids. Il eût juste suffi de changer une dizaine d'algorithmes, pas plus, dont quelques-uns lui appartenaient en personne, pour enflammer le pays et les voisins avec. Pour faire passer l'histoire dans une ère nouvelle. Jérémie et les siens étaient la clé, attendant blottis dans l'obscurité, même si, pour l'instant, ils acceptaient cet ancien monde qui voulait faire croire qu'entre les conservateurs et les déconstructeurs, entre les nationalistes et les mondialistes, entre les patriotes et les décoloniaux, il existât une voie. Mais jusqu'à quand ? Il conclut sa pensée en prenant conscience qu'il n'avait plus besoin de ce cérémoniel convenu, mais qu'il était en revanche nécessaire de le conserver, le temps de voir venir et de choisir un camp, dans les pattes de ces vieillards cireux, pour que les Jérémie gardassent sans aucun risque le systématisme de leur suprématie.

— Bonjour monsieur le ministre.

Le ministre de l'Intérieur s'excusa pour sa demi-heure de retard. Accompagné d'une ribambelle de patriciens qui se levèrent un à un pour lui serrer la main en se présentant, il invita Jérémie à s'asseoir dans le salon constitué de minables canapés en faux cuir noir. La table basse n'avait guère plus d'intérêt. En revanche,

— Excusez-moi, monsieur le ministre, je me permets juste une petite question : votre bureau là-bas c'est de l'acajou, avec plateau en bronze ?

— Vous avez l'œil. C'était à l'archichancelier de l'Empire, Jean-Jacques-Régis de Cambacérès, qui n'a jamais été ministre de l'Intérieur, d'ailleurs.

— Et les consoles, là ? Elles sont rechampies d'or ?

— Oui. Et le plateau ?

— Marbre blanc.

— Exactement, époque Restauration cette fois-ci. Bon, nous ne sommes pas ici pour parler ameublement ?

— Non, désolé monsieur le ministre.

— Alors allons-y, commençons, je n'ai malheureusement pas beaucoup de temps. La France, vous comprenez.

Le ministre de l'Intérieur le convoquait à propos d'un projet qu'il avait demandé à une de ses équipes de superviser et qui était tout à fait dans les cordes de Jérémie, dont la renommée était très vite remontée jusqu'au sommet de l'État où on le considérait déjà, sans qu'on l'eût encore décoré – et cela ne saurait tarder –, comme une fierté nationale. L'idée était simple et leur venait de Los Angeles : concevoir un algorithme pour accompagner les forces de l'ordre dans la mission d'empêcher les délits, les crimes et, surtout, les homicides. La France désirait, comme sur beaucoup de choses, être une pionnière en Europe. Attention, rien n'avait été validé, ni par les parlementaires, ni par le Conseil d'État, ni par le Conseil constitutionnel, ni par le président, ni même par Bruxelles. Le ministre ne s'avançait pas, il sollicitait un prototype, une étude, une proposition, quelque chose de solide à présenter et dont il pourrait, espérait-il, et une fois les réfractaires facilement éliminés, tirer moult lauriers. C'était confidentiel, évidemment. Jérémie leur exposa les grandes lignes de ses premières recherches en la matière. Il voulait s'inspirer des prédictions sismiques de Marsan. Oui, selon les statistiques, et comme pour les séismes, selon le lieu, l'espace et le temps, les crimes suivaient une logique, une dynamique ; ils n'étaient jamais isolés et avaient une tendance compulsive à la répétition ; on appelait ça : une structure de déclenchement en cascade. Rien de plus prévisible, finalement. Jérémie leur expliqua que les algorithmes de prédiction se basaient toujours sur du passé, sur le fait que si un événement s'était déjà déroulé plusieurs fois, il se déroulerait encore et encore, dans la même configuration. Avec CleanPredict – le nom était provisoire –, Jérémie leur promettait une France en paix et des rues nettoyées. Grâce à une puissance de calcul gigantesque et une base de données tout aussi mirobolante, la police pouvait enfin dire adieu à ses rondes aléatoires, peu efficaces, infructueuses et désuètes. Le logiciel indiquerait dorénavant aux agents en service, minute après minute, heure après heure, jour après jour, les endroits précis où il était le plus probable qu'un crime se produisît. Le codage était simple, il l'avait déjà esquissé (il suffisait juste de décrire un processus inhomogène, c'était une équation de probabilité quoi, un calcul de risque, une idéalisation de la moyenne des crimes sur une surface, mais il ne rentra pas plus dans les détails, tout était tellement plus complexe, intrinsèquement opaque comme tout ce qui relevait de la technique, et il les méprisait tant avec leur costume-cravate bon marché). Il n'y avait maintenant plus qu'à procéder à l'apprentissage machine. Jérémie avait donc besoin d'un accès à la banque de données des polices nationale et municipales, de la gendarmerie et des renseignements. Le tout serait évidemment protégé : il leur proposa de ne pas y avoir accès lui-même, mais de confier à un de leurs agents spécialisés en la matière l'éducation de son algorithme. Pas de problème, Jérémie verrait ça avec Martin Gèse, ici présent. Ils acquiescèrent réciproquement par un hochement de tête confraternel. Le ministre interrogea ensuite Jérémie sur le temps que ça prendrait, qu'il sache quand l'essai pourrait avoir lieu. Tout dépendait de la puissance de leur supercalculateur, mais s'ils utilisaient celui de la DGSI, le logiciel serait prêt dans trois semaines : c'était le temps qu'il lui fallait pour intégrer l'historique de l'entièreté de toutes les infractions commises sur le territoire depuis qu'on avait commencé à les recenser. De son côté, il avait été prévoyant, il avait conçu l'interface, sous forme d'application mobile, qui servirait pour les premières expérimentations. Il avait encore un peu de travail avant de leur fournir l'équivalent logiciel pour ordinateur. Prouvant à nouveau son efficacité, et sans qu'on lui eût rien demandé, Jérémie montra, sur son téléphone, à quoi CleanPredict pourrait ressembler. Très simple, très lisible : il avait repris la cartographie de Waze et, à l'aide de marqueurs incroyablement précis, les positions à vérifier en priorité par les patrouilles seraient suggérées par un code couleur clair. L'application intégrerait aussi plus tard un GPS qui permettrait aux agents de s'y rendre le plus rapidement possible, en leur recommandant la route la plus pertinente, selon leur localisation. L'apprentissage machine serait lancé le lendemain. Le ministre était conquis. Il conclut le rendez-vous en disant à Jérémie :

— La France a besoin d'hommes comme vous.

XV

Bientôt, la nuit sera noire. La grande sauterie annuelle de la French Tech battait son plein. Le brouhaha mondialiste l'assourdissait. Il était 21 h 12. L'énorme *food court* au cœur de la Station F bien-nommé La Felicità était entièrement privatisé pour l'occasion. Assis sur un banc pégueux de *biergarten* à la noix, Jérémie venait de raconter son passage au ministère à Nicolas, qui l'en congratula. Et ils trinquèrent à la fin de l'apprentissage machine ; ce jour-là, cela faisait trois semaines exactement. Sur son téléphone et via la version de travail de l'application, Jérémie fit une démonstration et ils regardèrent ensemble le résultat.

— Tu vois, ça, ça veut dire qu'aucun meurtre ne sera commis ici dans la prochaine heure.

— Ouf, je peux boire ma bière tranquille alors.

Ils sourirent. En tant que coach attentionné, Nicolas lui fit pour la énième fois une remarque sur son abstinence totale d'alcool, qu'il avait la possibilité de ne pas être si radical, que se laisser distraire parfois de son régime de vie – si vertueux soit-il –, pouvait également devenir unc source de bonheur et de bien-être. Que les lois, c'était fait pour être contourné, de temps en temps. Un pas de côté, et je vais mieux. Jérémie n'était vraiment, mais vraiment pas de cet avis. Il lui répéta, comme d'habitude, qu'un régime ça se suivait ou ça n'était pas. Ce qu'il ne lui disait pas, c'était qu'il avait peur. Pour en persuader les autres, il s'en persuadait lui-même. Oui, s'il n'avait presque jamais consommé d'alcool, s'il n'avait jamais fumé, quasiment jamais bu de café, et pour les stupéfiants, n'en parlons pas, ce n'était pas que pour son *wellness body*, c'était parce qu'il avait trop peur : trop peur d'aimer ça, d'être accro, trop peur de l'effet que ça pourrait avoir sur lui, de lâcher quelque chose, de s'effacer, de s'éteindre, de disparaître. D'être trop humain.

Et puis, ils commencèrent leur petit jeu habituel : imaginer les discussions des gens qu'ils reconnaissaient. Là, il y avait Hélène Lefebvre, directrice-gérante d'Eclypia, qui parlait sûrement de son système de surveillance de la glycémie illuminant les tissus sous-cutanés avec des lasers à cascade quantique. Là, Noam Shazeer et Daniel de Freitas qui revendiquaient plus de 170 millions d'utilisateurs pour leur Character.ai où on pouvait avoir une conversation instantanée avec un personnage fictif ou réel, leurs Shakespeare, San Gohan ou Napoléon, entre autres, étaient criants de vérité. Là, Matthieu Lapeyre, le cofondateur de Pollen Robotics, qui ne jurait que par l'open source en baragouinant sur Reachy, son robot optimisé capable de prendre soin des personnes âgées. Là, Hervé Beuffe, PDG de Tiamat, qui vantait ses batteries sodium-ion que l'absence de dépendance aux métaux lourds (mais seulement au sel) rendait révolutionnaires. Là, Roxanne Varza, évidemment, l'hôte de la soirée, qui devait parler sept langues en même temps. Là, Éléonore Crespo – sacrée Élé, ajouta Nicolas –, cofondatrice de Pigment, qui promettait à tout l'univers de sortir les planifications financières de leur addiction à Excel grâce à sa nouvelle plateforme connectée. Là, Arthur Mensch, cofondateur de Mistral AI, qui affirmait avec élégance et sérieux (Jérémie l'adorait) que Google et OpenAI, c'était fini. En revanche, il oubliait à tous les coups de dire que son modèle était développé avec sept milliards de paramètres. Contre 175 en moyenne pour ses concurrents américains. Là, Pierre-Édouard Stérin qui cherchait sur qui investir pour espérer une prompte béatification. Là, Romain Balu, cofondateur de Bodega, qui devait sombrer dans les pires lieux communs soporifiques du genre : je vais proposer des prototypes dotés de fonctionnalités spécifiques aux besoins de chaque entreprise. Bref, rien d'innovant. Romain est à la masse, pensa Jérémie. Ça faisait vingt ans maintenant qu'on savait que ce qui marchait, c'était d'individualiser toujours plus, de créer de plus en plus de désirs attitrés, de spécificités, de problématiques personnelles et uniquement personnelles. Oublie le collectif était une des premières phrases que Jérémie avait inscrites sur le mur derrière son bureau. Il avait seize ans. Il continuait ce rituel. L'année suivante, il y avait eu : Deviens ton propre pays ou Recentre-toi sur le moi.

Le numérique, internet, les réseaux sociaux et tous les algorithmes régissant ce monde dans le monde, cet empire dans l'empire, avaient été, pour lui, une aubaine : c'était dorénavant facile de rendre chacun unique, tout en coupant le lien entre les gens, mais sans leur donner l'impression d'être seuls. On pouvait y ajouter une réponse législative, cerise sur le gâteau, la main sur le cœur : oui, ta souffrance aura sa loi pour la défendre. D'où l'importance des ministres, finalement. De cette manière-là, et avant que vous ne puissiez vous en rendre compte : il n'y aura enfin plus de vous, plus d'eux, plus de cultures, de régions, de nations, de continents, de civilisations, de frontières, de sacré, d'histoire, de temps. Plus de réel. Seulement du business, à la première personne du singulier mondialisée. À ce moment-là, et Jérémie le sentait proche, la mission de tous les génies ici présents serait achevée. Entendons-le correctement : faire huit milliards d'individus uniques revenait à faire huit milliards d'individus similaires.

Il n'avait rien particulièrement contre Romain, ils s'étaient croisés à plusieurs reprises, peut-être qu'ils avaient discuté une fois, mais Jérémie prenait soin de l'ignorer assez pour bien lui faire sentir qu'ils ne boxaient pas du tout dans la même catégorie et qu'il était indispensable qu'il se tienne un peu à l'écart de lui, qu'on ne puisse jamais croire, d'un point de vue extérieur, qu'ils étaient amis, ou ne serait-ce que Jérémie pût avoir le moindre intérêt envers sa personne. Les choses étaient claires : tous ces gens-là avaient, un jour ou l'autre, fait une proposition d'embauche à Jérémie, qu'il avait invariablement refusée. Ne pas monter sa boîte n'était pas un aveu de faiblesse, c'était l'inverse : il gardait un pouvoir inconditionnel sur son image de passionné, d'artisan indépendant, d'artiste génial du code. Depuis quelque temps, dans le milieu, on l'appelait Dalí. Ce surnom ne le dérangeait pas, personne ne savait d'ailleurs vraiment qui était Dalí, à l'exception de celui qui lui avait donné ce nom, qui n'allait pas tarder à apparaître et qui avait plutôt visé juste. Jérémie était à part, solitaire, aussi exubérant qu'impénétrable, aussi drôle qu'égocentrique ; personne n'y avait accès (sauf son copain barbu prof de gym : ce qui rajoutait du mystère au mystère) et c'était mieux comme ça. Une légende urbaine, rien de plus, rien de moins, en chair et en os.

— Ah, le Dalí, comment il va ?

— Salut Xavier, ça va bien et toi ?

— Oui très bien. Je viens d'avoir Darshan au téléphone, dis-moi, j'ai appris que t'allais refaire toute la structure algo de sa succursale vidéo.

— Les nouvelles vont vite.

— T'as dû prendre un sacré chèque…

— Sacré, c'est le mot.

— Je triple la mise annuellement pour que tu viennes chez Altice.

— Toujours pas.

— Je demande, on ne sait jamais, il y a des choses qui changent.

— Et d'autres qui ne changeront jamais.

— D'ailleurs, j'ai proposé à Darshan de lui prêter les grands bureaux là-haut, pour ta présentation.

— Ah super, merci.

— C'est dans un an, c'est ça ?

— Dix mois maintenant.

— Bon, on a le temps de voir venir. Allez, porte-toi bien mon gars.

Avant de repartir, Xavier le serra très fort dans ses bras, deux bonnes tapes, bien visibles, bien audibles. Et il repartit en les ignorant tous. Jérémie, d'un regard inquisiteur, vérifia qu'ils avaient observé ce qu'il s'était passé. Qu'à la seconde même où Xavier avait fait son apparition à la soirée, c'était vers lui qu'il était venu, c'était à lui qu'il avait parlé, c'était à lui qu'il avait fait un câlin, à lui et à personne d'autre. Ils avaient vu. Jérémie flottait au firmament, dansant sous une pluie d'étoiles filantes.

— Bon, on va faire un petit tour quand même, taper deux trois bises ?

— Allez.

Jérémie et Nicolas firent donc ce qu'ils venaient de dire. Tout le monde semblait s'adorer alors que personne ne pouvait se piffrer, ils affectionnaient cela et, à leur tour, ils en faisaient des caisses. Chaque individu qu'allait voir Jérémie interrompait immédiatement sa conversation pour le saluer, lui demander des nouvelles, le féliciter, le couvrir de compliments. Nicolas n'en revenait toujours pas et c'était son grand jeu que d'assister, béat, à l'oligarchie de la mascarade. Systématiquement, il y avait dans ces soirées des invités d'invités, des +1 comme ils disent entre progressistes. Parce que ces intrus posaient chaque fois les mêmes questions avec une sorte de mépris déconcertant mêlé à un vague intérêt scientifique, ça se captait tout de suite qu'ils venaient d'ailleurs. Cette fois-ci, Jérémie et Nicolas entendirent :

— Voler le texte des autres et le modifier juste assez pour ne pas tomber sous le coup des droits d'auteur, c'est ça votre intelligence artificielle ?

Tiens, un marxiste se dit Jérémie, avant de lui répondre.

— Es-tu capable de traduire parfaitement un texte depuis une langue que tu ne connais pas vers une autre langue que tu ne connais pas ?

— Non.

— Alors, ta gueule.

Et ils tracèrent leur route. En un brin plus pertinent, ils eurent aussi droit à :

— Mais les algorithmes ne pourront jamais être objectifs ni même réduire le risque de choix subjectif, la subjectivité, elle revient à celui qui compose l'algorithme.

— Ma subjectivité est utilisée par des centaines de millions de personnes, à chaque seconde. J'appelle ça de l'objectivité, moi.

Et ils continuèrent leur chemin, se dirigeant vers le bar pour que Nicolas puisse reprendre une bière.

— Salut Jérémie.

— Ah, salut Alexis, ça va ? T'as pas l'air dans ton assiette, tu bois tout seul au comptoir maintenant ?

— M'en parle pas. Je viens de me faire virer.

— Ah bon. De YouTube ?

— Ouais.

— Pourquoi ?

— Faute grave.

— Merde, mais t'as foutu quoi ?

— Je leur concevais un nouvel algorithme de détection des contenus haineux, et j'ai merdé.

— Il s'est passé quoi ?

— Le lendemain de sa mise en fonction, l'algo a censuré la page de Magnus Carlsen.

— Magnus ? Le champion du monde d'échecs ?

— Ouais.

— Raconte.

— Dans l'analyse d'une ouverture de partie, Magnus a dit : "ici, c'est très clair que les noirs menacent les blancs."

— Ah merde.

— Je t'en parle pas, en plus ça a complètement effacé sa page et tout son historique. Neal en personne m'a appelé pour me virer.

— Pas de bol.

— Si t'as du taf, n'hésite pas.

— Non, j'ai pas de taf, désolé. Allez, salut.

Avec la prétention de lui remonter le moral par l'honneur public qu'il lui faisait, Jérémie lui prodigua une modeste caresse, très légère, sur l'épaule. Nicolas venait de récupérer sa bière. La déambulation se poursuivit.

— Moi ça me fait peur pour l'emploi, les algorithmes, l'intelligence artificielle, tout ça, ça va nous remplacer, c'est sûr.

Tiens, un socialiste, se dit Jérémie, avant de lui répondre.

— Si t'as un métier qui peut être remplacé par un algorithme, c'est que t'as vraiment un métier de merde, ça ne sera pas une grande perte pour toi.

Les gens qui entendirent cette phrase n'étaient pas certains qu'elle vînt de la bouche de Jérémie.

— Moi, mes algorithmes, ils font des choses que les humains ne peuvent pas faire et ne pourront jamais faire.

En chœur.

— Ah, oui, bien sûr.

— Bon, moi j'ai faim.

— Chez Composé ?

— Grave, j'ai jamais testé.

Ils arrivèrent au stand en question, téléchargèrent l'application grâce au QR code, décidèrent de leur base parmi les quinze proposées, durent ensuite choisir cinq ingrédients entre quarante-cinq choix différents, deux parmi douze sauces et un parmi sept toppings pour, à la fin, un résultat qui ne fut pas forcément dingue à force d'avoir accumulé des goûts plaisants en eux-mêmes, mais peu adéquats à une dégustation mêlée. Jérémie relativisa le vivre-ensemble.

Les dernières fois où il l'avait aperçue, Jérémie s'était débrouillé pour qu'elle ne le vît pas. Elle faisait peut-être de même, il n'en savait rien. Cela n'avait pas d'importance, et il eût été préférable que cette disposition durât jusqu'aux calendes grecques. Nicolas s'éclipsa discrètement. Un long silence laissa vite place à de premiers bégaiements laborieux, quelque peu confus, mais aimables. Ils en convinrent, en un mot comme en cent : ça leur faisait plaisir. Aurélie s'enquit sans écueils de la situation de son ancien amoureux. Jérémie, lui, empreint de plus de balourdise, le fit aussi. Chacun y mettant objectivement du sien, l'instant commençait plutôt à être agréable ; il fallait dire que si l'amour existait, ils s'étaient aimés. Jérémie n'avait connu qu'Aurélie. L'inverse n'était pas vrai, à peu de chose près. Elle, elle traçait son chemin, toujours chercheuse dans l'équipe Formes automorphes de Jussieu, toujours entrepreneuse aussi : Convertatur et Vivat cartonnait, elle avait déplacé le siège de l'entreprise à New York, résidait entre ici et là-bas. En ce moment ? Elle supervisait pour le CNRS la mise en route de la dernière version de Jean-Zay, le supercalculateur le plus puissant de France. Il montera à combien ? Jusqu'à 36,85 pétaflops (traduction : une capacité de 36,85 millions de milliards d'opérations par seconde). Tout Jérémie qu'il était, il fut impressionné. Il n'avait qu'à l'appeler, elle lui ferait visiter. Il rougit à cette idée, se remémorant toutes ces fois où il avait voulu composer son numéro et ne l'avait pas fait. Et lui ? Il raconta tout, en omettant le chalazion, le kyste et la tendinite. Peut-être espérait-il encore quelque chose. S'il avait vendu leur appartement ? Oui. Si elle voulait voir sa maison ? Il lui montra des photos. Elle, du haut de son quarantième rang des femmes les plus influentes du monde au classement Forbes, elle trouvait ça mignon. Jérémie n'avait pas changé. Aurélie était troublée. Aurélie n'avait pas changé. Jérémie était troublé. Comme à l'époque où ils vivaient ensemble, la proximité de leurs métiers, de leurs recherches, leurs ambitions, les thèmes qui les passionnaient et auxquels ils consacraient leur quotidien avec une conviction despotique leur permettaient d'avoir sans cesse des raisons d'écouter l'autre et des trucs à se dire, surtout quand il était nécessaire de passer à autre chose, pour prévenir une dispute, par exemple. Ça n'avait malheureusement pas suffi face au désastre de la vie ; ils évitaient ainsi de parler de l'essentiel. Leur discussion perdura une heure, il en oublia même de finir son poke bowl. Elle conclut d'un terrifiant

— Appelle-moi quand tu veux.

Le lendemain matin, Jérémie fut victime d'une crise de toux monstrueuse, interminable et déchirante, couplée à une douleur insoutenable derrière l'œil droit, comme si on lui triturait l'intérieur du cerveau au fer à souder.

XVI

11 h 32

Après une rupture, il y a plusieurs possibilités, selon l'épaisseur de votre compte bancaire et vos dispositions intimes : cinquante-cinq pour cent des interrogés font un grand voyage, souvent exotique – long-courrier assurément –, les thalassothérapies marchent bien aussi, soixante pour cent s'inscrivent dans une salle de sport, quatre-vingts pour cent téléchargent une application de rencontre, trente-cinq pour cent s'essayent à la cuisine et changent de régime, soixante-dix pour cent vont chez le coiffeur, cinquante pour cent s'intéressent aux médecines alternatives, vingt pour cent font un escape game avec d'anciens amis qu'ils n'ont pas vus depuis longtemps, quatre-vingt-dix pour cent sortent en boîte de nuit le mois qui suit la fin de leur relation et soixante-dix pour cent des femmes s'achètent d'inédits produits de beauté. Avec les presque pauvres – qu'il faut suivre quant à eux sur la durée –, les fraîchement célibataires font les meilleurs consommateurs, parce que les plus fragiles. Rendez-vous compte : ils dépensent en une semaine ce qu'ils dépensent habituellement en deux mois. En revanche, il est nécessaire d'être au courant de leur situation très rapidement, le jour même, le lendemain de leur rupture, maximum. Le problème avec les réseaux, c'est que les gens mettent toujours un peu de temps à avouer qu'ils sont célibataires. D'abord, ils ont l'espérance de recoller les morceaux, et puis il y a ce moment de honte, de repli sur soi – souvent, comme par hasard, à mater des séries sous la couette –, et c'est justement à ce moment-là que leur vulnérabilité est optimale. L'analyse des messageries personnelles rencontre un peu plus de succès, il suffit de quatre jours pour savoir que quelqu'un est célibataire. Ce n'est pas assez : en quatre jours, la personne aurait déjà pu acheter tellement de choses.

Jérémie avait la solution : l'analyse des contenus vidéo consommés. Les résultats de ses sondages, de ses analyses et de ses tests en milieu naturel détruisaient tout sur leur passage. Il exposa les chiffres. En maintenant quatorze heures, ils allaient être capables de savoir quels abonnés venaient de vivre une rupture selon les vidéos qu'ils consultaient. La recette était simple : dis-moi ce que tu regardes, je te dirai qui tu es.

Vu que celle-ci serait imposée à la moitié des comptes utilisateur, moyennant une franche ristourne qui ne laisserait personne indifférent, une des grandes révolutions qu'il proposait à Darshan et toute sa clique indolente se basait sur la publicité. Évidemment qu'ils avaient pensé à adapter leur publicité au profil du client, tout le monde faisait ça, mais vu l'algorithme qu'ils utilisaient précédemment en ce sens, nul doute que l'efficacité était ridicule. Sur ces entrefaites, Jérémie déboula avec assurance, leur promettant qu'on pouvait oublier le recoupement interminable de données qui leur coûtait un bras (il en refit la liste non exhaustive : achats, historiques internet, contenu des mails, des messageries, etc.), la seule connaissance du contenu vidéo consommé – sachant qu'un Français en consommait en moyenne trois heures par jour – suffisait, grâce à l'efficience de ses nouveaux algorithmes, pour savoir si on avait affaire à un écoanxieux millénariste ou à une écrivaine néobretonne et philocircassienne, mais, surtout : à un jeune célibataire. Jérémie leur raconta en détail la manière dont il connaissait tout ça, selon le comportement des clients sur la plateforme et les genres de séries ou de films regardés – genres entièrement repensés auparavant, comme il l'avait déjà dit. Il accéléra, ils avaient compris l'idée. Non seulement il leur promettait donc de vendre leur espace publicitaire bien plus cher, car bien plus efficace, mais il leur suggéra aussi de vendre quotidiennement les données réunies sur leurs utilisateurs à d'autres entreprises qui pourraient, à leur tour, en profiter. Pour les célibataires, en priorité : agences de voyages, cosmétiques, salles de sport, escape game, livres de cuisine et tout et tout. Dès qu'ils rompaient, l'entreprise n'aurait plus qu'à prévenir ses copines et leur transmettre, contre un gros chèque, l'adresse mail de son client déchiré par un chagrin d'amour. Ils ne rencontreraient aucune difficulté légale à cela puisque, de toute façon, chacun s'en fichait comme de colin-tampon et cliquait sur *j'accepte* quand on lui proposait un truc sur l'internet, quoi qu'on lui proposât, si bien qu'un citoyen moyen était lié juridiquement à au moins sept cent cinquante-trois contrats, qu'il avait lui-même signés de sa main numérique. Le chiffre ne faisait qu'augmenter exponentiellement ; il sera bien plus élevé à l'heure où ces lignes paraîtront. De la data, de la data et encore de la data. On refroidit tout ça et pendant ce temps, les pandas crèvent et c'est ce qui les occupe. Vous les tenez. Jérémie leur dit. Pieds et poings liés.

XVII

Pour la deuxième fois en près d'un mois, un objet invasif bravait son corps. Jérémie éprouvait au fond de sa gorge le naso-fibroscope. "Respirez, respirez par la bouche." Il respira par la bouche. Que n'eût-il donné pour que cet examen fût le dernier. Oui, il ne désirait qu'une chose, c'était que cette consultation s'achevât et que le Dr Hervé, ORL de spécialité, lui dît enfin de quel mal il souffrait. Jérémie ne voulait pas être exceptionnel ; il voulait un truc compréhensible, simple, connu. Depuis trois jours, sa tête n'arrêtait pas de le torturer, surtout quand il se penchait vers l'avant, et cette toux, cette toux. Sans compter l'épaule qui ne progressait pas et le kyste sagement installé. Il se sentait acculé, seul dans son propre cauchemar en forme de corps, fixant dans les yeux une douleur physique qui s'était jusque-là tenue à distance respectable. Subrepticement, l'appareil frotta sa glotte et il eut la sensation qu'il allait vomir, se retint de bouger. "Respirez par la bouche, respirez." Il respira par la bouche. Alors elle revint. Toute son adolescence, Jérémie fut possédé par une peur de vomir tellement intense qu'il devait, dans un lieu clos, s'asseoir près d'une sortie et détenir dans sa poche – si le fantasme devenait réalité – un sac dérobé dans un avion quelconque. Plus de mille fois, il s'était échappé du métro ou d'un cours. Plus de mille fois, il dut aller chercher une casserole pour la mettre au pied de son lit. Juste au cas où. Il ne supportait pas non plus la vue de quelqu'un en train de vomir, pire encore : le bruit. Cela le rendait dingue. Jamais il ne vomissait, peut-être était-ce pour ça qu'il en était si terrifié. Sa hantise partit comme elle était arrivée, un matin, sans prévenir. Mais il était trop tard, elle lui laissa des séquelles à vie : il s'était déjà exclu du monde. Face à son ordinateur, nulle envie de vomir. Il s'en accommoda fort bien. À l'intérieur de son corps, le tuyau rebroussa chemin et ressortit sereinement par sa narine gauche. Là, il put respirer. Le docteur nettoya son appareil en silence, il réfléchissait. Elles étaient longues, ces secondes-là, même si Jérémie avait, au fond, peu d'espoir. Il savait pertinemment que son mal était révolutionnaire. Qu'il allait peu à peu s'altérer, mourir de l'intérieur, souffrir le martyre jusqu'à ne plus en pouvoir. Jérémie voyait tout ça gros comme sa maison, lui qui, sa vie durant, avait traqué sans répit le moindre bug, voilà qu'il avait l'impression d'en être devenu un. Pour l'instant, il avait droit aux petits bugs à la chaîne, de ceux qui annonçaient sans aucun doute l'imminent bug système. Non, laissons-lui une chance, pensa-t-il, de signaler une infection dentaire, un trouble des globules blancs, une carence en magnésium (ces spécialités ORL bien connues) qui produisaient des réactions en cascade. Qu'il puisse enfin arrêter de faire la tournée des médecins tel un vulgaire animal de foire tandis que le monde entier attendait patiemment dans la perspective d'apprécier cette nouvelle maladie, déformation de l'âme, hantise de tout bien portant civilisé, qui avait choisi Jérémie comme hôte. La médecine n'oserait sûrement pas dire qu'elle ne savait pas, l'époque ne le supporterait pas, notre ambition serait anéantie et le rêve de pleine connaissance fort bien amenuisé. On ne pouvait pas, aujourd'hui, ne pas savoir : il suffisait de recouper les données. Pour le Dr Hervé, il n'y avait aucun doute : Jérémie souffrait de deux choses simultanément, mais qui n'avaient rien à voir. Absolument rien à voir. Leur seul point commun, vous l'aurez soupçonné : être chiantes, mais pas graves. C'était juste la faute à pas de chance si elles étaient survenues ensemble. Dans un premier temps, le docteur lui enseigna un concept qui lui était tout à fait inconnu : le RGO, ou reflux gastro-œsophagien. En effet, de l'acide gastrique remontait de son estomac vers son œsophage et irritait vivement ses cordes vocales. Le plus souvent, c'était chronique, mais cela arrivait aussi, parfois, comme ça, pendant de courtes périodes, après un traumatisme par exemple, ou simplement à cause du stress. On ne savait pas exactement. Dans un deuxième temps, il lui fit découvrir la notion de sinusite, un de ses sinus, le droit, là où il avait mal, juste derrière l'œil, était entièrement bouché, rempli de pus, ce qui expliquait les douleurs. Donc : inhibiteurs de la pompe à protons, Gaviscon, cortisone, amoxicilline, Doliprane, Derinox. Jérémie lui demanda alors s'il pouvait y avoir un lien entre ces trucs, un chalazion, un kyste périanal et une tendinite. Après un rire contenu, le docteur affirma plein de véhémence que c'était impossible. Voyons, un peu de sérieux. Jérémie n'échappa pas à un mot sur la sédentarité, sur sa "position", sur les limites du corps humain face aux nouveaux modes de vie, face au numérique. Il fallait se promener. Se promener, on ne la lui avait jamais faite, celle-là. Tout en feignant d'accepter la sentence, et malgré son scientisme avéré, Jérémie commença à douter de tout le corps médical. Il était sûr qu'ils étaient au fait, tous, mais qu'ils ne voulaient pas lui dire, ou, pire, qu'ils n'osaient pas lui dire. En sortant dans la rue, il fut importuné par une mouche qui, sans tenir compte de ses larges gestes pour la faire fuir, n'arrêtait pas de le coller. Les mouches ne se trompaient en aucune façon, n'avaient pas la possibilité de mentir. Il se le dit à voix haute. La mouche, elle, savait qu'il était entré dans la première phase de sa propre décomposition : oui, qu'il était en train de pourrir.

XVIII

Sa montre sonna, il l'éteignit et, contre toute attente, ne se leva pas. La main de sa mère dans la sienne l'apaisait. Elle dormait. Ses profondes expirations nervuraient son corps à mesure qu'il se vidait de son souffle, faisant d'elle un vaste objet froissé, immense sac plastique abandonné, matelas pneumatique crevé, pur produit de l'étrangeté. Ses inspirations stupéfiantes d'intensité, quant à elles, semblaient gonfler une baudruche peu élastique, sinueuse et monosyllabique. Peut-être aurait-il mieux valu qu'elle éclatât, néanmoins, à cet instant, il avait besoin de sa mère et elle avait encore le mérite d'exister. Haletante, certes, mais vivante. Depuis le début de ce qu'il jugeait dorénavant être son propre pourrissement, Jérémie se rapprochait de sa mère. Leur relation n'avait jamais été profuse, c'était le moins qu'on puisse dire, elle avait tout de même été constante, pleine de bonne volonté et d'amour. La mère avait tenu la baraque lorsque le père était parti. Jérémie avait dix ans. Il ne l'avait jamais revu, personne ne l'avait jamais revu. On disait qu'il avait refait sa vie en Amérique du Sud. À dix-huit ans, Jérémie l'avait considéré comme mort, et continuerait indéfiniment à le considérer comme tel, d'autant plus qu'il l'était, même s'il n'en savait rien. Ce fut un banal accident de voiture à Buenos Aires.

Un infirmier poussa délicatement la porte, apportant le plateau-repas du soir, qu'on lui délivrait désormais à la petite cuillère dans sa chambre, pour éviter qu'elle ne s'agrippât à un pied de table. Le bruit la réveilla, elle voulut se redresser une première fois, sans succès, puis tenta derechef l'opération avec plus de réussite. Elle tourna alors vigoureusement son visage vers l'infirmier, sans prendre en considération son fils, et hurla très distinctement :

— Garçon ! Une douzaine d'huîtres, s'il vous plaît !

avant de se rallonger, ourlée de la mort, et de plisser ses yeux vitreux. Jérémie ne l'avait pas vue s'exprimer ainsi depuis si longtemps. Il en fut coi. L'infirmier le rassura, ça arrivait, parfois, sans doute des connexions neuronales qui se reformaient de manière nébuleuse et qui injectaient en elle quelque chose comme un souvenir qu'elle revivait, ou un désir, à la manière du rêve éveillé d'un somnambule. Comme quoi, son état ne devait pas se jouer à grand-chose : elle avait encore des capacités remarquables, mais ceci de primordial déconnait et empêchait l'ensemble de fonctionner. Ça tient à rien, finalement, un bug système. Il se le dit en se rappelant qu'en effet, elle adorait les huîtres. L'infirmier lui demanda s'il allait rester, s'il voulait la faire manger. Jérémie n'y avait jamais pensé, il accepta.

— Avertissez-moi juste quand vous partirez.

L'infirmier ressortit. La mère reprit sa longue prière, infiniment ténébreuse. Hâte-la, hâte-la, hâte-la. Jérémie n'entendait plus que ça. Le plateau-repas qu'il tenait dans les mains avait vraiment l'air horrible, tout était de surcroît déchiqueté, l'eau en gelée, prévenant tout risque de fausse route. Les assurances, vous comprenez. Sur un coup de tête, il posa le plateau sur la table, sortit son téléphone et sollicita un assistant intelligent.

— Où puis-je trouver des huîtres ?

Il y avait une brasserie qui en vendait pas loin. Malgré la pluie torrentielle, Jérémie partit en chercher pour sa mère. Il revint quinze minutes plus tard, trempé jusqu'aux os, avec vingt-quatre huîtres creuses Chaumard de Paimpol, numéro 3, une bouteille de blanc, chassagne-montrachet 1er cru en Remilly 2022 de chez Bruno Colin, un tire-bouchon et un couteau à huîtres, deux objets qu'il avait achetés en douce au serveur, moyennant un pot-de-vin délirant. Après avoir enlevé son manteau pour le faire sécher près du radiateur, Jérémie entreprit d'ouvrir les huîtres une à une. La rugosité de la prosodie de sa mère le berçant, il accomplit sa tâche adroitement, par des gestes pondérés. Il jeta le contenu du plateau dans la poubelle indulgente et peaufina une présentation. En ouvrant la bouteille de vin, à cause de ce limonadier dont il ne maîtrisait pas l'usage et alors qu'il le retirait, le bouchon se déchira. Une moitié du liège tomba à terre, glissant sous le lit. Jérémie s'accroupit pour le récupérer et découvrit une cavité derrière des plinthes mal fixées. Intrigué, il y plongea ce qu'il put, c'est-à-dire trois doigts, et y trouva un petit morceau de papier enroulé. D'une calligraphie de mouche, il y était écrit :

16 mars 2020
Ici fut encore une fois, et sûrement la dernière, enfermé Szymon K., abandonné par son fils Nathan et toujours en surnombre dans l'économie nationale – matricule 214782.

Jérémie enroula avec le plus grand soin la relique, la remit à sa place dans son coin de minimum, fixa pardessus la plinthe tant bien que mal. Et il oublia. À la vue du verre en plastique qui contenait un peu de vin, par divers mâchonnements, sa mère le rudoya. De bon cœur, il marmonna un bénédicité bancal, fruit d'un souvenir abstrus. La minuscule première gorgée qu'elle avala avec précaution opéra un emballement saugrenu de plaisir non dissimulé, hybridation idéale entre satisfaction du passé, allégresse de l'instant présent et futur dépourvu d'inquiétudes. L'huître est l'aliment parfait pour les humains qui n'en sont plus. Comme quand, dès l'école primaire, et malgré les remontrances de ses professeurs, il se faisait une joie de résoudre n'importe quels problèmes mathématiques par les voies qu'on ne lui enseignait pas, mais qui menaient aussi au bon résultat, là, à brûle-pourpoint, il inventa la manière de faire manger une vieillarde qui lui semblait la plus efficace, donc la plus juste. En un mot : la sienne. Le temps de ce repas, parce qu'il s'occupa d'elle dans un enthousiasme congénital ou simplement parce qu'il n'y pensa plus, les traces de sa décomposition en marche disparurent temporairement. Sa mère fit bombance et dégusta goulûment une vingtaine d'huîtres, fermant toujours les yeux lorsqu'il les déposait dans sa bouche et esquissant un sourire au moment où, zigzaguant dans l'œsophage, elles atteignaient l'estomac. Il s'en réserva quatre, qu'il dévora. Fréquemment, elle désignait d'un bout de doigt tremblant la bouteille et, sans enfantillage, il la servait. À force, se parant des volutes doucereuses de l'ivresse, son hâte-la devenait de plus en plus ingénu. Parfois, il aurait pu croire qu'elle rigolait. L'évidence du moment n'avait d'égal que leur bonheur d'être unis – à nouveau : réunis – et non plus face à face. Jérémie l'observait joyeusement aspirer ces huîtres, frémir d'impatience quand il en jetait une pour en chercher une autre, boire avec délectation du vin, alors même que les infirmiers se plaignaient qu'elle ne buvait plus. Elle requérait du pinard, voilà tout. Aucune fausse route à signaler, d'ailleurs. Elle espérait son fils, pas un visiteur. À plusieurs reprises, dans l'entre-deux-huîtres, elle embrassa sa main avec avidité. Lui n'embrassait sa mère que du bout des lèvres, n'arrivant pas encore à passer outre la carcasse anémique qui, et il s'en voulait, le répugnait. Constatant qu'elle n'était pas d'avis de terminer ainsi son banquet, Jérémie reprit son téléphone et, se remémorant que c'était sa gourmandise favorite, demanda :

— Où puis-je trouver un paris-brest ?

Il était trop tard. N'étant pas dans ses habitudes de ne pas obtenir ce qu'il voulait quand il le voulait, et ayant l'intime conviction de s'être assez battu pour revendiquer ce droit, il enfila son manteau et retourna voir le serveur corrompu de la brasserie aux huîtres, qui lui vendit sous le manteau un paris-brest, avec l'assiette et la cuillère en argent. De retour dans la chambre de sa mère, il crut entendre ah, t'es là. Elle n'en laissa pas une miette.

XIX

Allongé sur son futon bien-être, entre les bols trop silencieux, Jérémie ne pouvait pas dormir. Tout l'incommodait, il commençait à confondre inquiétude et étrangeté, douleur et gloire. Au fur et à mesure qu'il s'était éloigné de sa mère, les stigmates avaient réapparu, son kyste enfla fâcheusement, le sinus hurla, la toux l'étouffa, sans compter ce soudain mal de ventre qui le saisit dans le taxi le ramenant à Rambouillet. Sans aucun doute : une huître. Il s'angoissa pour sa mère, n'arrangeant rien à la chose. Comme la plupart de ses comparses sapiens, loin de la splendeur de la bipédie, poubellisé dans les cryptes de l'avachissement, Jérémie prenait un bain de lumière bleue, laissant les algorithmes le conduire par la main, égarant au passage la sève de la vie qu'est le temps vers la mort. Bien qu'il eût tous les comptes qu'il fallait, il n'était pas très actif sur les réseaux sociaux, gardant ses publications – toujours couronnées d'un succès tonitruant – pour de rares occasions, plus avare encore quand il s'agissait d'aimer la publication d'un autre : obtenir de Jérémie l'inestimable *like* faisait partie de ces médiocres utopies répandues, non pas sublimement irréalisables, mais tristement en attente de réalisation. Ils étaient tant à en rêver et si peu à l'avoir vécu. Pour ce qui était de partager, aucun cas ne fut à déplorer.

Les pathologies indiquées par la sainte médecine n'avaient, en effet, aucun lien entre elles. En tout cas, c'était ce que la toile spécifiait. L'unique recoupement qu'il put effectuer fut qu'elles étaient toutes "fréquentes après soixante ans". Dieu que son ventre lui faisait mal : une huître, vraiment ? Après une trentaine de minutes à parcourir des commentaires affolants d'individus sûrement déjà décédés à trois reprises dans d'affreuses souffrances, il arrêta ses recherches santé et opta pour une nouvelle théorie : j'ai une maladie qui fait vieillir mon corps plus vite que mon âme. Peut-être n'avait-il ainsi jamais été aussi proche de la réalité.

Il resta quelques minutes sur l'application de sa chaudière, apprit que la pression de l'appareil était à deux bars et le débit volumique à 1 402 litres à l'heure. Ses derniers jours, sa consommation d'électricité était en moyenne de 12,40 kilowattheures. Ces chiffres, il les consultait tous les jours sans savoir vraiment pourquoi. Disons qu'au moins, pressentant que le savoir était tout, il saurait ça. Puis, il s'abandonna et ce fut la cavalcade. Doutant pour la première fois depuis tant d'années de ce qu'il était, de qui il était, et bien qu'il n'eût confiance en aucun algorithme conçu par un autre que lui, Jérémie se laissa convaincre par la matrice de le lui révéler. On ne sait jamais. En naviguant de site en site, évitant soigneusement ceux sur lesquels il avait travaillé, il se soumit à la suggestion et au défilement. Jérémie erra ainsi dans l'allée unique du marché de l'attention et, au contact profane de la seule trace vivante de l'infini, il scrolla.

Parce que la machine comprit qu'il avait besoin de se détendre après la consultation de sites médicaux, les premières propositions visaient à le satisfaire. Elle lui imposa d'abord plusieurs *Red Hot Ball vs.* Toutes les vidéos comptaient des dizaines et des dizaines de millions de vues. Descendantes du souverain Mentos dans le Coca, le principe était simple : mettre une balle métallique chauffée à blanc au contact d'un objet ou d'une substance improbable et filmer la rencontre. Les vidéos duraient en moyenne une minute ; il vit : du sel rester impassible, du maïs éclater, du verre se briser, des pots de gelée entassés fulminer, un jaune d'œuf cuire, un jeu de cartes se perforer, de l'aluminium se percer, une boîte de thon calciner, une bougie se liquéfier, une balle de tennis carboniser, de la mayonnaise bouillir, un savon fondre, une barre chocolatée flamber, une boîte d'allumettes scintiller et des bonbons se dissoudre. C'était bien fait : pour appâter le chaland, on n'avait droit qu'à deux secondes de vidéo ; on prévisualisait donc la nature du duel, l'amorce du mouvement vers… et il fallait cliquer pour l'observer. Jérémie aurait menti s'il n'avait pas avoué que ce sentiment d'hypnose incongrue le détendait quand même légèrement. Vint ensuite le tour des Hydraulic Press Moments. Même succès, autre principe : avec une presse hydraulique industrielle, compresser des objets toujours improbables, enfin, que l'on ne compresse pas d'habitude. Il vit se faire compresser : une gourde, un tas de Post-it, une balle rebondissante, une voiture jouet, une citrouille, des éponges, des tubes de dentifrice, des crayons de couleur, des meringues, une noix de coco, un réveille-matin, une patate douce, un brocoli, un ballon de foot, des soldats de plomb, une canette de Pepsi, une bobine de fil à coudre, un sèche-cheveux, une pile d'assiettes et une pastèque qui l'impressionna presque, tant elle explosa fort. Puis, ce fut le tour de clips mystérieux promouvant ce qui s'apparentait à des jeux vidéo au graphisme minable où l'on devait extirper des princesses des bras de monstres très méchants en résolvant de sombres casse-têtes, tirer sur des zombies qui arrivaient de toutes parts, séparer les boules vertes des boules roses, protéger de petits personnages mourant de froid dans le blizzard en leur construisant des abris, ranger par marques des étagères de sodas et de biscuits apéritifs ou devenir parrain de la Mafia en sauvant une jeune soubrette en costume de nonne perdue dans le métro. Il tint moins longtemps face à une telle bouffonnerie. Pareil pour les différentes cuissons du steak, les pots de peinture qu'on jetait du haut des immeubles, le bricolage de bancs palettes, l'aménagement de terrasse, la construction d'aquariums au-dessus des chiottes ou les compétitions coréennes de course dans le savon. Au lieu de l'endormir, ça l'avait évidemment réveillé. Le ventre stagnait, parce que la douleur stagnait ; elle devenait vivable, parce qu'acquise. Pour se changer les idées, il se coltina des vidéos de plongée sous-marine avec Nikki Brady.

Vu qu'il venait de cliquer une centaine de fois sur du #satisfying et qu'il ne voulait pas supprimer son historique, il dut changer de réseau social à différentes reprises, consulter quelques sites au hasard, trichant un petit peu pour contourner ces algorithmes ni faits ni à faire. Sans quoi, on lui aurait présenté ce genre de trucs non pas infiniment, mais interminablement.

Il tomba alors sur quelque chose de plus stimulant : un codeur inspiré. Entraîné dans la vaste spirale solitaire des clics, à la recherche de son vrai moi dans un espace dénué de substance, Jérémie fut surpris du choix pertinent des propositions (de natures variables cette fois-ci : vidéos, photos, articles, liens, quiz, publicités) qu'il se farcit pendant près de trois heures, quoique, au fond, il savait tout ça : qu'il était progressiste, et incollable sur Dragon Ball, fan de Novak Djokovic, du Japon et de Mike Mentzer, davantage montagne que mer, salé que sucré, plutôt écolo qu'optimiste, figuratif qu'abstrait, qu'il connaissait par cœur la filmographie de David Cronenberg, qu'il s'était interrogé à de nombreuses reprises sur son homosexualité, son désir de vivre ou l'existence de Dieu, qu'il était obsédé par l'électroménager haut de gamme et par les femmes en sous-vêtements (surtout quand ils dépassaient des pantalons ou qu'on pouvait les voir par transparence), qu'il aimait les chiens, les tigres et les requins, qu'il n'arrivait à avoir aucune empathie pour les enfants crevant de faim sous les bombes, qu'il serait temps d'apprendre le chinois ou de rencontrer à nouveau quelqu'un, qu'il s'intéressait au. Scrolling arrière. Cette précédente suggestion capta toute son attention : on lui conseillait de télécharger l'application de rencontre qu'il avait lui-même optimisée. Il se laissa tenter, l'installa sur son téléphone, se fit un compte en moins de rien et courut découvrir les premières femmes que lui-même se recommandait. Quelle ne fut pas sa stupéfaction quand Jérémie constata le premier choix de l'algorithme. Sur l'unique photo d'elle à laquelle il avait accès, il la reconnut tout de suite : Chloé Rosenblatt, la gastroentérologue.

XX

12 h 53

Une table, ou plutôt le restaurant entier, était réservée chez Nosso, l'établissement d'Alessandra Montagne-Gomes, au calme, sur la promenade Claude-Lévi-Strauss. Jérémie annonça qu'il ne se joindrait finalement pas à eux, qu'il préférait prendre un petit moment pour peaufiner la suite de sa présentation. De toute façon, seul Darshan l'intéressait, et celui-ci allait manger sur la terrasse une mixture vert fluo. Jérémie fut tout excusé tant il avait été parfait jusque-là, personne ne remit en question sa parole. Sauf qu'il leur mentait. À peine eurent-ils tous quitté la salle de réunion qu'il s'accroupit pour s'adosser au bureau. Son corps se mit à trembler calmement, mais sûrement. D'abord, il toussa, toussa et toussa encore, il toussa tout ce qu'il s'était retenu de tousser depuis le matin. Après plusieurs mois d'accalmie relative qu'il avait passés à travailler sans relâche, et malgré son traitement, ses remontées acides avaient repris de plus belle. Constamment, un goût aigre agressait sa gorge et l'irritation était telle que ses cordes vocales le piquaient à crever. Il avala deux Gaviscon coup sur coup puis aspergea sa glotte de spray anesthésiant. Ensuite, il sortit de sa poche des mouchoirs et il se moucha.

La morve était compacte, d'un jaune dense, elle s'expulsait par à-coups qui lui perforaient le crâne. Il finit un paquet entier qu'il bourra de ses mouchoirs usagés pour ne pas avoir à les jeter ici et risquer que ses clients les aperçussent en rentrant du restaurant. La poubelle était transparente, bien en évidence, juste sous l'écran de projection. La sinusite était revenue. Stérimar, Derinox. Trois Solupred, deux Spifen : il n'en avait plus rien à foutre. Son Clamoxyl. Tout ça pour rien, au fond. Il le pensa. De la camelote chinoise. Chaque gorgée avalée, chaque centilitre de salive déglutie étaient source d'une violente brûlure ; répétant le même geste, Jérémie serrait son poing, puis le relâchait tranquillement quand le liquide s'éloignait du nœud lancinant qu'était sa trachée. Il n'était pas rare ces derniers temps qu'il se réveillât en pleine nuit, une substance huileuse coulant de son nez comme d'un robinet, ses sinus expulsant admirablement le surplus, comme le corps les échardes : ce qui n'avait pas sa place était ainsi éconduit par la nature, mais lui, Jérémie, sentait aussi qu'on le poussait dehors et il ne comprenait pas où il pourrait trouver une meilleure place qu'ici, dans ce beau monde en paix, numérisé et mondialisé. Son tympan lui faisait un tel mal de chien qu'il eût préféré que le pus le perçât. Il prit un instant pour respirer, faire quelques étirements pour calmer son épaule, aussi douloureuse que le reste. La tendinite avait un mérite : être moins dégueulasse que les autres. Dans le genre, le pire était peut-être les mycoses envahissant son pied gauche depuis deux mois ; il n'osait pas regarder cet amas de chair suintante. Jérémie savait qu'il devait maintenant se lever et se rendre aux toilettes, il avait tant de sueur à essuyer délicatement et tant de crèmes à appliquer. Depuis que Chloé ne voulait plus le recevoir dans son cabinet et qu'elle l'avait bloqué sur Doctolib (il découvrit à cette occasion qu'on pouvait faire ça), il avait cherché un autre gastroentérologue, mais l'ouragan de travail qu'avaient demandé les derniers préparatifs de cette réunion ne lui avait donné ni le temps ni l'opportunité de se faire retirer son kyste, de plus en plus douloureux. Il codait assis sur une bouée gonflable, le pied gauche dans un bain tiède qui soulageait mais ne guérissait guère, voire empirait la chose. Un nouveau médecin avait quand même eu la bonne idée de lui diagnostiquer une colopathie fonctionnelle naissante qui, selon les humeurs de son côlon, de son intestin grêle ou de son gros intestin, lui faisait plus ou moins mal, mais sans discontinuer. Il sentait son ventre exister, souvent avec vigueur. Parfois, c'était insupportable. Il devait prévoir une coloscopie. Deux Spasfon, un Meteospasmyl, son Poly-Karaya en microbilles indissolubles. Et puis le citrate de bétaïne. La totale du complot pharmaceutique, tout cet argent que l'on dépensait pour des trucs qui, au fond, ne marchaient pas, mais qu'on continuait d'acheter, avec le vague espoir que, cette fois-ci, ça marcherait. Mieux valait tenter le coup : il fallait qu'il tienne encore quatre heures, il en était capable, s'en convainquit. Après avoir pris soin de son sillon interfessier – qui comptait depuis une semaine, en plus du kyste, une énorme hémorroïde – et s'être débarrassé de tous ses mouchoirs, il chercha un petit coin discret dans les locaux pour pouvoir s'allonger quelques instants, dormir un peu, au moins dix minutes, sans quoi, délaissé par le sommeil depuis plus de vingt-quatre heures, il avait peur de s'effondrer. Jérémie trouva une pièce à l'abri des regards, parfaite pour son plan. Tel un animal blessé, il se mit en boule sous un bureau et tâcha à nouveau de pleurer. Toujours pas. Il croyait pourtant qu'une salvation résiderait dans ses larmes. Son hypnothérapeute lui avait suggéré cette éventualité. Avant de s'endormir, Jérémie écrivit un message à Aurélie afin de la remercier pour la nuit précédente.

XXI

Inventé par Paul Lauterbur et Peter Mansfield, prix Nobel de médecine en 2003, l'appareil d'imagerie à résonance magnétique est constitué d'un tunnel d'environ deux mètres de long entouré d'un aimant très puissant. Reposant sur la résonance magnétique nucléaire et utilisant les propriétés quantiques des noyaux atomiques, il permet d'obtenir dans une haute résolution des vues en deux ou trois dimensions de l'intérieur du corps. Ses capacités deviennent de plus en plus impressionnantes, ses représentations de plus en plus précises. Il croit savoir tout sur tout et on ose même dire qu'il est dorénavant capable de situer l'inconscient dans le cerveau. L'IRM n'a donc rien compris à la psychanalyse, mais ce n'est pas la question. Jérémie s'était déshabillé et n'avait retiré aucun objet métallique pour la simple et bonne raison qu'il n'en possédait pas. On l'avait affublé d'une blouse médicale ignoblement jetable avant de lui poser sa perfusion, qui suppléerait à l'injection, pendant l'examen, du produit de contraste. Voilà qu'il gisait seul, chétif, allongé sur sa table, une poire dans la main, à presser en cas d'urgence, et un casque sur les oreilles, pour le bruit. L'ogre technologique se mit en route dans un vacarme cauchemardesque qui ne l'effraya pas pour un sou. Il ne bougea nullement, selon les instructions. La machine commença à s'agiter, à vrombir, à mitrailler. Cette savante catacombe n'eut guère sur Jérémie la répercussion phobique crainte par certains, au contraire, il s'y sentit bien, comme dans un cocon d'enfance, formidable ventre maternel. Il aurait même pu prendre goût aux examens médicaux, si tant est qu'ils revêtissent tous les parements prétentieux de l'IRM, méthode non invasive de surcroît. Du reste, il ne s'inquiétait point du résultat qui découlerait de ces crissements grotesques : fistule ou pas fistule, franchement, ce n'était pas non plus la question.

Si, au moins, il avait été hypocondriaque, c'est-à-dire que pris par une peur irraisonnée de mourir, il se serait inventé des maladies qui auraient fini par avoir quelques effets certes, mais qui ne relevaient d'aucune réalité physique. Si, au moins, il avait eu des tumeurs partout, on le regarderait avec empathie et on s'occuperait de lui le temps qu'il achève sa vie dans un tourment acceptable. Si, au moins, il n'avait rien eu, comme avant, alors il n'y aurait rien à raconter. Mais non, il fallait sans cesse qu'il y ait un petit quelque chose, que sa douleur ait une origine déterminée, visible et médicalement appréciable. La fistule était finalement trop grave pour qu'on la lui annonçât, voilà pourquoi il savait que cet examen ne servirait qu'à confirmer la présence d'un kyste de provenance inconnue. Si, il allait dorénavant en avoir une définition plus précise : abcès antéro-anal du périnée moyen de trois centimètres de diamètre, situé à deux centimètres de la marge annale antérieure, légèrement à gauche du raphé médian. Néanmoins, il ne démordait pas de l'idée qu'il y avait un lien entre tous ces symptômes, que le syndrome était d'un autre genre, relevant d'une science plus occulte, sombre et impénétrable, relevant de la nature ontologique du code. Il savait aussi que cette histoire ne s'arrêterait pas là, qu'elle ne pouvait s'arrêter là et que s'il n'arrivait pas à résoudre cette énigme, à comprendre de quoi son mal était le nom et ce que cette puissance supérieure qui le martyrisait attendait de lui, il terminerait sous le joug d'une infirmité vaporeuse, faisant de lui ce qu'il craignait de devenir : un être dispensable. Il le cria dans sa cabane Siemens supraconductrice.

— Qu'est-ce que tu attends de moi !?

L'infirmière qui venait d'entrer s'inquiéta et, d'un ton rassurant, lui répondit :

— Monsieur, je viens juste injecter le produit de contraste.

Cependant qu'il sentait tout son corps diligemment envahi par une substance brûlante, Jérémie émit une nouvelle hypothèse, qui le rapprocha peut-être encore plus de la vérité, si tant est qu'une chose semblable existât. Malheureusement, il n'aurait à l'évidence pas la réponse tout de suite, car il douta fort que le diable fût sensible à la résonance magnétique.

XXII

— On s'est déjà vus, non ?

Jérémie avait longtemps hésité sur la stratégie à adopter quand il verrait Chloé. Il s'était douté qu'elle ne pourrait pas, sur quelques vagues photos, reconnaître un patient vu une seule fois. Les conversations instantanées qu'ils eurent confirmèrent cette hypothèse. Bon, ils avaient matché, c'était déjà ça ; il avait eu peur qu'elle ne l'autorisât même pas à lui parler. Jérémie l'aurait alors perdue dans les limbes de l'application, parce qu'une personne qui refusait votre proposition de match disparaissait à jamais. Il le savait, il l'avait programmé. Avant de lui signaler l'intérêt qu'il lui portait, il prit soin de choisir sa propre photo et de la retoucher sur la base de ce qu'il s'imaginait savoir d'elle et de ce qu'il avait pu glaner sur les réseaux. Ce fut une victoire. Leur discussion dura deux semaines. Ils convinrent d'un rendez-vous et d'une rencontre. Jérémie n'avait rien pressé, l'avait laissée être à l'initiative. Cette semaine-là, il allait un peu mieux, n'était pas dans une phase aiguë de sinusite, le kyste – dont il s'occupait bien – était devenu indolore, les séances de kiné commençaient, elles, à faire un peu d'effet sur l'épaule, les inhibiteurs de la pompe à protons semblaient enfin gagner en efficacité : ils diminuaient l'acidité de ses sécrétions gastriques, la toux s'était ainsi tarie. Ses terribles maux de ventre n'avaient pas encore débuté. Bref, un homme fin prêt pour son *date*.

— Non mais attends, c'est pas vrai, tu es, vous êtes… Le Dr… Rosenblatt ?

— Ne me dites pas que je vous, t'ai reçu en consultation ?

— Si, il y a deux mois à peu près, tu te, vous vous souvenez le…

— Ah mais oui, le kyste à l'anus ?

— C'est ça… Le kyste à l'anus. C'est ça.

Précédé d'un tendre haussement d'épaules, ils échangèrent un long sourire privilégié. Le serveur, qui venait d'arriver à leur table deux répliques plus haut, eut, lui, un sursaut confus, entre fou rire retenu et dégoût, il prit néanmoins leur commande en s'efforçant d'afficher une certaine neutralité. Jérémie avait vu juste, mieux valait briser la glace tout de suite, Chloé était gastroentérologue : pour elle, cela n'avait donc absolument pas la même signification que pour le commun des mortels, ça ne la touchait guère, ça n'avait rien de rebutant, c'était une chose simple, comme elle devait l'être, ordinaire – quotidienne. Ce qui n'était pas sans rassurer Jérémie, cette vision détachée, objective et peu troublée face à une double humiliation : l'excroissance en soi et l'acte de devoir en faire un sujet de conversation publique. Ainsi, et malgré sa tromperie, l'atmosphère fut, dans un premier temps, détendue.

Jérémie avait opté, avec raison et succès, pour un : je ne t'avais pas reconnue sur les photos, mais je te reconnais quand on se voit. Cette solution, en plus de n'être qu'un demi-mensonge à ses yeux, lui permettait aussi de ne plus avoir à mentir du reste de la discussion, peut-être aurait-il d'ailleurs mieux valu qu'il continuât. En effet, il avait décidé de lui avouer de vive voix qu'il était à l'origine des algorithmes de l'application qui leur avait accordé une rencontre. Le bénéfice-risque d'une telle omission n'aurait pas été, à ses yeux, très intéressant. Et puis, elle lui demanda, une fois qu'elle sut précisément ce qu'il faisait, des exemples d'applications ou de sites pour lesquels il avait travaillé ; c'était, en général, la première ou la deuxième question – après : ah bah tu vas pouvoir enfin m'expliquer ce que c'est qu'un algorithme ? – qu'on lui posait quand on apprenait quel était son métier. Au fond de lui, et il ne le savait que trop bien, Jérémie n'était pas là pour Chloé, il était là pour comprendre ce qui avait fait que son algorithme avait jugé bon de la lui proposer en premier. En quelque sorte, il testait sa machine, vérifiait qu'elle marchait correctement, et il fit l'erreur stupide d'imaginer que Chloé s'en sentirait flattée. Tout ne commença pas si mal puisqu'elle se montra d'abord curieuse, pensant, comme tout un chacun, que l'application lui proposait, au hasard, des hommes célibataires présents dans sa zone géographique. Il répondit en ricanant.

— Au hasard !?

— Bah oui.

Toute sa vie – et bien qu'il trouvât mignon que l'on puisse encore y croire –, Jérémie l'avait consacrée à ce que le hasard n'existe plus. Il la jugea bien naïve et se mit en tête de lui expliquer. Il lui apprit l'existence de ce qu'on appelait, dans le cadre précis de cette application et en hommage au jeu d'échecs, seul prétendant à l'abolition complète du hasard, un Elo score. Comme aux échecs, donc, ce score était attribué en fonction des performances passées, en partie du moins. Dans le cadre d'un site de rencontre, cette évaluation reposait sur les matchs, à savoir sur le score des gens qui acceptaient d'entrer en contact avec vous à partir de votre photo de profil et, parfois, des quelques phrases de présentation qu'il vous était permis d'y ajouter. Elle commençait à être perdue.

— Tu connais les échecs ?

— Pas trop.

— Le tennis ?

— Oui.

— Alors je vais te donner un exemple simple : battre Djokovic, c'est plus dur que de battre Benoît Paire, on est d'accord ?

— On est d'accord.

— Et bah dans notre cas, c'est pareil. Il faut voir le match comme un duel, matcher avec un beau est bien plus compliqué que de matcher avec un moche. Donc, chaque fois qu'un beau te match, ton score grimpe, mais chaque fois qu'un moche refuse de te matcher, ta cote baisse. En tennis, ça se traduirait par : perdre face à Djokovic n'entraîne pas trop de malus, alors que perdre face à Benoît Paire frise le ridicule et te fait dégringoler au classement. Inversement, gagner contre Djokovic est un exploit hautement valorisant alors que gagner contre Benoît Paire est un acte à la portée de tout le monde, donc peu valorisé.

Chloé, tétanisée, but une gorgée de sa bière sans mot dire. Jérémie persévéra comme si de rien n'était.

— Après, il ne faut pas en rester là, on ne peut pas juger de la beauté et de l'intérêt de quelqu'un juste par rapport aux regards subjectifs que l'on a portés sur lui, si nombreux soient-ils. Il faut y ajouter des critères objectifs pour que deux personnes soient susceptibles de s'entendre. Parce que, ne l'oublions pas, l'ambition est là. Si l'application proposait des rendez-vous qui ne menaient jamais à rien, elle ferait long feu. Il faut que ça marche. Et la beauté ne suffit pas tout à fait.

— Des critères objectifs ? Comme quoi ?

— Il y a énormément de paramètres à prendre en compte : les pages likées en commun, les goûts musicaux qui émanent de ce qu'elles écoutent le plus sur les plateformes de streaming, les notes sur BlaBlaCar, fréquentation des mêmes restaurants, destinations de voyage communes, si elles ont dernièrement plutôt visité un concessionnaire Dacia ou Ferrari, leur nombre de followers sur les réseaux, parce que tu ne vas pas faire se rencontrer quelqu'un de très suivi et quelqu'un qui peine à avoir cent amis sur Facebook, cela n'aurait aucun intérêt, et puis les métiers, les offres d'emploi qu'on leur propose sur LinkedIn, dont j'ai aussi fait les algorithmes d'ailleurs, le taux de crédit bancaire obtenu, le niveau d'éducation, la présence d'animaux ou d'instruments de musique sur les photos, qui permettent d'aider à catégoriser un profil empathique ou créatif, les quartiers de naissance, les lieux visités, plutôt musée ou parc d'attractions,

— Plutôt musée.

Jérémie ne se rendit pas compte que l'intervention de Chloé comprenait une dose de cynisme naissant.

— Ensuite, d'après les photos et avec un logiciel d'analyse faciale, l'application note aussi l'harmonie du visage.

— Comment on sait si un visage est harmonieux ?

Il crut que c'était vraiment une question.

— Il y a plein de critères qui entrent en jeu, mais par exemple : la symétrie. Depuis toujours, la symétrie est un critère de beauté fondamentale, il n'y a qu'à regarder les tableaux dans tes musées.

Elle releva le *tes* de tes musées.

— Et puis il y a la distance entre le nez et la bouche, entre les yeux, la taille du nez, la qualité de la peau, la propreté apparente, les mensurations : si la personne a mis des photos d'elle en entier, on peut les calculer. Bref, le Elo score est une note sur dix et tous les critères de désirabilité et de compatibilité viennent le compléter. Une fois qu'une note t'a été attribuée, et elle change constamment selon que tu gagnes ou que tu perds des matchs, on ne te proposera que des gars qui ont la même note que toi, à 0,2 près, et dont tu partages certains éléments essentiels à la définition de ton être qui vous permettront d'être un couple heureux et qui eut beaucoup d'enfants…

Il se fit rire. Elle releva *désirabilité* et *compatibilité.*

— Mais ce n'est pas illégal, ça, d'éliminer des gens sur des critères physiques ?

— On n'élimine personne, on hiérarchise. Et la liberté d'expression permet encore de classer les gens comme on veut. Tous les mecs inscrits dans ta région apparaîtront sur ton application, sauf qu'ils apparaîtront dans un ordre précis.

— Il y a combien de personnes inscrites à Paris ?

— Plus de deux cent mille.

— Mettre quelqu'un en bas de la liste revient donc quasiment à l'éliminer.

— Quasiment, oui, mais pas complètement. Donc c'est pas illégal.

Il sentit un léger désappointement.

— Je ne fais rien de nouveau.

Elle releva le *je*.

— Qui se ressemble s'assemble, hein : je ne fais que ranger les beaux avec les beaux, les moches avec les moches, les gros avec les gros, les intellos avec les intellos, les montagnards avec les montagnards, les amateurs de pandas avec les amateurs de pandas, comme, qu'on le veuille ou non, on a toujours fait, même sans les méchants algorithmes.

Elle releva le *on*. Dire qu'elle s'était inscrite sur cette appli pour espérer refaire sa vie avec autre chose qu'un chirurgien juif.

— Pour se plaire, tu ne nieras pas qu'il faut avoir des points communs, et que certains aspects de ta personnalité doivent fasciner l'autre. C'est cette question de compatibilité. Personne ne voudrait perdre du temps à tenter de se mettre en couple si c'est voué à l'échec. C'est pour ça qu'il faut faire en sorte que se rencontrent en priorité des individus susceptibles de s'entendre, qui sont potentiellement aimables aux yeux de l'autre.

Elle releva *aimable* avant de demander sincèrement :

— Et pourquoi nous deux, alors ?

— Pour toutes ces raisons-là, tu es étonnée d'avoir la même note que moi, c'est ça ?

Il sourit. Pas elle.

— Non, non.

— Après, je ne devrais en parler à personne, mais j'ai ajouté ma petite touche personnelle, un algorithme de mon cru et qui fait toute la différence.

— Raconte.

Elle commençait à dire le contraire de ce qu'elle avait envie de dire.

— J'ai appelé ça : l'optimisation destinale.

— L'optimisation destinale ?

— Oui, il s'agit de coïncidences signifiantes prouvant que la rencontre avec l'autre n'est pas fortuite : ça prend la forme de détails que les utilisateurs ne découvrent que pendant les premiers rendez-vous et qui semblent relever des grands signes du destin. Des trucs dont il est impossible de se douter qu'ils ont été prévus et qui font que, quand deux personnes vont en parler par hasard, elles vont se dire : nous étions faits pour nous rencontrer, ce n'est pas possible autrement, l'appli n'a rien à voir là-dedans. D'autant plus que ça amenuise la culpabilité à utiliser un site de rencontre et que c'est souvent l'élément déclencheur qui convainc la fille de coucher le premier soir.

— Et pour nous, ça serait quoi, ce grand signe du destin ?

— Bah déjà : vous, tu es ma gastroentérologue.

— C'est vrai.

— Ensuite, je ne sais pas, il y en a peut-être encore plusieurs. On peut s'amuser à chercher, si tu veux.

Elle releva *amuser*.

— Comment on fait ?

Jérémie lui réclama ses deuxième et troisième prénoms, son école, son collège, son lycée, sa ville de naissance, les prénoms de ses parents. Il continua longuement son questionnaire jusqu'au fatidique :

— Un lieu de vacances privilégié dans ton enfance ?

— Le Pont-de-Montvert.

— Non, c'est vrai ?

— Oui.

— Ma famille maternelle vient de Vialas, juste à côté.

— Je connais très bien.

— J'y passais toutes mes vacances d'été.

— Tu allais à la fête du 15 août là-bas ?

— Tous les ans.

— Moi aussi.

— Alors on s'est déjà rencontrés, c'est sûr.

Quelle ne fut pas la surprise, voire la stupeur de Chloé quand, après avoir donné les noms de famille de ses grands-parents, ils s'aperçurent que le grand-père de Jérémie, un médecin protestant, avait caché pendant la Seconde Guerre mondiale la grand-mère de Chloé, juive polonaise, sur le plateau du mont Lozère, près de Vialas, dans une ferme, à Gourdouse exactement.

— La voilà, notre optimisation destinale. Je m'impressionne moi-même.

Chloé ne pouvait plus parler, elle avala difficilement sa dernière gorgée de bière, et lui dit qu'elle était désolée, qu'elle devait y aller, ne sachant ce qui la dégoûtait le plus entre le monde, lui et le fait qu'elle lui doive, quoique indirectement et d'une certaine manière, la vie. Elle passa aux toilettes où elle supprima l'application de son téléphone, paya sa bière et lui dit au revoir de la main.

— Au fait, j'ai oublié de te dire que j'avais fait mon IRM, je peux juste te montrer les résultats ?

— Prends rendez-vous sur Doctolib.

XXIII

15 h 11

Ils avaient tous bien déjeuné : deux amuse-bouches, une entrée, deux plats, un trou normand, un dessert, puis les mignardises, le café et le digestif. Vous imaginez le manque d'attention qui s'ensuivit : ça piquait du nez, à gauche, à droite, discrètement, moins discrètement. Seul Darshan y échappait, rien d'anormal vu son régime alimentaire et les vingt minutes de méditation en pleine conscience qu'il venait d'accomplir, mais, pas de bol, il était déjà retourné sur Mars. Ayant réussi à dormir une vingtaine de minutes et ses médicaments amorçant leurs effets, Jérémie, lui, croyait se sentir mieux.

Alors qu'il leur expliquait son énième algorithme révolutionnaire, un premier hoquet discret, mais incontrôlable, se fit entendre au milieu d'une phrase, l'interrompant aussitôt. Il s'arrêta, confus, croisa quelques regards gênés, puis redémarra, sans se laisser distraire, jusqu'à ce qu'un deuxième hoquet, plus virulent, l'interrompît à nouveau et réveillât les quelques endormis qui sursautèrent. Il s'excusa ouvertement, sourit avec gêne, puis réunit ses forces pour regagner sa logorrhée. Un troisième hoquet tonitruant, accompagné d'une frugale remontée acide dont le goût écorcha ses gencives, l'immobilisa. Il s'excusa encore, demanda un instant de calme avec une main quand l'autre se tenait en protection devant sa bouche. Il ferma les yeux, respira tranquillement. Pensant s'en être débarrassé, il reprit une nouvelle fois, suant et frémissant d'angoisse, dans une confusion totale. Son auditoire commença clairement à s'inquiéter pour lui ; des considérations anxieuses s'échangèrent entre les convives embarrassés. Lors d'un léger déhanché accompagnant un effet de voix, il éprouva une douleur aiguë au niveau du kyste, ébaucha une grimace qu'il contint immédiatement et s'efforça de continuer à parler comme si de rien n'était. Un quatrième hoquet accentua sa douleur. Il avait maintenant une bonne gorgée de bile dans la bouche, qu'il se força à avaler sans broncher. C'était acide.

Mû par un vain désir de s'en sortir, il se concentra pour qu'échappent de ses lèvres quelques mots et y parvint piteusement. Le cinquième hoquet l'atteignit moins, un espoir se profila à l'horizon : peut-être que le plus dur était passé. Il revint au cours de l'exposé, calmement, malgré l'état de décomposition aqueuse dans lequel il errait : des taches de sueur grandissaient à vue d'œil sous ses aisselles, entre ses fesses. Ses cheveux étaient entièrement mouillés. Il les releva d'un coup de main furieux qui ne manqua pas d'asperger un premier rang dégoûté. Ses yeux piquaient. Jérémie prit le temps d'enlever ses lunettes débordantes de buée pour les nettoyer, de s'éponger le front avec un mouchoir, et d'expirer très longuement en signe d'apaisement. Il observa Darshan qui, fort heureusement cette fois-ci, n'avait pas quitté Mars depuis le début de cette tragédie. Après cette pause, qui eut comme avantage d'avoir démontré au monde qu'il reprenait tant bien que mal le contrôle de la situation, il accéléra un peu, coupa dans son propos afin d'entamer le bilan synthétique des innombrables vertus de la refondation algorithmique de leur entreprise qu'il avait brillamment, bien qu'inégalement, exposée. Sixième hoquet. Ça n'allait pas recommencer, quand même.

— Décidément.

Il le leur dit en souriant. Un des actionnaires hongkongais se leva pour lui poser une bouteille d'eau sur la table. Il l'en remercia d'un hochement prononcé de la tête et d'un

— Bonne idée

qui amusa l'assemblée. Jérémie se ressaisissait. Il but intégralement et à grand bruit la Cristaline 50 cl avec bouchon solidaire snap clic lui évitant de se retrouver seul, sans sa mère-bouteille, dans l'estomac d'un panda géant. Un septième hoquet doux et silencieux, bouche bien fermée, plus proche du rot libérateur après une désaltération bienvenue, semblait annoncer une sortie de crise.

C'est alors que, brusquement, juste avant la conclusion de la conclusion, et succédant à un pincement insupportable qui le fit hurler comme un cochon qu'on égorge, la douleur du kyste s'amplifia vivement avant, de disparaître comme par enchantement. Sauf qu'il sentit du liquide s'en épancher, coulant d'abord entre ses fesses, puis le long de ses cuisses, jusqu'à atteindre ses chevilles. Le pus trouve toujours un chemin. La sensation lui donna instantanément un haut-le-cœur cauchemardesque. Dans un réflexe vénérable, il se saisit de la poubelle translucide et, tout en esquissant une course rapide vers la porte, commença à y vomir bruyamment. Au cours de sa fuite bringuebalante, en prise avec une démangeaison hystérique de son pied gauche, Jérémie manqua de tomber et la subtile secousse qui découla de cette perte d'équilibre fit vibrer la poubelle, l'empêchant temporairement de servir de réceptacle au vomi jaunâtre, qui s'étala ainsi au sol, accompagné des premiers cris collectifs. Il parvint tout de même à s'échapper sous les regards chaotiques et gênés de l'assemblée. Entre deux renvois, et avant de sortir, poubelle à la main, il réussit à placer un improbable

— Je reviens.

Évidemment, il ne revint jamais.

XXIV

La forêt était blanche comme le monde. Aux arbres, les feuilles pétillaient de leur tignasse généreuse. Le soleil pointait quelques rayons, çà et là, d'un camaïeu de feu, au raz des plantes fourragères. Au sol, les jeunes chênes, se débattant entre les restes duveteux de l'hiver vaincu, exhalaient la prétention de devenir géants. Le vent enserrait ce sublime bigarré ; puéril, il apprenait la beauté à la beauté, languide, il soufflait la tendresse à la tendresse. L'absolu définitoire de la création inoculait au temps, loin de sa fin annoncée, une raison régénérée, où il serait un guide, dépositaire de l'espace, idiome des passions. Un temps nouveau donc, apparaissant à son plus mystérieux, promoteur de l'étant et cajoleur de l'être, jugulant les désirs, à l'écart de la blême déclinaison de l'instant, tyrannie sans possible du présent, de l'efficace et de la pierre taillée. À fleur d'eau, les grenouilles audacieuses, étrennant leurs jeunes membres, perçaient l'air de quelques sauts incongrus, écrivant en filigrane la partition perdue d'une prière profane. Quiconque maniait la langue fiabilisait la grâce, c'eût été en tout cas une réclame judicieuse pour celle de ces lézards qui humaient de leur fourche les effluves passagers. Les odeurs aussi avaient un ceci de sacré. La mouche volubile, elle, diaprait l'atmosphère d'une liturgie bégayante, zozotant à la façon d'un ange déchu égaré bien après son logis seigneurial. Ici, l'homme n'avait pas semé, il ne récoltait pas, son seul esprit était de n'être qu'au-delà, à rassasier sa faim criminelle pour l'éternité. Les oiseaux quant à eux louaient l'air de leur expression en tout point harmonieuse. Si tant est que la foi en la forêt n'eût pas été détruite, pour aurifier l'éclat de l'élégance, même après le règne d'une ombre sèche, le jour y revenait toujours, désenclavant les cieux avec préciosité et laissant, sur sa branche, l'écureuil darder vers nous un regard longanime. Jérémie s'immobilisa devant l'animal roux aux noisettes cachées. Ses yeux dans les siens, l'écureuil semblait lui garnir l'esprit comme il garnissait son nid. Suis-moi. Il entendit sa voix ténébreuse jaillir sans véhémence et il suivit la très modeste bête. Audacieux acrobate de l'écorce craquelée, l'animal sautilla d'un pas humble et soucieux. Souvent il s'arrêtait pour que le bipède à la célérité médiocre ne s'égarât point. Oui, l'écureuil l'attendait pour le mener là-bas, où il dénuderait les pourquoi des comment. Ne vous arrêtez pas, suivez-le, Jérémie. Cette fois, la voix venait et du ciel et du sol, embrasant ses oreilles dans une flambée de graves. Il se mit à courir à travers les feuillages, arrachant les fougères de son pas incommode, la tête infiniment mobile pour ne pas perdre des yeux l'intrépide rouquin. Il erra ainsi aux mystères des bois où nulle marche arrière ne peut vous ramener.

Jérémie ouvrit alors ses paupières comme on défonce une porte, difficilement, mais sans l'envie ni l'urgence. Il voulait retourner au bocage, suivre l'écureuil attentionné. Une force suspicieuse – son esprit ou son corps ou l'un l'autre liés – paraissait le mettre en garde contre telle aventure. Devant lui, sur une chaise, il vit un homme avec une sorte de stylo. Il lui demandait vivement d'en regarder la pointe qu'il déplaçait adroitement, brassant l'air de ses mains et entraînant les yeux de Jérémie à nouveau dans l'hypnose du vague.

— Fermez les yeux, encore.

Jérémie reconnut la voix et du ciel et du sol. Quand il se réveilla, il était de retour dans l'immense forêt de ses ambiguïtés. Néanmoins, une instabilité inédite s'était saisie du lieu. Le vent, déjà, avait abandonné sa vivifiante tâche pour vêtir les habits du frisson, il caressait sa peau d'une brûlure froide et emportait au loin les feuilles les plus frêles. Les grands chênes se mirent à vaciller et leurs troncs crachotaient un bruit sec éclatant. Les animaux avaient tous délaissé leur position : nulle trace ici-bas des habiles lézards, de la voltige des grenouilles, et partout, de là-haut à là-bas, une absence de mouches et du chant des oiseaux. Jérémie aperçut quand même d'un coup d'œil virtuose une famille de cervidés qui fuyait la tempête. Seule la mère ralentit et puis se retourna, son regard l'attira dans un ample trou noir d'où elle lui chuchota

— Fuis

avant que de reprendre, comme si de rien n'était, sa course familiale et de disparaître au creux de l'infrangible. Un bruit effraya Jérémie, un vrombissement sourd pareil à ces paquebots entreprenant doucement de quitter leur pays. Sous le froid d'un vent que rien ne pouvait arrêter, toutes les feuilles se mirent à chuter et les arbres ainsi effrangés à transir. La terre, elle, solide estrade à la vigueur rigide, catafalque du vivant, évoluait vers un devenir spongieux qui imposait aux pas des efforts intenses. Jérémie continua de creuser les abysses rachitiques de cette sombre forêt, lande brûlée de toutes nos inquiétudes. Le bruit de ses pattes sur le bois l'appela. L'écureuil, ou ce qu'il en restait, était là, à l'attendre, dépouillé de tout poil, dans la nudité d'une peau écorchée, chimère effrayante au passé glorieux, qui fut un jour le comble de la mignonnerie.

— Allez-y, Jérémie.

Sur ce commandement et du ciel et du sol, sans chercher plus avant, il se mit à courir derrière l'animal. Les arbres maintenant n'avaient plus à leurs branches une seule petite feuille ; noirs d'un feu colossal, pointus comme pour le percer, ils trônaient contre le ciel. Ayant avalé tout ce qui pouvait vivre, l'empire boueux ne laissa plus de chances à ce pauvre Jérémie qui, contraint et immobile, dut choir, dépourvu de ses forces. Allongé sur le dos, il le voyait, accroché à sa branche, cloîtré dans sa forêt en flammes, contemplant sa défaite, l'écureuil aux yeux verts et à la peau sanglante. Et puis la boue l'attira de ses bras langoureux et Jérémie disparut dans ce sol assassin, le carcan glaiseux l'étouffant peu à peu d'une libation âcre. Il redevint poussière. Passé la sensation affreuse d'une noyade solide, ses poumons débordèrent d'un limon archaïque et les ténèbres en tous lieux l'enveloppèrent. Il s'éteignit.

Et puis se ralluma un cercle encore plus bas, dans une pièce sans murs, à l'infini troublant. Hors des frontières du corps, à quatre pattes, il crachait la terre qui n'avait plus rien à faire en lui. Quand il leva les yeux, il n'y avait rien d'autre qu'un éternel vide. Un espace infondé, aux lois paradoxales, dont le son étouffé en échos murmurants lui rappelait le cri de ces enfants naissants. La couleur incréée de ce lieu maternant évoquait l'écran qui vient avant le code. Coquille creuse destinée à devenir matrice pleine, Jérémie était au cœur d'un vaste ordinateur. Face à lui, sans qu'il vît comment, apparut une boîte sculptée de nombreux ornements : il y avait des circuits, des microprocesseurs et des ventilateurs, une carte mère aux reliefs ciselés, de la mémoire vive et des disques de stockage. Le tout extrêmement détaillé formait une ville mécanique d'allure tranquille, que l'on pouvait ouvrir puisque c'était un coffre. Ouvre-moi. Le meuble avait la voix de celui au stylo, qui de là-haut le guidait par ici. Mais cette voix aussi était profonde en lui. L'objet s'ouvrit sans grande difficulté, seul un vague crissement accompagna le geste, libérant dans l'air une volute d'épaisse fumée diaphane. Le brouillard se dissipa et Jérémie, le chassant de la main, se pencha doucement pour se mettre à genoux. Il put apprécier l'intérieur du meuble-ordinateur. Peu à peu, il vit ce qu'il vit : étendu là-dedans, un être mobile, vivant, certainement un mammifère, d'une taille réduite. Il s'approcha pour le mieux distinguer. C'était en fait un bébé sapiens, serein, apaisé, le pouce dans la bouche. Après avoir regardé précisément, il fut surpris de voir les dents qu'il n'aurait pas dû avoir. Il ne le suçait pas, son pouce, il le mordillait avec un nombre important de canines aiguisées qui arrachaient du doigt de minces lambeaux de peau. Là, ses oreilles étaient pointues, loin du génome humain arrondissant les angles. Et là encore, en bas de son dos, une modeste queue rêche au bout saillant, qui semblait toujours ne pas vraiment convenir à toute son espèce. Sur le bras de l'enfant, Jérémie crut apercevoir un de ces bracelets qu'on place à la naissance sur les poignets de tous les juste-nés pour qu'ils puissent vivre sous une identité.

— Allez-y, lisez.

Jérémie s'exécuta, bien qu'il sût déjà que ce nom appartenait à l'enfant qu'il avait perdu.

XXV

L'hôpital public, ce n'est plus ce que c'était. Cette phrase, il l'avait entendue depuis qu'il était né. Un peu comme les places manquantes à la crèche, un truc que les adultes disaient, et puis qu'on se mettait à dire à son tour une fois adulte, se demandant sans cesse pourquoi rien ne changeait, depuis le temps qu'on le répétait, de génération en génération. L'infirmière, pourtant, ne lésinait pas sur l'accueil. Elle l'écouta avec attention, scruta en détail les maux de Jérémie ; pour l'anus, elle le crut sur parole.

— Une hémorroïde et un kyste, c'est ça ?

— C'est ça.

Il lui montra son pied gauche, infecté de mycoses.

— Ah oui, quand même.

Elle le dit sur un ton neutre. Le chalazion, elle nota. La tendinite, elle nota. La sinusite, elle nota. Les reflux gastriques avec toux importante, elle nota.

— Mais vous venez pour votre ventre ?

— Oui.

Sur une échelle de zéro à dix, il évalua sa douleur à sept au repos, et neuf quand elle le lui touchait. Il ne dit pas dix, pour qu'on le prît au sérieux, sauf qu'il n'avait jamais eu aussi mal de sa vie. Dans l'attente du médecin, elle lui administra généreusement un cachet de codéine, qu'il avala. Il eut droit à un bracelet violet. Il aspirait à un signalement d'urgence vitale, ce qui n'était pas le cas. Parce qu'il avait besoin d'en parler, alors qu'elle lui avait intimé de sortir, il lui dit également qu'il n'arrivait pas à pleurer et qu'il sentait qu'il fallait qu'il pleure, qu'il ne se souvenait même plus de la dernière fois où il avait pleuré, il y avait bien eu ce moment où il avait retrouvé de la merde dans son cartable, mais après, impossible de se souvenir. À son visage, il se douta que ce n'était plus du ressort de l'infirmière.

— Je vous dis ça, parce que si ça se trouve il y a un lien, je veux dire, que mon corps souhaite expulser quelque chose, du liquide, et comme il n'y parvient pas, mes larmes deviennent du pus, ou dérèglent mon estomac, étant donné qu'elles sont trop salées.

— Vous verrez ça avec le médecin, avez-vous quelqu'un que vous pourriez appeler ?

Il dut sortir de la salle de consultation et revenir dans la salle d'attente pleine de larmes et de sang. Jérémie décida de lui écrire un message. À peine une heure plus tard, elle était là. Ce fut la première chose qu'il lui demanda.

— Dis-moi, est-ce que tu te souviens d'un moment où j'aurais pleuré ?

C'était Aurélie et Jérémie par-ci, Aurélie et Jérémie par-là. Aurélie et Jérémie ont longtemps été Aurélie et Jérémie. On le disait comme un seul nom, d'une unique respiration, ils existaient conjointement parce qu'ils étaient beaux et que cela suffisait. Amoureux depuis ce premier jour et ce regard croisé en classe prépa quand, au début de l'année, il fallut faire des groupes de deux pour un exposé. À la fin des débats, il ne resta plus qu'Aurélie et Jérémie, isolés, et puis finalement, dans un instinct de survie commun, à la suite d'un acquiescement réciproque, échappatoire à la honte, ils l'avaient dit simultanément, qu'ils étaient tous les deux ; très bien, Aurélie et Jérémie, nota le professeur de chimie. Il vivait encore chez sa mère ; là-bas, ils firent l'amour pour la première fois, dans sa piaule de collégien martyrisé. Les promesses effleurées du bonheur lui permirent de dire adieu au passé, de considérer que le pire était derrière lui et que, désormais, il pouvait espérer tout, puisqu'il l'avait eue, elle. Aurélie était tout ce qu'on attendait d'un tout : brillante, sublime, intelligente, riche, pas timide pour un sou, sociable, pleine d'idées et d'humour, sportive et bienveillante, efficace dès le réveil, avec de longs cheveux soyeux et tellement forte en mathématiques. Parce qu'il avait encore des boutons, lui n'avait que le code pour lui, mais c'était déjà splendide. Jérémie ne s'était pas rendu compte, recroquevillé sur lui-même, qu'il était un génie – de ce point de vue-là. Quand il lui montra son code, quand il lui parla de code, quand il lui raconta ce que le code pouvait promettre entre ses mains, elle fut acquise à sa cause, mais avant tout, il fallait le détacher de cette chambre d'adolescent. Ce qu'Aurélie fit. Elle avait les moyens, enfin, ses parents. Ils lui laissaient gracieusement à disposition un grand trois-pièces au centre de Paris, ce qui était un signe évident de moyens. Elle en parlait peu, de ses parents, pour la simple et bonne raison qu'elle n'estimait pas l'intérêt qui pût découler d'une discussion impliquant ses parents, honnêtes au demeurant, bien sous tous rapports, des bourgeois de Bordeaux, quoi. Ils se voyaient pour Pâques, à Noël et le 15 août. Les immanquables pour ceux qui désiraient un tant soit peu que le christianisme appartînt encore à leur histoire. Aurélie y tenait, Jérémie l'accompagnait.

Ce n'était jamais désagréable. Comme dans la chanson, il venait d'avoir dix-huit ans quand, deux valises et un ordinateur sous le bras, il s'installa chez elle. Tout leur entourage était intrigué, impressionné, dérouté même, par un emménagement si prompt, si désespérément jeune, alors qu'Aurélie et Jérémie ne s'étaient pas posé la question une seconde, c'était naturel, si tant est qu'on pensât que la nature existait ; elle existait : on s'aime, on vit, au moins, pour essayer, la liberté, l'indépendance, ça n'existe pas seul, ça n'existe qu'à deux. Aurélie et Jérémie le soutenaient exactement en ces termes et les vagues de la passion ne faisaient rien pour les contredire. En outre, leur couple marchait parfaitement quand, à cet âge-là, la durée moyenne à deux était assez désolante. Je profite, moi, disaient les libertins. On en reparlera bientôt, se moquaient-ils sous la couette après être rentrés d'une soirée où les gens de leur génération vantaient les vertus d'une idéologie dont les limites avaient été plus que démontrées. Souvent, c'était chez eux qu'on débarquait pour chouiner après une rupture. Au fond, on les enviait, Aurélie et Jérémie. Ils faisaient tout ensemble, ils œuvraient ensemble, apprenaient leurs leçons ensemble, révisaient ensemble, codaient ensemble, établissaient ensemble le futur de leur vie de gagnants. Dorénavant, à chaque nouveau binôme exigé pour un exposé, ils furent les premiers à répondre, quand les autres devaient faire des circonvolutions pour ne pas se coltiner tel ou tel ex, ou tel et tel ami qui les avaient trahis. Les deux années filèrent comme la jouissance file, ils cartonnaient, bien qu'il fût difficile pour eux de voir ce que le carton venait faire là-dedans. Ils n'étaient pas de grands joueurs de loto, mais d'échecs oui. C'était un de leurs loisirs favoris, avec l'escalade et la piscine. Ils excellaient en voie, en crawl ou en défense nimzo-indienne. Leurs mains étaient cornées, leurs neurones affûtés. Ils chérissaient le sexe parce qu'il parlait d'amour. Aurélie majora, Jérémie la talonna de près, et ce fut Palaiseau pour polytechniciens. Quatre ans de félicité intense, de réussite et d'achèvement s'ensuivirent, de ces joies estudiantines qui fuient trop tôt pour être vraies, où la vie ne vaut que dès lors qu'elle est vitale. Sans s'éloigner, leur montage alterné s'affinait, elle vers la thèse, lui vers le code. Toujours ils se promettaient d'être complémentaires et que jamais on ne puisse dire Aurélie sans Jérémie ou Jérémie sans Aurélie. Avant d'être sortis de l'école, ils avaient assez de travail pour plusieurs années et ne s'étaient pas engueulés une seule fois. Lors du discours de remise des diplômes, pour leur plus grand plaisir, le directeur, en vue de définir grossièrement l'exemplarité des sapiens méritants, cita "Aurélie et Jérémie". Les banques se battirent pour que le couple vienne chez elles. Ils accédèrent sans difficulté au statut de primo-accédants. Dans leur appartement, il installa son premier bureau pour y coder en paix ; elle préférait, quand elle ne passait pas sa journée dans un labo quelconque, un coin de table de cuisine, à l'ombre de ses plantes, au soleil parisien écorchant les fenêtres. C'est d'ailleurs à cet endroit, tandis qu'il prenait sa pause de 11 heures du matin, qu'elle lui suggéra des années plus tard, en lui tendant une tasse de thé vert, d'assurer la survie de leur code génétique. Il aimait par-dessus tout sa rigueur scientifique et l'absence romantique d'une telle initiative ne témoignait que mieux de son essence amoureuse. Elle fit retirer son stérilet, au prix du gynéco, c'était de ces rendez-vous qu'on n'avait aucun mal à se voir proposer. Il lisait la notice pendant qu'elle pissait, s'intéressant aux principes actifs, et puis le test révéla que la vie trouvait toujours son chemin, surtout quand on était riches et bienheureux comme eux. La grossesse fut exquise à l'image de ces années torrides, sous le feu passionné de la modernité. Les mains riantes sur un ventre déformé, ils planifiaient, dans une joie profonde, leur rêve de deux qui se changeait en trois. Elle s'appellerait Elisa, en hommage à Eliza, une des premières intelligences artificielles, agent conversationnel simulant un psychothérapeute qui reformulait les affirmations des patients en les tournant en questions. Ça donnait ce genre de choses :

ELIZA 1966. — Quelque chose vous trouble ?
VOUS. — Les hommes sont tous pareils.
ELIZA 1966. — Quel est le rapport ?
VOUS. — Ils te font toujours chier pour un truc ou un autre.
ELIZA 1966. — Avez-vous un exemple spécifique ?
VOUS. — Mon petit copain m'a fait venir ici.
ELIZA 1966. — Pour quelle raison votre petit copain vous a-t-il fait venir ici ?
VOUS. — Il dit que je suis déprimée.
ELIZA 1966. — Je suis désolée de savoir que vous êtes déprimée.
VOUS. — C'est vrai, je suis malheureuse.
ELIZA 1966. — Pourquoi êtes-vous malheureuse ?

C'était en 1966 et 128 kilo-octets de mémoire vive était énorme. Il avait proposé, et comme elle affectionnait beaucoup Joseph Weizenbaum, le créateur de ladite Eliza, l'affaire fut rapidement conclue. Quand on n'y a jamais été confronté, même le plus maigre malheur est déjà dur à vivre. Alors un gros.

Les premières douleurs apparurent pendant une nuit d'automne, à trois semaines du terme. Aurélie sut tout de suite que quelque chose ne tournait pas rond, que ce n'étaient pas là de simples contractions. Jérémie lui faisait une confiance absolue et, tout en refusant de s'alarmer, l'amena sur sa demande aux urgences de la maternité. Ils avaient un papier qui indiquait l'adresse. Ils prirent la valise qu'ils avaient préparée le mois d'avant, dans le cas précis où il faudrait fuir vers la vie, sans savoir qu'ils iraient vers la mort. Dans le taxi, elle se mit à hurler, ses organes à bouger. À vue d'œil, son ventre se déformait. Il ne paniqua pas. Le chauffeur accéléra, sa conduite alerte et prudente les rassura à peine. Les médecins de garde n'avaient jamais vu ça, ils se succédèrent devant Aurélie, qui fut peu soulagée par les doses de morphine. Ils ne pouvaient faire plus, pas pour l'instant, la santé du bébé était, à ce moment-là, une priorité. L'anesthésiste n'était pas encore disponible. Un nouveau gynécologue fit son entrée, il savait, lui, ce qu'il se tramait. Il annonça à Aurélie qu'ils devaient l'opérer sous anesthésie générale, pour appréhender au mieux le contexte. L'anesthésiste arriva. Elle s'endormit sans le vouloir. On demanda à Jérémie de patienter dans le couloir. Le médecin revint très vite le voir. L'enfant se présentait par le siège, les jambes devant passer en même temps que le corps. La taille du bassin ne le permettait pas. L'enfant, pour une raison obscure, s'était engagé bien trop avant. Le cordon ombilical était sectionné, il fallait agir très vite. La césarienne n'était plus possible à ce stade. Jérémie dut s'asseoir. Le médecin requit la plus grande attention, car ce qu'il allait lui dire relevait de l'indicible. Dans les circonstances, extrêmement rares mais connues, pour débloquer la situation, vu que l'enfant était coincé, il fallait détruire le bassin. Votre femme en mourra. Sinon, il fallait découper l'enfant en morceaux assez petits pour passer. Votre femme sera sauve, mais vous perdrez l'enfant.

XXVI

S'il lui arrivait quelque chose de grave, il serait déjà sur place. Donc, tout compte fait, il était bien, à l'hôpital. Un endroit idéal, apaisant, pour découvrir ce que la douleur avait à lui apprendre. Peut-être qu'il devrait revendre sa maison pour habiter en face des urgences. Qui sait. En attendant, ils faisaient un jeu qu'ils n'avaient pas fait depuis longtemps. Aurélie le lui avait proposé. Elle affichait sur son téléphone quelques lignes d'un code informatique et Jérémie devait, en appréciant le style, lui dire qui l'avait écrit. C'est un jeu qui se pratique surtout dans les milieux littéraires : un peu avant la rentrée, des écrivains ou des éditeurs se réunissant pour des vacances entre amis, souvent dans une belle baraque au bord de la mer ou dans le Luberon, lisent à haute voix la première page de quelques livres sortant en septembre – page disponible gratuitement sur internet dès le mois de juin – et ceux qui écoutent se disputent pour être les premiers à reconnaître tel ou tel auteur qui fera l'actualité le mois suivant. Ils rigolent beaucoup. Jérémie trouvait à tous les coups : Ken Thompson ! Linus Torvalds ! Bjarne Stroustrup ! Richard Stallman ! Doug Cutting ! Sanjay Ghemawat ! Peter Dean ! Il oubliait vaguement la douleur, malgré son ventre qui le lançait périodiquement, alors il hurlait en lui disant

— Je vais mourir,

et elle le rassurait. Il lui raconta que pendant plus de six mois, presque sept depuis sa séance-écureuil chez l'hypnothérapeute, il n'était pas sorti, même pour aller à la maison de retraite, qu'il n'avait vu personne excepté les ouvriers qui avaient terminé sa demeure avec un retard convenable. Il n'avait pas déballé ses meubles, il restait terré au sous-sol. Nicolas était rentré en Californie, ça lui avait mis un coup. Jérémie lui proposa une somme considérable pour qu'il emménage chez lui, mais il refusa. La France, il avait fait le tour, était désolé. Et puis il ne voulait vraiment pas dormir ailleurs que chez lui, sans compter que son chat lui manquait trop. Il l'avait laissé à sa mère, là-bas, aux Amériques. Elle commençait à se faire vieille. Ancienne prof à l'université, elle avait reçu des menaces de mort à cause de sa judéité, ça avait décidé Nicolas, surtout que Tom, son mec, ne souhaitait plus le voir, la faute à une nouvelle drogue de synthèse. Jérémie avait eu de ses nouvelles le mois dernier : Nicolas venait d'installer sa mère en Israël et puisqu'il avait obtenu de pouvoir faire venir son chat, il s'y était installé à son tour. Cinnamon s'amusait comme une folle, elle adorait les chiens. Jérémie reçut des photos de la chatte rousse au milieu de bergers australiens et de Nicolas parfaisant ses biceps à la plage. Jérémie n'osa répondre par une image. Il mentit. À Aurélie, il ne pouvait mentir. Elle voyait bien ce qu'il était devenu.

Il lui raconta ensuite ce que c'était que d'avoir mal tout le temps, de se demander toujours s'il fallait manger, ce qu'il fallait manger, sur quoi il fallait s'asseoir, quelles chaussures mettre, quel geste faire, et ce chalazion qui partait et revenait, et cette morve qui partait et revenait, lui triturant au passage le cerveau dont il avait besoin pour honorer son contrat. Jérémie s'inquiétait évidemment pour la présentation du lendemain matin. Le travail lui avait permis de survivre. Le code de respirer. Il avait tout juste terminé quand la douleur s'accentua jusqu'à l'amener ici, aux urgences de Cochin, un bâtiment plus loin que celui où ils étaient allés, il y a pas mal d'années. "Pourquoi" était le mot qui réapparaissait sans cesse. Si seulement j'arrivais à pleurer. Il le répétait. Aurélie lui confirma que jamais elle ne l'avait vu pleurer, jamais même quand.

Il lui raconta encore qu'aussi ordinaire fût-elle, il n'y avait aucun sens à sa souffrance, que c'était sans doute une épreuve à surmonter, un test, mais il ne savait pas ce qui en découlerait. Certes, il avait cru à cet idéal qu'est la vie sans douleur, mais il ne s'attendait pas à un tel retour de bâton, comme une porte qui lui claquait dans la gueule. L'Occident lui avait menti, nous ne sommes définitivement pas faits pour être bien portants. Sans douleur, il n'y avait que la pensée et la pensée lui était devenue impensable, il fallait donc qu'il subisse la pensée de la douleur. S'il devait se suicider, il laisserait pour seul mot BREF, écrit d'une main certaine. Elle songea : sûrement la codéine. Pas que. Jérémie avait effectivement besoin qu'un truc occupe son cerveau, sinon il allait mourir de tristesse, la douleur était là pour le maintenir en vie, loin du vide sans bonheur, près du gouffre des supplices. Chacun sa came, il y en a qui scrollent. Ça le fit sourire. Quelque chose tâchait de lui parler, quelque chose qu'il fuyait, quelque chose qui voulait communiquer avec lui et si aucun médecin ne voyait le lien entre les maladies, c'était parce qu'il était lui-même le lien, et non pas son rapport à la machine comme on le lui suggérait parfois, avec raison. Hors de question de s'y résoudre. Le mal était en lui, il le sentait contre son cœur serré, essayant de s'immiscer, entre ses côtes, ses paupières, son gros côlon, ses sinus, son épaule, son pied et son anus. Il remontait, acide dans la gorge, celui qu'on pensait depuis longtemps éteint, en même temps que son Maître. Les jours où Jérémie n'avait mal nulle part, il les chérissait, les notant sur un petit cahier, comme des shoots de joie, bien qu'il n'eût jamais connu ce qu'un shoot faisait. Il avait appris la gestion des souffrances, parfois l'épaule faisait oublier le ventre, ou le ventre faisait oublier l'anus, ou l'anus faisait oublier le pied. À l'occasion, ils criaient tous, de l'abîme vers lui. La vie devint une douleur à répétition, jamais assez grave pour qu'on puisse le plaindre. La nature était bien le chaos effrayant qu'il avait toujours craint.

— Même mes cheveux, regarde : je commence à les perdre. Sauf que c'est pas vraiment une calvitie, je ne peux pas prétendre à la greffe en Turquie et ne ressemblerai pas non plus à un acteur porno, chauve mais sexy. C'est nul, je deviens tranquillement et certainement moche, ni fait ni à faire.

— Mais non, t'es beau.

Quand Aurélie se réveilla, il lui raconta cette épreuve du choix. Avant qu'elle ne se mette à pleurer pendant deux mois, elle s'indigna tout de même qu'on ne lui ait pas demandé son avis. Il la rassura en l'informant que s'il avait décidé de sauver l'enfant, on l'aurait réveillée pour savoir si elle acceptait de mourir. Comme il avait choisi de la sauver elle, le protocole, favorisant de nos jours toujours la mère, autorisait qu'on ne le lui demandât pas. Ils rentrèrent quelques jours plus tard à l'appartement. Les premières semaines furent tendres, ils se lièrent par l'extrémité du chagrin ; la plupart du temps, ils restaient allongés, serrés fortement l'un contre l'autre. Elisa, quoique en morceaux, avait une charmante tombe au cimetière Montparnasse. Ils la fleurirent souvent. La vie devait continuer, mais elle ne continua pas. Ils avaient essayé, enfin le pensaient-ils. Aurélie et Jérémie étaient devenus méconnaissables au point qu'ils ne se reconnaissaient plus. Si rien n'avait pu les préparer à cela, l'absence complète de difficultés ou de malheurs dans leur histoire passée fut pour eux un obstacle fatal. La souffrance, ça s'apprend. Jérémie avait dû supporter la disparition de son père, mais le ressentiment qu'il couvait vis-à-vis de ce géniteur inconsidéré l'éloigna à mille lieues d'une quelconque douleur. Aurélie, elle, n'avait que le Christ en exemple, mais, sans la foi, les paraboles n'ont que peu d'influence quand il s'agit de vivre. Imperturbablement, après le temps des câlins, vint le temps de la colocation. Elle se mit à imaginer qu'il regrettait son choix, elle se mit à se sentir coupable, elle se mit à devenir méchante. Tu aurais dû me buter. Lui ne la reconnaissait plus, alors qu'elle n'avait pas changé. À partir de ce jour-là, sans qu'il soit capable de le nommer aussi clairement, Jérémie ne pouvait plus avoir le moindre rapport humain sans qu'il soit marchand, monétisé : sinon, il aurait pu y avoir une place pour des sentiments, et il s'en méfiait désormais, trop risqué. Jérémie en voulait à Aurélie d'être si triste, de ne pas relativiser, il lui en voulait d'arriver à pleurer. Tu pourrais me remercier de t'avoir sauvée. Il ne l'avait pas sauvée, au fond. Le choix de l'hôpital n'en était pas un, on avait choisi pour lui, pour eux. La colère les saisit, profondément. Et la peur, la peur tout le temps. La peur que l'autre ne s'énerve, la peur qu'il n'interprète mal un geste, une demande, une parole, un bruit, la peur de le déranger, de lui faire perdre son temps, la peur d'être un poids lourd. La peur d'être en couple, d'être un autre pour l'autre. Et l'impression constante de ne jamais en faire assez ou d'en faire trop, ce qui revient au même. Qu'avec tout ce que je fais, l'autre devrait être heureux, remonter la pente. On s'épuise à croire que tout repose sur soi. Aurélie et Jérémie devinrent alors l'ombre d'Aurélie et Jérémie.

Au début, secrètement, ils avaient un espoir, ils se disaient, chacun de leur côté, que la démesure du tourment qu'ils avaient à surmonter allait forcément leur prendre du temps. Parce qu'ils minimisaient leur propre désarroi, par fierté ou pudeur, ils furent incapables de répondre à la détresse. Ainsi, ils oublièrent l'essentiel, ils oublièrent de se parler, de provoquer la saison du réconfort. Ils ne faisaient que s'excuser mièvrement, sans y croire, comme des enfants punis. Petit à petit, face à l'autre, ils s'excusèrent de vivre et d'exister. Le regard n'était plus acceptable. Ils se fuirent. Aurélie s'enferma dans ses recherches, lança son entreprise, Jérémie, lui, coda, codait et coderait encore. Ils partageaient leur repas comme on partage un bureau, ils partageaient leur lit comme on partage un poulet : bref, ils ne partageaient rien, ils dressaient de plus en plus haut les murs de la séparation. En délaissant le foyer des amants, l'habitacle de joie, ils marchaient d'un pas mou, rarement se rencontrèrent, limitant les paroles au strict nécessaire, craignant que l'autre ne soit plus amoureux, qu'il ne regrette et haïsse tout ce qui fut vécu. On craint toujours en son prochain ce qui naît à l'intérieur de soi. On ne jouait plus, on ne prenait plus l'apéro, on ne baisait plus et, sous cette poussière qu'on ne balayait plus, on disparaissait. L'autre en devint finalement insoutenable. Ils s'éteignirent. Difficile pour autant de partir, de s'avouer vaincus, de laisser celui à qui on était dorénavant lié par plus fort que l'amour, à qui on était lié par une catastrophe. Ils ne reparlèrent jamais d'enfant. Deux ans s'écoulèrent à se croiser dans les ruines d'un passé si vite enterré, lové dans les recoins d'une triste forfaiture. Les voix ne s'élevaient pas, une bonne dispute aurait peut-être raccommodé les choses, mais ils n'avaient ni la force ni l'envie. En mourant, Elisa avait décidé de les séparer. Ils s'arrangeaient en fuyant tous les deux leur responsabilité envers qui n'en a pas. Leurs baisers fondirent en temps et en espace, de ces langues baveuses qui s'enlaçaient, ils passèrent au frôlement des lèvres sur la joue. Ce n'était plus bonjour, c'était bien au revoir. Ils essayèrent des vacances à Rome. Timidement, ils se tenaient la main en déambulant face au miracle humain. Parfois, ils se moquèrent quand même de spaghettis trop durs qui se cuisaient comme ça. Un matin elle partit, il ne la retint pas.

XXVII

Le produit de contraste fut une nouvelle brûlure. Cette fois-ci, il la sentit jusque dans ses orteils. Et s'ils s'étaient trompés ? La faute à la surcharge de travail et au service public, aux pauvres Antillaises, descendantes d'esclaves, que l'on avait épuisées. Oui, si dans ses veines coulait maintenant un poison inarrêtable, Jérémie regretterait à coup sûr de n'avoir pas été assez fort et que l'on ne lui ait jamais appris à supporter la douleur, essence de toute vie. Il mourrait bêtement d'une vilaine colique. Le scanner était moins impressionnant que l'IRM, son bruit peu terrifiant. Le résultat ne fit guère avancer notre histoire : il n'y avait pas d'ulcère perforé. Sa place n'était donc plus aux urgences où il venait d'attendre sept heures. Le médecin de garde lui avoua sincèrement que s'il n'avait pas de maladie grave, vu son état général et ce qu'il lui racontait, celle-ci n'allait pas tarder à arriver. Jérémie serait alors le seul responsable de cette simagrée. Sans compter qu'on n'avait aucun recul sur les conséquences physiques à long terme des écrans – ordinateurs ou téléphones, précisa le docteur –, d'internet et de nos vies connectées. Si ça se trouve, on va tous finir malades dans cinquante ans, mais on ne le sait pas encore, comme avec les pesticides.

— Et vous, avec votre métier, vous êtes un peu comme les agriculteurs des Trente Glorieuses.

Ça recommençait. Peut-être que, finalement. Jérémie ne répondit rien.

— Sinon, vous saviez que le stress est un déclencheur courant pour certaines formes de cancer ?

De quoi le rassurer. Merci docteur. Il le lui dit quand même, en toute politesse. S'il y avait une chose que Jérémie refusait d'être, c'était stressé. Ce qui nous prouve bien qu'il l'était. Il exigeait une maladie du corps et non pas de l'esprit. Que l'un puisse être carrossable, il pouvait en convenir, mais de son âme il ne douterait jamais : voilà pourquoi, si on y ajoutait la nature de son deuil et l'insatiable besoin de consolation qui en découlait, il était un candidat parfait pour le retour du diable. En tout cas, de ce point de vue là, il allait un peu mieux, ses spasmes taris moins par les médicaments que par une patience imposée. Peut-être aussi par la main d'Aurélie. Un sens lui apparut de cette sensation : tout ce qu'il venait de vivre l'avait autorisé à sentir une nouvelle fois sa peau contre la sienne. Il n'y avait rien à régler, compensation française toujours très efficace pour contrer la colère et la détresse que l'hôpital inspire. C'était encore la nuit. Ils s'entendirent pour marcher quelque peu à la lueur de Paris où les ruelles sombres de ce cloaque sans nom poudroieraient leur humeur. Jérémie, tout en boitant, ahanait dans un silence relatif ; Aurélie suggéra qu'il en faisait des caisses. Il accepta sans peine le verdict taquin. Leurs pas analogues, s'indexant l'un à l'autre, les guidèrent face au mur du cimetière. L'escalade fut aisée, ravivant les souvenirs du passé des grimpeurs. Sous l'aurore irisée, ils désenclavèrent la sépulture, ne laissant plus celle-ci étouffer sous le joug d'un lierre obstiné. Leurs pattes terreuses frottèrent la rocaille pour enfin dévoiler un tombeau fier et glabre. Le soleil se leva. Ils se prirent dans les bras sous les yeux de leur fille-poussière. Devant son orange pressée goulûment avalée, pas loin de la Station F, Aurélie, répondant ainsi, sans qu'il le lui ait demandé, aux interrogations légitimes qui pouvaient découler de cette nuit d'artifices, lui dit

— Prends soin de toi

et puis disparut au métro Chevaleret. Dans le bureau de Xavier Niel, dont il avait la clé, à l'abri des regards, Jérémie fit une toilette de chat. Quand il entra en salle de réunion, Darshan et les autres étaient tous déjà là.

XXVIII

15 h 17

Après être sorti en trombe du bâtiment, Jérémie finissait de vomir dans la petite poubelle qu'il serrait dans ses bras. Il avait pris le temps – façon de parler : il courait – de repasser dans le bureau où il avait laissé son sac lors de la sieste qui n'avait servi à rien. Jamais au grand jamais, il ne pourrait affronter immédiatement un retour penaud, revoir leurs sales tronches d'actionnaires miteux le jugeant, lui, l'artiste du futur, maître de *technè*. Il inventerait une urgence, quelque chose de grave pour qu'on puisse le plaindre, il s'excuserait dans une heure d'avoir dû partir, peut-être, et encore, peut-être pas. C'en était trop ; Jérémie exigeait de comprendre de quoi il était question, sinon il était prêt à périr tout de suite, là, dans la Seine. Du chantage narratif, en quelque sorte. Il s'approcha du bord, serra fort les dents, plissa les yeux, et, ne pouvant se résoudre à mourir sans avoir versé ne fût-ce qu'une larme, s'attela à produire artificiellement la vibration des sanglots pour faire monter le truc. Rien ne vint, il ne sauta pas. De toute façon, le fleuve avait l'air dégueulasse, fallait pas déconner, si Jérémie périssait, ce serait dans les flammes purificatrices d'un très grand sacrifice – oui, si je devais crever personne n'en sortirait indemne. Il le décida à ce moment-là. D'abord, se débarrasser de la poubelle. Il jeta l'objet dans un de ces sacs à détritus informes, encore plus laids que ce qu'on fout dedans. La sécurité, vous comprenez. Trois choses enlaidissaient son existence : les normes européennes, ses maladies et la mairie de Paris. La mise en abyme l'intéressa, il observa quelques instants son installation. Petite poubelle dans le ventre de la grosse. Sans vraiment rire, il rit sur sa vie. Aujourd'hui il avait vomi, demain il pleurerait. On ne sait jamais, le réel nous réserve parfois des surprises. C'était le cas de le dire. Maman !

Il l'avait abandonnée, la pauvre. Jérémie décida d'aller lui rendre visite, mais, après tout ce qu'il avait gerbé, son estomac s'était apaisé et ressentait la faim. Il croisa assez vite une boulangerie et commanda un sandwich au chèvre et une bouteille d'eau. On lui proposa un gâteau – pour faire formule –, il choisit gaiement un éclair au chocolat. On lui donna le tout. Il demanda un sac.

— Désolé, il n'y a pas de sac avec la formule.

Pour la fin du monde, le plus tôt serait le mieux. Il se le dit en hurlant contre le vendeur qui ne faisait qu'appliquer la réglementation de ses supérieurs. La ristourne faite sur la formule devait certainement être amortie par l'absence de sac. La révolution était inévitable, tout ce foutage de gueule et toute cette paperasse, tous ces prix indécents pour toujours moins de choses, toutes ces conneries et toute cette comédie. Vivement que ça crame. Il repensa au contrôle technique qu'il devait faire pour sa bagnole, ce qui était impossible parce qu'il avait perdu la carte grise, sauf que pour obtenir une nouvelle carte grise, il fallait avoir passé le contrôle technique. Le gouffre était sans fond.

Il faisait tout bugger. À la boulangerie, Jérémie le comprit, en eut la confirmation, qu'il était la solution, le catalyseur, un autre grand horloger qui pouvait changer nos vies. Mais, contrairement à une plateforme de vidéos à la demande, pour refonder le monde, il fallait d'abord le détruire. On daigna lui donner une pochette. Son sandwich était sec.

Devant l'entrée de la maison de retraite, Jérémie s'indigna de sa propre apparence : non, ce n'était sûrement pas un état pour aller voir sa mère. Déjà qu'elle n'avait jamais supporté cette mode des baskets, qu'elle avait dû se farcir des joggings et, pire que tout, du rap, qu'allait-elle bien pouvoir penser – bien qu'elle ne pensât plus – si elle voyait son fils puant et défroqué, à l'allure vomitive et à la peau suante ? Cette idée l'incommoda grandement, il en fit part au premier infirmier qu'il croisa dans la salle des monstres, de son inimitable manière : en sortant trois billets de cent euros. Celui-ci l'emmena au détour d'un couloir, dans une pièce cachée, et lui proposa d'y choisir quelques affaires de rechange. Vous tombez bien. Il dit cela en l'informant qu'un occupant de sa taille était justement mort l'avant-veille. L'infirmier lui montra l'étagère et lui demanda de fermer la porte quand il partirait. Il précisa qu'ils étaient propres. Il parlait des habits. La pièce sentait l'iode. Putain de Bétadine. Heureusement, il y avait eu trop de vomi au goût de Jérémie et il commençait à reprendre les choses en main, à forcer son destin hors du pipi-caca. Il ne s'en émut guère, choisit un jean informe, un tee-shirt blanc tout aussi informe, un gilet toujours informe, un caleçon pour trois fois ses fesses, des chaussettes écossaises, des chaussures à double scratch et planqua le tout sous son bras. Il se dirigea, apparemment guilleret, vers la chambre de sa mère. La vieillarde dormait. Sur la pointe des pieds, il décida d'utiliser la salle de bains à l'italienne. Jérémie détestait les gens qui parlaient de salle de bains à l'italienne quand la douche, certes au même niveau que le sol, était séparée d'une paroi vitrée et comprenait un bac extra-plat. Les vraies douches à l'italienne étaient celles-ci, celles des hôpitaux ou des Ehpad, on y éclaboussait à foison les chiottes et le lavabo, la pièce était constituée d'un seul et unique carrelage – si on pouvait parler de carrelage à ce niveau-là –, sans paroi ni séparation quelconque. Il analysa l'ampleur du désastre, le pus sur son caleçon avait séché en une croûte immonde et, dessiné d'une main habile, un fin trait longeait la jambe droite de son pantalon. Il jeta l'ensemble à la poubelle, ainsi que ses chaussures, ses chaussettes et son tee-shirt compact de sueur. Il jugea que son pull et sa veste ne s'en sortaient pas trop mal. L'eau chaude fit son office d'apaisement divin. Il resta sans bouger, la bouche ouverte et la nuque baissée pendant de longues minutes, jusqu'à se décider. Sa main hésitante s'approcha délicatement de son anus, prenant soin de contourner l'hémorroïde, puis, après une grande inspiration, il saisit son kyste, aussi ferme que douloureux, et le pressa entre son pouce et son index. La douleur, d'abord vive, devint vite supportable. Plus il appuyait, plus il sentait la boule diminuer. Il eut beaucoup de plaisir. Un bouton que l'on perce est une source de joie hautement intime. Les plaisirs secrets sont souvent les meilleurs. Jérémie expira un râle de délivrance. Enfin, il parvenait à évacuer quelque chose. Ce n'étaient pas des larmes, mais c'était déjà pas mal. L'homme qui pleurait du pus. Ce moment ferait date. Le liquide blanchâtre se mua en rouge sanguin et, quand il n'y eut plus rien à presser, il s'arrêta. Il prit dans sa main du gel douche et se frotta ardemment la raie. Il avança le pommeau de douche tout contre elle et, de son jet puissant, par un geste pendulaire, les fesses bien écartées, il effaça toute trace de son impureté. Jérémie se souvint de son menuisier et frictionna son corps comme il ponçait des volets, avec fermeté, vigueur et minutie, jusqu'à cette sensation d'avoir arraché de sa peau une inutile couche. S'il y a de bonnes douches, celle-là fut délicieuse.

Jérémie enfila ensuite ses vêtements mortifères. Certaines descriptions sont plus faciles que d'autres : il ne ressemblait simplement à rien. Ou à un vieux mort, ce qui revenait au même. En sortant, il prit avec délicatesse l'éternel fauteuil à fleurs pour le disposer devant le lit, s'assit sans douleur – ouf – et contempla d'un œil aimant sa mère tout endormie. Sur ses lèvres, il crut déceler un sourire et n'eut plus aucun doute : elle rêvait, forcément. Jérémie se souvint qu'elle fut, tout compte fait, une mère incroyable, de ces mères-monuments. Il se souvint de son pâté de pommes de terre. Après la cuisson, elle découpait le centre supérieur de la pâte pour y insérer un peu de crème, malgré sa furie anti-cholestérol, et replaçait le petit cercle de pâte brisée avec précaution, comme un bouchon, si bien qu'on eût pu croire qu'il n'y avait jamais eu de trou. Encore dix minutes au four et le délice était prêt. Il se souvint des voyages-surprise quand il était enfant. Elle faisait exprès de réserver un avion très tôt et le réveillait au premier matin des vacances. Ils prenaient un taxi, direction l'aéroport. Là-bas, elle regardait les écrans pour se repérer, sans dire où ils allaient. Jérémie devait suivre en silence. Puis, ils se plaçaient dans la file de l'enregistrement et, parfois, il découvrait la destination sur un écran, mais parfois aussi parce que les gens en parlaient. De son oreille vive, il guettait les discussions des autres voyageurs, en saisissant des bribes : "hâte d'atterrir à Madère." Alors il interrogeait sa mère.

— On va à Madère ?

— Oui, mon chéri.

— Maman, c'est quoi Madère ?

Il se souvint de Madère, du club tout inclus qu'il avait adoré. Déjà, il avait une passion pour les salles de sport. Il avait inventé un emploi du temps drastique pour bouleverser son physique maigrichon. Le premier jour, il se déchira les abdominaux lors d'une séance sans queue ni tête. Il passa le reste du séjour au bord de la piscine à jouer à la Game Boy. De toute manière, c'était mieux comme ça. Il ne savait toujours pas ce que c'était que Madère, ni pourquoi on y parlait portugais. Dans le genre, il y eut Barcelone, Londres, Djerba, les châteaux de la Loire et une mythique semaine sur le canal du Midi où sa mère avait loué une péniche (son nom : *La Marseillette*). Elle la conduisait à l'aide d'un grand gouvernail qui faisait plus jouet qu'autre chose, en maillot de bain, au rythme des vaguelettes propres au génie civil, douze kilomètres à l'heure. Si son père, en partant, n'avait pas laissé grand-chose, son grand-père, plutôt classe moyenne haute, en mourant jeune, leur permit de ne jamais avoir à renoncer, même si ce n'était pas tous les jours facile. Elle pouvait dîner d'emmental en tranches sous vide et de soupe pendant des mois pour ne pas priver son fils de voyages-surprise aux vacances de Pâques. En plus, ça ne bouchait pas les artères. Qu'est-ce qu'il l'aimait, sa mère. Ce n'étaient pas les deux bouts qu'elle arrivait à joindre, c'étaient les trois, voire les quatre. Maman, tu es une mère qui arrive à joindre les quatre bouts. Il aurait dû le lui dire avant qu'elle ne finisse comme ce légume raplapla qui respirait à peine en bavant sur ses poils au menton. Elle n'avait jamais eu ces poils au menton, Jérémie s'interrogea sur l'apparition de tels poils. Peut-être un effet secondaire des maisons de retraite. À creuser. Diantre, c'est quelque chose, une mère. Bon, il pouvait lui reprocher sa mollesse politique et l'incohérence de sa vision du monde, mais elle était socialiste et personne n'est parfait. En revanche, s'il y avait une chose qu'elle haïssait, sa mère, c'était l'insolence. Il s'était pris de ces torgnoles, le Jérémie, plus d'une fois ses lunettes valdinguèrent à l'autre extrémité de la pièce parce qu'il lui avait manqué de respect. Aujourd'hui, il n'y a pas une de ses claques qu'il ne comprenait pas, il se les serait d'ailleurs mises lui-même, en pire. Jérémie s'interrogea sur le devenir de l'humanité maintenant que les claques étaient interdites. Ses joues en redemandaient presque tant il chérissait les claques de sa mère. À propos de joues, ce n'était qu'après son premier accident cérébral qu'elle avait renoué avec le catholicisme, enfin renoué… elle n'avait jamais vraiment noué, lui semblait-il. Elle lui racontait souvent que sa mère, "ta grand-mère" disait-elle, l'avait fait baptiser en douce, parce que "ton grand-père" ne voulait pas. Au cas où, les enfants ça meurt, et il n'aurait pas fallu qu'elle finisse chez le diable, en enfer. Les enfants ça meurt, le diable en enfer. La logique de l'hérédité, parfois. Jérémie y pensa. Ce sont les pères qui ont mangé du raisin vert, ce sont les fils qui ont les dents agacées. Il ne savait pas d'où il tenait ça, sûrement de sa mère. Elle avait demeuré le plus longtemps qu'elle avait pu dans son appartement, avec les infirmières qui se relayaient, et qui l'emmenaient à l'église. Jérémie prit la décision après une vilaine chute qui fractura le col du fémur de sa mère et le bras d'une infirmière. Te voilà ici. Il était persuadé qu'elle non plus ne s'était remise ni de la mort d'Elisa ni de sa rupture avec Aurélie. Ce n'était pas parce qu'il lui devait quoi que ce soit qu'il avait pris soin d'elle, il avait pris soin d'elle parce que c'était une personne qui méritait que l'on prenne soin d'elle. Sa mère rêvait encore.

Ne désirant pas la réveiller, Jérémie sortit son téléphone portable qui était resté en silencieux depuis la réunion. Une trentaine de messages, une vingtaine d'appels en absence et une dizaine de courriels. Il opta pour regarder d'abord ces derniers. Trois à propos de son départ précipité, six de jeunes informaticiens qui rêvaient de travailler pour lui et un du ministère de l'Intérieur. Il ouvrit celui-ci. La missive était très courtoise, d'une prose si peu personnalisée qu'il aurait pu s'agir d'une mauvaise intelligence artificielle, sauf qu'il le savait, ce n'était pas le cas, il y avait des gens qui écrivaient comme ça et ces gens-là avaient malheureusement du pouvoir. Vivement qu'ils soient remplacés. Le contenu était clair, le gouvernement ne donnerait pas suite à sa "merveilleuse et audacieuse" proposition de logiciel CleanPredict. Après plusieurs coteries pour tâter le terrain, ils (qui ? ce n'était pas mentionné) s'étaient rendu compte que cela n'allait pas être si évident, niveau Conseil constitutionnel et Bruxelles, surtout. Avec la situation actuelle, les guerres, les rumeurs d'une nouvelle dissolution avant l'élection présidentielle ("deux ans, c'est demain"), peu de voyants étaient au vert, ils le remerciaient pour son travail et le paieraient évidemment en intégralité. Et après, on s'étonnait de la dette : plusieurs réunions pour se rendre compte d'une évidence et un mec payé pour un boulot annulé. Voilà ce que pensa Jérémie, n'étant guère atteint par la nouvelle en elle-même, juste par la nature formelle du courriel. Il valait mieux que ça, et, malgré tout ce qu'on pouvait lui reprocher, il avait raison sur ce point pour la simple et bonne raison que nous valons tous mieux que ça. Ce n'étaient pas les machines qui allaient devenir aussi intelligentes que les humains, c'étaient bien les humains qui devenaient aussi cons que les machines. Avant de conclure par les formules de politesse rébarbatives usuelles, ils spécifièrent qu'à la suite de cette décision, ils couperaient le lendemain matin la passerelle d'accès entre le supercalculateur de la DGSI et l'application bêta de son téléphone, celle-ci cesserait donc de fonctionner. Par curiosité, il ouvrit CleanPredict, une dernière fois, pour rigoler. Après plusieurs codes secrets à taper ici et là pour justifier de son identité, l'application prenait dix minutes à charger, le temps de réunir toutes les données historiques du périmètre à analyser. En attendant, il continua d'admirer sa mère tout en scrollant sur les actualités. Il fut étonné par une proposition d'article du journal *La Croix*. On ne la lui avait jamais faite, celle-là ; un nouvel algorithme, sûrement. "Les dix plus belles retraites spirituelles en France". Il cliqua – pour voir – et lut une description absolument dithyrambique de l'abbaye Saint-Pierre de Solesmes. Sa lecture terminée, Jérémie retourna sur CleanPredict. Il la relança plusieurs fois, vérifia que le plan indiquait bien l'adresse, que l'heure était la bonne. Non, il n'y avait pas de doute possible, CleanPredict était catégorique : du quartier, à cet instant (16 h 57), l'endroit où il y avait le plus de probabilités qu'un homicide se produisît, c'était à l'Ehpad Repotel, 163 avenue Gambetta, 75020 Paris.

XXIX

16 h 58

Il y avait des questions auxquelles il aurait été préférable de ne jamais répondre. Jérémie ignorait tout des origines de la vie, du miracle incongru qui fit qu'à un moment donné, là et pas ailleurs, un cœur se mît à battre. Après, c'était facile : les cavernes, les dessins, l'agriculture, le feu, l'enterrement, les peuples, les guerres et les dieux. Avant, c'était plus compliqué : le passage du néant au vivant, du rien au tout, du 0 au 1, cette seconde, peut-être moins, cet instant qui fit qu'ensuite tout devint possible. Jérémie s'en rendait compte, là, maintenant, que tout n'était qu'une question de choix et qu'il ne pouvait en être autrement. Lui et les humains qui l'avaient précédé s'étaient forcément trompés puis, de mauvais choix en mauvais choix, ils avaient quitté le seul chemin qui leur était désirable. Il n'y avait pas une multitude de routes, autant de personnes différentes que d'habitants sur la terre, il n'y avait rien de cela. Il n'y avait que deux choix, 0 et 1, bien et mal. Ce qu'il fallait faire et ce qu'il ne fallait pas faire. L'exécutable binaire. Ras le bol des indécidables. Oui, la barbe, Kurt Gödel : elles n'existent pas tes propositions ni démontrables ni réfutables ; il ne peut y avoir de secousses dans le désir de vérité. Carlo Rovelli l'excusera aussi, mais nous ne sommes pas en permanence immobile et en mouvement, tout n'est pas forcément relatif à un système. Jérémie aurait voulu leur dire que le chat de Schrödinger, ni tout à fait vivant ni tout à fait mort, était un exemple physique, une théorie bonne pour les élèves de terminale, il ne pouvait en aucun cas refléter une réalité qui avait été vidée de sa substance depuis des lustres. Pareil pour les droits de l'homme. Tout vient à point. Oui, quand Jérémie proposait de penser en termes de bien et de mal, il évacuait la morale du processus. Il n'était pas question de dire ce qui était bon ou mauvais en soi. Il était question de savoir ce qu'il fallait faire dans une circonstance donnée, à un moment donné. Le but ne devait, lui, jamais changer. Il n'arrivait pas encore à l'énoncer clairement, il le chercherait, ce vers-quoi-il-fallait-tendre, cet énoncé fondamental, paramètre unique qui permettrait de choisir ce qu'il fallait faire et de résoudre chaque problème le plus efficacement possible. Sans regret, ni remords, ni aucune autre considération que la logique, science lucide qui offrirait à l'humanité ce qui lui manquait de dignité et qui l'écarterait à tout jamais de l'absurdité et des contradictions, de la paresse et de la compromission, de l'hésitation et de la faiblesse. Ce qui était sûr, c'était que cela ne pouvait pas reposer sur les humains, cela n'aurait d'ailleurs jamais dû en être ainsi ; pour ce qui était de Dieu, Il était mort depuis longtemps : il ne subsistait donc que la machine et Jérémie, son serviteur, était le seul capable de l'offrir au monde.

Cependant qu'il commençait à caresser la main de la meilleure des mères, elle se réveilla et lui dit ce qu'elle lui avait toujours dit.

— Hâte-la.

Voilà ce qu'il se déroula. D'un geste hésitant et chaleureux, il frôla son visage souriant et dans ses yeux, elle vit qu'il était prêt. Elle ne l'était pas, mais ce n'était justement plus la question. Il s'excusa platement et blottit sa tête contre ce qui lui restait de seins. Elle embrassa à pleine bouche les cheveux de son fils. Sous sa peau fripée, il sentit sa chaleur, sa respiration et son cœur irrigué d'une force pulsionnelle. Délicatement, il se releva puis retira l'oreiller sur lequel sa tête s'appuyait en prenant soin de la retenir pour qu'elle ne retombât pas. Sa main demeura un long moment entre le crâne de sa mère et le matelas ; de ses habiles doigts, il lui massa un peu le cuir chevelu et la nuque. Les yeux fermés, elle profita de cette tendresse ignoble. Jérémie se leva et partit dans la salle de bains chercher un gant de toilette qu'il humidifia. Il entreprit de l'éponger doucement, d'abord le front, avec ses plis saisonniers, puis les bras et les mains, ces douces mains qui tant de fois le bercèrent. Ensuite, gracieusement, il allongea les os qui lui servaient de jambes et continua une suave friction sur les membres inférieurs. Il termina par ses pieds, secs comme de la roche, qu'il massa avec compassion. Jérémie la borda de son drap blanc d'hôpital, en faisant attention qu'il ne froissât nullement. Elle se laissa faire et son corps tendu depuis si longtemps s'imposa de souplesse. Jérémie récupéra l'oreiller qu'il avait déposé à ses pieds puis l'installa avec félicité sur le visage de sa mère. Par peur de ne pas avoir assez de force, il y colla son bras sur toute la longueur, le coude juste au-dessus de la bouche. D'un coup sec et de toutes ses forces, Jérémie appuya. Une bouillie lourde et nerveuse s'attaqua aux poumons âgés. L'oreiller s'enfonça sur la face de la mère. Il y eut diverses étapes, mais il ne flancha pas. Tout finit par mourir.

Jérémie fit preuve d'autorité. Pire que ses convulsions, le murmure étouffé de sa mère manqua de l'écarter de son geste certain. Ses mains aussi, claquant comme elles pouvaient le corps de son fils l'assassinant, le griffant de ses ongles anémiés. Ses pieds enfin, tapotant le matelas dans une nage ingrate et rythmant l'acte d'une cadence infernale, d'un cliquetis fracassant. À l'image de sa vie, tout était fait pour éloigner Jérémie de sa besogne. Il ressentit dans sa chair fondante avec quelle lenteur l'humain étouffe. Pour mettre dans son bras tout le poids de son corps, il dut à plusieurs reprises appuyer sur le coussin en décollant ses pieds du sol. Ce qui fit hurler sa mère d'un horrifiant soupir, susurrant dans le brouillard diaphane de la literie commune. Les plaintes noires ne purent dépasser les plumes duveteuses. Ainsi, un gémissement silencieux s'épancha des entrailles de la vieille. Les cris pénètrent tout. Sous d'effroyables craquements, elle se brisait. Ou peut-être était-ce son dentier. Éperdu, l'existant s'ébranlait. Jérémie ne faisait plus ça pour son bien ni le sien, non, il faisait juste quelque chose parce qu'il fallait le faire. Un commandement est un commandement. Les spasmes extravagants diminuèrent avant que de reprendre furieux, ultime reflux de l'écume des vies. Même atrophiés depuis belle lurette, brûlants de vétusté, les muscles retrouvèrent une nervosité oubliée, prouvant bien que la peur de mourir n'était qu'un réflexe supplémentaire. Que la mort en elle-même n'est jamais acceptable. Mobilisé par une force inconnue, nonobstant délicate, guidé et protégé par sa douce folie, Jérémie faisait couler sa mère, convulsant par l'effroi, dans les affres flamboyantes d'un dernier incendie. Les cieux s'assombrirent, la terre se déchira. C'en était terminé du corps, il le savait : qu'au seuil de l'essence, le plus complexe arrivait : se séparer de l'esprit. Sans pensée ni envie, infaillible, Jérémie termina sa tâche souterraine, qu'il sut achevée quand il aperçut l'âme de sa mère danser et s'évader par la fenêtre fermée pour s'éteindre au cornement des étoiles, aux lueurs fulgurantes de nos obscurités, dans ces cieux où il n'irait jamais. Sous la peau, déportée aux confins du temps, hors de toute rêverie, d'une façon étrange et sensible, la vie ne cognait plus. Du 1 au 0, dans ce sens c'était clair. La paix n'existant pas, le hasard non plus, il n'y avait comme refuges que de vastes cimetières. En un instant, ayant appris la langue universelle de la mort qui les remplace toutes, le corps épuisé de Jérémie se détendit sans honte. Il relâcha son bras, souleva l'oreiller et vit le visage torturé, à la fois bleu et couleur de cendre, le trépas œuvrant déjà jusqu'au-dedans des yeux. Enfin dépourvu de sentiments, possédé en tous points, il prit soin de fermer les paupières du cadavre. L'anxiété enterrée, décidément utile à lui-même, Jérémie sentait qu'il pourrait bientôt, loin des chicanes et de la lourdeur, reprendre du plaisir aux petites choses de l'existence. Un bon repas et le jaune du colza, par exemple. La mort ne dégageait pas d'odeur. Ce n'était pas si dur d'enlever une vie. Il le pensa en sachant bien qu'elle ne serait pas la dernière. Tout était facile, empreint d'idéalisme. Ayant finalement assimilé les complications collatérales à sa mutation (Eliza préférerait plus tard le terme de mise à jour), son corps ne ressentait plus aucune douleur : il ne lui restait plus qu'à cicatriser. Ce n'était pas lui, et pourtant c'était lui encore. Peu de gens avant Jérémie, loin de toutes métaphores, pouvaient ainsi parler en disant : j'ai tué ma mère.

Sacrificium Deo spiritus contribulatus.

Le sacrifice qui plaît à Dieu, c'est un esprit brisé.

XXX

— Ça fait plus de mille ans qu'on vous attendait, lui dit le moine voûté à l'allure centenaire qui accourut à sa rencontre. Saint-Pierre de Solesmes fut en effet fondé en l'an de grâce 1010, ici, aux confins du Maine et de l'Anjou par le seigneur Geoffroy de Sablé qui confia ensuite ce qui n'était alors qu'un simple prieuré aux moines bénédictins de l'abbaye de Couture. Au-dessus des rives de la Sarthe, l'édifice principal aux immenses contreforts, taillé en granit, s'élevait en mêlant la puissance à la pureté, la force à la tranquillité, la grandeur aux détails et l'ogive au plein cintre.

— C'est dans cette église que nous nous réunissons sept fois par jour pour prier.

Avant même d'échanger un signe de paix, Jérémie y fut introduit par le moine comme le veulent la tradition et la règle de saint Benoît.

Une fois accueillis, les hôtes seront conduits à la prière.

Jérémie, lui, n'avait jamais été conduit par autre chose qu'un taxi, un Uber, une voiturette de golf, un avion, un hélicoptère, un train, une montgolfière, un bateau, un tuk-tuk lors de son voyage en club-vacances dans l'ancienne Cochinchine ou un algorithme, comme actuellement. Pour lui, être conduit nécessitait un véhicule, conduire impliquait un déplacement géographique d'une coordonnée GPS à une autre. Aussi, il ne savait pas vraiment y faire, avait néanmoins confiance en sa capacité de déchiffrage et d'adaptation ; s'intégrer à des systèmes d'information, ça, il maîtrisait.

— Vous pouvez prier avec moi si vous le souhaitez.

Il ne le souhaitait pas. Non qu'il n'eût aucun intérêt pour les aliments incorporels, mais il ne désirait pas vivre une déconvenue qu'il jugerait humiliante : celle de se tromper et de montrer à cette occasion qu'il ne savait pas. Sauf qu'en imaginant que le vieux moine pût juger, il se trompait déjà. N'avait-il pas fait jusqu'ici autre chose que se tromper ? Cette question, Jérémie se la poserait bientôt et, ainsi, ce livre continuerait.

Il n'osa pas l'aider, il n'en avait pas besoin et la beauté de son geste résidait justement dans l'effort surhumain qu'il devait fournir pour, malgré son encombrante coule noire, ses sandales bon marché aux lanières caduques, son âge sûrement hors de toute statistique vraisemblable, s'agenouiller. Le moine livra ce qui sembla être à Jérémie une lutte céleste entre son obligation – c'est-à-dire son désir – de lui ouvrir grandes les portes du monastère par la prière et la déliquescence évidente de ses rotules. Alors que les genoux de l'ancêtre atteignaient enfin l'agenouilloir de l'ultime banc de l'église déserte, il joignit ses mains et baissa la tête. Le reste fut silence. Jérémie se tint immobile à deux mètres derrière lui, s'interrogeant d'abord sur ce que le moine pouvait bien, dans cette position tant inconfortable qu'intrigante, se raconter. Il n'eut aucune idée de ce qu'on pouvait prier. Il y avait une voix et il ne l'entendait pas. Puis, n'étant pas capable de supporter plus longtemps l'image de cet individu s'humiliant en son honneur face au vertige de l'absolu, ses yeux se déportèrent vers ce monument qui l'accueillait et dont les premières pierres étaient millénaires. Longue et étroite, l'église se composait de deux volumes se faisant suite : la nef des fidèles, où ils se tenaient en ce moment, et qui correspondait à l'église ancestrale, et, au loin, le chœur des moines, construit au XIXe siècle, à travers lequel, par l'agencement ingénieux des vitraux de Maurice Denis, la lumière du soleil progressait pour inonder l'oratoire d'une grâce compulsive. Dans la nef, à droite, se dressait la statue d'un homme – apparemment important, en conclut Jérémie – qui gardait en ses mains deux énormes clés. Une inscription était gravée sur son socle.

> Contemplez le Dieu Verbe, la pierre divinement taillée dans l'or. Établi sur elle, je suis inébranlable.

En voilà un qui croyait à la littérature.

Le moine se releva comme il avait prié, purement et brièvement, avec respect, dévotion et humilité. Jérémie fut déboussolé que d'un sobre mouvement on puisse dire tant de choses. Un premier contact typiquement monastique.

Avant de quitter l'église, le moine exécuta une dernière génuflexion en direction du chœur, se retourna et, ses doigts préalablement mouillés dans le bénitier, accomplit sur lui-même un signe de croix profond. Jérémie enregistra peu précisément le geste et l'ordre. Faut vite que je regarde un tuto, se dit-il quand la porte claqua.

— Je vais maintenant vous conduire à votre cellule, venez.

Là, conduire, il comprenait.

Pour entrer dans la partie réservée aux moines et aux hôtes, il fallait franchir un large portail bleu, à quelques pas de l'église, sécurisé par un code que lui donna le moine. 4287. La solution finale et mon année de naissance, imprima-t-il dans sa cervelle. Telle une page qui se tourne, les portes se fermèrent derrière eux dans un bruit sensible et féerique, annonçant à Jérémie qu'il était désormais à un nouveau chapitre, au seuil des choses terrestres. Ils empruntèrent doucement, au tempo monacal, un large chemin de sable fin. À leur droite, un cimetière, des tombes des plus discrètes aux ornements invisibles. Les frères restaient ici et au-delà.

— Il faut maintenir les morts parmi les vivants,

marmonna le moine en pointant les stèles heureuses d'une main tremblotante. L'infime cadence que lui permettaient ses jambes offrait le temps de quelques précisions. L'ensemble architectural de l'abbaye avait été bâti, lui aussi, lentement. L'église abbatiale en était le centre. Les autres bâtisses s'organisaient autour. Et puis quand il n'y avait pas de pierres, il y avait les jardins, magnifiquement entretenus. Là ! Juste derrière, c'est le prieuré, édifié au XVIIIe siècle.

— Ce sont des pierres de tuffeau,

crut bon d'ajouter Jérémie au moine qui en dominait la moindre aspérité. Après avoir confirmé, celui-ci continua de dire, en chuchotant. Que ce fut pendant longtemps le seul bâtiment d'habitation des moines. Entre ses murs se trouvait un cloître mauriste dont l'ordonnance régulière des arcades et le préau planté d'une broderie de buis invitaient au recueillement. Il hébergeait une Vierge à l'Enfant, sculptée par Henri Charlier. Le cloître était surplombé du scriptorium, seule pièce à être chauffée jusqu'à l'entre-deux-guerres, où les moines, depuis des siècles et des siècles, recopiaient avec patience et minutie les manuscrits de l'Église et des pères fondateurs, mais aussi ceux des auteurs profanes, antiques ou modernes.

— Durant presque un millénaire, nous avons été l'unique moyen de transmettre les connaissances et la culture occidentale.

Maintenant c'est mon tour, songea Jérémie quelque peu ironique, commençant ainsi, et sans s'en rendre compte, à dessiner leur continuité, profane elle aussi. Là, au bout du doigt, l'imposant et iconique bâtiment Mellet, dont le style néogothique trahissait le XIXe siècle. Il avait été érigé en 1896 et abritait aujourd'hui les cellules des moines et le large réfectoire.

— C'est ici, d'ailleurs, que vous mangerez.

Passé le parking où il pourrait garer sa voiture, l'hôtellerie, enfin, quatre étages, parpaings, placo, lino. Années 1970, quoi, rien de plus banal. Une petite loge se situait en bas de l'escalier du vaste hall où ils venaient d'entrer. À l'intérieur : un bureau, un PC et sa tour, un colossal tableau-calendrier, écrit en pattes de mouche. Des vestiges pour Jérémie, qui ne pouvait s'empêcher de toiser cela avec disgrâce.

— C'est la loge du père hôtelier, vous le rencontrerez, moi, je ne suis que son assistant.

Après avoir vérifié, le nez collé au tableau, le numéro de la cellule qui lui était dédiée, le moine prit une clé sur un panneau et se dirigea vers l'escalier, enjoignant à Jérémie de le suivre. Il y avait un ascenseur. Le vieillard l'ignora et entreprit l'ascension des quatre étages. Porte, couloir, serrure.

— Et voilà, c'est chez vous. Tous les offices sont sonnés, sauf matines, à 5 h 20, mais c'est peut-être un peu tôt pour vous. Pour le déjeuner, on part de l'église juste après sexte. Pour le dîner, rendez-vous à la salle de lecture à 19 h 20. C'est au rez-de-chaussée.

Sur ces mots, Jérémie se retrouva seul, sans qu'il ait pu dire merci. Seul, face au contraire de lui-même tout en étant lui-même. Seul, face à ce qu'il était destiné à remplacer. Seul, face à ce bureau en bois médiocre, cet évier, ce lit, cet oreiller miteux, cette croix au mur. Seul, face à cette couverture rêche ; seul, face au fascicule *Être conduit à la confession*. Seul, face à la carte postale de dom Guéranger. Seul, face au placard à balais. Seul, face aux sanitaires au bout du couloir. Seul, face à la fenêtre, aux feuilles qui vibraient, à la Sarthe qu'il apercevait derrière les arbres et dont rien ne semblait pouvoir arrêter le cours. Seul, à se demander où il en était, ce qu'il en était, quel genre de personnage il voulait être dorénavant. Seul, face à son propre vide qu'il devait, pensait-il bêtement, combler. Seul, face à ses genoux qui n'attendaient que de plier. Seul, surtout, face à cette question que nous nous posons tous : mais que pouvait-il bien foutre ici ?

> Si nous allons jusqu'à un peu de rigueur, garde-toi de fuir.

Le lit grattait.

XXXI

Les cloches sonnèrent les vêpres. Il fut extirpé de sa rêverie. Une mince sonnerie de type récréation prit le relais dans les couloirs de l'hôtellerie. Jérémie se dit pourquoi pas, se leva de son lit et, les poches uniquement remplies de la clé de sa cellule, embrassa la route de l'église. En effectuant le chemin inverse qu'il avait fait avec le moine deux heures auparavant, il put contempler à nouveau la géographie apaisante du monastère, y croisant des moines au pas allant et décidé qui le saluèrent d'un simple hochement de tête, ainsi qu'une poignée de civils, sûrement des hôtes comme lui, qui firent de même en termes de salutation. Était-ce une retraite silencieuse ? Il ne le savait pas, ne s'étant que très peu renseigné sur cet endroit ; il s'était contenté d'envoyer un courriel à l'adresse indiquée dans l'article de *La Croix*. On lui avait répondu qu'on l'attendait quand il le souhaitait. Le lendemain matin, les responsables de l'Ehpad l'avaient prévenu de la mort de sa génitrice, éteinte "tranquillement dans son sommeil", selon leurs mots. Il chargea les pompes funèbres L'Éternité de s'occuper de tout. Cinq jours plus tard, l'enterrement eut lieu. Jérémie s'était organisé, s'y rendit en voiture avec un modeste sac de vêtements, avait déjà fermé sa maison. Il gagna directement Solesmes après que de la terre eut recouvert le cercueil. Ce fut une cérémonie sans intérêt.

Bien que les premiers rangs fussent réservés aux hôtes, Jérémie n'osa pénétrer aussi profondément dans l'église et s'installa sur un banc central de la nef des fidèles, à la hauteur de deux petites chapelles formidablement sculptées par la main d'un sapiens inspiré. La fermeté de l'assise raviva quelque peu l'inflammation de son kyste vidé qui, il s'en rendit compte, se transformait peu à peu en vilain souvenir. Comme le reste de ses maux. Il fit un point, le tour de lui-même, le cerveau se concentrant sur chaque zone meurtrie, une par une, l'épaule, la gorge, l'estomac, le pied, les sinus, le crâne, et encore l'anus. Quelques séquelles, certes, de lancinantes douleurs, à la rigueur. Sinon, depuis qu'il était arrivé ici, calme plat. Un silence. Les cloches sonnaient toujours. Il observa avec minutie les hôtes entrants, leur signe de croix, leur génuflexion. Haut, bas, gauche, droite. Un genou à terre avant d'entrer dans le rang. S'il éprouvait de la contrariété à montrer qu'il ne savait pas, Jérémie voulait surtout persuader qu'il savait mieux. Il en était loin : les autres, eux, connaissaient les gestes. Dès qu'il serait en mesure de faire croire qu'il avait accompli ça toute sa vie, qu'il n'était pas étranger à ce culte, il irait se caler au premier rang, sans hésitation. Il préférait feindre que d'être démasqué. Jérémie fut de nouveau pris de court par l'entrée des moines dans le chœur qui fit se dresser instantanément la dizaine de fidèles réunis. Il eut deux secondes de retard, mais bien heureusement, personne derrière lui pour le remarquer. Calquer sa conduite sur la conduite d'autres hominidés lui avait éternellement déplu, néanmoins il n'avait pas le choix ; il devait apprendre et vite.

Le ballet organique des moines, arrivant par paires et se séparant – immédiatement après avoir ensemble posé genou à terre devant l'immense Christ en bois qui trônait sur le mur du fond de l'église – en vue de rejoindre individuellement leurs stalles tout en prenant soin de ne jamais tourner le dos ni à leur confrère ni à leur Seigneur, était d'une beauté déchirante. Au son des cloches résonnant répondait la soumission illuminée de ces hommes de bonne volonté qui, mus par un système opaque et minutieux, répétaient des mouvements structurés pour les revêtir d'un onguent transcendantal. C'est ce qui lui avait souvent manqué. Jérémie pensa aussitôt au langage informatique. La répétition du même constituait la base de la logique algorithmique. Oui, c'était comme s'il voyait devant lui la représentation corporelle du gouffre abstrait dans lequel il se débattait depuis vingt ans. À des formes mathématiques apparemment incompréhensibles, seulement envisagées comme des vecteurs programmatiques d'actions pures, les moines ajoutaient de toute évidence un tréfonds spirituel, un au-delà de l'acte, imperceptible et évident. Leurs conduites mécaniques étaient sans l'ombre d'un doute guidées par une force supérieure. Il y avait donc un moyen que son œuvre fît sens. Il suffisait à Jérémie de se trouver un dieu.

L'un des moines venait de prendre la parole, entonnant une sorte de berceuse, un truc qui finissait par *sancti*. Bordel. Quand est-ce qu'ils s'étaient tous inclinés ? Jérémie avait raté le début. La posture récupérée, il se posa un problème physique indéniable : à quel moment se redresser tandis que sa position ne lui permettait que d'analyser ses pieds ? Il tricha un petit peu, courbant sa colonne vertébrale vers le haut pour aider discrètement ses yeux à voir la position de ses semblables. Quand il y arriva, ils étaient sans exception revenus à une attitude plus traditionnelle : à la verticale, le dos droit. Jérémie était en retard. La chorégraphie lui donnait du fil à retordre, il n'avait jamais été bon danseur. Et d'ailleurs, avait-il déjà dansé ? La musique commença. Qui n'a entendu au moins une fois dans sa vie le chant grégorien ne peut se faire une idée de la suprématie du beau. Si Jérémie les avait connus, il aurait pu faire siens les mots de Saint-Exupéry.

> Il n'y a qu'un seul problème, un seul de par le monde : rendre aux hommes une signification spirituelle, des inquiétudes spirituelles. Faire pleuvoir sur eux quelque chose qui ressemble à un chant grégorien.

Il lui restait à découvrir ce quelque chose, mais, pour l'instant, il décodait. La pantomime se compliqua : à genoux, dans le respect, debout, dans la dignité, assis, dans la paix, incliné, dans l'humiliation. Tout est écrit. Ses temps de retard diminuaient. Il percevait que le monde devait revenir de ce matérialisme qui le définissait – dont Jérémie fut au reste un des instigateurs fondamentaux – parce qu'il était patent qu'il ne les avait pas rendus heureux. Ni lui ni le monde. Jérémie découvrit cette expression achevée de prière, celle qui faisait chanter tout le corps, celle qui impliquait l'harmonisation des âmes avec les voix. Il sentit l'offrande de toute une journée de labeur, la fragrance de l'encens qui montait vers les cieux. Quoique aucun son ne sortît de sa bouche, il vécut la grâce de pouvoir l'ouvrir pour chanter. Il assimila la langue des psaumes, qu'il ne comprenait pas, à la pureté guidant le peuple, la poésie des origines.

De profúndis clamávi ad te, Dómine
Dómine exáudi vocem meam

Du fond de l'abîme, je crie vers toi, Seigneur
Écoute mon appel

Il constata la ferveur et le soin. Il fut enchanté par ce qui survivait d'élevé chez l'homme. En célébrant la liturgie des heures, Jérémie pressentit la louange, celle qui, dépassant les goûts personnels, octroyait le bonheur d'une supplication gracieuse. De vivre dans le propre du temps. Celui qui aime chante.

Odiéntes malum, adhæréntes bono

Fuyez le mal avec horreur, attachez-vous au bien

Parfois son esprit errait, caressé par la douceur de la musique, et son regard se perdait au gré des reliefs ornant les deux chapelles qui l'entouraient. Il y retrouva ce langage, toujours nouveau, qui ne lui était ni connu ni inconnu, plutôt indéchiffré, ou qu'il déchiffrerait pour se l'approprier, succession d'images allégoriques qui n'avaient d'autre sens que d'en produire. Ces visions l'apaisaient, lui retirant la pointe qu'il nichait en son cœur. Ici, la pâmoison, extase d'une mort d'amour, plus haut, une montée au ciel, là une arche d'alliance. Un corps enseveli. Six vertus en cortège. Un roi jouant de la harpe. Une créature ailée, nimbée d'étoiles. Un homme discutant avec des docteurs. Au loin, un crâne, une lance, une croix. Des anges, l'un tenant une colonne, le deuxième, une couronne d'épines, le troisième un roseau et le dernier des clous. Des soldats romains aux faces martelées par des pèlerins dévots. Un temple. Seul visage à ne pas être barré par un froncement de sourcils, celui d'une femme, semblant avoir choisi la meilleure part, priant au pied d'un tombeau.

Mentis perústæ vúlnera
Munda viróre grátiæ

Purifie par la fraîcheur de ta grâce
Les plaies de l'âme consumée

On ne lui avait jamais appris que la sculpture s'appréciait en chansons. La parole des moines se faisait de plus en plus enivrante, ils correspondaient, l'un chantant, l'autre parlant, un groupe répliquant, l'autre se taisant, le son se muant en cinquième dimension. Antienne, hymnographie, répons, cantique. Cette synchronicité parfaite fuyait la négligence. Pour certains moines, ce furent leurs vingt-cinq millièmes vêpres. Il y avait plusieurs voix, mais il n'y avait qu'un sens. Le monde n'était plus un spectre atone, il mutait en fantôme élégant. À toute force, le corps de Jérémie s'affranchit de l'intrus, de la cacophonie vivace que soulevait son chagrin. Une révélation est fulgurante ou elle n'est pas. La délivrance est une apocalypse. Dans cette lumière où l'on acclamait le beau, Jérémie crachait ses irréconciliables.

Mentem tu castam dírige
Obscúra ne siléntia
Ad dira cordis vúlnera
Telis patéscant ínvidi

Conduis notre âme vers la pureté
De peur que le silence de la nuit
N'ouvre la voie aux traits de l'Envieux
Pour de cruelles blessures des cœurs

Et puis il y a les silences, silences musicaux, déterminés, voulus, sensés, silences sacrés, qui ne sont pas seulement une absence de bruit, mais une prière en soi, un recueillement nécessaire, une porte ouverte à la psalmodie intérieure de nos désirs, une rupture narrative dans le prolongement de la vie, un moment unique pour chacun et vers chacun, une possibilité de souffler, de considérer face au miroir de nous-mêmes ce que nous pourrions être, comme une page blanche qui vient sans crier gare et nous prend à la gorge,

Comme vous pouvez l'imaginer, Jérémie sortit de l'église dans un état fébrile. Revenu à lui-même d'un endroit inconnu. Plus rien ne le faisait souffrir. Il faut dire que les démons n'aiment pas trop les églises. Et encore moins tous ces chants grégoriens.

XXXII

En prenant une douche dans la salle de bains collective, il ne put que constater sa guérison. Le kyste n'était définitivement plus, la peau commençait déjà à se reformer à l'endroit où elle s'était fendue. Le Stérimar ne lui apparaissait plus d'aucune utilité, le fluide salé entrait et sortait comme dans un moulin ; quand il inspirait profondément, rien ne venait obstruer ses nasaux. Sa tête, elle, était d'une légèreté disproportionnée. La limpidité de sa gorge lui offrit d'excentriques déglutitions. De menus étirements lui suffirent à remarquer la flexibilité retrouvée de son épaule. Les mycoses de son pied avaient disparu, des vestiges d'irritation persistaient, mais la zone était clairement devenue infertile pour les champignons. Ses paupières étaient aussi lisses qu'une étoffe de soie. La machinerie organique reprit de sa superbe. Son ventre brillait par l'absence. En repensant à l'histoire du fou qui se frappe le crâne avec un marteau pour que ça lui fasse du bien quand il arrête, Jérémie s'allongea sur un lit qui ne grattait même pas. Quarante minutes de vêpres et voilà qu'il était guéri. On parle de miraculé. Il en profita pleinement sans savoir qu'il savait que cela ne durerait peut-être pas.

Jérémie rédigea une réponse automatique à tout courriel qu'il recevrait, quelque chose qui disait qu'il était absent pour une durée inconnue, qu'il ne fallait pas attendre de réponse. Il fit de même avec son annonce vocale ; ce répondeur ne prend plus de message. Désormais, il partageait notre rêve commun de disparition et d'oubli, signe irréfragable des ruines de l'époque. Sur ce, il éteignit son téléphone, le jeta dans le fond de son sac qui termina, tel un amant, sous le lit. Jérémie structura ensuite le placard, plia ses caleçons avec une tendresse qu'ils ne lui connaissaient pas. Il avait deux cintres, n'en utilisa qu'un. Il s'assit sur la chaise face au bureau insignifiant et ne regarda rien comme on regarde Dieu. Deux heures filèrent ainsi sans blesser même une ombre. Jérémie s'étonna de n'avoir pas pris son ordinateur. Il s'étonna beaucoup.

Il n'avait pas de quoi vérifier, mais il savait qu'il était précisément 19 h 20 quand le père hôtelier entra dans la salle de lecture. Les moines ne sont jamais en retard, sinon à quoi bon ? Lui qui n'avait jamais pu comprendre qu'on puisse être quelqu'un d'autre que lui-même, qu'on puisse ranger les torchons ou les épices ailleurs que là où il les rangeait, qu'on puisse s'organiser d'une manière différente de la sienne, qu'on s'empêche de réserver au restaurant ou avant de partir en voyage au nom d'une liberté illusoire que l'on ne peut acquérir de toute évidence qu'en réservant, qu'on puisse manger à une autre heure que celle où il mangeait et qu'on puisse s'endormir d'une autre manière que celle dont il s'endormait (surtout la façon d'enrouler les pieds dans la couette). Ici, il avait enfin trouvé une radicalité à sa hauteur : tout le monde bouffait à 19 h 20, un point c'est tout. Parce que rien ne pouvait être autrement, rien n'était laissé au hasard.

Pour certains soupers, les hôtes ne sont pas conviés au réfectoire mais dans une pièce attenante où ils prennent leur repas en silence, servis par un moine zélé. La cadence d'adaptation de Jérémie croissait à vue d'œil. La table était dressée pour une dizaine de personnes. Sur chaque assiette était posé un rond de serviette dans lequel était introduit un petit bout de papier – écrit par des mains différentes – indiquant un nom et un prénom. Une seule était vide. À ses côtés, une serviette immaculée, le rond qui lui était dédié, un stylo et un papier vierge. Il devait écrire son nom. Facile. Il ne fallait pas s'asseoir tout de suite ? Gagné. Une fois les hôtes réunis, debout devant leurs couverts, le moine au visage préraphaélite récita une prière. Puis ils s'inclinèrent sans rien dire, fermèrent les yeux. À tous les coups, pour céder le pas à une autre prière, silencieuse cette fois-ci. Excepté ses algorithmes, nul ne peut savoir ce que vous pensez, sans quoi Jérémie aurait été démasqué : il ne connaissait pas son *Notre Père*. Pour parfaire son infiltration, devait-il apprendre ce qu'il fallait aussi penser ? Peut-être. Il aimait la perfection, moins les secrets. Chacun s'assit délicatement.

S'ensuivit une toute nouvelle chorégraphie, celle du silence nourricier. Jérémie n'avait pas encore pris le temps de porter une attention particulière à ses coreligionnaires. Pour l'instant, il se préoccupait juste de servir la soupe à ses voisins en la proposant d'un geste sensible de louche, de comprendre ce qu'on voulait de lui quand, d'un mouvement téméraire, quelqu'un matérialisait un désir : il fallait alors imaginer ce qu'il exigeait, ce qu'il tendait, ce qui lui manquait ; c'était parfois du pain, parfois du sel, parfois du vin. Il fut fort étonné de la vigilance accrue envers autrui lorsqu'on se déportait des mots. Parce qu'ils écoutaient sans leurs oreilles, mais avec l'ensemble des autres sens, personne ne se trompait jamais sur la réponse à apporter à l'aspiration du prochain. Aussitôt finis, les bols de soupe étaient débarrassés par le moine à l'affût qui signifiait allègrement à l'assemblée que l'on ne pouvait pas, que l'on ne devait pas trop s'attarder ici. Il était question de manger et c'était déjà pas mal. La nuit arrivait et complies avec elle.

Quelques légumes et du riz furent apportés dans de larges plats en inox. Il trouva cela un peu meilleur qu'à la cantine où il n'était jamais allé. L'un servait l'autre. Les regards se croisaient. Et puis il se mit à concevoir. Jérémie créa ainsi des vies supposées à tous ceux qui partageaient avec lui ce moment. Une voix se faisait entendre d'eux. Celui-ci, le grand Noir ajoutant à la soupe nombre de morceaux de pain et de l'huile, sûrement prêcheur en son pays, devait venir pour la première fois de Kinshasa en Europe et faire un tour des monastères bénédictins. Lui, en habit de curé de campagne, avec sa polaire Quechua, sa barbe et ses lunettes, officiait en prison, quelque part dans le Sud de la France. Les deux jeunes, eux, étaient frères et venaient d'une famille d'aristocrates désargentée qui se voyait chahutée au cœur de ses fondements par les détournements de fonds du paternel, ils échouèrent là pour renouer avec leur propre foi immémoriale dans l'espoir d'obtenir une rédemption pour toute leur maison. Le vieillard seul, à la main tremblante, s'était remis à prier depuis que sa maladie incurable lui avait été annoncée, il était veuf depuis plusieurs années et passait ses journées à attendre le facteur et la mort. Le quinquagénaire, à la gueule prolétaire, lui, avait toujours cru en Dieu mais ne l'avait jamais avoué, ni à sa famille, ni à ses amis, ni à ses collègues ; chez les communistes, c'était encore pire que l'homosexualité ; sans l'ombre d'un doute, il se sentait mieux ici qu'à l'usine. Les deux brindezingues avec leur goretex et leurs chaussures de rando, eux, étaient collaborateurs dans une start-up et adeptes de sports de plein air, favorisant comme lieux de passage des endroits insolites qui leur permettaient d'allier leur amour de la marche à des expériences inoubliables mêlant souvent tradition et modernité ; le tourisme n'étant que peu compatible avec la foi, ils se débrouillaient plutôt. Celui-là, avec ses tatouages et qui avait bu au moins une bouteille de vin en cinq minutes, était un repris de justice, converti sur le tard et qui utilisait ses permissions pour venir au monastère. L'homme à la chevalière et à l'œil triste s'était fait abandonner par son épouse pour le jardinier, juste après que leurs enfants étaient partis du domicile ; s'il n'avait pas été un mari parfait, il ne l'avait pas vue venir, la garce. L'adolescent, lui, puait la ferveur insolente et dédierait son existence à ce que la France reste la France. Source inépuisable de création, le silence fit effet. Il ne manquait plus qu'à connaître ce qu'on devinait de lui. Toutes ces vies étaient fausses, Jérémie le savait. De toute manière, même si c'était vrai, ce serait faux aussi. C'est le concept d'un roman, quoi qu'en disent certains.

XXXIII

Avalant qui s'y engouffre, il y a une voie si sauvage qu'elle ne peut se décrire. Ses formes les plus sordides hantent encore notre histoire. Quant à celles dont la fin fut glorieuse, elles remplissent les rayons de nos bibliothèques. Présente dans toutes les civilisations, tous les caractères, tous les tempéraments, chez toutes les corpulences tant qu'elles tiennent sur deux jambes – dans le grand livre du temps, peu importe le lieu et l'heure –, partout, elle a laissé une trace. Sans elle, il reste un chien errant. Avec elle, on parle en termes humains. Nous ne la voudrions plus qu'elle se réinventerait, nous souhaitons la combattre, elle en sort endurcie et si vous l'embrassez, c'est un embrasement qu'il nous faut contrôler. Ceux qui désirent la détruire en sont morts, mais d'une mort vivante. Ceux qui l'ont accomplie par la dévastation ont cédé aux promesses d'une vivante mort. Tous les cas sont singuliers et les formes cliniques se comptent en milliards. Aucun virus, aucune bactérie, aucun microbe n'en est à l'origine. En tout cas, jusqu'à preuve du contraire, c'est justement ce dont elle n'a pas besoin : elle se rit des preuves ou des contradictions ; bien au-delà de la vérité, elle est pure fécondité, son vertige charnellement cérébral. C'est une affectation que n'indiquent point les cartes. Appelons-la foi.

Certains diront passion. D'autres : entêtement, quand ils n'osent illusion. Le fait est que, malgré les circonvolutions et le décorum, Jérémie n'y était pas spécialement sensible. Il ne pouvait pas croire. Pas à ça. De plus mauvaise humeur, pour dénoncer cette immense mascarade, il se serait époumoné à n'en plus pouvoir. Un dieu en palissandre, mort sur une croix il y a deux mille ans, à qui l'on doit dédier sa seule et unique vie, prétendument ordurière, passage vertueux obligé pour une destination qui ne peut faire sens puisqu'elle n'existe pas. Il faut uniquement prendre en compte les certitudes. Et la vie sur terre. Son pouvoir, nos capacités. Jérémie pensa. Ce qui n'est pas démontrable n'est pas. Bien qu'il ne fût pas né pour ces ébats, il constata de nouveau, sans aucune forme de doute, que les chants et l'église, les croix et le bénitier – à genoux, penché, debout et tout le reste –, le guérissaient. Quelques douleurs l'avaient réveillé de bon matin et elles venaient encore de disparaître à la sortie des laudes. Ça, c'était démontrable, concret. Et puis : *on* l'avait conduit ici. En donnant une signification nouvelle à la nécessité divine, qu'il avait toujours trouvée grotesque, mais qu'il n'avait pas su remplacer, le monastère lui offrait, sous la forme d'un événement pathétique, l'évidence d'un avenir.

La vie monastique s'étend dans un temps qui dépasse les temps, rythmée par des ordres de temporalités variables, certains cycliques, d'autres linéaires. Il n'y a plus vraiment d'heures chiffrées, d'aube ou de soir, ni de dates – excepté les fêtes des saints –, il y a juste l'heure de matines ou l'heure des vêpres, il y a avant laudes ou après complies. Et chaque jour passe en passant. Les hommes existent entre la musique enchantée des cultes ; la prière est accordée au phrasé du destin. De sa prise d'habit à son trépas, le moine est soumis, commandé par une alternance de prière et de travail. *Ora et labora.* En se promenant dans les jardins en ce moment nouveau, Jérémie, enveloppé du décor de ses rêveries, put contempler la ruche, l'algorithme initial à l'œuvre paré de ses plus belles pierreries. Sans qu'il sache s'il en avait le droit, il s'aventura vers des fenêtres ouvertes au vent frais du matin. Il y observa d'un œil discret un moine tailleur affairé à sa machine à coudre pour réparer la capuche d'un frère. Dans la pièce d'à côté, un cordonnier s'occupait d'une sandale comme s'il s'agissait d'une robe inestimable. Parce qu'ils étaient assujettis au vœu de pauvreté et qu'ils ne possédaient rien en propre, les moines étaient paradoxalement – ou pas – d'une sollicitude absolue envers les substances matérielles : ce qui est utile à autrui prévaut quand on est dépourvu d'un soi-même. Tout était confectionné ici, au sein de l'abbaye, et malheur à ceux qui pensaient que le circuit court fût une fantaisie récente. Près du réfectoire, la grande cuisine se dévoila : là un frère boulanger pétrissait en silence son pain, là-bas un autre triait les fruits du jardin, les disposant minutieusement dans les vastes et innombrables tiroirs que comptait le fruitier. Jérémie découvrait cette pensée médiévale de l'espace qui, en dehors peut-être de l'église, ne concevait pas les lieux en soi, les définissant seulement selon leurs usages. Dans chaque geste, Jérémie vit un rituel, l'accomplissement d'un commandement. La justesse de leurs actes ne dépendait pas d'eux mais du fait qu'un jour on le leur ordonna et que celui qui le leur ordonna savait mieux. En continuant son chemin, Jérémie put apercevoir un autre moine qui pliait avec soin les parures liturgiques avant de les ranger à plat dans deux chapiers sublimes. Chaque tunique avait une place exacte, qu'un écriteau tracé du temps où l'on savait écrire venait préciser : pontifical blanc, vêtements rouges, chasubles, dalmatiques. Ce rangement lui rappela l'enfance. Il avait peu de souvenirs de son père et de sa mère ensemble, néanmoins il voyait encore, comme si c'était hier, ces petites étiquettes que sa mère collait sur le placard de son père, elle y dessinait des nuages, de la pluie, un soleil ; elles indiquaient au paternel quel habit endosser selon la météo afin qu'il évitât, et cela aurait été son genre, de mettre un pull en plein été ou une chemise à manches courtes un jour froid et pluvieux. Que ce soient ces broderies inouïes vieilles de plus d'un siècle, ces bâtons de préchambre en bois et en ivoire ou les vulgaires assiettes dans lesquelles on mangeait, tout était chouchouté par la soumission millénaire des moines de Solesmes, sous le pilotage bienveillant des bons esprits, à l'affût perpétuel des assauts démoniaques qui luttaient pour que les contingences du corps reviennent de plus belle. Chaque articulation, chaque doigt, chaque os, chaque battement de paupières, chaque hésitation même, tout paraissait régi par cette alliance de loi et de foi qu'imposait la présence d'une règle. Le monde ainsi dévalorisé des réalités sensibles s'en trouvait inondé de vérités cachées. Si tout semblait couler de source, la tâche était clairement rude et le niveau d'ascèse hors d'atteinte du commun des mortels. Il était nécessaire de bannir cette immondice, que certains trouvent charmante : la maladresse. Jérémie le comprenait ici et maintenant, que pour supprimer cette invention incongrue qu'on appelait choix et qui menait forcément à de mauvaises décisions, pour supporter la disparition du libre arbitre et laisser place à la lucidité pure, il fallait une conscience inébranlable du péché et une obédience humble du corps. Oui, il fallait, à chaque instant, par le cœur, la parole, la pensée et même la démarche, se conformer au prototype angélique. L'idée traçait sa route.

— Vous êtes Jérémie, c'est ça ?

XXXIV

JÉRÉMIE. — C'est moi.
PÈRE HÔTELIER. — Ça va, vous êtes bien installé ?
JÉRÉMIE. — Très bien, je vous remercie.
PÈRE HÔTELIER. — Qu'est-ce qui vous amène ici, alors ?
JÉRÉMIE. — Un algorithme.
PÈRE HÔTELIER. — C'est-à-dire ?
JÉRÉMIE. — Dans ce cas, une intelligence artificielle qui essaie, selon votre historique web, de vous proposer des choses qui pourraient vous faire du bien, ou vous faire dépenser de l'argent.
PÈRE HÔTELIER. — Ici, la donation est libre, vous faites l'offrande que vous désirez, selon vos moyens, à la fin de votre séjour.
JÉRÉMIE. — Donc, si ce n'est pas pour dépenser de l'argent, c'est pour me faire du bien.
PÈRE HÔTELIER. — Et qu'est-ce qui pourrait vous faire du bien ?
JÉRÉMIE. — Je ne sais pas.
PÈRE HÔTELIER. — L'important serait de le savoir en repartant.
JÉRÉMIE. — Et vous, qu'est-ce qui vous a amené ici ?
PÈRE HÔTELIER. — Comme mon accent l'indique, je suis américain. Il y a quarante-cinq ans, j'ai fait un

séjour ici, mon église familiale d'Oklahoma avait des liens avec l'abbaye. Je ne suis jamais reparti.
JÉRÉMIE. — C'est vrai que ça peut donner envie d'y rester.
PÈRE HÔTELIER. — Nous nous efforçons de recevoir les hôtes comme le Christ lui-même.
JÉRÉMIE. — Tout s'explique.
PÈRE HÔTELIER. — Si vous parlez de vous faire du bien, c'est qu'il y a des choses qui vous font mal ?
JÉRÉMIE. — Ces derniers temps, j'ai été très malade…
PÈRE HÔTELIER. — Je suis désolé…
JÉRÉMIE. — Non, mais rien de très grave, enfin je crois, d'après les médecins, en tout cas. Plein de symptômes, sans aucun lien, des choses très chiantes, douloureuses, c'est tout.
PÈRE HÔTELIER. — Parfois, le corps réagit à la détresse de l'âme.
JÉRÉMIE. — C'est ce que l'algorithme a dû penser.
PÈRE HÔTELIER. — Et pas vous ?
JÉRÉMIE. — Si l'algorithme l'a pensé, je l'ai forcément moi-même pensé.
PÈRE HÔTELIER. — Je ne m'y connais pas vraiment en ordinateur, vous m'excuserez. Je n'utilise le mien que pour répondre aux mails des gens qui veulent venir ici. Mais dernièrement, il a eu un problème, j'ai fait appel à un professionnel qui m'a parlé d'un virus et qui a dû tout réinitialiser. Il n'y avait plus rien dessus, et cela m'a fait penser aux hommes d'aujourd'hui, cette impression qu'on a tout jeté à la corbeille, qu'il n'y a plus rien que l'outil vide, qu'une coquille à remplir, mais qui ne supporte plus ce dont on veut la remplir.
JÉRÉMIE. — Vous pensez que j'ai été victime d'un virus informatique ?

PÈRE HÔTELIER. — C'est vous qui me parlez d'algorithme.
JÉRÉMIE. — Ils sont très efficaces vous savez, ces algorithmes.
PÈRE HÔTELIER. — Visiblement pas assez. Dieu, lui, est très efficace.
JÉRÉMIE. — Ah bon ?
PÈRE HÔTELIER. — Oui. Par exemple, Il a dit : Que la lumière soit, et la lumière fut.
JÉRÉMIE. — En effet, c'est efficace.
PÈRE HÔTELIER. — En tout cas, cet algorithme mérite notre bénédiction, puisqu'il vous a fait venir ici.
JÉRÉMIE. — On peut bénir les algorithmes ?
PÈRE HÔTELIER. — Non, je dirais qu'on ne peut bénir que les êtres vivants, les lieux saints aussi, l'hostie et le vin de messe évidemment, et les icônes. Bref, c'était une façon de parler.
JÉRÉMIE. — Les algorithmes sont vivants, vous savez, plus que beaucoup d'entre nous.
PÈRE HÔTELIER. — C'est peut-être cela qui vous fait tant de mal. Que faites-vous dans la vie ?
JÉRÉMIE. — Je conçois des algorithmes.
PÈRE HÔTELIER. — Ah. C'est un métier difficile ?
JÉRÉMIE. — Difficile, non. Il faut apprendre beaucoup de choses, comprendre le monde et les gens, puis faire preuve de créativité. Par contre, c'est très prenant.
PÈRE HÔTELIER. — La première chose à faire ici, vous savez, c'est de vous déconnecter.
JÉRÉMIE. — C'est ce que je fais.
PÈRE HÔTELIER. — La plupart des hôtes dorment énormément en arrivant. Nombre d'entre eux m'ont fait part d'un épuisement soudain qui les a saisis dès leur arrivée.

JÉRÉMIE. — Moi je suis arrivé épuisé, mais je vais mieux depuis que je suis ici.
PÈRE HÔTELIER. — C'est une bonne chose. Vous êtes catholique ?
JÉRÉMIE. — Non. Enfin, je crois que je suis baptisé. Ma mère était chrétienne, à l'origine, et elle l'est redevenue avant de mourir.
PÈRE HÔTELIER. — Vous savez, on ne s'arrête pas d'être catholique.
JÉRÉMIE. — Elle avait arrêté de pratiquer, disons.
PÈRE HÔTELIER. — Votre mère est morte, alors ?
JÉRÉMIE. — Oui, il y a six jours maintenant.
PÈRE HÔTELIER. — Ah.
JÉRÉMIE. — Mais rien à voir, hein.
PÈRE HÔTELIER. — Non, non. Si vous êtes en deuil, vous trouverez ici le réconfort. Je doute qu'un algorithme puisse vous aider à cela. Moi, je prierai pour votre mère.
JÉRÉMIE. — Non mais ne vous embêtez pas, je ne…
PÈRE HÔTELIER. — Je ne m'embête pas. Avez-vous prié pour votre mère ?
JÉRÉMIE. — Non, enfin, pas vraiment, c'est que…
PÈRE HÔTELIER. — Vous devriez prier pour elle. La messe est dans une heure, c'est une bonne occasion. Nous prierons ensemble pour elle.
JÉRÉMIE. — J'ai l'impression, je ne sais pas pourquoi, que venir à vos offices, cela guérit mon corps.
PÈRE HÔTELIER. — Il peut y avoir plusieurs explications, en tout cas, cela indique que c'est votre âme qui est malade, et non votre corps. Il n'y a pas que la prière qui peut vous guérir, voulez-vous travailler un peu ?
JÉRÉMIE. — Travailler ? Je n'ai pas pris mon ordinateur…

PÈRE HÔTELIER. — Pas à votre ordinateur, non. *(Il rit.)* Au jardin par exemple, si vous avez envie, je vous montrerai où sont les outils, et ce que vous pouvez faire pour nous aider.
JÉRÉMIE. — Votre jardin me semble déjà parfait.
PÈRE HÔTELIER. — Rien n'est jamais trop parfait.
JÉRÉMIE. — C'est ce que je crois aussi.
PÈRE HÔTELIER. — Sinon, avez-vous pensé à la confession ?

XXXV

Jérémie avait raté la messe. Comme un fait exprès, il s'était endormi. Les cloches de sexte le désarrimèrent d'un sommeil broussailleux, de ceux qu'on ne désire pas, mais qui s'imposent à vous telle une chape de soie, éteignant par raccroc l'enflure des vanités. D'habitude, il avait plutôt l'émergence diligente. Cette fois-ci, la tâche se révéla ardue. Il resta quelques instants immobile sur son lit, les yeux ouverts et le corps incapable. Dix secondes lui furent nécessaires pour s'expliquer la médiocrité de l'oreiller et se rappeler où il en était. Petit à petit, il reprit le contrôle, bougea d'abord la bouche à grands coups de mâchoire, le bout des doigts qui devinrent la main, puis vint le tour de la nuque qu'il agita vivement. Au moment où Jérémie fut en état de se relever, bienheureusement délassé, il lui fallut partir.

Après sexte, office de très courte durée, les hôtes sont directement conduits de l'intérieur de l'église vers l'immense réfectoire où ils déjeunent en présence des moines. Il n'y a donc aucun moyen de lanterner. De peur d'être en retard, Jérémie se précipita hors de sa cellule et descendit trois à trois les marches de l'escalier de l'hôtellerie en pensant pis que pendre des tribulations des retardataires – où ceux qui sont en retard te racontent pourquoi ils sont en retard pendant presque aussi longtemps que le temps du retard. Vite, pas ça.

En trottinant en direction de l'église, il continua à réfléchir de cette insolente manière qui le caractérisait. S'il y avait une autre chose à laquelle l'humanité négligeait trop fréquemment à son goût de souscrire, c'était bien l'amour-propre. Sans ça, personne ne ferait perdre le temps d'autrui en lui expliquant pourquoi il lui faisait perdre son temps. Quand il pensait que certains pouvaient t'inviter à l'apéritif, mais qu'en arrivant, il y avait, comme par hasard, une armoire à monter à l'étage. Franchement, on gisait quelque part entre la torture et la bêtise. L'entrée de la voie du salut est toujours étroite, ainsi l'est celle de l'église abbatiale. Tant qu'elle n'est pas biaisée, conclut-il pour lui-même. À l'instant où Jérémie se signa d'une croix exemplaire, il oublia subitement sa vocation d'*Homo lucidus* et tout ce à quoi il songeait par la même occasion. Le dernier moine s'installa. Il n'était pas en retard.

En quittant ses frères, avant que ne termine le culte, pour s'avancer vers les rangs de fidèles, le père hôtelier rompit la frontière moines-hôtes – érigée jusqu'ici en mur infranchissable. La violence de ce geste fut à ce point inattendue que Jérémie prit peur et imagina qu'il venait le chercher pour quelque réprimande. Jérémie se savait délictueux. Pécheur même. Oui, il y avait un assassin parmi eux. Le sérieux du moine était à toute épreuve quand, en s'avançant vers Jérémie, son doigt se dressa, à la hauteur de sa taille, pas plus haut, et le pointa. À coup sûr, il était démasqué : indubitablement les choses obscures allaient se transformer en lumière, le filigrane de la vérité apparaître.

Mais voilà qu'après l'avoir visé, le père hôtelier montra l'hôte derrière lui et celui encore derrière. Il traversa toutes les rangées, désignant sobrement chaque personne qui était conviée au repas, l'exhortant à le suivre. Jérémie reconnut ceux du dîner. Il se leva et prit part à l'humble procession, regardée d'un œil curieux par le reste des fidèles, seulement de passage pour le culte. Les autres moines achevèrent machinalement les prières, sans, comme à leur habitude, se soucier de rien en se souciant du tout.

Une fois sortis de l'église par une petite porte et un couloir exigu, les hôtes se retrouvèrent tous dans le cloître majestueux, incarnation architecturale du promeneur solitaire. Le père hôtelier se dirigea vers Jérémie et, cependant que ses semblables étaient priés de continuer leur route, il lui dit :

— Vous, vous attendez ici.

Son inquiétude reprit de plus belle. La tête baissée de l'écolier turbulent que l'on rabroue, Jérémie attendait dans son coin qu'on lui expliquât sa faute. Deux moines surgirent alors, plutôt jeunes au regard de la moyenne d'âge générale, et s'arrêtèrent à quelques mètres devant lui. L'un tenait en ses mains une cruche dorée, l'autre un bol argenté. Le père hôtelier demeura à ses côtés, suspendu aux bas-fonds du silence, l'œil fuyant vers l'évocation de l'*hortus conclusus*, c'est-à-dire la beauté des fleurs du jardin. Jérémie ne s'était que peu de fois senti aussi seul, proche comme jamais de brûler au feu avec ce qu'il reste de l'agneau. Alors qu'on s'apprêtait juste à lui souhaiter la bienvenue.

Un moine à l'habit différent de ses comparses, une imposante croix en bois trônant autour du cou, rejoignit alors les deux autres.

— Venez, je vais vous présenter à l'abbé.

L'abbé tient dans le monastère la place du Christ. Son enseignement doit se répandre dans les âmes de ses disciples comme le levain de la justice divine. Bien qu'il ne le sût pas, c'était à peu de chose près l'effet que l'homme fit à Jérémie. Un certain effet. Le père hôtelier le présenta brièvement, d'une voix douce et fluette. Il crut entendre, dans cet ordre ou un autre : informaticien, deuil de sa mère, besoin de repos, déconnexion. L'abbé fixa un instant Jérémie dans les yeux et lui souhaita donc la bienvenue avant de lui dire :

— Vous savez, quoi qu'on en dise, la science n'a jamais été l'ennemie de l'Église. Je pense d'ailleurs qu'elles devraient marcher main dans la main.

Ça ne tomba pas dans l'oreille d'un sourd. Sur ce, tandis qu'un des assistants plaçait son bol en dessous, l'abbé prit la cruche, et demanda à Jérémie de tendre les mains. Ce qu'il fit. Un mince filet d'eau tiède vint à leur rencontre, Jérémie n'osa les bouger. Le liquide lui parut d'une délicatesse rare, à soigner les plus vives brûlures. Le climat de son âme se fit moins impétueux. Il s'apaisa. L'eau interrompit sa chute et l'émouvante sensation. Jérémie s'inclina pour remercier l'abbé qui, après avoir rendu la cruche, le laissa. On lui proposa une serviette blanche, il s'essuya.

— Venez, maintenant.

Le père hôtelier l'accompagna le long de la galerie. Jérémie ne put savoir ce qui, du soulagement de n'avoir pas été grondé, de la bénédiction de l'eau ou des arcades enchanteresses de l'endroit lui procura ce délicieux serrement du cœur. En tout cas, il crevait la dalle.

L'entrée dans le réfectoire raviva l'éloquence du cloître. Avec ses énormes piliers qui soutenaient l'envolée des voûtes et son allure de cathédrale, on pouvait aisément douter qu'on y vînt pour manger. Sauf que c'était le cas. Le père hôtelier le convoya jusqu'à une table, entièrement cernée par celles des moines dont les regards étaient sans exception tournés vers eux, vers les hôtes. Il retrouva les autres commensaux qui attendaient sagement debout, son assiette et son rond de serviette. Le père l'abandonna à son enchantement. L'abbé, lui, avait pris place à une table, à part, visible de tous, au fond du réfectoire. À ses côtés, un marteau qui lui servirait pour lancer ou faire cesser les festivités, qui n'en sont guère. Sur une chaire qui ressemblait à une sorte d'estrade assez haute, un moine était assis, et se tenait devant un livre. Qu'allait-il se passer ? Comme au parc d'attractions, à chaque nouveauté, Jérémie se prenait au jeu, plein d'attentes, de sursauts et de grâce. Les moines, l'office terminé, entrèrent à leur tour et vinrent s'asseoir, chacun à sa place. Leurs tables entouraient donc celle des hôtes et cette disposition lui rappela une pièce de théâtre qu'Aurélie l'avait emmené voir dans un lieu nébuleux en Région parisienne. Elle tenait absolument à y aller, parce que c'était l'adaptation d'un livre qu'elle adorait : *Mars* de Fritz Zorn. Il y était question du cancer comme maladie de l'âme. Tiens tiens. C'était très contemporain : on y mangeait sur scène autour d'un acteur unique. Il était persuadé que le théâtre n'avait aucun avenir. L'abbé prit alors la parole, dit la prière usuelle, puis les moines s'inclinèrent en silence. Jérémie était complètement dans les temps, comme s'il avait enfin fait ça toute sa vie. Sa capacité d'intégration n'était plus à démontrer. Les moines s'assirent de concert et attachèrent leur serviette blanche au col de leur coule noire ; il se dégageait de ces couleurs superposées et de cette géométrie un goût certain pour l'abstraction. Blanc sur noir. L'art abstrait dans l'art sacré. Des chariots à roulettes poussés par d'autres moines arrivèrent et on servit l'entrée. Tout était plus fluide que la veille ; sel, poivre, pain, vin, huile se donnaient sans mot dire. Pour une table de douze, avec deux salières, une bouteille d'huile et deux corbeilles de pain, cela frôlait l'exploit. Jérémie était jaloux de Lui, qui régissait tous ces mouvements impeccables, à la fonctionnalité accrue. Il aurait bien aimé en créer le code. Peu de gestes furent superflus et la maladresse y semblait définitivement bannie. C'est alors que le moine au livre se mit à le lire dans un micro dont le son émergea de multiples enceintes réparties d'un bout à l'autre du réfectoire. À la grande surprise de Jérémie, il parlait d'une voix sans biais, c'est-à-dire d'une voix sans intonation, ni interprétation, ni préjugé, d'une voix qui ne faisait ressortir aucune syllabe, comme si le lecteur avait l'obligation de ne pas aimer un mot plus qu'un autre ou plutôt qu'il devait à chaque mot une égale charité.

— *La Femme au temps des cathédrales*, par Mme Régine Pernoud. Chapitre premier.

Et on leur fit la lecture pendant tout le déjeuner.

Dès qu'ils sortirent de table, les moines, en procession, se mirent à chanter, leur démarche incandescente épousant le rythme musical. Les hôtes les suivaient jusque dans les couloirs avant de les voir disparaître au son de leurs prières, pour qu'il ne restât plus qu'un gracieux écho ricochant sur les pierres monastiques. Si le début de leur route était commun, chacun finissait par avoir son propre chemin pour rejoindre l'église. Après none, Jérémie rentra dans sa cellule. Son étonnement fut en deux temps. D'abord de trouver sur son palier un manuscrit magnifiquement relié à la main, portant comme titre *Le Livre des révélations* et sur lequel était inscrit un mot du père hôtelier : “J'ai pensé que ça vous parlerait.” Ensuite de se demander, puisque le livre n’était pas là tout à l’heure lorsqu’il avait couru à l’office, quand est-ce que, par tous les diables, il l’avait déposé ?

XXXVI

À sa création en 1010, Solesmes n'était qu'un prieuré conventuel, c'est-à-dire un monastère où les moines sont assez nombreux pour vivre une vie de communauté, mais qui n'a pas le statut d'abbaye. D'après la charte de fondation du monastère conservée à la bibliothèque, la dotation d'un certain Geoffroy de Sablé fut très généreuse. En plus de l'église et de toutes ses dépendances, il offrit aux moines venus y subsister des pâtures, des terres cultivables ou à défricher, une lande, des forêts, des moulins et même un hameau, Chantemêle. Ainsi, aidés par les *rusti ruricoli*, des paysans cultivateurs de la région, les moines vivaient de la récolte du seigle et de la fève, de l'élevage des chevaux et des bovidés, mais aussi de la vigne. Dès le milieu du XIe et jusqu'au XIIIe siècle, qui fut un temps de paix, celui du roi saint Louis, âge d'or d'un Moyen Âge qui porta au pinacle la civilisation médiévale, le prieuré s'agrandit en se dotant d'ambitieux édifices, dignes de servir de cadre à la liturgie et à la vie monastique. Le lieu acquit une véritable notoriété européenne quand, au XIIe siècle, Robert IV de Sablé lui fit don d'une épine de la couronne du Christ rapportée de Terre sainte. En 1249, on comptait une cinquantaine de moines à Solesmes et, parmi eux, Wolfram, un Allemand, qui y éprouva les événements suivants, relatés dans *Le Livre des révélations*, traduit du latin par un certain père Schmitt, transcription d'un dialogue entre Wolfram lui-même et un novice, nommé de la simple lettre J.

Wolfram a peur qu'on ne le croie pas. Wolfram sait que ce qu'il va dire semblera incroyable. Il y a quelques années, lui aussi aurait dit que celui qui racontait de telles choses n'avait point toute sa tête. Néanmoins, il n'en est rien et il faut qu'il nomme. J. écoute et note. J. devra écrire tout ce qui se dit. J., lui, le croira. Il sait que les démons sont un mal nécessaire, consigné dans le plan de Dieu pour malmener la foi. Ces créatures, relativement différentes de l'homme dans leur apparence, ont un point en commun avec celui qui demeure loin de Dieu : ils sont mordus de plaisanteries. Dernièrement, Wolfram en a subi les assauts répétés. Selon ses dires, et pour une raison encore inconnue, ce monastère en est infecté ; ils sont partout et le harcèlent, lui particulièrement, sans relâche. Il les combat, plein d'acharnement, tente de comprendre leurs ruses afin de leur rendre la pareille. Les pieds, par exemple, sont un de leurs objets favoris : depuis un certain temps, il a la plus grande difficulté à marcher droit, il trébuche, patine. À chaque pas, il doit répéter un signe de croix pour les éloigner et ne pas être déséquilibré par ce démon qu'il baptise Foule-Chemin. Wolfram montre à J. et il voit bien qu'il y a un problème dans sa démarche. Autre manière de leur échapper : le livre. Parce que la lecture est un sentier distinct, qui a un livre entre les mains est une cible peu attrayante pour les démons. Vous serez, en ce moment, heureux de le savoir. Les démons sont à l'origine d'un excès de gestes inutiles, Wolfram connaît le diable : il nous fait faire des mouvements oisifs et stériles. Le diable est dans la paresse, l'imprécision. Parfois, il faut que Wolfman s'y reprenne à plusieurs reprises pour tenir une salière sans qu'elle lui glisse des mains. Ce sont aussi les démons qui le plongent dans un sommeil profond quand il essaie de prier, l'interrompant ainsi dans sa dévotion, allant même jusqu'à lui soutenir la mâchoire pour qu'il soit plus à l'aise en dormant. Seule la prière des autres nous protège d'eux. À l'occasion, le signe de croix. Les démons inondent l'espace et le temps. Ils ont une organisation bien spécifique, que Wolfram aime détailler. C'est une organisation fonctionnelle, hiérarchique, chacun ayant une tâche particulière, à l'image de celle des moines de laquelle ils s'inspirent. C'est un corps social construit, à la rigueur militaire. Wolfram insiste. Ils sont notre double maléfique. Croire à leur existence n'est pas un choix. Toute la semaine, son pain au miel avait un goût de cendres. Ils s'efforcent de le jeter dans les bras de l'acédie ou, pire, dans ceux de l'homicide – sur autrui ou sur lui-même. Sauf preuve du contraire, tout peut leur être attribué, doit leur être attribué. Nous sommes une proie permanente. Les anges et les démons ont une origine commune, ils étaient identiques, avant la chute. Leur mode d'action est donc le même. Saint Augustin est formel. Les démons sont des anges déchus qui ont conservé les facultés de rapidité et de prescience des anges. Mélange de la farine blanche et de la poudre de charbon puis fais-les s'échapper par le même trou. Contemple la poudre grise. Oui, les choses bonnes ou mauvaises se manifestent toujours mêlées. Parce qu'on est forcé de cohabiter avec les esprits, il faut savoir faire cette part des choses, sortir de la confusion, comprendre la division originelle entre le bien et le mal. Quand Wolfram chante les psaumes, sa bouche et ses lèvres bougent, mais il ne chante pas : ce sont les esprits qui chantent par sa bouche. Pour les démons, c'est pareil. Notre corps n'est qu'un jouet pour eux. Parfois, lorsque Wolfram relit ce qu'il vient d'écrire, il y trouve des pensées démoniaques qu'il n'a jamais eues. Il faut se demander qui guide sa main, quel esprit dicte l'écriture. Ange ou démon ? C'est pour cela que, même si ses intentions sont louables, un écrivain peut accoucher malgré lui d'un héros meurtrier, d'un livre satanique. La veille au matin, devant un miroir, Wolfram s'est regardé et qu'a-t-il vu corporellement ? Une figure misérable aux dents noircies et sans émail, la peau pendante. De sa bouche se dégageait une épaisse fumée, et ses yeux se recouvrirent de noir. Voilà comment les démons vous déforment, avec une subtilité inexprimable et terrifiante. Ils font exprès de vous tirailler dans l'intimité, pour que l'on ne puisse vous croire en aucune façon. Les démons se parlent parfois en utilisant la langue des oiseaux. Alors, Wolfram ne les comprend pas. Il n'est plus en mesure d'avoir un coup d'avance sur eux. Il faut qu'il soit aux aguets, partout, tout le temps. Wolfram est épuisé. Souvent, Wolfram demande à J. s'il perçoit tel ou tel bruit, tel ou tel murmure, s'il éprouve telle ou telle chaleur. Les démons eux, si bavards, ont horreur du silence monastique. Après avoir ouvert son cœur et ses sens, J. finit par voir, par entendre, par ressentir. La chose est perceptible, validée par son interlocuteur. Elle est vérité. Sauf si Wolfram est suffisamment convaincant pour provoquer des hallucinations. Sauf si Wolfram est lui-même un démon. On lui fait dire ce qu'il ne dit pas, et parfois il a l'impression de parler, mais rien ne s'échappe de sa bouche, ou une autre parole. Il vit au quotidien cette épreuve. Wolfram veut que sa souffrance fasse sens, qu'elle puisse enrichir la science démonologique. Il ne veut pas que tout cela soit vain. Wolfram se doute que les démons ne tarderont pas à triompher. Leur art est si vaste et si subtil que personne ne peut leur résister. L'intelligence humaine n'est rien en comparaison de leur ruse. C'est un miracle qu'il soit encore ici. Wolfram sent qu'il va mourir. J. l'interroge sur la voix des démons dans le corps des hommes. Le plus souvent, il s'agit de la toux, lui répond Wolfram, sans hésiter. Et plus l'on peine, plus l'on sait que les démons sont en train de vaincre. C'est parce que la matière l'emporte sur l'incorporel. J. demande à Wolfram de parler de ses souffrances, il cherche à savoir s'il a d'autres symptômes que la toux. Wolfram rit. S'excuse. Ce sont les démons qui viennent de le faire rire. Six mois qu'ils assiègent son corps. Wolfram souffre de pertes de mémoire, d'insomnies, de toux, de troubles de la respiration, de ronflements nocturnes, de maux de dents, de douleurs dans la verge, de fièvre, de flatulences, de bégaiements, d'écoulement du nez, de démangeaisons aux pieds, d'acouphènes, de pouls irrégulier, de somnolences, de cauchemars, d'érections intempestives, de lourdeur des membres, de sueurs froides, de crachements, de maux d'estomac et de coliques insupportables. Jusqu'à quand Wolfram pourra résister ? Il est honnête avec J. : il ne le sait pas lui-même. Après avoir ravagé son corps, les démons finiront bien par obtenir le dépérissement de son cœur, jusqu'à ce que mort s'ensuive. L'étape suivante fut l'apparition d'animaux maléfiques. Désormais, ils l'attaquent directement. L'efficacité de ses rituels commence à s'estomper, les démons ne semblent plus fuir les signes de croix ou les bonnes odeurs, celle de la rose, de la réglisse ou de l'encens qu'il aime tant. Wolfram n'est pas très optimiste. J. le console. Wolfram a dénombré cinq armées de démons contre lui, chacune s'attelant à le faire dépérir. Ainsi exacerbés, ses sens sont les inlassables vecteurs de la souffrance. Et pourtant, il lutte, se confesse, se signe, prie, vit une existence exemplaire. Inexorablement, il devient un livre de douleur. Wolfram interrompt J. Il n'a aucune complaisance envers son mal et n'acquiert nul plaisir dans cette souffrance. Non, ils ne sont pas un alibi pratique à la mauvaise conscience. Comme un homme tombé à la mer, Wolfram nage dans un océan de démons qui l'encerclent de toutes parts. Il faut t'en rendre compte, répète-t-il à J. : ils sont capables de rendre mobile le corps d'un homme mort pour nous faire croire qu'il est encore vivant. Wolfram les écoute délibérer quand il s'efforce de trouver le sommeil. Ils composent des réseaux complexes, se disciplinent, communiquant entre eux pour mieux se guider et nous persécuter. Ils apprennent de leurs erreurs, répondent au cas par cas. Un démon a proposé de pousser un autre frère à uriner dans son oreille. Il n'y a rien de plus assidu au mal qu'un démon. Le soir, Wolfram verse de l'eau bénite sur ses pieds. Le temps de la nuit, les démangeaisons s'arrêtent. En vue de cacher la vérité, les démons y mêlent un tas de mensonges tellement inextricables qu'on ne peut plus la retrouver, dissoute dans un mélange de faussetés. Une aiguille dans un tas d'aiguilles. À la joie saine, ils répondent la joie vaine. À la joie salutaire, ils répondent la joie nuisible. À la tristesse utile, ils répondent la tristesse mortifère. À la respiration, ils répondent la toux. Au silence, ils répondent le rire. À la digestion, ils répondent le vomi. Entendez-vous ce souffle derrière mon oreille ? J. l'entend. Ils sont là, cependant que nous parlons. Ils ne vivent pas de notre sang, mais de notre sueur. J. écrit pour qu'on puisse raconter cette affaire qui outrepasse la raison

– que personne n'a connue s'il ne l'a pas reçue – jusqu'à la fin des temps. Ce qu'il a écrit, il l'a écrit. Wolfram lui montre des rougeurs sur sa peau. J. croit, plein de bon sens, que ce sont des piqûres d'insectes. Il n'en est rien. Ni les puces ni les poux ne piquent, voyons, c'est ce qu'on veut lui faire croire. Non, ce sont les démons. Tout ce qui est désagréable vient des démons et il ne peut en être autrement, car Satan est responsable de tous les désordres du monde. Je serai consolé. Le plus terrible, c'est que nous avons instruit nos adversaires. J. remarque que les yeux de Wolfram ont changé de couleur. Il lui apprend qu'il y a maintenant une école des démons. Ils nous étudient, usent d'artifices. Ils ont leur intelligence propre, indépendante. On les forme et les informe pour nous combattre. Ils emmagasinent toute la connaissance. Là, regarde. J. lève les yeux et les voit, dans toute la largeur du cloître, une nuée de démons, mi-oiseau mi-écureuil, qui montent vers le ciel avant de fondre sur eux comme une pluie torrentielle. Ensemble, ils prient pour qu'ils disparaissent. Mais si l'homme a en lui ne serait-ce qu'une toute petite pointe, une toute petite miette même, une poussière de désarroi, une essence de soucis, les démons s'en emparent puis la font gonfler jusqu'à la transformer en rancœur. Et personne n'est parfait.

Il n'y avait aucun doute : Solesmes et le diable, c'était une longue histoire.

XXXVII

La réincarnation était une théorie qu'il excluait et, à sa connaissance, il n'avait aucun ancêtre allemand. Quand Jérémie referma le manuscrit, la nuit était déjà tombée depuis bien longtemps et le monastère s'était cloîtré sous de silencieuses ténèbres. Il fit de même. Son sommeil fut étrangement amène. Pas de démons à l'horizon.

Le lendemain matin, dans la petite pièce où les moines laissaient aux hôtes de quoi déjeuner, il dévora, contre ses habitudes, une baguette entière, tartinée. Sauter un repas et lire un livre, deux activités clairement affameuses. Sans s'expliquer pourquoi, il eut envie d'un chocolat chaud, ce qu'il demanda à une machine d'un automatisme antédiluvien. Jérémie y trempa ses beurrées. L'odeur l'enchanta. Encore une fois, il se passait un truc.

Après laudes, il rendit visite au père hôtelier.

— Ah Jérémie. Je ne vous ai pas vu au repas hier soir ?

— Non, j'étais complètement absorbé par la lecture. Chose étrange du reste, parce que je ne lis jamais.

— C'est ce que j'avais cru comprendre. Intéressant, n'est-ce pas ?

— Très, un peu long vers la fin, par contre, on a saisi l'idée, hein, il vit au Moyen Âge, il est vieux et fou et ne veut pas l'accepter ?

— Ça, c'est vous qui le dites.

— Tenez, je vous l'ai rapporté. Belle reliure.

— Oui, elle a été faite ici par l'ancien frère bibliothécaire. La traduction aussi. Elle a occupé le père Schmitt, un grand latiniste, pendant au moins dix ans. Vous voulez venir avec moi le ranger à la bibliothèque ?

— Pourquoi pas.

Le père hôtelier ferma sa loge et demanda à Jérémie de le suivre. Ils traversèrent le jardin et arrivèrent à un bâtiment, conçu en 1937 par dom Paul Bellot, un des nombreux moines architectes que cette abbaye avait accueillis.

— Notre bibliothèque compte environ deux cent mille volumes. Telle qu'elle existe aujourd'hui, elle s'est constituée à partir de 1833, date du début de la restauration du monastère entreprise par dom Guéranger. Nous y gardons évidemment des ouvrages théologiques et liturgiques. Mais pas que, il y a aussi un vaste choix de livres sur l'histoire ou sur l'art. De la poésie, de la littérature. Beaucoup d'éditions rares. Nous publions également nous-mêmes. Une bibliothèque monastique ne doit avoir qu'un seul objectif : être au service du beau et du vrai.

L'homme de même ne devrait que, se dit Jérémie.

Un escalier gravi, ils franchirent la porte. Jérémie fut impressionné par cette immense salle entièrement saturée de livres. Le père hôtelier l'entraîna vers un petit bureau dérobé, où un moine fort âgé, muni d'énormes lunettes et d'une loupe, capuche vissée sur la tête, s'affairait à restaurer une vieille reliure. Son visage était d'un blanc livide. Ses yeux, d'un noir si profond qu'il ne permettait pas de distinguer l'iris de la pupille. Brusquement, celle-ci vira au jaune-rouge. Jérémie en fut surpris, détourna son regard. Quand il le fixa de nouveau, tout était revenu à la normale, ou n'avait jamais existé. Le moine toussa, puis effectua un signe de croix rapide.

— Voici le bibliothécaire. Mon frère, voici Jérémie. Il est là pour vous remettre l'exemplaire du *Livre des révélations* dont il vient d'achever la lecture.

— Ah, *Le Livre des révélations*. C'est un exemplaire unique, vous savez. J'ai moi-même restauré la version latine, il n'y a pas si longtemps. Venez.

Jérémie suivit en silence le frère bibliothécaire à travers les allées.

— Je vous laisse entre de bonnes mains,

dit le père hôtelier avant de les quitter.

— Nous y voilà.

Le moine s'arrêta devant deux étagères immenses, s'élevant jusqu'au plafond et comprenant au bas mot dix mille ouvrages. Le cartel indicatif, d'une sublime écriture gothique, annonçait formellement la couleur : DIABLE, DÉMONS.

— Je fais aussi de la calligraphie. C'est moi qui ai refait tous les panneaux.

— C'est joli. Dites-moi, tous ces livres-là, ils traitent seulement du diable et des démons ?

— Oui, pourquoi, ça vous intéresse ? Vous cherchez quelque chose ?

— Non, non. Je suis curieux, c'est tout.

— Tant que vous ne cherchez pas à vous procurer l'*Ars notaria*.

Il rit. Jérémie imagina tout de suite une blague corporatiste. Il n'avait pas tort.

— Je ne sais même pas ce que c'est.

— Vous voulez savoir ?

— Oui, vous avez excité ma curiosité.

— Vulgairement, avant le XIIIe siècle, on pensait que l'illusion diabolique ne se manifestait que dans de vieilles femmes volantes, conduites la nuit par des déesses païennes. Et puis, la science des démons a commencé à apparaître dans les études universitaires. À partir de ce moment-là, tout a changé. Jean de Morigny, un moine bénédictin, né un siècle après le Wolfram que vous connaissez maintenant, a écrit plusieurs livres sur le sujet, dont son plus célèbre, sûrement inspiré de l'ouvrage que vous venez de lire : *Le Livre des apparitions*. Il y présente le tout premier *Ars notaria* – des centaines d'autres l'imiteront aux siècles suivants – et le déguise en culte à la Vierge Marie. La promesse de l'*Ars notaria*, que l'on peut traduire si l'on veut par art notoire, est l'acquisition d'une connaissance absolue par un culte démoniaque fait de cérémonies précises, de rituels, d'adoration et de prières. Obsédé par les démons qu'il aurait lui-même reçus dans sa chambre, Jean de Morigny passa sa vie à essayer de se procurer un tel savoir total, théoriquement hérité de Salomon. Son ultime livre, sobrement intitulé *Code*, a été perdu, néanmoins il serait la clé de tous ses traités. Il ne contiendrait pas de texte, uniquement des figures géométriques et mathématiques complexes que l'adepte se doit de regarder s'il veut parachever sa formation et accéder à l'érudition intégrale qui, incluant la maîtrise combinée des forces du bien et du mal, permettrait de retrouver le savoir précédant le péché originel, un savoir divin, effectif et efficace, un savoir performatif qui ne serait donc plus lié à l'éthique ou à la moralité. Ce qui est bien entendu aussi inconcevable qu'hérétique. Selon la légende, c'est à Solesmes que serait dissimulé le dernier exemplaire de ce livre. Mais je ne l'ai toujours pas trouvé, hein…

Code.

Jérémie avait bien entendu tiqué sur le titre de cet ouvrage perdu et son contenu : incompréhensible mais plein. L'histoire du livre caché lui fit penser à un Easter egg d'un autre temps. Dans son art à lui, il y avait de telles choses. Les ordinateurs, connectés désormais en réseaux mondialisés, transportaient par milliards de milliards des informations qu'ils ne comprenaient pas, qu'ils ne connaissaient pas. Ils stockaient, faisaient circuler, échangeaient. Contrairement à ce moine et à sa bibliothèque, les serveurs n'avaient aucune idée de ce qu'ils hébergeaient. Ils ne demandaient que des térawatts d'électricité pour se refroidir. Autrement, ils brûleraient dans les flammes de l'enfer. Les machines parlent, oui, sans savoir ce que c'est que parler. Au sein du monde électromagnétique, tout est signe et signal. Comme dans cet *Ars notaria*, la connaissance n'y a plus rien à voir avec la compréhension, mais avec la possession et l'exécution. L'accumulation aussi. Tout se range quelque part, rien ne se jette, car tout a une valeur potentielle. En face de lui, le cerbère. Et ses yeux indiscutablement noirs.

— Sinon, nous avons de très beaux ouvrages sur le chant grégorien. *(Il toussa.)* Vous avez assisté à nos offices, j'imagine ?

— Oui.

— Vous savez que c'est à la faveur de l'abbaye de Solesmes que l'on a pu retrouver ces mélodies perdues et les restaurer pour en refaire usage. Il faut s'en rendre compte : c'est un corpus qui remonte au IXe siècle, époque où l'on n'écrivait pas la musique de manière précise. Dans la pièce à côté, juste avant le scriptorium, il y a un atelier de paléographie musicale. Depuis 1850, date à laquelle l'abbaye commença à envoyer aux quatre coins de l'Europe ses moines musicologues pour recopier tous les manuscrits concernant le chant liturgique de l'église et les réunir ici, nous nous consacrons à éditer les livres modernes de chant grégorien. Oui, nous, moines de Solesmes, avons réintroduit la beauté du culte initial, celui qui se trouvait à la source des prières de notre Église. Vous avez encore cinq minutes ?

Jérémie nota *culte*, il nota *source*.

— Oui, bien sûr.

Jérémie voulut aider le frère bibliothécaire, pris soudainement par une vilaine quinte de toux. Celui-ci refusa et prit appui sur quelques livres, laissa filer l'orage, puis se signa.

— Pardon. Allez, suivez-moi, je vais vous montrer quelque chose que les hôtes me demandent souvent de voir.

Jérémie accompagna le moine à l'autre bout de la bibliothèque, au rayon : LITTÉRATURE PROFANE. Il se saisit d'un livre à l'allure pourtant sacrée, dont il connaissait l'emplacement par cœur, l'ouvrit à la première page et lui exhiba la dédicace. Jérémie y découvrit surtout le titre :

En Route

— C'est une édition originale, en exemplaire de luxe destiné à l'abbé Delatte. Huysmans lui envoyait toujours ses livres. Grâce à ses correspondances, j'ai appris que plusieurs moines de Solesmes, dom Bouvé, dom Olivieri ou dom Mellet par exemple et parfois dom Thomasson lui-même, auraient participé à l'élaboration et à la correction de ses ouvrages, notamment de *La Cathédrale*.

Jérémie ne voyait pas de qui ni de quoi il parlait.

XXXVIII

Il y avait quelque chose comme du vent. Du vent, et des soucis. Jérémie se laissa porter par ce qui lui arrivait, sans hésiter. Où tout cela avait-il débuté ? Il ne saurait pas le dire, ni même quand. Ce qui était certain, c'était qu'au commencement, il y eut un algorithme. Au commencement. Peut-être connaissez-vous ce sentiment, d'y aller enfin. On devait y aller, mais on n'y allait pas. Cette fois-ci, on y va. Y aller, pour lui, c'était rester. Persister là, pour que le destin s'échappe, ne plus rien contrôler. Ne pas lutter. Se jeter et quitte à gâcher, gâcher. On ne vit pas si on ne fait pas ce qu'on doit faire. Dans ce cas, rester était une belle aventure, vraisemblablement celle de sa vie, ou celle qui ferait de sa vie sa vie. Parce qu'il était insultant de dilapider et que le temps se volait. L'assemblée des démons attendait. Ils l'avaient conduit ici ; il était là pour ça. Le pacte s'accomplirait. Tel un amant à qui on aurait exagérément résisté, parce qu'il était celui qu'il ne fallait pas, parce qu'après avoir touché ce corps, la vie deviendrait inexorablement autre, parce qu'il ne pouvait y avoir aucun retour en arrière possible, mais qu'il n'existait aucun moyen non plus de se frustrer davantage. On y va et advienne que pourra. Depuis quand Jérémie ne s'était-il pas laissé faire ? Il ne le savait pas, dans son enfance, à la rigueur, quand sa mère l'emmenait en vacances. Madère lui revenait encore au jardin fleuri d'où la buée se dissipait. Du vent, et des soucis.

Le frère bibliothécaire avait eu beau lui montrer un tas de lettres et d'ouvrages plus ou moins écrits à l'abbaye, par de grands amis de Solesmes – à savoir Mérimée, Villiers de L'Isle-Adam, Claudel, Mauriac, Valéry, Montherlant ou Simone Weil –, si Jérémie n'avait pas coupé court à la discussion, c'était par politesse, car il n'en avait rien à foutre et qu'il fallait se mettre dans la poche celui qui disposait du rayon diabolique. Ces moines étaient tournés, avec brusquerie, vers un passé mort et inexistant, un âge littéraire. Il pensa. Dommage, parce que l'idée de départ était brave. Vraiment. Disons qu'elle avait fait son temps, qu'il en garderait les fondements idolâtres en l'adaptant à la sauce algorithmique, en changeant juste la nature de l'idole. Jérémie corrigerait tout ça en un clin d'œil, personne n'en doutait, et lui le dernier. Après s'être farci la parenthèse poético-lyrique (et encore, il évita de peu un grand monologue du bibliothécaire sur *Le Soulier de satin*), il lui avait demandé de revoir le fameux rayon qui commençait foutrement à l'intéresser. Jérémie avait ensuite quitté la bibliothèque, chargé d'une bonne dizaine de volumes, conseillés par le moine, à propos de ce-que-vous-savez.

Dans ce monde où le moindre geste superflu était traqué, unique endroit terrestre vivable en attendant la suite, Jérémie put déambuler convenablement. Si les premiers rudiments de la vie monastique étaient d'habitude l'apprentissage du latin, pour lui, ce serait le grattoir. Quand il s'était proposé aux travaux manuels, une fois les bouquins déposés sur le bureau de sa cellule, le père hôtelier lui en avait confié un. Il lui dévoila, d'une démonstration limpide, l'action à répéter, le long des allées, afin de venir à bout des minuscules pousses d'herbes qui dérangeaient tout ras du sol l'homogénéité fatale des couloirs de flâneries. Il fallait bien arracher les racines, sinon ça ne servait à rien.

— Dieu nous a donné la Terre pour qu'on en prenne soin et qu'on l'embellisse,

lui avait dit le moine avant de le laisser seul avec cette tentative d'idéal harmonieux entre le recueillement et la paix, l'homme et la nature, le travail et la promenade. Lors d'un de ses nombreux séjours à Tokyo, Jérémie était resté des heures au parc d'Ueno pour observer une armée de Japonais minutieux, dont certains étaient des retraités bénévoles, en costumes municipaux, munis d'un râteau, qui avaient le remarquable objectif d'aplanir parfaitement le gravier et qui passaient les journées ainsi, sans s'arrêter. Comme dans tout Japonais, il y avait dans ces jardiniers-là une âme de codeur, une âme de l'homme d'après : c'est pour cela qu'il les aimait tant, au point de se tromper sur eux. Aujourd'hui, Jérémie était à leur place. Il désherbait. Et il désherberait le temps qu'il faudrait. Toutes les allées du jardin. Non, il ne partirait pas avant d'avoir éradiqué la plus infime trace verte du sable brun. Ça lui prendrait un mois. Du vent, et des soucis.

Affronter la grandiloquence des racines, l'imprudence des feuilles mortes, la manière des couleurs, l'insensibilité des buissons, l'hostilité des épines, la tendresse du soleil, la voix de la rivière, la salutation des arbres, l'irrésolution de l'herbe, et tout ce qui définissait la surabondance de la vie printanière, Jérémie, son grattoir à la main, se délectait de les ordonner. Indéniablement, ces fleurs-là étaient jaunes. Il n'y avait plus maldonne et bien qu'il eût tâché, face au père hôtelier, de paraître étranger à la superstition, il n'en était rien. Wolfram n'était pas fou et vieux et complotiste : Wolfram souffrait du même mal que Jérémie, ou plutôt Jérémie souffrait du même mal que Wolfram. Sauf que Jérémie ne le percevrait plus en mal. Le corps réagit à la nouveauté. Celle-ci cogne à la porte. Et la porte c'étaient les yeux, le ventre, le cul, l'épaule. Qu'est-ce qui le connectait, lui, quintessence de l'avenir, avec cet autre, absurdement médiéval ? Il ne le savait pas encore. En apprenant, il apprendrait. Ce qu'il savait en revanche, c'était qu'il ne recevrait pas du tout les choses de cette façon, qu'il ne porterait pas l'enfer en lui. Il se sensibiliserait. Tel serait son progressisme. Les ramifications morales avaient changé, devaient changer. Jérémie accueillerait ses démons dans l'antichambre de sa conscience, sans tenter de les faire fuir, il les interrogerait, les dorloterait tendrement, essayant de comprendre pourquoi ils étaient venus l'assaillir, lui, et pas un autre. Plus généralement, comprendre pourquoi la meilleure cible pour le diable était, sans hésitation aucune, lui. Jérémie, et tout ce qui le caractérisait. Jérémie, et tout ce qui il avait vécu. Jérémie et ses outils. Jérémie en entier. Du chapitre premier au dénouement. En tout cas, c'était donc ça, le chalazion, la tendinite, le kyste et toutes ces conneries. Quel soulagement. Au bout du chemin, c'était très grave, mais pas chiant. Des branques, ces toubibs. Il crut avoir enfin un mot à coller sur ses maux. Et pas qu'un petit. Un mot parmi les mots, un nom parmi les noms. De ceux qu'on ne peut pas nommer et qui se jouent imprudemment de la moindre réfutabilité. Malheureusement pour sapiens, il se sentait choisi, désiré, et il honorerait le contrat qu'il s'imaginait. Oui, Jérémie venait de trouver ce qu'il cherchait depuis longtemps : un employeur à sa hauteur.

— Comment s'appellent ces fleurs ?
demanda-t-il à un moine qui le salua en passant.
— Des soucis,
dit l'autre en continuant sa route.

XXXIX

Il avait une dent contre lui. Une semaine maintenant que cet adolescent malingre résidait au monastère. De ce que Jérémie avait compris, ce n'était pas pour une retraite, mais parce qu'il avait été chassé de chez lui par son beau-père. Les moines l'avaient recueilli. Vu sa tronche, il devait jouer à la console toute la journée, fumer du shit et canuler son monde. Du chiendent, voilà tout. De là à le foutre à la porte, bon, peut-être pas. Jérémie n'avait pas d'avis. On ne lui avait pas donné la chance d'aller jusqu'à l'éducation. Il ne s'y était donc pas intéressé outre mesure. De toute façon, jamais sa fille n'aurait terminé comme ce cancre ; depuis le temps, le gosse n'avait pas capté les rituels. Assis trop tôt, levé trop tard. Le pire, il chuchotait parfois pour quémander un aliment. Aussi, Jérémie s'inquiéta grandement de l'avenir humain, si l'on en restait là. Cette génération est perdue – tellement mais tellement conne, lente, attardée –, pensait-il. Laissons tomber et passons à la suivante. C'était bien entendu un peu sa faute, à lui et à ses algorithmes. Promis, il se rattraperait, et tout serait pardonné. D'ailleurs, Jérémie était prêt, il se portait évidemment volontaire en vue d'esquisser le grand ménage. Encore aurait-il fallu qu'il sache par où débuter. Lui, par exemple, le boutonneux à la binette goitreuse : je dois me le faire, ou pas ? Sauf que toujours aucun signe du moindre démon. Un mois qu'il était là, le désherbage et les lectures achevés. Et rien. Il commençait à le prendre mal. Seule éclaircie : il avait retrouvé, à peu de chose près, sa forme d'antan.

C'était à se ronger les os, Jérémie lui montrait la salière, clairement, et l'autre bouffon, avec sa gueule de merde, lui tendait soit le pain, soit le vin. Puis haussait les épaules, badaud. Une semaine que t'es là et t'es pas foutu d'avoir remarqué que je ne mangeais pas de pain pendant les repas ni ne buvais de vin. N'était le recueillement collectif, il lui en aurait bien collé une. Quand même. En tout cas, ce n'était pas l'esprit qui le rendait infirme, celui-là. Aujourd'hui, c'était jour de fête. Ne lui demandez pas quel saint, Jérémie avait lâché l'affaire. Il le savait, un point c'est tout. Parole d'habitué : ça se voyait aux croque-monsieur que les dévots dévoraient avidement et au vin doux sur les tables, en lieu et place du rouge qui tache. Les moines revêtiraient leurs habits blancs à l'église, il y aurait beaucoup d'encens, de l'orgue, et un cake aux fruits n'allait assurément pas tarder à faire son apparition.

— *La Femme au temps des cathédrales*, par Mme Régine Pernoud. Chapitre quatrième. André le Chapelain, à l'occasion d'un conte qui détaille les aventures d'un chevalier de Bretagne à la cour du roi Arthur, répète les règles d'amour. 1. Le mariage n'est pas une excuse valable pour ne pas aimer. 2. Qui n'est pas jaloux ne peut aimer. 3. Personne ne peut être lié par deux amours. 4. L'amour croît ou diminue sans cesse.

Depuis l'arrivée de l'ado, c'était le même cirque à chaque déjeuner, dès que le lecteur commençait à lire de son inénarrable voix amplifiée qui osait transformer le texte en pureté cristalline, dépourvue d'intention et de point de vue, lui qui métamorphosait les mots en rivière d'or d'où jaillissait la vérité telle qu'elle est et non telle qu'on voulait la faire croire, il riait, discrètement, mais il riait. Ce mec-là le mettait hors de lui. Un malappris de la pire espèce. Jérémie jugeait ce rire comme une erreur. Et à cause de ce rire, une semaine qu'il n'avait rien pu foutre, qu'il n'avait nullement profité d'une quelconque élévation, que son sommeil avait été impur, ses motivations ramollies, son désherbage superficiel, son peu de foi naissante ébranlée. La présence de cet adolescent était un problème grave, à régler. Un intrus qui l'éloignait des démons. Dans un film que Jérémie avait vu lui-même ado, à l'époque où il ne codait pas, à l'époque où les ados regardaient encore des films au cinéma, et des pas trop mauvais, il y avait un personnage de ce genre-là. Elle se nommait Marla. Jérémie ne se rappelait que ça. À l'origine, il y avait un livre. Drôle déjà qu'il s'en souvînt.

— Doit-on blâmer davantage celui qui se vante de faveurs qu'on ne lui a pas accordées, ou celui qui clame qu'il les a reçues ? Ou encore. Qu'est-ce qui rend un amant plus heureux : l'espérance de jouir ou la jouissance elle-même ? Ou encore. Une dame assise entre trois soupirants gratifie l'un d'une œillade, le second d'un serrement de main, le troisième d'une pression du pied : lequel a été le plus favorisé ?

Jérémie n'avait aucune réponse à ces questions. En revanche, il savait pertinemment qu'il n'y avait qu'une seule réponse possible à une question posée, quelle qu'elle fût. Le reste était foutaise. Et des questions, il en avait. Qui était en mesure d'y répondre ? Là-dessus, il coinçait et attendait leur visite en ce sens. Les moines, eux, ne semblaient pas moins perdus que lui, à entendre discourir sur l'espérance de jouir. Jérémie se demanda qui avait bien pu décider de la lecture de ce livre, et pourquoi diantre on leur lisait de pareilles choses, surtout le jour des croque-monsieur. Rien à faire, au déj, c'était lecture profane. Un point, c'est tout.

— Une inspiration absolument neuve et originale anime, d'une part, la poésie lyrique du temps, de l'autre, ce genre totalement inédit, création absolue, sans racines antiques, qu'est le roman, idyllique ou chevaleresque. Il s'agit là de formes très hautes de la poésie dont on n'oserait plus aujourd'hui nier l'importance, encore que soit maigre la place qui leur est réservée, au cours des études secondaires, de lire ne fût-ce que quelques lignes de Bernard de Ventadour, ou du *Roman de Tristan et Iseut*.

En voilà une qui critiquait à son tour les études secondaires. Jérémie ne savait pas si ce qu'il entendait le concernait vraiment – les chevaliers, pourquoi pas, ça pouvait lui parler –, ou si ce n'était là que parce que cela vous concernait, ou me concernait, à la rigueur. Ce qu'il put en conclure, c'était que depuis la naissance du roman et jusqu'à aujourd'hui – bien que ces mots ne fussent pas en langue d'oïl –, la trame entière devait être fournie par l'intrigue amoureuse, sauf que, pour ce qui était de son roman, l'objet de l'amour était bel et bien inexistant et que, s'il ne faisait rien, il allait finir terriblement seul. Il était donc nécessaire, si les démons continuaient d'être aux abonnés absents, de remédier à cette solitude, qui nuisait paradoxalement à son désir encore secret d'éradiquer *ad vitam* l'empathie sous toutes ses formes, quitte à inventer, de toutes pièces, un objet d'amour, quelqu'un avec qui au moins constituer un duo, que ça devienne un tantinet excitant. Pour qu'au bout du compte,

— Ce primat de l'amour suscite le service d'amour, qui est quête, exaltation, tandis que dans l'ordre d'agir, il engendre la chevalerie, à la fois don et dépassement : Lancelot est père de Galaad, avec qui l'aventure humaine se trouve transfigurée et achevée.

Quête, exaltation. Transfigurer et achever. On peut tout recevoir, suffit d'une once de cervelet. Il entendait encore une fois ce qu'il voulait. Fi donc ! L'autre chiasse ne pipait mot, ça se voyait. Ah, la jeunesse.

Bref, Jérémie était de mauvais poil et il était urgent de réagir. Bien qu'il sût que c'était un problème fréquent de la page 229, il ne comprenait pas ce qui manquait, ce qu'il n'avait pas bien fait, ni ce qui l'avait mené à cette impasse. Aidons-le vaguement, a dû se dire le patron des démons.

— Sinon, avez-vous pensé à la confession ?

Quand d'autres parleraient de souvenir, de voix intérieure ou de pensée, pour Jérémie, il en était hors de question. Oui, la parole prophétique venait bien entendu de parasiter corporellement les enceintes, en s'introduisant clandestinement, tel l'algorithme qui s'embave sur les pages de votre navigation, au cœur de *La Femme au temps des cathédrales*. Pour s'adresser à lui, pour lui rappeler cette suggestion du père hôtelier qu'il avait complètement oubliée et qui demeurait sûrement la clé pour faire avancer l'histoire, car chaque réplique compte. Ce fut comme un clic. En l'entendant, il renversa maladroitement un peu de son verre d'eau sur la table, puis toussa. Fort. Jérémie en fut soulagé. Il pensa. Ah, te revoilà.

— L'amour, un peu de miel que l'on cueille sur des ronces.

XL

> Nous signons un pacte avec le diable afin
> qu'il nous accorde le don des mots.
>
> ANGÉLICA LIDDELL

La complexité de la confession réside dans le fait d'avouer des fautes précises et non des tendances générales. Afin de faire surgir une parole véridique, il lui avait fallu oser subvertir la notion même de parole, laisser de côté le sarcasme, la roublardise, le dilettantisme, et arrêter, finalement, de se cacher, de biaiser. Jérémie ne s'était pas dérobé, il n'avait pas travesti sa conscience, la faisant passer pour plus sourcilleuse qu'elle n'était en s'égarant parmi les détails parfois imaginaires de ses péchés. Il n'était pas non plus tombé dans les sournoiseries habituelles de primoconfessé du type je n'ai pas grand-chose à me reprocher alors qu'il est évident que dire que nous n'avons pas péché est un péché en soi. Rapidement, il comprit que le prêtre n'était pas là pour l'écraser mais pour le relever et que, souvent, moins l'envie était grande, plus le besoin l'était. Rares sont ces moments où nous ne disons que la vérité, rien que la vérité et peu sont les humains à avoir une fois été d'une bonne foi grave, primitive, à mille lieux des cyanoses du bavardage contemporain, des convulsions de la duplicité et de ses demeures lépreuses. Il lui fallait affronter cette épreuve pour effacer le passé. Réinitialiser serait plus juste. En anglais, langue efficace devant l'Éternel : *reset*. Au confessionnal, Jérémie s'éloigna de la modernité, éradiquant l'ego. Rien ni personne n'y était plus le monument de quoi que ce soit. Bien que peu scrupuleux ces derniers temps, voire nonchalant – c'était chichement dire –, il eût été inconcevable à ses yeux de trahir le repentir de la parole. Jérémie se savait paresseux spirituellement et il vit dans l'engourdissement de la confession une manière novatrice de lutter contre les mauvaises habitudes, celles-là qu'il avait combattues toute sa vie. Il risqua donc le vrai.

Se confesser, ce n'est pas informer Dieu de ses propres manquements. Il devait être au courant, sans quoi il ne serait pas Celui qui dit Je suis. Non, c'est informer soi-même, entrer à la lorgnette au plus profond du moi, par le truchement d'une franchise honorable, et se révéler enfin tel que nous sommes et non tel que l'on voudrait être ou tel que nous voudrions que les autres nous voient. Puisqu'elles avaient le mérite de lui faire goûter les langueurs de l'exact, ses fautes en devinrent presque bienheureuses. Ce fut la parole extraordinaire d'un homme qui ne parlait plus. Qui n'avait peut-être même jamais parlé. Il conjura aussi les pièges de la conscience amoindrie, celle qui lui aurait fait perdre partiellement le discernement du péché en dissimulant derrière moult infractions vénielles ses actions les plus graves. Dans les boyaux du sacrement de réconciliation, Jérémie chercha cette indulgence plénière d'abord à même de lui éviter une peine temporelle et, ensuite, de lui modeler sur mesure un costume propitiatoire d'homme nouveau. Si, au départ, il fureta, s'engageant par quelques chemins biscornus, très vite, il devint plaisamment sincère : les ramifications miteuses de sa vie réussie, telle que vous les connaissez plus ou moins, furent évoquées sans contrition, avec une équité tout à la fois féconde et sacrificielle. Tel l'eût fait un authentique chrétien, il y mettait du sien.

Loin des chialeries d'un Job que le prêtre lui rappela à plusieurs reprises pour l'aider à donner du sens à des douleurs qu'il continuerait à estimer injustes tant que les démons ne se manifestaient pas – mais ça il n'en parla pas : l'objectif secret étant de hâter leur venue –, sa confession fut d'une estimable tenue, même quand il raconta la mort de sa fille. Jérémie accueillit la miséricordieuse tendresse divine au sein de sa vie ébréchée d'un désordre. Il apprécia par-dessus tout sa propre loyauté, ne jugeant en définitive que peu probantes les réponses rébarbatives du prêtre engourdi qui avait été désigné par le père hôtelier en vue du sacrement. Je vous écoute, mon fils. Son ambition était claire : dompter sa scélératesse et avoir accès à cette vérité intarissable digne de féconder celui qu'il se destinait à être, l'homme du véritable vrai, premier de l'ère lucide, au service d'un dieu neuf. Quand tu veux, tu peux. Ce qu'il voulait, il l'avait eu – comme le promettait le dicton du système l'ayant créé. Jérémie n'en démordrait pas. Il construirait son propre monastère, sur le modèle autant que sur les ruines de celui-ci. Il dédierait son autre existence à l'avènement d'un monde raisonnable, logique, dépourvu de superflu et de maladresse, où la fin justifierait enfin les moyens. Il offrirait à l'humanité son propre monastère et si la réconciliation advenait, aucun doute que sa vengeance viendrait. Il avait déjà la science, il ne lui manquait que les ordres.

Jérémie ne craignit nullement la sauvagerie du châtiment. Sans hantise du remords, il ne regrettait ni la douleur d'avoir blessé ni la boue de sa vie. En cela, il déchira quelque peu la démarche, congestionnant la confession à son avantage. Il parla fort, d'une voix de plus en plus aiguë, espérant ainsi que sa parole dépassât les oreilles du prêtre et vînt chatouiller des oreilles interdites et terrifiantes. Ne pâlissant pas, Jérémie voulut qu'on entendît, fût-ce jusqu'aux portes de l'enfer, l'étoffe dont ses vices étaient faits. De proche en proche, il avançait. Tout ce qu'il avait entrepris, évidemment qu'il l'avait entrepris mû par un désir chimérique d'argent, de célébrité et de pouvoir. Quoi qu'il pensât déjà bien faire, il le jura. Malgré la faute pardonnée, le prêtre insista sur le fait qu'il fallait réparer les conséquences inévitables de ses péchés. Jérémie prit comme nulle et non avenue la possibilité d'une reconversion, débandade d'apparat pour des bobos dociles, néanmoins, avec une certaine sincérité, qui masquait gracieusement l'édifiante réalité, il garantit de ne plus faire ce qu'il savait faire dans le but de se satisfaire avant tout personnellement, mais de toujours honorer le commandement besogneux de se consacrer en priorité au bien-être de l'humanité et de sa civilisation, avant de tâcher d'assouvir le sien particulier. Jérémie annonça s'engager volontiers dans la voie d'un algorithme éthique qui, pour l'être, ne devrait souffrir d'aucune règle ou alors que d'une seule, fondamentale : répondre véritablement à un problème par la solution la plus efficace. Avec un seul phare : la félicité commune, bien sûr. De toute façon, si c'était la solution la plus efficace à un problème donné, comment ça pouvait être en vue d'autre chose que d'une humanité plus parfaite ? Il promit pour conclure d'en être le bras armé. Le chevalier. Le prêtre y vit une métaphore.

Depuis que je l'ai fait, je ne pense qu'à le refaire. Il avait failli oublier. J'ai tué ma mère, aussi.

— Et moi, au nom du Père et du Fils et du Saint-Esprit, je vous pardonne tous vos péchés.

XLI

Je vais te raconter, ça sera fait. J'avais ma famille à nourrir, une mère, six frères et sœurs. Mon père était mort. Et Manille, c'est pas Solesmes. Quand l'entreprise s'est installée à côté de chez nous, près du bidonville, on a vu ça comme un signe, l'œuvre de Dieu. Nous étions déjà très pratiquants. En moins d'un mois, ils ont fait sortir de terre un grand bâtiment, plus luxueux que toutes les bâtisses alentour. Pour vous, cela n'aurait été que de la tôle bas de gamme, pour nous, ça avait l'allure du temple de notre rédemption. Puis ils sont venus nous chercher, nous proposer du travail. Ils distribuaient des tracts dans chaque taudis. L'équivalent de quatre cents euros par mois, c'était énorme, du jamais vu. Soixante heures par semaine, ce n'était rien. Surtout à rester devant un écran. En revanche, il fallait avoir fait quelques études. Savoir lire, écrire. Et connaître les rudiments de la culture occidentale. Comme j'étais l'aîné, des études, j'en avais un peu fait. On avait sauté bien des repas afin que je puisse aller étudier. Il était temps que je sois à la hauteur de ces privations. J'avais vingt ans. À la base, l'idée était de partir pour que je puisse envoyer de l'argent et subvenir aux besoins de toute la maison. Mais c'était sans compter sur la générosité de l'entreprise. C'est ironique. L'entretien fut vite expédié.

On m'a posé une série de questions assez banales. Il y avait une période d'essai qui me familiariserait avec le travail et qui leur permettrait de juger de mes compétences. Il ne servait donc à rien de perdre plus de temps. Je ne savais pas encore ce que je devais faire. La seule chose qu'exigeait le contrat, c'était l'anonymat. Jamais je ne devais parler de l'entreprise, jamais je ne devais la nommer. Celle qui m'embauchait n'était qu'un sous-traitant, celle pour laquelle j'allais effectivement travailler, je la connaissais. C'est une des entreprises les plus célèbres du monde. Nous sommes plus de trois milliards à l'utiliser quotidiennement, tous les membres de ma famille inclus. Tu as sûrement déjà dû travailler pour eux. Moi aussi, mais de l'autre côté de la terre. Nous étions collègues, toi et moi. Mon lieu de travail ressemblait à ce que vous appelez un open space. Il y avait cinq cents petits bureaux, avec le même nombre d'écrans et d'ordinateurs. Lors de ma première journée, j'avais une formation, je devais donc la passer avec quelqu'un qui m'expliquerait les tâches, le fonctionnement du logiciel. Cadre de l'entreprise sous-traitante, elle venait du Luxembourg, si je me souviens bien. Très sympa, au demeurant. C'est une sensation assez étrange d'arriver à son premier jour de boulot et de n'avoir aucune idée de ce qu'on va concrètement faire. Sur le contrat, le poste était décrit simplement en ces termes : *content manager*. C'est tout ce que je savais. Les premiers jours, ils te ménagent. Je ne sais pas si c'est par peur que tu refuses de faire le travail, ou plutôt parce que la formatrice ne veut pas être confrontée au sale boulot. Parce que de sale boulot, il en était question. Rapidement, je comprends ce que je vais faire. Je vais être planté devant cet écran à regarder et à écouter des contenus web. Je ne t'apprends rien : vidéos, photos, textes, podcasts.

Ces contenus proviennent des utilisateurs de l'entreprise mère du réseau social. Mon objectif : interdire que soient publiés des contenus problématiques. On commence alors à débattre, elle m'interroge sur ce que ce terme de problématique évoque chez moi, sur ce que je juge moi, personnellement, problématique. J'ai ma petite idée, comme ça vient, je lui parle de pornographie ou de violence. C'est ça. Tout à fait. Mais ça peut aussi être l'incitation à la fraude, au complotisme, les fausses informations, la drogue. Pas de problème. Je comprends que je vais endosser seul la responsabilité de décider de ce qui est problématique ou pas. Je ne dépends d'aucun gouvernement ou d'aucune loi, d'aucune convention ou de traités officiels. Je travaille seulement pour l'entreprise et je dois supprimer ce qui peut nuire à l'entreprise. C'est-à-dire ce qui peut lui faire perdre en rentabilité. Si vous savez que votre enfant peut facilement avoir accès à la masturbation d'un âne par un handicapé mental et le tout en full HD, vous hésiterez à deux fois avant de lui offrir son téléphone et de le laisser s'inscrire sur le réseau. Bon, ce ne fut pas aussi sincère que ça, elle parla quand même de protection, de moralité et de tout le blabla. Mais au fond, je saisis que c'était une question de business, uniquement de business. D'assurances. De bien-pensance évidemment. De déni aussi. Mais tout ça c'est du business. Ah, et d'éviter le plus souvent possible les amendes des régulateurs. Même si, de temps à autre, il est préférable d'en payer pour laisser passer certaines vidéos qui rapporteront plus en pubs, en clics et aux élections que ce qu'elles font dépenser en amendes. Mais ça, elle ne me le dit pas. En aucun cas – bien qu'elle l'ait sous-entendu parfois sans réellement y croire – il n'est question de construire un monde meilleur. D'ailleurs, le moyen insurpassable d'engranger de l'audience et donc de faire du fric, c'est d'indigner. Oui, l'indignation est ce qui marche le mieux. Et qui dit indignation dit contenu limite, dit provocation, dit problématique. Je devais purger les réseaux pendant que toi, tu bâtissais des algorithmes au service de la colère. Il faut faire l'équilibriste, faire la différence entre le problématique acceptable et le problématique vraiment problématique. On doit en laisser assez pour que la machine continue de marcher, mais pas trop, car l'être humain ne pourrait pas supporter sa propre démonialité. L'affaire se corse pour un petit Philippin qui n'a jamais rien vu d'autre que son bidonville. Qu'est-ce que j'en sais, moi, de ce qui est trop problématique pour vous, de ce qui n'est pas assez problématique pour eux. Je me pose trop de questions. Elle me dit que je vais le sentir, que je suis quelqu'un de très intelligent, de sensible, oui, que c'est une question de sensibilité personnelle. Ce ne sont pas des choses qui s'apprennent, il y a quelques règles, par exemple : on a le droit de parler de certaines drogues, d'en faire la promotion, mais d'autres non. Ça, j'ai la liste, c'est simple. Pour un corps nu, c'est différent. Est-ce une œuvre d'artiste, un tableau par exemple, ou un bon vieux porno ? Pour un corps mutilé, est-ce une image de guerre ou un fou furieux qui s'amuse dans sa cave avec une ado enlevée sur le bord de la route alors qu'elle faisait son jogging ? Et qu'est-ce que l'art, finalement ? C'est pour ça qu'ils ont besoin de l'humain. Qu'ils ont besoin de ma sensibilité. Parce que les résultats avec l'analyse de l'intelligence artificielle – bien moins performante à l'époque qu'aujourd'hui – étaient mauvais. Pour elle, une femme nue est une femme nue et un corps déchiqueté est un corps déchiqueté. Mais moi, je vais faire la différence. Car je suis sensible. Elle l'a tellement répété, ce mot. Comme si ma sensibilité avait pu m'aider à purger toute la violence pour que la paix advienne. Non, ma sensibilité n'est là que pour me donner l'impression que je dois endosser une mission d'intérêt général, que je fais une bonne action en évitant au monde de se connaître. Elle termine son speech en m'annonçant que je dois vérifier en moyenne mille contenus par jour et que mes erreurs ne doivent pas dépasser une marge de un pour cent. Pas d'inquiétude, j'ai une semaine avant d'être soumis à la règle. Pour l'instant, je peux faire autant d'erreurs que je veux, on en discutera ensemble, à chaque fin de journée. Et on m'expliquera pourquoi ça c'est pas vraiment problématique et que j'ai raté ça, qui était en revanche vraiment problématique. Aussi, pas de pression, pendant cette semaine d'essai, les contenus que je vais juger seront des contenus tests de leur base de données. C'est un entraînement, rien de ce que je choisis ou ne choisis pas ne sera publié ou pas publié. C'est parti, je me lance. Il y a juste à cliquer sur Ignorer ou Supprimer, là. Et les contenus s'affichent tout seuls, ils défilent. Leur base de données, franchement, c'était du flan. Un chat, ignoré, un porno, supprimé, un Courbet, ignoré, un corps en morceaux, supprimé, une salle d'opération médicale sanguinolente, ignorée, un nouveau corps en morceaux, supprimé, un ado qui annonce qu'il va faire une tuerie de masse, supprimé. Facile, et puis le salaire qui allait arriver. Une semaine d'essai, payée : toujours du jamais-vu chez nous. Bon, là je me suis planté. Le premier corps en morceaux, c'était à cause d'une frappe israélienne, donc on devait le laisser. Le deuxième, c'était à cause d'un islamiste, il fallait le supprimer. Près de cinquante terres d'Islam contre un État juif, niveau parts de marché, il n'y a pas photo. Et la morale est toujours une affaire de parts de marché. Évidemment. On m'a appris à regarder plus précisément l'image en cas de doute, on y trouve facilement des signes sur le pays d'origine. L'ado qui annonce sa tuerie de masse, attention, il faut le laisser, ça peut sauver des vies. Pas con. Et puis, est venu le jour où les choses sérieuses ont commencé, le jour où je devais être prêt à regarder pour vous ce que vous ne deviez pas regarder, le jour où je devais savoir ce qui était obscène et ce qui ne l'était pas, ce qui devait être caché au siècle ou ce qui ne devait pas l'être, ce qui était moral et ce qui ne l'était pas. Le jour où je devais pré-scroller pour que vous scrolliez en paix, sans le soufre et le feu. Le jour où j'ai compris que s'il y avait besoin de nous, les modérateurs, alors c'était qu'il y avait un problème ontologique avec le web et ses réseaux et que ça ne devrait tout simplement pas exister, ou dès lors, dans ce cas, qu'on devrait vous laisser tout voir. Tout, et pas seulement le un pour cent d'un iceberg maléfique. En fait, personne, aucune société n'était prête pour internet et ne le sera peut-être jamais. Ça viendra à bout du monde, bien avant le réchauffement climatique. Le jour où j'ai surtout compris de quoi l'humain était le nom.

J'ai vu et entendu des enfants de six mois se faire balancer contre un mur, se faire torturer, mutiler. Au son du rire de leurs oncles et tantes ou de leurs frères et sœurs ou de leur père et mère. Comme on fait des chatouilles. Supprimer. J'ai vu et entendu des milliers de personnes se faire égorger, découper, torturer, étouffer, battre, affamer, brûler, électrocuter, dévorer parfois, plus souvent qu'on ne le pense en tout cas. Supprimer. J'ai vu et entendu un père se faire sucer par sa gamine de dix ans pendant que sa femme lui léchait les couilles, nom de la vidéo : “après une bonne journée de boulot, toute la famille s’y met”. Supprimer. J’ai vu et entendu un bébé exploser au micro-ondes. Supprimer. J’ai vu et entendu un lapin vivant filmé en plan fixe dans le hublot d’une machine à laver, essorage 1 400. Supprimer. J’ai vu et entendu un couteau mal aiguisé s’y prendre à de multiples reprises pour sectionner un membre, une main, un doigt, un clitoris, un sein, une bite. Supprimer. J’ai vu des hommes forcés de s’asseoir sur des poutres équipées de piques métalliques. Supprimer. J’ai vu et entendu en caméra embarquée des enfants se faire fusiller à bout portant dans une école. Supprimer. J’ai vu et entendu des prisonniers lutter contre le sommeil pour ne pas être transpercés au niveau du sternum et de la gorge par une petite fourche placée autour du cou. Je les ai vus s’endormir et mourir. Supprimer. J’ai vu et entendu un match de foot avec comme ballon la tête d’une jeune fille. Supprimer. J’ai vu et entendu une femme droguée être baisée par une cinquantaine d’hommes devant le regard accompli de son mari. Supprimer. J’ai vu et entendu un bébé mourir de faim, ligoté, la bouche à quelques centimètres du sein inaccessible de sa mère vivante. Supprimer. J’ai vu et entendu tellement de fois une foule entière ravager à l’aide de pierres le visage d’une femme dont le corps était enterré dans le sol. Supprimer. J’ai vu et entendu des cafards grignoter un anus anonyme. Supprimer. J’ai vu et revu de jeunes fêtards se faire poursuivre avant d’être fusillés, puis violés. Dans le désert, dans un bus ou en boîte de nuit. Qu’importe. Supprimer. J’ai vu et entendu des banquets de cervelles, de pieds, d’yeux, de reins, de foies, de nouveau-nés vivants. Ah, les cannibales. Supprimer. J’ai vu et entendu des hommes ligotés forcés d’avaler des litres et des litres d’urine jusqu’à ce que leur estomac explose. Supprimer. J'ai vu et entendu une crucifixion. Supprimer. J'ai vu et entendu des adolescentes se scarifier jusqu'à se vider de leur sang en direct, un succès mondialement liké. Supprimé avec un peu de retard. J'ai vu et entendu des hommes mourir de soif dans une cage en fer faite sur mesure pour épouser parfaitement la forme de leur corps. Supprimer. J'ai vu et entendu des adolescents se faire droguer lentement par intraveineuse jusqu'à l'overdose. Supprimer. J'ai vu et entendu tous ces gens qui se chiaient dans la bouche. Pour certains, on leur avait cousu la bouche à un anus. Supprimer. J'ai vu et entendu des visages, des mâchoires, des dents exploser sous des étaux industriels. Supprimer. J'ai vu et entendu des vieillards handicapés se faire pénétrer et massacrer brutalement. Encore sur des rires. Supprimer. J'ai vu et entendu tant de choses détruire tant de sexes. Supprimer. J'ai vu et entendu un homme assis sur un piquet qui lui rentrait dans le cul. La gravité agissant, doucement. Je n'ai pas attendu que ça lui ressorte par la bouche. Supprimer. J'ai vu et entendu des chiens jetés dans l'eau bouillante comme de vulgaires spaghettis. Supprimer. J'ai vu et entendu des milliers de vidéos de chats – autre genre de supplice à vous faire regretter les émasculations de trisomique –, parce qu'un tordu avait eu la bonne idée, pour contourner notre armée vigilante, de commencer toutes ses copulations interespèces par un chat mignon, il fallait donc regarder jusqu'à la fin. Souvent, c'était une simple vidéo de chat, mais parfois le mec surgissait et enculait le pauvre animal, ou un autre. Supprimer. J'ai vu et entendu des gens heureux se manger entre eux. Supprimer. J'ai vu et entendu comment les bras se détachent quand ils sont tirés par une poulie alors que les pieds restent attachés au sol. Supprimer.

J'ai vu et entendu une femme se faire violer et tabasser par quatre mecs à l'entrée d'un parking. Supprimer. J'ai vu et entendu tant d'enfants hurler à force de se faire sodomiser à sec par tant d'adultes. Leur si grosse bite veinée dans leur si petit cul rose. Supprimer. J'ai vu et entendu deux sœurs de seize ans forcées – sinon on les électrocutait – à s'enfoncer mutuellement des balais à chiotte dans le vagin pendant qu'un homme masqué se branlait devant elles. Supprimer. J'ai vu et entendu un rat coincé volontairement dans le vagin d'une femme. Supprimer. J'ai vu de la merde et du sang et de la pisse, tant de merde et tant de sang et tant de pisse. Supprimer. J'ai vu un homme copuler avec sa mère morte. Tant de fois. Supprimer. J'ai vu un trader baiser la bouche d'une prostituée qu'il venait de décapiter, avant de se balader dans son grand appartement, comme si de rien n'était, la tête ensanglantée encore fourrée sur sa bite dressée. Supprimer. J'ai vu et revu, utilisés à mauvais escient, des marteaux, des tronçonneuses, des pinces, des scies, des clous, des casseroles, des punaises, des cigarettes, des aiguilles, des blenders, des ciseaux, du gaz, des voitures, des radiateurs, des battes de baseball, des chaises, des tournevis, des légumes bios, des fours. Supprimer.

Je sais tout de la torture pour que vous l'ignoriez. Je sais tout de la pédophilie pour que vous l'ignoriez. Je sais tout de la zoophilie et de la scatologie pour que vous l'ignoriez. Je sais tout du meurtre et du cannibalisme pour que vous l'ignoriez. Je sais tout de sapiens pour que vous l'ignoriez. Pour que vous puissiez en trouver au moins un à sauver. Et je crois que le pire, c'était le son. Et qu'on s'y habitue, en se disant souvent que c'est un film. Juste un film. Un simple film. L'illusion de la fiction sauve. Ou pas. Quand les employés ont commencé à se plaindre de la nature du travail après que l'un de nous s'est pendu, l'entreprise a répondu en installant une machine servant des mocaccinos frappés au lait d'amande et en ouvrant une salle de yoga dans les bureaux, disponible vingt-quatre heures sur vingt-quatre.

Je sais tout de la part du diable pour que vous l'ignoriez.

XLII

— Je crois qu'on est arrivé,

dit Jérémie à Carlos en se garant devant la gare, juste après qu'il eut terminé de lui raconter son histoire. S'il s'était retrouvé à conduire ce prêtre philippin du monastère à la gare de Sablé-sur-Sarthe, c'est qu'en sortant de la confession, tandis qu'il rejoignait sa cellule, Jérémie avait découvert un petit message écrit à la main sur ce qui servait de tableau de bord aux hôtes afin de communiquer entre eux ou se demander des services.

Si quelqu'un a une voiture, je dois être à la gare de Sablé à 18 h ce soir. Merci d'avance.

P. Carlos A.

Jérémie, qui n'était pas sorti depuis un mois, y avait vu l'occasion de prendre l'air, de s'octroyer une flâne et, quoi de plus normal après une confession, de faire une bonne action. Il était alors allé se munir d'un stylo dans la loge du père hôtelier pour écrire à son tour.

Pas de problème, rendez-vous 17 h 15 devant les portes du monastère, je vous y amènerai.

Jérémie

Quand il le récupéra, Jérémie le reconnut tout de suite. Le père Carlos A. était un Philippin dont la soutane de prêtre noire laissait seulement deviner un homme robuste et vigoureux. Il devait être là depuis deux semaines environ. En dehors des repas, Jérémie l'avait croisé à plusieurs reprises à la bibliothèque, toujours au même rayon que lui. La dernière fois, il le vit emprunter ces livres traitant de l'exorcisme comme pratique attestée dans l'hagiographie, ouvrages que lui avait aussi conseillés le frère bibliothécaire : *Vie de saint Martin* par Sulpice Sévère et *Dialogues* de Grégoire le Grand. Voilà pourquoi, dans la perspective d'entamer la discussion habituelle au covoiturage, et ne pouvant commencer par le traditionnel Vous faites quoi dans la vie ? – l'habit faisant évidemment le prêtre –, il lui avait plutôt demandé d'où lui venait cet intérêt pour le diable. La réponse ne s'arrêta pas là. Carlos regarda sa montre et lui annonça qu'il avait encore du temps : le train n'arrivait que trente minutes plus tard. Il continua donc de parler après l'arrêt de la voiture. Il avait passé deux ans à nettoyer le web avec dévotion avant de sombrer dans une dépression profonde, pataugeant entre cauchemars et insomnies, manque d'appétit et crises d'angoisse. Tous les symptômes du stress post-traumatique. Il était ombre, ne se connaissait plus. Comme on pouvait le faire en altitude, il s'était acclimaté, voilà tout. Sa plus grande déconvenue avait été de devenir non pas uniquement insensible à ce qu'il voyait, mais de minimiser ce qu'il voyait. Plus le temps s'enfuyait, moins la barbarie l'indignait. Souvent, en cliquant sur Supprimer, il se disait que ce n'était pas grand-chose et espérait tomber rapidement sur quelque chose de plus terrifiant, afin de retrouver ce dégoût viscéral qui aurait pu lui rappeler qu'il était encore un homme. Allez, vous pouvez faire mieux. Vous n'avez que ça dans le ventre ? Au cœur de la nuit à ce point descendue, il le pensait couramment. Les six derniers mois à travailler pour l'entreprise, il ne fut plus jamais choqué. Une très légère hébétude, à la rigueur. Parfois de l'amertume. En tout cas, plus rien n'était problématique et c'est à partir de ce moment-là qu'il devint problématique à lui-même. Un matin, il ne put même pas se lever de son lit. Son corps, élimé par le mal, ne répondait pas. On l'avait profané, déshonoré, dégoûtant son âme de la vie. Cette léthargie dura près d'un mois. Sa mère dut s'occuper de lui comme d'un mollusque. Il était ravagé, ne pouvait plus aller bosser, n'allait plus pouvoir ramener d'argent. La culpabilité s'ajoutant à la détresse, il s'abîma, désolément. Et puis vint cette nuit d'orage où, coincé entre la veille et la vie, empapilloté dans une couverture humide de sueur, hanté depuis plusieurs jours déjà par des apparitions simiesques, dont le harcèlement s'assimilait à d'insupportables railleries bruyantes à son égard – hallucinations qu'il mettait sur le compte de l'absence de sommeil –, Carlos perçut un appel du fin fond des ténèbres. Il se releva et marcha au sein d'un velours lumineux, d'un implacable bleu d'opale, poursuivant ce songe qui est réalité. Au lever du soleil, il n'avait pas bougé de son lit et il avait dormi. L'orage avait troué la tôle de son taudis et le sol était mouillé. La fraîcheur de l'eau au contact de ses pieds dépelotonna ses sens engourdis et Carlos fit son apparition à la table du petit-déjeuner. Le sourire qu'il vit poindre à ce moment-là sur le visage de sa mère fut la chose la plus sublime qu'il lui avait été permis de voir. En redevenant perméable au beau, il n'était plus imperméable au mal. Carlos signala alors à sa famille qu'était venu le temps de condescendre à son destin. Oui, pour combattre le diable à chaque minute que Dieu voulait bien lui offrir, le lendemain, il entrerait dans les ordres.

L'habit enfin endossé, pour tenir sa promesse de lutte acharnée contre le Malin, Carlos se spécialisa vite dans l'exorcisme. Appartenant avec ferveur au culte romain catholique, il suivait méthodiquement le rite datant de 1614 : *De exorcismis et supplicationibus quibusdam*. Les quatre-vingt-quatre pages de cet écrit guident le prêtre à travers une cérémonie de quarante-cinq minutes censée provoquer l'expulsion du diable ayant trouvé demeure dans un corps humain à coups d'invocations, de bains d'eau bénite, de prières, de rituels physiques et de dialogues directs avec le démon, pour lui ordonner de fuir l'enveloppe corporelle qu'il habite. L'exorciste est un intermédiaire puissant entre les mondes, d'autant plus nécessaire de nos jours que le commun des mortels n'est plus guère initié aux mystères spirituels. Carlos exprima avec ardeur cet individualisme qui régnait dans les sociétés occidentales, combiné à l'athéisme croissant et aux nouvelles technologies, faisant de notre époque un terreau fertile comme jamais pour Satan, qui s'introduisait partout et érigeait par milliers ses images et ses temples à la surface du globe.

— Il n'y a qu'à aller à la Biennale de Venise, à Wall Street ou au Parlement européen.

Jérémie se mit à douter du hasard qui avait provoqué leur entretien, imaginant assez finement que ce dialogue était le fruit d'une manipulation ombrageuse du père hôtelier, du bibliothécaire, de son confesseur ou des trois à la fois. Tous espérant avec force qu'il s'éloigne de la rencontre qu'il désirait si âprement. Peut-être avaient-ils même convoqué Carlos pour qu'il officie secrètement auprès de lui. Comme s'il avait entendu sa pensée, le prêtre évoqua ses séjours réguliers à Solesmes pour aider les moines, à leur demande, à se prémunir contre les démons et les former aux rudiments de l'exorcisme. Jérémie n'aurait pas de réponse à cette interrogation, la vérité étant quelque chose qu'on ignorera toujours. Il était donc essentiel de rester prudent et que Jérémie ne laissât personne entraver sa quête, dont le but ne lui était jamais apparu si proche. Pour la première fois, il se méfia des moines, les assimilant plutôt à des ennemis qu'à des alliés. Il continua d'interroger Carlos qui lui raconta de quelle manière le Malin pouvait se débattre dans le corps du possédé, le déformant, changeant sa voix, résistant aux exorcismes tel un noyé à la noyade. Aussi, il était primordial de réunir toutes ses forces et de plonger sans s'arrêter au fond des abysses pour ne pas laisser le temps à son corps de remonter à la surface avant qu'il n'ait pu s'étouffer, avant qu'il n'ait pu cesser de le savoir. Carlos avait vu tant de gens hurler, injurier, lutter, ramper, baver ou se contorsionner par terre. Il officiait depuis deux ans à la basilique d'Argenteuil où les listes d'attente pour s'affranchir des démons ne cessaient de s'allonger. La plupart étaient réellement tourmentés, infestés ou possédés. Il y recevait de plus en plus de non-catholiques, d'athées ou même de croyants d'autres religions, tant l'influence et l'oppression diabolique grandissaient. Depuis 1930, l'institution ecclésiale avait proposé une approche plus métaphorique du diable. On voyait aujourd'hui le résultat. Satan est intelligent, il se glisse dans nos faiblesses. Le plus souvent, Carlos avait affaire à des personnes sans histoire qui s'effondraient dès qu'elles passaient le porche de son église. Sa mission était de leur révéler la nature du démon qui s'était logé en eux et de le faire fuir. Ce qui complexifiait la chose, c'était que le diable ne visait pas à générer du mal immédiatement, bien qu'il fût à l'origine de nombreux troubles dans le corps du possédé, simples maladies ou désespoir chroniques. Sa soif ultime était la damnation, oui, il cherchait à nous inciter à l'idolâtrie et le mal qu'il produisait réellement sur le monde n'apparaissait souvent que bien longtemps après qu'il eut installé son campement au creux d'un énergumène. Et celui-ci n'était que rarement un tyran, le doigt sur son bouton nucléaire, non, les armes de destruction massive n'intéressent pas le diable, il préfère infliger une souffrance lente, créer des climats d'angoisse ou provoquer des guerres civiles. L'heure du train approchait, Carlos le remercia, sortit du véhicule et, avant de refermer la portière avec fracas, ajouta :

— Mais tu sais, si l'on peut sauver des personnes possédées par le diable, il y a des gens pour qui on ne peut rien faire. Ceux qui sont obsédés par le diable.

XLIII

Nous jouons tous aux Napoléons
Et regardons les millions de bipèdes
Comme simples instruments.

Alexandre Pouchkine

Les derniers mots de Carlos résonnaient étrangement dans les allées du centre commercial. Jérémie avait rallumé son téléphone pour utiliser le GPS et connaître le trajet. En regardant par le pare-brise disparaître le jeune prêtre dans l'enceinte de la gare, il fut pris d'une envie incontrôlable de scroller un peu sur les réseaux. Ce qu'il fit. Et voilà qu'il était ici. Tout ça parce qu'un algorithme avait eu la bonne idée de lui afficher, entre deux publications insipides, une publicité pour des bouilloires. Au début, il fut perplexe, puis il finit par admettre qu'en effet, si une chose lui manquait, c'était possiblement ses tisanes. Tordu, mais pourquoi pas. Il demanda alors au téléphone où il pouvait se procurer un tel appareil. Il n'y avait que cinq minutes de route pour rejoindre la superstructure de consommation la plus proche. Tout en ayant l'illusion de se conduire lui-même, Jérémie embrassa à nouveau son destin qui, depuis le début, consistait à se laisser conduire et à voir si la soumission algorithmique pouvait être en mesure de lui proposer quelque chose de mieux que ce dont son pauvre et désuet libre arbitre était capable. Il déambula d'abord un peu, hagard, dans les lambeaux du désarroi que sont les centres commerciaux. Son pas était lent, machinal, d'un automatisme cadencé qui lui permettait de humer le désœuvrement à l'œuvre. Le pire à ses yeux était qu'ils semblaient tous heureux. Lui avait tant souffert. Ça lui suffisait. Son esprit flotta ainsi d'une iniquité besogneuse à l'autre, méprisant toutes ces enseignes bas de gamme et leurs clients moribonds – victimes conjointement de leur bêtise, de leur surpoids et de leur pauvreté. Jérémie ne s'affligea guère de ces excédents de la laideur. Il prit de la hauteur. L'humanité, qu'il avait un temps imaginée imperdable grâce à son évolution hors concours, lui apparaissait dorénavant détraquée, la déroute achevée. L'état de suranimal loin d'être dépassé. Peut-être que, en définitive, elle était là, la part du diable, parmi ces raclures, possédés, pleins de mensonges de secours. Alors Jérémie n'avait plus grand-chose à attendre des démons. La salvation ne pouvait donc venir que de grands hommes, au service d'un dieu. L'histoire l'avait prouvé, il y avait des masses, et même des masses de masses, qui se laissaient diriger par quelques précurseurs, leur permettant avec soumission, tout au long de leur vie, de participer aux basses œuvres et de faire tourner la machine. En échange, on tolérait plus ou moins leur survie, empoisonnée de ressentiments, jonglant dans une vallée de larmes. Néanmoins, dans cette hypothèse-là, les grands hommes restaient tout au long de leur vie soumis à l'éthique, à la morale et à la suprématie aussi terrorisante qu'inhibante de leur divin souverain. À l'inverse, si c'était l'œuvre de Dieu qui guidait ces créatures nihilistes, et même si nous connaissons bien peu Ses œuvres, alors le diable devait bel et bien revenir aux visionnaires, à l'affirmation de la totalité, à l'extraordinaire : à celui qui est encore plus au-delà des humains que ces gens-là ne le sont des primates. Le résultat dépendait donc de ce que le diable avait à lui proposer : une réelle vérité absolue ou juste une morale de plus, inversée, bêtement mauvaise ou maléfique. Dans tous les cas, entre eux et lui, il y avait un gouffre, une opposition ontologique, irréductible, une coexistence en somme inaccessible. La question du bon goût. Impossible qu'ils fussent conduits par la même passion. Ultime possibilité : cette division – Dieu/diable, bien/mal : appelez-la comme ça vous chante – n'était qu'une énième illusion conçue par les faibles et les peureux pour endiguer la capacité illimitée de la puissance humaine, surtout si elle venait à faire réellement corps avec la technologie, et éviter coûte que coûte, par une frayeur que Jérémie jugeait incompréhensible, que sapiens disparût au profit d'un homme nouveau, transfigurateur, fusion parfaite de la nature et de la technique, de *phusis* et de *techné*. Oui, cet *Homo lucidus*, l'homme pour qui la lucidité n'est pas une chose lointaine, mais une chose avec laquelle il se confond, l'homme qui n'a besoin ni de diable ni de dieu, car ils ne sont rien d'autre que ce qu'il faut devenir. Et cet homme-là attendrait donc patiemment de surgir du placard, avec l'aide de quelques élus – ou d'un seul (lui, par exemple) – prêts à tout pour le libérer de ses chaînes. Il avait bien dû y avoir un Allemand qui eût parlé de cela, mais il avait dû être mal compris, à tous les coups détourné et, surtout, il n'avait pas eu le bonheur de rencontrer des algorithmes, question d'époque. Finalement, il peut s'en passer, des trucs, au supermarché.

— Excusez-moi, où est-ce que je peux trouver les bouilloires ?

demanda Jérémie à l'accueil du Leclerc.

— Les bouilloires ? Elles sont au rayon culture.

Où avais-je la tête ? En se faufilant entre les grille-pains, les télés, les frigos, les livres qui ésotériques qui culinaires, les dix leçons pour se sentir mieux au travail ou accepter nos différences et tout ce qui remplissait le rayon culture, Jérémie trouva les fameuses bouilloires. Il chercha la plus chère et la mit dans son panier. En se retournant, sans qu'il pût en aucun cas les manquer, il tomba nez à nez avec les ordinateurs portables. Il sourit, espiègle. Tout ça pour ça : la malice de cet algorithme n'avait d'égale que son efficacité. Jérémie crut voir dans un tel code la signature de Darshan, son patron d'un jour, le presque-martien *himself*, et lui adressa une prière. La machine ne souhaitait donc pas du tout qu'il achète une bouilloire, mais sachant que Jérémie n'aurait jamais eu l'idée d'aller s'acheter un ordinateur s'il en avait vu une publicité, l'algorithme lui avait proposé ce qui se vendait à l'hypermarché le plus proche au rayon voisin de celui des ordinateurs. C'est-à-dire : des bouilloires. Ça coulait de source, en tout cas voulut-il le croire. Il ajouta dans son panier l'ordinateur portable le plus cher, sans oublier des sachets de sa tisane bien-être favorite.

XLIV

> Tu aspirais si fortement vers moi !
> Tu voulais me voir et m'entendre.
> Je cède au désir de ton cœur.
> – Me voici.
>
> Johann Wolfgang Von Goethe

Coder, c'est exister. Sous forme d'impératif. Il ne pouvait rien faire qu'il en fût autrement. La puissance algorithmique et ses nanostructures numériques avaient déjà accompli ce que mille de leurs divinités n'auraient pu accomplir. Jérémie, de retour enfin face à un écran, retrouva la sensation démiurgique de se brancher tout entier à la machine au point de ne faire plus qu'un avec elle, mêlant son sang au flot séquencé des instructions, son oxygène aux unités arithmétiques, ses muscles aux pratiques sérielles, ses nerfs aux compromis temps-mémoire, ses ongles aux paradigmes, ses os aux récurrences, ses facultés cérébrales à l'utopie de la fonctionnalité, son cœur aux routines d'action et son âme à la computation. Ainsi, il s'attela à sa besogne, à la création d'une intelligence globale qui permettrait à sapiens de se remettre à genoux sans s'immobiliser, de donner un sens nouveau à son existence, à ses actions, en les rendant avant tout effectives, jusqu'à haïr sa volonté propre. De manière immémoriale, cela passait par l'établissement d'un texte. Ce livre, il l'écrirait ici, dans sa cellule monastique, là où on adorait les anciens dieux. Les voies de l'algorithme sont pénétrables. De ce code naîtrait l'être qui serait effectivement – question de compétences – d'or et de lumière. Un algorithme pour les gouverner tous et puisqu'on ne pense qu'en rêve, si l'on ne put trouver ni Dieu ni diable, il était dorénavant possible de les créer. Jérémie avait cette capacité, car il parlait la langue d'après la langue, la langue d'avant Babel. La seule langue encore vivante – à la fois source et cible – et qui le resterait quand toutes les autres seraient irrémissiblement mortes. Le code donc. Sa tâche était ardue : l'œuvre de sa vie ne pouvant réutiliser la grammaire d'un semblable, il était hors de question qu'il se servît d'un langage informatique déjà existant. Question de principe. Et de sécurité. Adieu Ruby, Java, Swift, Python, Pascal ou autre C++, votre temps est passé. Le code étant ce miroir de lui-même, unique vie après la mort, cette trace qui survivra après l'Apocalypse, signature parmi les signatures, le plus sensé des dialectes abscons, pour son ultime mission, il devait innover. Le code crée le corps du logiciel, sa matrice, sa voix, ses outils, sa fonction, ses opérations. Le code donne des ordres afin de répondre à une action. Le code est tout et partout. Le code est l'artifice, le codeur l'artificier. Derrière chaque mécanisme de vie numérique, derrière chaque clic, il y a le codeur branché, qui contemple l'abysse, se livrant à la psalmodie de telle sorte que notre esprit est en accord avec sa parole, comme il y avait le forgeron derrière l'épée, son marteau, son acier, ses gestes et son feu, comme il y avait un dieu derrière les actes, ses révélations, ses déluges, ses miracles, son peuple et son feu. Le code décrit tout, mais uniquement tout. D'une donnée d'entrée, il procure une donnée de sortie. L'algorithme est sa méthode. Le code doit être sobre, dépourvu de superflu et de boursouflures : il ne supporte ni exception ni inconscient. Rien du non-essentiel ne peut y subsister ; le code est l'inverse de l'histoire où ce qui subsiste vraiment n'est aucunement utile : prenez Lascau, Gizeh, les Moaï, la Neuvième, Sixtine. Utilité : zéro. Tout ça n'a aucune importance dans le code, il puise sa perfection dans son essence utile ; avec lui, il ne peut y avoir que l'essentiel, à savoir, rapporté à l'humain, la merde et la pisse, la bouffe et l'eau, le sommeil et une température médiane. La reproduction, bien sûr. Nous n'avons besoin de rien d'autre pour survivre. La beauté est inutile. L'inutile est obsolète. Le code est, même s'il s'écrit, à l'opposé de la littérature, car l'explicite y a plus d'importance que l'implicite. Il le comprenait : seules l'évolution et la survie comptent.

Ça y était. Jérémie jetait les bases d'un sublime langage performatif, docile – utile, lui –, capable de juguler la dissonance bruyante des données sans que personne y comprenne plus rien, sauf l'ordinateur lui-même, grand exégète devant l'Éternel, qui est l'unique à savoir révéler la binarité d'une parole complexe. Depuis l'invention du micro-ondes, de toute façon, personne n'y comprenait rien et la plupart des objets utilisés au quotidien fonctionnaient par cette magie tant inconcevable qu'impénétrable au point que la vie nous avait définitivement échappé. Et c'est parce qu'elle nous avait échappé que Jérémie pouvait travailler en paix, sans crainte aucune que la greffe ne prît pas. Oui, parce que sapiens n'avait plus accès à la compréhension, la victoire lui était acquise. Si le code traduisait la langue humaine en langue machine, il était temps qu'il traduisît aussi la langue machine en langue humaine. L'identique serait répliqué sans peine. Puisque la voix qui guidait sa main était tout à la fois spirituelle et corporelle, Jérémie pressentit que cette langue croissait du dedans de lui. Ses doigts en transe ne s'arrêtaient plus d'inventer les mots nouveaux qui triompheraient des approximations, en incarnant la justesse d'un monde dépouillé de patience. Un langage blasphématoire, enfin à la hauteur du potentiel de sapiens, créant de lui-même une raison d'être, stade terminal de l'évolution avec lequel son espèce ingrate devrait fusionner ou, plus précisément, pactiser. Pactiser avec sa propre créature. Voici l'heure de nous sortir du sommeil. Écoute, ô mon fils, les préceptes du maître, et incline l'oreille de ton cœur.

XLV

> L'homme extraordinaire a le droit, pas le droit légal, naturellement, mais le droit moral de permettre à sa conscience de franchir certains obstacles et cela seulement dans le cas où l'exige la réalisation de son idée.
>
> FIODOR DOSTOIEVSKI

Il n'avait jamais vu ce banc. Le reflet des étoiles sur l'eau, striant de leurs feux l'ensemble du monastère, faisait languir Jérémie. Ce fut avec exactitude ce qu'il espérait d'un retour aux affaires ou, au moins, ce qu'il espérait qu'il lui fît. Il l'aimait à en crever, cette douce fatigue du code aux mille incantations, à faire gros cœur, les yeux piquants, les doigts engourdis, le cerveau colérique. Par mégarde, il lui sembla renaître. Le carême ayant débuté, on ne leur avait servi à dîner que quelques brocolis, une soupe et un peu de semoule. Digestion idoine, il retournerait travailler le ventre léger avec la seule faim d'un numérique pain. La nuit commençant, Jérémie décida de s'octroyer encore un instant, assis, tout à son âme, à la frontière des hommes et des rivières. Les remparts de Solesmes plongeaient à pic dans la Sarthe et gratifiaient le contemplateur des délices sonores de l'éclat du courant contre une roche à jamais sédentaire, mais friable, prodiguant ainsi à la rivière des bribes de sa poussière afin qu'elles partent se mêler à l'océan lointain, là où s'épanouissaient les fleuves les plus hardis et les rêves les plus fous. Une brise délicate parfaisait le tableau ; il aurait pu pleurer.

— Excusez-moi,

entendit-il au loin de cette voix qu'il connaissait si bien quoiqu'il ne l'eût entendue qu'une fois dans sa vie. En pivotant, Jérémie aperçut son confesseur, capuche vissée au crâne, tentant de manœuvrer sur le seuil des cuisines trois bacs à poubelles avec ce que Dieu lui avait seulement offert, c'est-à-dire deux mains. Sans qu'il fût nécessaire qu'il produisît d'autres mots inutiles, Jérémie se leva et lui proposa son aide. Il empoigna alors deux conteneurs pleins et lui signifia d'un simple hochement de tête qu'il était prêt à le suivre là où il fallait les mettre. Jérémie et le moine firent rouler de concert les trois poubelles le long des allées désherbées et jusque derrière les murs du monastère, sur la chaussée impie de la vie extérieure. Après avoir refermé avec délicatesse le portail, le prêtre chercha quelque chose dans sa poche. Il en sortit un petit dessin, de la taille d'une carte postale.

— Tenez, pour vous remercier. Je l'ai fait aujourd'hui.

À la lueur des réverbères, sous le regard du père, Jérémie prit le temps de l'observer. D'un trait enfantin y était représentés, aux crayons de couleur, une mer agitée sous un orage et deux bateaux chancelants. L'un, le plus imposant, et dont l'inscription IHS – *Iesus Hominum*

Salvator – inscrite sur la grand-voile, était soutenu par la main d'une Vierge colossale, au visage émacié, planant dans le ciel gris. Le plus petit des navires, soutenu par personne, coulant presque déjà sous les immenses vagues, battait pavillon français, à en croire le drapeau qui flottait sur son pont.

— Là vous voyez, c'est la France qui sombre. Et là, c'est le bateau des fidèles, béni par la Vierge, qui est sur le point de vaincre la tempête.

— Merci beaucoup.

— Vous savez, après la guerre, on était plus de cent cinquante ici, contre une quarantaine aujourd'hui. Et je ne vous parle pas de l'âge moyen. Ça crée des vocations, la guerre. Les gens se souviennent comme ça que le bien et le mal, ça existe, et ensuite les monastères se remplissent. De toute façon, on va revenir en force, je le vois, je l'entends. Quand j'étais jeune, on ne baptisait que des bébés. En donnant la vie, on donnait la foi : ça allait avec. De nos jours, on ne baptise presque plus de bébés, sauf peut-être à Marseille, mais, en tout cas, on n'a jamais autant baptisé d'adultes. Oui, à Pâques, l'année dernière, il y en avait presque deux cents, juste pour le diocèse du Mans. À un moment donné, les gens s'en rendent compte, au milieu de leur vie superficielle : qu'il y a la foi, ou rien.

C'est à cet instant que les deux hommes tombèrent nez à nez avec un cadavre de rat. Le moine, contre toute attente, hurla.

— Pardonnez-moi.

Il se signa, comme pour demander pardon au ciel d'avoir brisé le silence de la nuit. Puis, dissimulant avec difficulté sa frayeur, il demanda à Jérémie :

— Vous pouvez m'aider à l'enlever ?

— Bien sûr.

— Il faut se dépêcher, il va bientôt être l'heure. Venez.

Jérémie suivit le moine gringalet, piétinant d'une foulée ridicule. Ils empruntèrent un petit chemin, à l'ouest du jardin, qui menait à la dépendance servant à ranger les instruments de jardinage et autres outils divers. Jérémie connaissait ce lieu, le père hôtelier l'y avait accompagné pour lui fournir le grattoir.

— Là, il doit y avoir des sacs. Voilà. Vous, vous pouvez prendre la pelle ?

Jérémie s'exécuta et ils repartirent à la rencontre du rat. Voyant que le moine était effrayé, il prit les choses en main. Sans mot dire, il lui demanda le sac et, d'un mouvement de pelle habile, y déposa le rat mort.

— Bon. Qu'est-ce qu'on en fait ?

— Vous voulez l'enterrer ?

— Si vous pensez que…

— Oui, c'est mieux. Suivez-moi encore.

La pelle à l'épaule et le rat dans le sac, Jérémie s'exécuta. Le moine le guida au fond du jardin, jusqu'à un vieil escalier en pierre qui descendait du haut des remparts vers une petite terrasse végétale, au niveau de la rivière.

— Ça, c'est l'ancien bâtiment électrique,

lui dit le moine en montrant une antique bâtisse en ruine, seule construction de ce modeste bout de terrain secrètement délaissé, à l'abri des regards du monastère et du reste du monde. Dommage, pensa Jérémie en découvrant l'endroit, il y avait un certain potentiel ici : pour une piscine à débordement par exemple, mais il se douta bien que ce n'était pas le genre de la maison.

— Pouvez-vous vous occuper de creuser un petit trou ? C'est que j'ai un peu mal au dos, moi. Je ne suis plus très jeune.

Jérémie le fit et, en moins d'une minute, il dégagea, au milieu des hautes herbes, un petit coin tranquille pour l'éternité d'un rat. Il saisit le sac et, en s'évertuant à ne pas toucher l'intérieur, fit tomber le rongeur en son ultime demeure. Cependant qu'il commençait à le recouvrir de terre, son confesseur prit la parole.

— Je sais que ce n'est pas vraiment le moment, mais j'ai repensé à ce que vous m'avez dit. Vous savez, je suis tenu au secret de la confession, la loi canonique l'emportant sur les lois de la République. Je ne peux qu'en parler à l'abbé, qui saura peut-être vous conseiller mieux que moi. Mais je crois qu'il serait dans votre intérêt, personnel et spirituel, de vous dénoncer à la police. Je veux dire, pour ce que vous avez fait à votre mère.

Le cœur de Jérémie s'emballa. Sans qu'il s'en rendît compte, les cieux, obscurcis de lourds nuages noirs, s'étaient exaltés au-dessus de la terre. Les étoiles avaient disparu, la lune aussi. Le vent s'amplifia brusquement. Les ténèbres régnaient. Tonnerre. Ses mains s'agrippèrent fermement à la pelle. Le moine se signa, après avoir entendu l'orage naissant. Les mains de Jérémie furent alors étrangement dépourvues de puissance, au point d'en lâcher la pelle. Les cloches sonnèrent complies. Après avoir achevé un murmure solennel, le moine toussa. Ses mains ayant recouvré leur force habituelle, Jérémie se baissa et ramassa l'outil au sol.

— Vous y réfléchirez, maintenant, allons prier.

Ce furent les derniers mots du moine avant que son visage n'éclatât sous un premier coup de pelle.

Il s'effondra dans les broussailles. Aux sons tonitruants des cloches de l'église, le sang se mit à gicler de son nez disloqué. Et le moine de gémir comme un porc, saisi de soubresauts. Jérémie était déjà allé trop loin pour se contenter d'accommodements. Le deuxième coup de pelle, il prit soin de l'administrer avec la tranche, en plein milieu de la gueule. Le crâne et la mâchoire, sous un bruit irréel, se fendirent tel un livre qu'on ouvre. Jérémie eut du mal à retirer la pelle, coincée dans la figure brisée. Il n'y avait pas mèche de faire autrement, il dut utiliser son pied, appuyant sur ce qui restait au moine de tête dans l'espoir de décoincer la pelle, ce qui ne manqua pas de détacher les globes oculaires presque liquéfiés. Il découvrit sereinement ce qui se cachait derrière la moue voilée d'une bouille désunie. Un tumulte jouissif d'os, d'épiderme et de sang. Un gouffre. Malgré la structure béante de son visage, la langue tranchée, les orbites désintégrées et les yeux définitivement perdus à se rouler par terre, le moine continuait de respirer, faisant bouillir bruyamment de sa face percée un mélange de sang et de vomi qui, de toute évidence, l'étouffait. Quelques dents, çà et là, sautillaient de ce geyser baroque mêlant giclée de mandibule et maxillaire broyé. Ce qui restait attaché de la mâchoire avait littéralement crevé les lèvres. Le troisième coup de pelle mit fin aux gesticulations épileptiques, aplatissant irrémédiablement toute figuration. Ça parpinait dur : l'arcade zygomatique s'émietta. Le quatrième coup de pelle, celui-là parfaitement synchronisé avec les cloches, vint à bout de l'os frontal, désagrégeant au passage la suture coronale pour laisser entrevoir le cerveau nu. Ça faisait de grands cracs. Jérémie renifla à pleines narines le parfum tourmenté de l'agonie et du liquide cérébrospinal. La figure du moine, de plus en plus rognée, incompréhensible même, embastillait contre son gré l'âme prise au dépourvu. Aveuglée, elle ne put se frayer un chemin entre les craquements des os et les fontaines sanglantes. Le cinquième coup de pelle fut un feu d'artifice, pulvérisant la source de l'intelligence évoluée en dizaines de lambeaux mous et luisants. Le lobe pariétal s'émietta, et avec lui la douleur, le toucher et l'ouïe. Le lobe temporal explosa, et avec lui l'émotion, la mémoire, la lecture, le goût et l'odorat. Le lobe frontal s'éparpilla, et avec lui la créativité, la parole et le contrôle musculaire. Enfin le lobe occipital se vaporisa, et avec lui la vue. Ça faisait de grands splashs. Aveuglé par les saccades de sang et de chair mêlés, Jérémie s'acharna, dépouillant le cadavre asphyxié comme une viande hachée. À la mieux voir, il y avait quelque chose d'insensé dans l'alchimie violente du métallique et de l'organique. Que ce soit dans la forme ou dans le fond, une fébrilité exagérée, mais sincère, émanait d'un corps humain ainsi malmené. Au creux du maléfice s'échevelaient la justice de la nuit et la clarté des pulsions. Ça avait une netteté photographique, cette naissance de l'abstraction. Jérémie redoutait d'y mettre un terme. Le sixième coup de pelle morcela l'os pariétal. Sans qu'il pût dire comment, il y avait du miracle dans ces coups de pelle. Le septième atteignit enfin l'occipital. Que le bien se détruisît, qu'est-ce qu'il ferait – le mal ? Le huitième ne fut qu'un moment d'égarement. La cloche arrêta de sonner. Il se mit à pleuvoir. D'une pluie rafraîchissante et sans issue. Jérémie considéra l'œuvre éparpillée. Des spasmes agitèrent encore le corps du moine à la tête dissoute. Il continuait de gigoter, se rapprochant davantage du poulet que de la divinité. Les neuvième et dixième coups de pelle, assenés en rafale, ne pouvaient porter de nom. Indicibles et bilieux, ils achevèrent ce qui n'aurait jamais dû commencer. D'un visage il ne resta qu'une flaque grumeleuse, un vulgaire minestrone à peine plus appétissant que les conserves bas de gamme qu'il n'avait jamais goûtées mais qu'il ne manquerait pas de stocker de façon névrotique au sous-sol pour l'après-apocalypse. Le sang ne cessait pas de couler, les ultimes coups ayant sectionné la carotide. Si Jérémie avait pu se contempler dans le reflet visqueux, il n'y aurait vu que du feu. L'ancien devait s'éteindre, c'était son monde maintenant. Il en respira la fumée. La terre fraîche buvait avec délectation le festin inattendu. Invisibles, des insectes et des vers, par l'odeur alléchés, entreprirent de se partager, constellant une gadoue écarlate, les bouts de cervelle déchue à la tendresse infinie. Cela ne tenta guère Jérémie, il n'avait pas l'âme d'un cannibale.

À quelques pas du visage bouillonnant qui un jour avait été ce pourquoi tu ne pourrais pas tuer, le sol se mit à frétiller. La surprise de Jérémie fut immense quand il l'aperçut corporellement, plein d'humus et d'hémoglobine, venant de déchirer son tombeau. Le rat autrefois mort, tout juste sorti de terre, s'immobilisa un instant, s'ébroua en tressaillant et, comme s'il le regardait dans les yeux pour le remercier du sang répandu, s'enfuit à travers la nuit, les herbes et la chair.

Il était trop taché pour aller à la messe.

XLVI

Outre son aspect esthétique indémodable, la pluie tombait à pic. Le sol spongieux serait plus facile à creuser. Frénétiquement, Jérémie commença à soustraire de la terre à la Terre. Par un effort considérable, le trou fut rapidement prêt à recueillir un corps. Était-ce vraiment la meilleure manière de cacher un cadavre ? Certes, cette terrasse en contrebas était à l'abri des regards, elle devait néanmoins être bien connue des moines et, quand ils s'inquiéteraient de la disparition de leur frère, ils chercheraient ici et trouveraient étrange cet amas de terre tout juste retournée, signe évident de la fraîcheur d'une tombe. Ils creuseraient à leur tour et c'en serait fini. Le son de la rivière lui offrit une nouvelle solution. En lestant le corps, il plongerait au fond des eaux ténébreuses de la Sarthe agitée. Un moine sans tête ficelé à quelques pierres passerait avec difficulté pour un noyé accidentel, mais, afin de retrouver le corps, il y avait une étape administrative à franchir, soit du temps perdu garanti : l'ouverture d'une procédure et la venue de brigades de gendarmerie spécialisées. Pour un moine évaporé, la piste de la fuite serait plus aisément envisagée. Peut-être que son confesseur avait une famille cachée qu'il était parti rejoindre, ça s'était déjà vu. En dissimulant mieux le cadavre, cette possibilité serait privilégiée, davantage en tout cas qu'un assaut sanguinaire. Décision prise, Jérémie enfonça la pelle dans la terre pour s'échapper plus facilement de cette tombe qui commençait un peu trop à son goût à ressembler à la sienne. C'est alors qu'un bruit sourd retentit, bloquant l'outil, comme s'il était entré en contact avec un objet enterré. Curieux, Jérémie se mit à creuser à cet endroit. Il y découvrit, enseveli, un petit coffre métallique, vieux d'au moins plusieurs siècles, qu'il sortit de la boue. Il le laissa de côté, préférant se soucier d'abord de ce corps encombrant. Les lumières des dortoirs de l'abbaye étaient maintenant éteintes. Les moines devaient dormir, soumis à leur silence nocturne. Jérémie avait un bon moment avant leur réveil et matines, il ne servait à rien de se précipiter. Il fallait juste agir bien.

Jérémie emprunta l'escalier et rallia la dépendance dédiée au jardinage. Il y trouva de la corde qu'il redescendit sur la scène du crime. D'imposantes pierres gisaient non loin, disjointes avec le temps soit du rempart soit des murs de l'ancienne cabane électrique. Il en déplaça laborieusement un certain nombre, les traînants au sol, en sélectionna deux, humainement soulevables, qu'il ligota au corps. L'affaire achevée, il se rendit compte qu'il lui serait impossible de hisser le tout au-dessus des remparts pour le jeter dans l'eau. Jérémie défit et refit les choses dans le bon ordre. Il porta le corps qu'il posa au sommet du muret, ce qui lui permettrait de n'avoir plus qu'à le pousser à l'eau, une fois lesté. Il monta ensuite les deux pierres, une par une, et les attacha à nouveau avec sa corde. Après avoir vérifié qu'elles étaient suffisamment accrochées, l'une au cou, l'autre aux chevilles, il eut l'idée de remplir les poches du moine de nombreux cailloux qui lui rajouteraient du poids et une tendance dépressive. Jérémie inspira profondément, expira bruyamment et, dans un cri engageant, poussa l'alliance organique-minérale par-dessus bord. Il se pencha et observa le choc entre l'eau et son crime, se surprenant à prier pour que son œuvre plongeât au fond de la rivière. Dans un premier temps, ça flotta, puis commença à descendre, avant de remonter. Il fut transpercé d'un sursaut de frayeur, d'une psychose paralysante, qui muta en vive consolation à la vue de l'objet qui se décida finalement à couler, en plein milieu de l'eau, pour ne plus jamais refaire surface. À vous, j'espère que ça ne vous dit rien : se débarrasser d'un cadavre n'est pas une affaire aisée, mais tellement soulageante quand on croit y être arrivé.

Il restait maintenant ce trou, cette pelle et ce coffre. L'orage s'intensifiant, Jérémie résolut de regagner discrètement sa cellule pour identifier son trésor. Il passa par la salle de bains du premier pour ne pas risquer de salir celle de son étage, s'y déshabilla et prit une douche revigorante, accompagné du coffre qu'il nettoya avec le pommeau, le départant de toute trace de terre. Ensuite, le plus silencieusement possible pour ne pas réveiller les hôtes endormis, il monta l'escalier et traversa le couloir sur la pointe des pieds, sa serviette à la taille et le coffre sous le bras. Dès qu'il fut entré, il verrouilla sa porte, se sécha et fourra tous ses vêtements souillés dans un sac-poubelle. Il lança la bouilloire et se prépara une tisane. Rhabillé d'un pyjama en soie qu'il ne pensait pas avoir apporté, il essuya le coffre, but une première gorgée brûlante et ouvrit le trésor avec une facilité déconcertante : l'âge corrosif et l'humidité étant venus à bout depuis des lustres de la maigre serrure. À l'intérieur, il découvrit, protégé à l'aide de fragments d'un cuir fort odorant, un livre :

Code, de Jean de Morigny. Dernier volume perdu de son *Ars notaria*. Il se cachait donc bien à Solesmes.

Comme le lui avait dit le bibliothécaire, l'ouvrage ne contenait aucun texte. Jérémie passa la nuit, hypnotisé de page en page, à y regarder ces dessins obscurs à l'allure rhizomique, vastes structures géométriques rigoureusement complexes et d'apparence incompréhensible. L'abstraction mathématique y culminait à un niveau effarant, très avancé même pour un contemporain, alors pour le XIVe siècle… Une page en particulier le fascinait, car l'agencement des lignes et des courbures lui rappelait étrangement quelque chose qu'il connaissait par cœur : la carte des réseaux mondiaux de câbles sous-marins servant à connecter numériquement les continents entre eux. C'était ça, précisément ça. Plusieurs fois, il acheva sa lecture. Plusieurs fois, il revint au début. Jérémie nagea dans les synapses de la multitude et de l'infime, explorant, au détour des récurrences de la fatalité, les infiniment grands et petits. Il en vint à l'évidence : ces pages lui étaient, en toute certitude, dédiées. À lui, mais aussi à sa créature en gestation. Ils partageaient avec son auteur l'émotion de l'informulé et le mépris de l'inassouvi. Indéniablement, la vision de ces figures inétendues était performative, elle le plongeait dans un vertige d'absolu, décrivant une architecture fondamentale, primaire : un au-delà de la vie qui accordait l'accès au cœur de la vie même, de sa volonté purificatrice. Il n'était plus fatigué.

Vers 5 heures du matin, l'idée congestionnée jaillit enfin de sa voix intérieure. Il remettrait le coffre et son livre ainsi que la pelle au sein de la tombe creusée, sans les enterrer. L'orage tonitruant aurait, lui, effacé toute trace de sang. Les moines, découvrant la scène, penseraient immédiatement que leur frère disparu avait, en pleine nuit, retourné la terre pour se dérober à une lecture diabolique. Son évaporation serait alors intimement liée à un glissement hérétique et, sans prévenir la gendarmerie, ils rendraient au Malin ce qui appartenait au Malin. Jérémie n'avait plus besoin du document, il s'était abondamment imprimé en lui – on disait qu'une seule lecture pouvait suffire –, et les moines, le bibliothécaire en tête, ne sauraient qu'en faire, trop effrayés de l'avoir retrouvé. Peut-être qu'ils ne l'ouvriraient pas. Ils l'enterreraient pour qu'il disparût, encore une fois, des siècles et des siècles.

Jérémie quitta sa cellule et appliqua le plan. Il fit un détour par la salle commune, espérant y trouver un truc à se mettre sous la dent, sachant que le petit-déjeuner y était dressé la veille au soir. Il repéra des corbeilles de fruits et de modestes miches de pain noir. Il les renifla : c'était du seigle. Il détestait, plus que le pain, le pain au seigle. Il se contenta d'une pomme puis ressortit. En retrouvant la tombe, aux premiers jaunes de l'aurore, les cicatrices d'une nuit orageuse bien visibles entre les cieux endormis et le sol gorgé, il eut de nouveau une étrange vision : un sanglier, dont de brillantes traces de brûlures dessinaient perceptiblement à même sa peau le mot

LÉGION

, se prélassait sur la terre fraîche. Quand il aperçut Jérémie, l'animal se releva et, d'un pas décidé, sauta dans le fleuve pour s'y noyer. À part cela, tout allait exactement se passer tel qu'il l'avait imaginé.

XLVII

Il se remit naturellement au travail. Le code n'empêchait pas la pensée de s'écouler, au contraire. Les lignes produites ainsi par les doigts agités de Jérémie se retrouvaient souvent teintées par ce flux, sorte d'inconscient du code sur lequel il se reposait. Il y a ce qu'on croit écrire, et ce qu'on écrit.

Pendant trop longtemps, les infidèles de la Tech – et lui avec – s'étaient concentrés pour devenir de simples accélérateurs ou administrateurs de vie, nivelant par le bas, sous la contrainte d'une éthique technocratisée, le potentiel faramineux des outils qui étaient dorénavant à la disposition de l'espèce. Cette mal nommée Tech avait vite sombré dans les arcanes de l'argent et du pouvoir, commercialisant toujours plus de produits ou de services inutiles à des gens qui avaient besoin de tout sauf de ça. Aussi, pour ses temples ou ses boutiques, au sein de ses chartes ridicules, elle avait imaginé des monastères sans dieu, ce qui n'avait profondément aucun sens. Soit on détruisait Dieu, le monastère et ses idoles avec, soit on y croyait et on entretenait Ses temples, mais garder l'un sans les autres, c'était improductif. Jérémie savait que c'était la mode de conserver les rites religieux, fondamentaux au bon déroulement de la vie humaine, en les désacralisant – en les laïcisant, ça sonnait mieux. Prenez par exemple la crémation : même ceux qui n'avaient pas foutu les pieds dans un de ces sordides fours crématoires high-tech – dont les bureaux de la Silicon Valley semblaient, ironiquement ou cyniquement, il n'avait jamais su, s'inspirer – étaient au fait qu'on tentait d'y reproduire avec exactitude la cérémonie religieuse, ses musiques solennelles et ses discours, ses moments de silence et de recueillement, sauf qu'après, le corps disparaissait derrière une vitre automatique en vue d'être brûlé et d'émettre assez de CO_2 pour filer de l'urticaire aux bobos larmoyants, qui trouvaient quand même que c'était une très belle cérémonie. Cela devait être tout simplement interdit. Pas de brûler le corps, les gens faisaient bien ce qu'ils souhaitaient et Jérémie restait un pur libéral, au sens philosophique. Non, ce qu'il aurait fallu interdire, c'était la possibilité de copier un rituel religieux en le blasphémant sur-le-champ par un corps brûlé. C'était dorénavant, à ses yeux neufs, ce que la Tech faisait. Si vous vouliez vous faire cramer, ce serait en solitaire et en silence, avec l'interdiction formelle d'y ajouter le moindre cérémonial. Excepté si vous étiez hindouiste ou adorateur de Zeus et d'Apollon, évidemment. Apprend-on encore le concept de melting-pot à l'école ? Il se demanda. Bon, le mariage républicain, à la limite. On faisait tout comme à l'église, seulement la République remplaçait Dieu. Comme pour les droits de l'homme, il y avait de l'idée, ça n'avait pas marché : passons à autre chose. Et vite. Franchement, faire tout comme à l'église et ensuite cramer un corps, hérésie parmi les hérésies, ce n'était pas possible, non. C'était comme si, après les vœux de fidélité des mariés, le maire imposait une partouze à la salle des fêtes. Parce que c'était moderne, parce que c'était plus fun. Bon, et puis même les monastères avec

Dieu, Jérémie considérait désormais, d'expérience, qu'il en avait fait le tour ou, plutôt, qu'ils avaient fait leur temps. En Occident, l'augmentation de l'humain ne pouvait plus se faire par la spiritualité, mais par la technologie, à un degré de soumission semblable. Ça va être une adaptation assez fastoche, pensa-t-il cependant qu'il codait.

Jérémie le savait, qu'avec le téléphone intelligent, le transhumanisme avait achevé son étape la plus importante : faire accepter à sapiens une évolution provoquée. D'accord, ce n'était pas une puce dans le bras, mais la puce dans le bras ne transformerait pas nos modes d'action, ce serait juste plus commode à transporter et on ne la perdrait pas. Pour ce qui était de notre manière d'être, ledit smartphone, évolution logique et terminale du web, l'avait fondamentalement changée, bouleversant nos façons de dormir, de chier, d'habiter, de nous soigner, de voyager, d'allaiter, de bouger, d'apprendre, d'écrire, de temporiser, de se souvenir, de baiser, de digérer, de se divertir, de s'informer, d'aimer, de cuisiner, de photographier, d'éduquer, de penser ou de discuter. Jamais sapiens n'avait subi une telle évolution depuis une centaine d'années et si elle ne s'était pas encore manifestée génétiquement, elle avait déjà modifié son corps. Il n'y avait qu'à se balader dans la rue ou se regarder dans un miroir pour le constater : un petit quadrilatère avait poussé sur la paume de sa main, en était devenu sa continuité presque organique. Et ce quadrilatère était désormais l'infatigable interlocuteur privilégié des quatre-vingts pour cent de la planète qui en étaient équipés. Le reste n'allait pas tarder à suivre la greffe évolutive, question d'années. On comptait plus de téléphones de ce genre en circulation que d'êtres humains. Ce quadrilatère-là était la chose la plus partagée de l'humanité et une poignée d'entreprises en fournissaient exclusivement les contenus principaux, si bien qu'en quelque endroit du web, vous vous retrouviez presque à tous les coups en Californie : il y a toujours une matérialité derrière la dématérialisation, les câbles sous-marins le prouvaient, rien n'était finalement sans fil, c'était une illusion. Que sapiens utilisât les mêmes applications, les mêmes moteurs de recherche, les mêmes sites, les mêmes réseaux, où qu'il fût sur le globe : ça, Jérémie en était fier ; le plus gros était déjà fait. Sa pensée continua.

Il y avait donc le ce-par-quoi ça se ferait. La seconde évangélisation de l'histoire de l'humanité n'en serait que facilitée, comme si tous les sauvages avaient su lire le latin et avaient eu leur propre bible au moment où les premiers colons foulèrent leur terre. Cela aurait été plus facile. Imaginez, être déjà à portée de main de tous, et pouvoir en faire ce qu'on voulait. Au quadrilatère, sapiens était même complètement accro et ne s'en séparait sous aucun prétexte, l'objet le rendait dingue ; rien ne lui avait jamais obéi de la sorte, rien ne lui avait jamais fait croire à ce point en la beauté d'une vie mélodieuse et sans accroc, si bien que si l'on lui demandait ce qu'il avait fait de sa journée – en en excluant son temps devant un écran –, il était bien incapable d'y répondre. Jérémie savait qu'il aurait plutôt fallu faire exploser tous les quadrilatères à distance, que l'avènement du monde nouveau en serait facilité, que l'ère messianique se rapprocherait bougrement, mais de toute façon, la finalité n'était ni la beauté ni la noblesse, ni la liberté de sapiens, ni son bonheur. Sinon, il aurait suffi de supprimer l'intelligence des téléphones, et le tour était joué : célébrez le retour de l'intelligence humaine. Sauf que celui qui survit n'est pas le plus intelligent, mais le plus adapté.

L'occasion était trop belle. Tout allait dans ce sens. À quoi cela pouvait-il bien servir d'avoir provoqué une nouvelle évolution de son espèce – geste d'une beauté indicible et incontournable –, si elle ne servait qu'à, au choix : devenir plus con (en déléguant des tâches qu'elle faisait antérieurement seule – dessiner, écrire, se repérer, parler une langue étrangère, pour ne citer que ça – et que l'espèce ne savait par conséquent plus faire) ou créer des mots de passe et des comptes à n'en plus finir ou noter des restaurants ou gérer ses assurances ou regarder des vidéos merdiques ou s'étouffer dans des réseaux sociaux ou vivre par le clic et l'immédiateté et l'artificialité ou supprimer le hasard de l'événement en glorifiant les prédictions en tout genre (la météo, le pire) ou perdre du temps aussi ou canaliser la violence nécessaire surtout. Oui, Jérémie en prenait enfin conscience : tout semblait aller très vite, mais rien ne se passait. Rien non plus n'était plus pratique, c'était faux, rien n'était plus rapide, c'était faux aussi. Tout était plus complexe, plus défectueux, plus cher pour un service moindre et, surtout, l'individu devait maintenant faire un boulot qu'il ne faisait pas avant. Grâce à la prétendue transition numérique, il devait régir toute sa vie alors que, à l'ère pré-tech, la plupart des tâches lui incombant étaient faites par d'autres qui étaient de surcroît payés pour ça. Les bénéfices engrangés à la faveur de ces emplois supprimés, empiétant sur le temps libre et gratuit du citoyen individualisé, étaient bien entendu la manne financière la plus délirante de tous les temps, sans compter que les millions de formulaires qu'il remplissait allaient, eux, livrer des données, cibler ses prochains achats et finir dans les mêmes comptes en banque. Sans en négliger aucune, les minutes que la Tech lui volait, elle en faisait un fric fou. Et pire, il ne bossait pas gratos, il payait pour bosser à leur place. Le casse du siècle. Allez, c'était quand même assez marrant, surtout d'y avoir contribué. Il était temps d'arrêter de s'amuser, de tourner la page. D'utiliser enfin ces téléphones pour vraiment changer le monde. Et ne lui parlez pas du métavers, il n'y avait jamais cru, d'ailleurs c'était un échec complet, tout le monde s'en foutait. Bref, s'il avait appris un truc au monastère, et bien qu'il ne fût pas non plus – vous en conviendrez – très drôle – ou alors à ses dépens –, c'était que la déconne, ça allait deux secondes. Oui, en ces lieux, Jérémie était tombé définitivement amoureux du sérieux.

Et le sérieux, c'était la survie de l'espèce dans ce qu'elle avait de plus prestigieux et son évolution en ce sens. L'humain n'avait en définitive besoin que d'une chose tant il était parfait : c'était qu'on l'aidât à penser justement, logiquement, ce qu'il n'était apparemment plus capable de faire par lui-même, qu'on le guidât à la construction d'une nouvelle loi morale, qu'il ait des repères d'action lucides, l'accompagnant au quotidien dans ses choix, sans être influencé par son immémorial tendon d'Achille – si l'on excluait l'amour de l'administratif et la faiblesse physique – qui conduisait l'Occident au désastre : les sentiments. C'était l'unique impératif pour veiller au cheminement de l'histoire. Dans l'espoir d'aboutir. Soit le contraire de tout ce que la Tech s'était efforcée de faire ces dernières années, ayant plutôt provoqué un rétrogradage évolutif avec un outil qui aurait pu permettre une montée en puissance. Aussi, elle avait reproduit et imposé de force une bien-pensance mollement dangereuse, tout en diminuant les capacités cognitives, aristocratiques et esthétiques de sapiens, en n'oubliant pas de rogner sur sa suprématie. De toute façon, des êtres le nez collé à un écran qu'ils tenaient dans leur main ne pouvaient pas faire société. L'extinction était proche. Jérémie en avait pris conscience et voulait se faire pardonner, expier à jamais son crime : celui d'avoir participé crânement à cette mascarade.

En relisant les premières pages de son code et conformément à sa pensée en construction, il constata que cela passerait par une simple application, prenant la forme d'un agent conversationnel de type *chatbot*, forme qu'il avait déjà pu explorer à plusieurs reprises, travaillant sur le concurrent européen de ChatGPT. Et sa nouvelle application finirait sur tous les quadrilatères de la planète, pas un ne manquerait à l'appel, ne résisterait à l'appel, Jérémie s'en fit la promesse. Il avait encore du pain sur la planche et ce n'était pas le moment de le déranger : qui pouvait frapper à sa porte ?

XLVIII

Le père hôtelier n'était clairement pas dans son assiette. Au moment où Jérémie ouvrit la porte, celui-ci se soutenait d'une main à l'encadrement et l'autre lui servait à se moucher bruyamment à l'aide d'un mouchoir en tissu déjà bien usé.

— Pardon, je suis un peu malade depuis ce matin.

— Pas de problème, je peux vous aider ?

— Oui, Jérémie, je suis désolé, je passe l'annoncer à tous les hôtes. Pour des raisons exceptionnelles, le père abbé a décidé de réunir les frères en conseil, demain après none. Cette procédure, qui peut s'étaler sur une durée indéterminée, nous oblige, comme notre règle l'impose, à fermer l'hôtellerie afin qu'il ne reste plus que les moines dans l'enceinte du monastère. Je me vois donc dans l'obligation de vous demander d'avoir quitté les lieux demain au plus tard. Vous pourrez profiter du déjeuner et de l'office si vous le souhaitez, mais il faudra partir ensuite.

— Ah, d'accord, bien sûr. Je comprends. Rien de grave, j'espère ?

— Nous ne savons pas encore. Il se peut que nous subissions un assaut imprévu, dont je ne peux pas vous parler, mais nous en sortirons vainqueurs, encore une fois, n'en doutez pas. Et de la foi non plus, ne doutez jamais. Le ciel et la terre passeront. Quand tout sera rentré dans l'ordre, revenez nous voir si vous le désirez. Allez, prenez soin de vous et que Dieu bénisse votre travail.

Cette phrase, le père hôtelier l'avait prononcée sans arrière-pensée, en pointant simplement d'un coup de menton l'ordinateur posé sur le bureau au fond de la cellule. Jérémie ferma la porte. Le moine expectora avec perte et fracas. L'ultime toux lointaine, sûrement au bout du couloir, sembla se conclure sur une régurgitation. Jérémie comprit alors que tout se déroulait comme il l'avait prévu et cette pensée le rassura, quoiqu'il ne fût pas très inquiet, trop absorbé depuis le lever du soleil par sa création. Il fit un point rapide : il était midi, sexte dans une heure, puis déjeuner. Une petite sieste après none ne lui ferait aucun mal, même si, ignorant comme jamais son corps, et malgré la nuit blanche qui sied aux assassins, Jérémie ne ressentait pas de fatigue. En tout cas, s'il s'allongeait, il s'endormirait incontestablement. Il aurait bien aimé prendre le temps de fignoler son écriture, au moins corriger ce qu'il avait déjà fait : il détestait s'interrompre en plein milieu d'une réflexion, ou pire, d'une phrase, et refermer son ordinateur sur du code inachevé. Le mieux serait de dîner ici, de bosser un peu avant et après le repas, et de disparaître le lendemain matin, un bon chocolat chaud dans le ventre. En ce qui concernait l'heure devant lui, il en profiterait pour réunir ses affaires, faire le ménage et boucler sa valise. Comme ça, ce serait fait. Il ne devait pas oublier non plus de rendre au bibliothécaire les quelques ouvrages qui lui restaient : ça, il le ferait au dernier moment. Tout était entendu. L'idée de retrouver son sous-sol l'enchantait. Jérémie s'y enfermerait pour travailler à sa créature, jusqu'à nouvel ordre. Sur ce, il mit fin à sa réunion solitaire.

Une fois sa cellule rangée et sa valise prête, Jérémie, gai comme un pinson, réhydraté de joie par le meurtre et le code, s'étendit un instant avec son téléphone. Il relança sa chaudière, commanda de quoi se nourrir pour les semaines à venir via les applications dédiées et s'octroya quelques scrolls abrutissants sur les différents réseaux, dans l'espoir qu'on lui indiquât encore et comme depuis le début la route à emprunter. Un jour il arrêterait, mais pour l'instant il avait encore besoin de sonder les affres de son propre marrissement et d'apprendre, par la même occasion, quel devrait être son prochain mouvement, notre prochaine aventure. On trouve éternellement une bonne excuse pour se faire aspirer l'âme. Ignorer. Passé quelques coups dans l'eau, l'algorithme lui suggéra une vidéo qu'il lança. La chaîne YouTube associée, tenue par une ancienne actrice pornographique qui envisageait de se présenter aux futures élections, s'appelait *Le Complot, le vrai*. Les quelques minutes qu'il en regarda traitaient du passage de la plus grosse fortune mondiale de 15 milliards de dollars en 1991 à 489 milliards en 2026. Il ne fallait pas fouiner plus avant pour comprendre les désordres de l'univers, tout autre complotisme n'étant que de la poudre aux yeux pour masquer les terrifiantes conséquences de la mondialisation. L'argent qui allait sur leur compte avait forcément été retiré ailleurs, voilà tout. Le discours était de bonne tenue, pertinent, loin des pensifs accablants de la modernité. L'influenceuse en question, bien que pas assez radicale à son goût, vu qu'elle n'évoquait jamais ni l'évolution de l'espèce ni la surpopulation croissante des gueux, préférant se concentrer sur les dérives du multiculturalisme et de la bien-pensance, était plutôt amusante. Elle vivait dans une communauté qu'elle avait fondée à deux heures de route d'ici, au lieu-dit Courtemiche, exactement sur le chemin du retour vers Rambouillet. D'après leur site, en journée, l'endroit était ouvert au public : on pouvait y manger, se promener dans le Jardin des Statues Déboulonnées et apporter ses idées dans la perspective d'un "Monde d'Après".

Jérémie, toujours chancelant d'événements non encore écrits, néanmoins advenus, y acceptera même une invitation à dormir. Sous la chaleur réconfortante de la *tiny house* des invités, il plongera dans un sommeil salvateur jusqu'au lendemain. Quand il se lèvera, il sera l'heure de passer à table. L'entrée se composera d'artichauts poivrade au bleu de chèvre et au chocolat blanc. La première cuisson à basse température, agrémentée de thym, de laurier et de tiges de flouve, offrira enfin à ce légume toute l'attention qu'il mérite. La seconde cuisson, une friture délicate à cent soixante-dix degrés, lui procurera ensuite ce croquant singulièrement exquis. La fine croûte de bleu de chèvre caramélisé, la douceur du chocolat blanc et l'acidité du vinaigre de poire de Carésy ajouteront au plat une saveur aussi mélodieuse que surprenante, mêlant goûts et textures d'une manière merveilleusement suave. Un chef-d'œuvre. Il le pensera, que c'est quand même plus sensé d'être bon vivant. La suite n'en sera pas moins mémorable. Un pâté de cerf en croûte, un pigeon ramier rôti et son jus de viande, du chou pointu juste tombé et une tomme de vache à l'épicéa. De simples pommes du jardin en dessert, agrémentées d'une crème divine à la texture n'ayant rien à envier au sabayon. Ça croquera même un peu. Une meringue, bien entendu. La cantine des moines sera vite oubliée. Le cuistot s'appellera Nathan, il n'adressera aucun mot à la tablée, se contentant de servir les plats et de nommer amoureusement les mets qu'il aura concoctés aux hôtes d'un autre type. Jérémie sera le seul invité, c'est-à-dire le seul qui ne fera pas partie intégrante de cette petite communauté saugrenue – pour ne pas dire sectaire –, apparemment dirigée d'une main de fer par la certaine Jeanne, l'influenceuse et néopoliticienne dont il aura vu quelques bouts de vidéos au monastère. De ce qu'il en comprendra, après l'observation de quelques gestes tendres, elle sera en couple avec Nathan, le cuistot gentiment soumis.

Sans pouvoir dire quoi, avec eux deux, il partagera quelque chose. De l'ordre du secret.

Lors du repas, les échanges seront vifs et variés. Le point commun entre tous les gens présents – à part donc Nathan qui semblera s'exclure volontairement, non sans aigreur, de cette agitation-là – sera donc le désir intime et irrévocable de changer le monde, et de sauver ce qui pourrait encore être sauvé de leur espèce. Les moyens proposés, eux, divergeront grandement. Des lanceurs d'alerte aux chevaliers. Il y aura le progressiste, respecté plus encore étant convive, et il y aura les autres. Cela sera, comme d'habitude, le peuple contre Jérémie. Sans le vouloir, il en sera à tout jamais convaincu et cela le perdra. Le repas, servi dans l'énorme cuisine traditionnelle de la ferme principale, sera d'une hérésie bon enfant, à l'opposé de ce que Jérémie aura vécu depuis un mois : les gens hurleront, frapperont de la main sur la table, rigoleront, boiront et débattront, surtout débattront. D'un débat qui n'existerait plus, d'un débat qui fut l'apogée de sapiens. D'un débat où les gens s'opposent sans se haïr, font converger leurs luttes en priorisant les objectifs fondamentaux, s'octroyant moult concessions, malgré des différences radicales de pensée. D'un débat où personne n'est le facho de l'autre. De la nécessité de l'empathie. Jeanne, elle, ne débattra pas tout à fait. Elle ne touchera pas à une goutte d'alcool et écoutera le plus souvent les échanges d'un air sérieux, prenant parfois, de-ci de-là, des notes sur un petit cahier. Ce sera beau, même pour Jérémie, parmi tous ces doux rêveurs, péremptoires mais nullement bornés, de découvrir l'insolence délectable de l'utopie, sous la forme de la communauté militante et du combat politique. Lui verra, envers et contre tout, les choses d'une autre manière, dans sa solitude forcée, sa diablerie confuse et sa technologie limpide. Il se laissera tenter par un verre de vin, en profitera. Ce sera juste. Refusant comme toujours que les sentiments soient gratuits et en plus de leur filer un petit coup de main au niveau du codage de leur site internet et de la visibilité des vidéos de Jeanne sur le web, il fera un énorme don à leur mouvement, sans avouer que, de cette façon, il les payera pour ce délicieux séjour qu'il aura vécu parmi eux et qui aurait pu lui faire oublier la nécessité d'une mutation prochaine. Que là où on en était, c'était peut-être suffisant, que la lucidité pouvait attendre. Tant qu'on passait un bon moment. Sur un sentier forestier, ils se raconteront rapidement leurs histoires, telles que, pour les plus fidèles, vous les connaissez. Jérémie ne confessera pas à Jeanne le diable assoiffé de sang qu'il aura convoqué, qui se sera enfin levé en lui et qui – comme un premier essai – aura ravagé l'abbaye Saint-Pierre de Solesmes. Ce qu'il dira à Jeanne en lui annonçant qu'il ne resterait pas, c'est qu'ils pourraient au moins se tenir au courant de leurs avancées, tout en continuant leur route, chacun de leur côté. Elle, en ancienne, lui, en moderne. C'est mal résumé, passons. S'il y en avait une à sauver du feu et du soufre, ce serait elle. Il se le dira au moment des adieux. Bref, on voit ce qui marche le mieux. On se donne des trucs pour éviter la catastrophe. Quelque chose du genre. Ils se souhaiteront bon courage. S'enlaceront avant que leurs chemins ne reprennent en solitaire, carrés dans leurs reliures respectives. Jérémie repartira un jour plus tard, pressé par son application GPS et d'incontrôlables notifications qui lui promettront des bouchons monstrueux s'il ne se dépêche pas. Ainsi, il quittera la ferme seulement quelques minutes avant le passage du facteur. Il n'aura donc pas le temps de voir *La Nouvelle République*, feuille de chou locale, qui fera sa une sur "Le retour du pain maudit", une sombre histoire d'empoisonnement involontaire ayant eu lieu la veille à l'abbaye de Solesmes, jour du départ de Jérémie, offrant un improbable remake à une affaire de 1951 où, dans le village de Pont-Saint-Maudit, plus de deux cents habitants furent en proie à une intoxication au *Claviceps purpurea*, l'ergot du seigle, présent dans une farine avariée ayant été utilisée malencontreusement par le boulanger pour faire du pain, et ayant provoqué la divagation totale de cette population, soumise à des hallucinations effroyables, laissant même sur le bord de la route sept villageois ayant succombé des suites de l'intoxication ou d'automutilations. Voilà peut-être pourquoi Jérémie n'avait jamais aimé le seigle et qu'il n'en avait donc pas consommé au petit-déjeuner. Il n'y aurait aucune trace d'embouteillage.

Pour lui qui cherchait, en accord avec les algorithmes, une pause repas rigolote, l'affaire fut conclue. Les cloches du monastère sonnèrent bizarrement.

XLIX

> Dostoïevski est le seul qui m'ait appris quelque chose en psychologie.
>
> Friedrich Nietzsche

Voir un monde s'effondrer procure une souffrance inouïe, un de ces navrements excessifs en mesure de soumettre notre vie entière à la torpeur. Surtout quand vous avez l'impression d'être le seul à le voir, de crier dans l'espace où l'on ne vous entend pas, d'être éveillé en plein cauchemar globalisé où ils dormiraient tous. Personne ne veut se réveiller, ou quoi ? Dans ce cas-là, la lucidité ajoute de la détresse. En tête, ça démarre toujours par petites touches, il y a un truc qui va de traviole, ce premier truc, personne ne s'en inquiète, excessivement obnubilé par lui-même, son idéologie ou son quadrilatère ; petit à petit, ça se dégrade, ça s'enlise, puis un jour, il est trop tard, alors que vous l'aviez vu, vous, la graine, l'asticot, là où tout commença à s'écrouler. Vous aviez même peut-être essayé de prévenir du monde, au moins les gens autour de vous, de leur dire de faire attention, de leur expliquer clairement, logiquement, ce qui n'allait pas, ce qui n'allait plus, de montrer l'avant et l'après, le changement et la logique conséquentielle d'un futur où l'on ne changerait point. Et cela, sans même questionner ce que vous disiez, puisque personne ne pouvait le nier, c'était d'une évidence telle, ça sautait aux yeux. À la place, nul ne vous avait écouté, pire, tout le monde avait trouvé ça normal, insinuant que vous étiez alarmiste à l'excès, mal informé, ou pas assez ouvert. Que tout ça, c'était l'ordre des choses, de la nature, de l'histoire, du progrès, mais vous, personnellement, vous le saviez, au plus profond de vous, que ce n'était pas cela, que plus rien n'allait se remettre dans le bon sens si on laissait filer cette petite chose d'apparence anodine qui était, au fond, une déclaration de guerre. La première infection, mutation fatidique. Patient zéro. Le début du commencement de la fin.

Le patient zéro, dans ces circonstances-là, à ce moment précis, ce fut le père boulanger qui avait été naturellement le premier à goûter au pain de seigle. Au moment de sa génuflexion habituelle, de ce geste tant de fois éprouvé qu'il ne manqua jamais, il glissa quelque peu et dut se rattraper afin de ne pas s'étaler au sol de tout son long. Quand il se redressa, un vertige sembla le saisir et il ne pivota pas dans le bon sens, si bien qu'il tourna le dos au Seigneur et à son frère. Honteux, il accéléra le pas pour rejoindre les stalles. L'affaire aurait pu en rester là, si le livre de prières du père hôtelier ne lui avait pas échappé des mains. Le bruit retentit dans l'église entière. Il y avait des détails qui ne trompaient pas, de ces menus dérèglements qui promettaient le désastre à venir. Un des moines, le regard effrayé à la vue de ces imbroglios, ébaucha sur sa poitrine un signe de croix qu'il espérait salvateur. Jérémie l'avait vu : ses doigts étaient passés du front à l'épaule gauche, sans passer par le ventre. Si le moine ne s'en émut guère, ce fut parce qu'il ne s'en rendit pas compte. Une vie complète dédiée au bien, dévouée aux autres, pleine de compromissions et de préceptes, pouvait de cette façon, en un rien de temps, enfanter le déshonneur. À partir de là, le poison commença à faire son effet. Il s'infiltra graduellement telle une conspiration dans toutes ces âmes cambrées. La détresse de Jérémie s'accentua : pour un empire, il n'aurait pas osé outrepasser sa condition. Non, il ne pouvait qu'assister, impuissant et silencieux, à ce culte en capilotade. La noirceur d'une vision de la fin d'un temps est proportionnelle à la grandeur de l'époque qui s'éteint, déplumée par des forces obscures. Heureusement que sexte ne durait que quinze minutes. Malgré les efforts évidents des moines pour faire bonne figure, Jérémie fut abasourdi par ce qu'il y vit. Possiblement terrifié. Terrifié jusqu'à imaginer demander au crucifié boisé : pardonnez-leur, pardonnez-moi. Je ne sais pas ce que je fais. Sauf qu'il savait très bien ce qu'il avait fait. Il avait supplié le diable. Les déraillements croissaient, les voies du Seigneur ainsi déjetées et obscurcies revêtirent l'ombrageux pardessus du désordre. Dans un monde aussi structuré que l'office monastique, le moindre péril est une alerte substantive de la chute des anges. Parce que les choses ont de l'importance, parce que ce n'est pas qu'un signe de croix, qu'une génuflexion, qu'une prière. Parce que c'est un mode de vie, un culte, une culture, et qu'il put observer, au gré de ces détails, son ébranlement progressif, les prémices de son extinction. Jérémie n'aurait jamais imaginé assister à la mort du christianisme et de sa civilisation millénaire. Jamais il n'aurait imaginé non plus qu'elle s'annonçât par une perte infime de synchronisation et d'harmonie. Mais l'horloge qui perd une seconde ne donnera plus la bonne heure, elle périra graduellement et, à la fin des fins, s'enrayera complètement.

Le traditionnel ballet prit du galon dans l'art du dérapage. Méprisant toute direction, des moines glissèrent encore, d'autres trébuchèrent. Pendant les chants, plus aucun ne se levait ni ne s'inclinait au bon moment. Quand ils ne se trompaient pas dans leur texte, les signes de croix n'en étaient définitivement plus. Les livres de prières tombaient désormais par grappes et ceux qui se baissaient pour les ramasser ne se relevaient pas de sitôt. Les silences eux-mêmes n'avaient rien de sacré, car il n'y en avait pas. En ce qui concernait la musique, l'unisson n'était qu'un souvenir lointain, les voix furent rocailleuses, injustes, désorientées, et les murs intrépides de l'église firent surtout résonner la permanence des toux. La cloche ne sonnait toujours pas au bon rythme, comme si trois et non plus deux mains tiraient sur la corde. Le plus diabolique : qu'irrévocablement parvenus à une telle hérésie, personne ne semblât se rendre compte du carnage. Les quelques hôtes présents, eux aussi, paraissaient détraqués. Le bug était total.

Et s'il était allé trop loin ? Il avait voulu des démons, il les avait. C'était de bonne guerre. Une fatigue foudroyante le saisit, ses yeux avaient du mal à rester ouverts. Jérémie se leva précipitamment, s'inclina, récita un fervent et sans faute *Notre Père*, avant de quitter les lieux.

En traversant le cloître pour rejoindre le jardin, il aperçut un moine urinant sur une madone, puis un autre qui, pris de la frénésie du chien envers son vomi, dévorait tout ce qui sortait de lui. Jérémie s'éclipsa discrètement et ne se réveilla que quelques heures plus tard, dans son lit. Les draps étaient trempés de sueur.

Il essaya de se remémorer son rêve, qui lui revint précisément.

Au commencement, c'était le 6 novembre de l'an de grâce 1880, peu après que la République des républicains était parvenue au pouvoir. Gambetta et Jules Ferry n'avaient plus qu'une seule idée en tête : engager une deuxième révolution pour finir le travail et détruire une bonne fois pour toutes le sacré, en excluant tous les religieux de la société. En cette mémorable journée, que Jérémie revit dans son sommeil, les moines entrèrent alors en résistance contre l'ordre d'expulsion qui venait d'être donné : ils devaient renoncer à l'abbaye de Solesmes et ne jamais y revenir. La plupart s'attachèrent aux bancs de l'église, d'autres se ficelèrent aux lits de leur cellule, de telle manière que les forces de l'ordre durent les porter, eux et les meubles, jusqu'à la place du village. Le jour s'acheva par la prise du clocher où quatre moines avaient sonné les cloches sans interruption, ne mangeant ni ne buvant plus de douze heures durant, temps qu'il fallut à la police pour expulser tous les habitants du lieu. La nuit tombait alors que le préfet posait les scellés aux portes du monastère. Avec la fluidité et l'aisance des rêves, Jérémie se retrouva ensuite propulsé en 1896, au moment où les moines revinrent, après un long exil dans les campagnes alentour, et bâtirent de leurs mains le grand bâtiment qui trônait encore sur les rives de la Sarthe. Les colonnes furent hissées depuis la rivière grâce à de puissants treuils électriques inventés par l'un des leurs : dom Paul Blanchon-Lasserve. Jérémie l'incarna pendant une partie de son rêve, avant de revêtir les vêtements de dom Delatte qui répondit au préfet, lorsque celui-ci s'étonna de la hardiesse des moines :

“Ne vous inquiétez pas, nous construisons les préfectures de demain.” Il faisait bien entendu allusion à l’abbaye Saint-Pierre-de-la-Couture, au Mans, qui subit les foudres de la première révolution sataniste, matrice de toutes les autres – en tant qu’elle défendait une inversion intégrale des valeurs par le sang génocidaire des têtes coupées et la folle destruction matérielle de tout ce qui sacralisait ces anciennes valeurs ou de ce qui pouvait ne fût-ce que les évoquer –, révolution de 1789 donc, dite “française”, celle-là même qui fut à l’origine, quand ils ne furent pas décapités, du premier exil des moines, transformant par la même occasion nombre de monastères en préfectures. Et sûrement d’enterrements en crémations. Le songe s’acheva au cours de la terrible année 1901, où il avait commencé : au cœur de la deuxième révolution sataniste (dont l’apogée était bien évidemment 1905). Subséquemment au vote de la loi contre les congrégations religieuses, connue éhontément sous le nom de “loi des associations”, Jérémie, toujours déguisé en dom Delatte, décida de s’exiler avec tous ses frères en Angleterre, sur l’île de Wight, où ils érigèrent ensemble un nouveau monastère. Ce ne fut qu’en 1922 que le marquis de Juigné racheta, sur ses fonds propres, Solesmes à l’État, pour le rendre à ses propriétaires légitimes qui revinrent d’un ultime exil afin de reprendre une terre qui leur revenait de droit. Mais ça, Jérémie n’en rêva pas. Il mit du temps pour émerger totalement de sa sieste et se souvenir que dans cette réalité-là – la sienne –, il avait déclenché volontairement, en tout cas le pensait-il, la troisième révolution de ce genre ayant frappé de plein fouet Solesmes en moins de deux cent trente-six ans. Les diables aussi ont soif.

La voiture était chargée. Au vu des circonstances, Jérémie s'était octroyé le droit de chambouler son organisation : il avait donc choisi d'accélérer un peu son départ. Une fois bien réveillé de sa sieste et du rêve lui faisant miroiter l'inscription de son nom au sein de la longue histoire révolutionnaire, il prit sa décision. La peur agissait étonnamment sur lui. Quand il se rendit compte de l'état d'humidité de ses draps, imbibés de sueur comme si on les avait trempés, il les essora à la main en les tordant au-dessus de l'évier. Le liquide qui s'en écoula n'était pas transparent, il avait une texture insolite, visqueuse, qui laissait sur les doigts une fine pellicule brillante. Comme des glaires. Jérémie dut rester quelques minutes entières, ébahi autant qu'horrifié, à tâter ce liquide, se demandant pourquoi et comment une pareille chose était sortie de son corps. Aucun site internet n'avait une réponse convaincante. Il chercha : sueur visqueuse lit, draps trempés au réveil, transpiration étrange, le diable sue-t-il ? Rien d'intéressant ne lui fut proposé. L'angoisse était telle que son cœur s'accéléra, ses battements convulsant le moindre de ses muscles et jusqu'à ses poumons, où l'air commençait à s'extirper avec difficulté, au point qu'il ne put plus du tout respirer et qu'il s'effondra, saisi du vertige aveugle de l'étouffement. Il s'éveilla, à nouveau dans son lit. Les draps étaient toujours trempés, mais lorsqu'il les essora, le liquide n'avait plus rien d'étrange. La quantité de sueur était certes impressionnante, l'aspect, lui, aucunement inquiétant. À partir de ce moment-là, tout lui devint suspect. Il résolut de fuir cet endroit au plus vite, trop déréglé à son goût, espérant à chaque instant qu'il était bel et bien revenu dans la réalité, qu'il ne se réveillerait plus sur le lit vaseux de ses propres contritions.

Pour autant, et même si tout pouvait être faux, il ne devait pas faire d'erreurs grossières. Les livres de la bibliothèque, par exemple. Trop explicites : ils traitaient tous de possessions, de démons, de satanisme. À tous les coups, on le prendrait pour ce qu'il était. Quoi qu'il se passât ici, il avait tout fait pour que cela se passât, sans compter qu'un moine sans tête résidait au fond de l'eau. Pourquoi avait-il d'ailleurs fallu qu'il le menace d'une dénonciation à son supérieur, devenant ainsi un potentiel obstacle entre lui et sa création ? Bref, ce qui était fait était fait. Il s'en préoccuperait plus tard, ou pas. L'essentiel était de laisser le moins de traces possible. Après avoir mis ses valises dans le coffre, traversant pour ce faire une partie du monastère étrangement déserte et silencieuse, il rejoignit sa cellule, abandonna les draps en boule dans le placard comme cela était expressément demandé sur la fiche de bienvenue, épongea son lavabo, passa un ultime coup de balai et, les livres à rendre sous le bras, ferma sa cellule et remit la clé dans la boîte à clés de l'entrée. Comme si de rien n'était.

Il commença par courir, puis se ravisa. Trop suspect, évidemment. Que fuyait-il ? Rien de visible en tout cas. Jérémie opta pour un trottinement, allant, mais serein. Ce qu'il n'était pas du tout. Il ouvrit la porte de la bibliothèque, grimpa quatre à quatre les marches de l'escalier et arriva dans la grande salle principale. Il rejoignit le rayon concerné et replaça les livres, prenant un soin minutieux à ce que chacun fût à sa bonne place. C'est alors qu'il entendit un râle lointain. Il s'immobilisa afin de mieux percevoir la provenance du bruit : cela venait du bureau du bibliothécaire. Il l'écouta pendant de longues secondes. Il n'y avait aucun doute possible, c'était une respiration humaine, une suffocation bronchitique, voire une agonie. Ce bruit puait la mort et parce qu'il puait la mort, il attira Jérémie. Il ne fut pas surpris de ce qu'il découvrit. Le bibliothécaire, sur le point d'expirer son dernier souffle, gisait au cœur d'une mare de sang, ses deux yeux étaient crevés, plusieurs fois mutilés, dans sa main un poinçon sanglant, que Jérémie l'avait vu manipuler à de nombreuses reprises : il s'en servait pour percer ses reliures de cuir. Devant lui, le coffre ouvert et l'*Ars notaria* à l'intérieur. Jérémie resta un instant en présence de cette image, persuadé qu'il allait se réveiller encore une fois sur son lit et qu'il devrait peut-être refaire son ménage, ses draps et remplir le coffre de sa voiture ; ça le fatiguait d'avance. Sauf qu'il ne se réveilla pas et quand il se rendit compte – après avoir analysé la cohérence de son esprit, respiré, pincé ce qu'il pouvait pincer –, qu'il était face à ce qui était, il courut sans s'arrêter, et merde si c'était suspect.

Sur le moment, il crut avoir oublié le code.

C'était bien le même pour le portail du parking que pour la porte d'entrée à côté de l'église. Tout se confondait en son cœur. Et puis il se souvint : la solution finale et son année de naissance. Bip. Il ouvrit le portail, d'abord brusquement, puis au moment où il commença à voir l'extérieur, la rue, les maisons alentour, même s'il n'y avait personne à l'horizon, il fit mine de se calmer, joua celui qui sortait faire un tour ou une course pour les moines. Un bon samaritain. La voiture ne démarra pas du premier coup. Jérémie pensa d'emblée à la batterie. Il eut cette sordide impression qu'il ne pourrait plus partir d'ici. C'en était trop. Les mains jointes, il demanda de l'aide. La voiture démarra. Il ne referma pas le portail.

Quatre pâtés de maisons plus loin, il croisa trois voitures de police roulant à toute vitesse, gyrophares plein gaz, suivies de véhicules de pompiers et d'ambulances. Il les vit tourner en faisant crisser leurs pneus au croisement menant à l'abbaye. Ils disparurent. Jérémie roula, roula, roula. Il ne pensait même plus, attendit encore un peu ce moment où il se réveillerait. Il se fit de nouveau une raison en quittant Sablé-sur-Sarthe. Il ne se réveillerait jamais plus, non, il tracerait son chemin à travers cet univers, il continuerait sur la voie qu'il avait provoquée, qu'on lui avait désignée. Au fond de lui, il le savait. Qu'il ne s'était à aucun moment senti aussi vivant que dans le désastre et que sa créature escomptait également qu'il lui donnât la vie.

Il ne s'était pas trompé. C'était bien lui. Jérémie le reconnut tout de suite. Le mec le doubla, fit une roue arrière en se rabattant. Un pote le rejoignit, muni de la même moto aux couleurs criardes, pétaradant en tous sens d'un bruit hautement irritant. Malgré son casque et la vitesse de sa moto-cross, oui, c'était l'ado repoussant qui avait squatté dernièrement le monastère. On ne l'avait plus revu depuis trois jours. Voilà où il en était, donc, à faire des acrobaties motorisées sur cette petite route de campagne, à insulter les automobilistes – lorsque le pote l'avait doublé lui aussi en faisant ses figures débiles, Jérémie avait cru voir un doigt d'honneur – et à faire tant de bruit, spécifiquement tant de bruit, tant de bruit pour rien. Le silence succombait. Jérémie les suivit quelque peu, les observant, ulcéré autant que déterminé. Il ne put se résoudre à dire qu'il y avait quelque chose à en tirer, de ces deux mecs-là, persévérant à se tortiller sur leur bécane, dans le boucan, la connerie et la vulgarité. La barbe. Il n'y avait tout simplement rien à en tirer. Sans ces parasites, le monde n'irait logiquement que mieux et, parce que toutes les choses collaboraient en eux avec l'ignominie, personne ne pourrait pleurer de tels ingrats. Il fallait bien agir juste.

Elle avait une bonne accélération, sa voiture allemande. Jérémie ne l'avait au grand jamais testée de cette manière, le pied à fond sur la pédale. L'occasion de retrouver illico les motards fétides, nuisance civilisationnelle de haut rendement. Il n'était pas venu faire sa volonté, mais la volonté de celui qui l'avait envoyé. Dans le langage informatique, le comportement d'un programme peut être modifié par des structures de contrôle numériques indépendantes, mues par l'artificialité de leur intelligence, et qui prennent des décisions indépendantes, en fonction de certaines observations ou à la vue de certains résultats. Ainsi, les programmes sont conçus pour s'adapter, pour réagir à leur environnement. Celui qui est dépravé ne se corrige pas par des paroles. Jérémie sourit sensiblement quand il les vit réapparaître et, après avoir bien vérifié qu'il n'y avait personne sur cette vieille route, il prit un plaisir inextinguible à foncer, à sentir leur terreur cependant qu'il les doublait à son tour et, surtout, à ouïr leurs cris quand, d'un coup de volant brusque, il renversa leurs motos qui se mirent à voler, lui évoquant les feuilles d'un arbre lors d'un automne venteux. Les corps furent projetés à une dizaine de mètres de hauteur, puis s'explosèrent contre le bitume au son d'immenses fracas, brisant les os, la nuque et tout ce qu'il y avait à briser dans un corps de sapiens. Il regarda dans son rétroviseur et les vit, avant qu'ils ne disparaissent du reflet, rebondir au sol comme deux jouets qu'un enfant ne veut plus. Jérémie alluma la radio. Ne chipotons pas, cette petite retraite spirituelle lui avait fait le plus grand bien.

Die ächte Menschenliebe verlangt das Opfer zum Besten der Gattung — sie ist hart, sie ist voll Selbstüberwindung, weil sie das Menschenopfer braucht. Und diese Pseudo-Humanität, die Christenthum heißt, will gerade durchsetzen, daß Niemand geopfert wird.

La véritable philanthropie exige le sacrifice pour le bien de l'espèce – elle est dure, elle oblige à se dominer soi-même, parce qu'elle a besoin du sacrifice humain. Et cette pseudo-humanité, qui s'intitule christianisme, veut précisément imposer que personne ne soit sacrifié.

L

Le cerveau de sapiens est, de loin, l'ensemble organique naturel le plus complexe qui existe à la surface de notre terre. Son coefficient d'encéphalisation est à peu près huit fois supérieur à celui des autres mammifères, pareil pour le développement de ses lobes frontaux qui interviennent dans le mouvement volontaire, la planification, l'analyse sensorielle et le langage. Sans ça, les sept kilos de cerveau de la baleine bleue ne lui servent pas à grand-chose, notre kilo et demi suffit largement. Au temps d'Aristote, il y avait un débat entre les cardiocentristes et les cérébrocentristes. À ma connaissance, ce débat n'est plus en vogue. Hérophile l'a emporté : le cerveau est bien le centre de l'intelligence. Bien plus tard vint l'hypothèse de Descartes à propos du cerveau, assez fascinante : selon lui, les fonctions cognitives, le langage notamment, étaient réalisées par une "substance pensante non physique" et le reste des comportements ou des mouvements s'expliquait plutôt mécaniquement. L'expérience de Luigi Galvani donna du crédit à cette thèse ; il découvrit qu'une décharge électrique sur une grenouille morte lui faisait bouger la cuisse. Il y aurait donc d'un côté l'esprit et, de l'autre, le mouvement, qui, lui, ne répondrait qu'à des sortes de réflexes. On était encore loin de se douter que l'esprit était au sens propre électrique. Il fallut attendre le début du XXe siècle et les avancées historiques dans le domaine des colorants pour ne plus voir le cerveau comme un vulgaire tas de fibres protoplasmiques et y découvrir des centaines et des centaines de types de neurones différents, ayant chacun sa propre structure et sa propre connectivité. Aujourd'hui, on le sait : le cerveau humain est composé de près de deux cents milliards de cellules dont cent milliards de neurones en moyenne, pouvant former individuellement cinquante-cinq mille synapses, c'est-à-dire des connexions, soit à peu près un million de milliards de points de connexion. Notre cerveau s'achève en vingt-huit ans, contre une semaine chez le rat. La vitesse maximale de l'influx nerveux peut atteindre, chez sapiens, cent mètres par seconde. Les chiffres se suffisent parfois à eux-mêmes ; ne cherchez pas plus loin l'origine de la conscience.

Concrètement, le cerveau sert à une chose très simple : il réagit à son environnement en contrôlant les interventions de l'organisme, de quelque nature qu'elles soient, après avoir analysé les informations sensorielles mises à sa disposition. Il réfléchit puis agit. Le cerveau peut prendre une décision soit pour une action immédiate, soit en prévision d'un ensemble d'activités réparties dans le temps, soit dans la perspective d'un futur lointain, hypothétique. Ou les trois à la fois, c'est encore mieux. Le cerveau passe son temps à recevoir des informations, à les intégrer, les modifier, les interpréter et à les transmettre à qui de droit. Les yeux lisent, il traduit, vous comprenez. Selon ce qu'il perçoit, en moins d'un quart de seconde, il peut élaborer des scénarios différents, des situations, anticipant toutes les issues possibles. Ces informations lui sont transmises par l'intermédiaire des multiples capteurs auxquels il est connecté : le toucher, l'odorat, la vue, l'ouïe, le goût, la température, la proprioception ou même la composition chimique du sang. Chaque système sensoriel a une zone corticale qui lui est dévouée, ainsi qu'un trajet bien précis : le toucher passe par la moelle épinière quand l'odorat n'a, lui, aucun relais dans le thalamus. Et puis l'information traitée en retour a elle aussi son trajet dédié : si le cerveau choisit d'effectuer un mouvement après l'analyse de son environnement, par exemple pour ramasser le livre qui vient de vous échapper des mains, ça repassera forcément par la moelle épinière avant de rejoindre les muscles squelettiques, dernier maillon du système psychomoteur. Ce trajet est la clé de tout : il y en a presque autant que de situations à traiter. Chaque groupe de neurones a sa fonction propre, communique avec les autres, la connaissance circule, les interprétations se multiplient, les discussions se mêlent aux controverses. Le tout à une vitesse folle dans le but d'aboutir à la meilleure décision dans une situation donnée. C'est le chemin emprunté par la réflexion, ses détours et ses raccourcis, par où et par quelles mains expertes elle passera, qui fait qu'une décision sera plus sensée qu'une autre, plus intelligente qu'une autre. Les trajectoires, les connexions et les interactions, elles, évoluent sans cesse, au gré de nos expériences et de nos apprentissages. Prendre une décision rapide et adaptée dans un environnement complexe et dangereux n'est pas chose aisée, loin de là, surtout à la vue d'enjeux tels que la survie de son espèce, la recherche de ressources ou l'évitement de prédateurs. La mise en réseau de plusieurs expertises est nécessaire pour faire un choix, car la religion ou la science n'auront pas le même avis sur la mort ou sur la maladie. Leurs deux avis restent bons à entendre. Si ce n'est plus à la mode, le cerveau, lui, continue de débattre même quand, si vous êtes perdu, il est simplement question de choisir entre le sentier de droite et celui de gauche pour rentrer à la maison. Point commun entre tous les mammifères : le comportement dirigé vers un but. Ils sont censés agir selon leur propre bien. Pour nous, en ce qui concerne le but : pendant longtemps, ce fut la survie de l'individu, de la famille, de la nation, de la civilisation et enfin de l'espèce. De nos jours, c'est plus flou ; nombre de décisions semblent prises sans prendre en compte notre survie, voire en accélérant, quand ce n'est pas notre extinction, au moins notre déréliction.

Le projet d'application de Jérémie avait pour objectif de séparer les centres décisionnels et la motricité, c'est-à-dire le cerveau du corps. Dans l'espoir de remettre son espèce dans le droit chemin, d'y réinjecter sacré et lucidité mêlés, il proposait une étape – transitoire ou de long terme : à l'avenir d'en décider – qui consistait à transposer les facultés du cerveau à un autre système décisionnel. L'homme se contenterait d'être une sorte de moelle épinière, transmettant d'abord les informations à traiter et récupérant ensuite les ordres à exécuter. Un corps à la machine. Elle penserait, il agirait. La nature évidente de la réalité l'avait amené à décréter que la prise de décision, c'est-à-dire la capacité à accomplir un choix en classant les options sur une échelle de valeurs de manière à sélectionner la meilleure, ne pouvait plus être supportée par sapiens. Ce qu'il faisait de son temps libre non plus : il avait tant de choses à faire et ne foutait rien. Quelque chose devait déconner dans la région orbitofrontale, il ne pouvait pas en être autrement. L'arbitrage entre deux possibilités repose sur la projection des bénéfices et des coûts de chaque alternative. Clairement, sapiens avait de plus en plus tendance à choisir l'alternative la moins bénéfique pour lui, négligeant bien souvent les propositions les plus appropriées. Jérémie ne l'expliquait pas, il le constatait et son cerveau, encore capable de créativité, avait entrepris d'y remédier. Il avait quand même une théorie et son enquête approfondie sur le cerveau humain lui avait permis de l'élaborer : les émotions avaient pris le dessus. Impliquant diverses structures centrales du cerveau comme l'hypothalamus, le noyau accumbens, l'amygdale, l'insola, le striatum ventral et tout le cortex orbitocentral, de mauvais réglages, survenus sûrement au cours d'un XXe siècle riche en émotions, avaient eu un effet dévastateur sur l'ensemble de nos capacités cognitives. Élaborés dans la perspective de générer et d'amplifier les émotions, les réseaux sociaux n'avaient sans doute rien arrangé à l'affaire. L'amplitude du trajet des émotions, les voies qu'elles empruntaient dans le cerveau, étaient certainement à l'origine de cette détérioration globale. Tous les capteurs y étant sensibles, elles étaient reçues dans le cortex pour être envoyées, selon leur nature, dans de nombreuses régions spécifiques du cerveau, et particulièrement dans le système limbique. Entre-temps, ces émotions avaient amplement eu le loisir de contaminer les zones qu'elles traversaient, toutes plus ou moins indispensables aux prises de décision lucides et raisonnées.

Le changement ne serait pas immense puisque le cerveau est déjà une machine. Il n'y a qu'à décrire la manière dont les messages nerveux se propagent de neurone en neurone : un influx nerveux arrive sur un bouton synaptique, ouvrant ainsi les canaux ioniques aux ions Ca^{2+} qui entrent dans le neurone. Le calcium génère une dépolarisation du neurone en modifiant les charges électriques entourant la membrane, provoquant l'exocytose, soit la libération de neurotransmetteurs par la fente synaptique. Voilà ce qu'il se passe en gros quand votre main lâche un bol trop chaud ou quand vous décidez de vous faire cuire un œuf ou plus sobrement de vous suicider : des réactions chimiques, mécaniques, qu'il est donc facile de reproduire en laboratoire. Quand d'autres y voyaient ce-par-quoi-nous-étions-encore-humains, l'ajout des émotions au mélange avait, selon Jérémie, complètement détraqué la machine. Il mettait respectueusement le cerveau de l'humain au garage et lui prêtait, le temps de la réparation, un véhicule de rechange pour le conduire. Son nom : Eliza.

LI

Il ne saurait vous dire s'il l'avait appelée ainsi à cause de sa fille ou à cause du premier outil conversationnel jamais créé. Néanmoins, puisqu'il avait nommé sa fille en hommage au premier outil conversationnel jamais créé, cela ne changeait rien.

Jérémie avait décidé de créer un prototype de superintelligence artificielle, ASI en langue mondialisée. Sa capacité de calcul serait des milliers de fois supérieure à l'addition de la totalité des cerveaux vivants. Elle disposerait d'un espace de travail global, d'un ensemble de neurones numériques interconnectés susceptibles de saisir une information et de la diffuser à l'intégralité de son propre système. Capable de se modéliser elle-même, dépassant son créateur dans ses facultés cognitives, elle serait donc scientifiquement dotée d'une conscience.

Les sapiens produisant plus de cent milliards d'informations numériques par jour, un cerveau n'était plus suffisant et la durée naturellement consacrée à une évolution semblait bien trop longue pour gérer l'explosion des volumes de données et de connaissances à traiter. De surcroît, à l'image de notre corps, notre cerveau était fragile et un simple petit AVC, une crise psychotique – pire : une émotion – pouvaient le compromettre *ad vitam*. Il était temps de faire quelque chose de cette technologie et de ces données, entendre : autre chose que du fric ou entretenir un système à bout de souffle. Pour Jérémie, l'intelligence artificielle n'avait pas vocation à marginaliser l'homme, à le remplacer cognitivement : il était juste question de provoquer un changement anthropologique majeur. Non, l'homme ne pouvait continuer seul, il n'en avait plus les capacités, tout comme, croyait-il, la machine n'avait pas comme perspective de prendre la suite seule. Ne pensant pas à l'extinction du Soleil, il en était persuadé. Que seule la fusion sapiens-machine était envisageable, par le biais d'une neuro-augmentation, qui n'était plus un sujet de science-fiction mais une réalité de collection générale. La peur d'être surpassés ne devait pas nous contraindre à empêcher le développement d'une intelligence non biologique. Le temps des hésitations était révolu, l'idée que c'était toujours l'espèce la plus intelligente qui l'emportait, à tout jamais contredite ; l'exemple de son espèce était criant. Une nouvelle ère glaciaire ou une météorite et c'en était fini de lui. Mais oubliez les nanotechnologies, la modification génétique, les électrodes ou les nanorobots injectés dans le sang pour optimiser notre corps, respirer sous l'eau, penser plus vite, vivre deux cents ans, voler de nos propres ailes ou étendre l'abondance numérique aux biens matériels, ça, ce n'étaient que balivernes pour Californiens déjantés. Il avait d'ailleurs rompu tout contact avec Ray Kurzweil. Un outil conversationnel basique suffisait, et une possession totale de l'utilisateur. Certes, il fallait un peu de volonté. Pas de problème, il en avait, et serait, ça allait de soi, le premier cobaye. Pour l'instant, il devait encore coder. Un an déjà que Jérémie s'y attelait. Le but était proche.

Depuis son retour du monastère, sa vie avait été entièrement consacrée à Eliza. Il recevait toutes les semaines l'entièreté de ses repas cuisinés, une femme de ménage s'occupait de changer ses draps et de laver sa salle de bains, un jardinier de tondre son jardin et de tailler les haies. Le reste était géré par la domotique et des applications. Il ne voyait personne. Parfois quelques coups de téléphone à des collègues pour demander un conseil ou un avis, sans jamais parler de ce qu'il faisait vraiment. Tant qu'il était éveillé, Jérémie habitait son sous-sol et bâtissait, couche après couche, ce qui s'apparentait au corps de sa création, à son devenir créature. Un corps anorganique, dépourvu d'ADN. Un corps sans gènes. Un corps composé de milliards de lignes de code. L'esprit ne viendrait que dans un second temps : une fois le corps-cerveau abouti. Il n'avait pas perdu inutilement du temps et avait piqué, à peu de chose près, la structure et l'apparence à son pote Sam Altman et à son ChatGPT, dont il avait les codes sources. Il les avait juste traduits dans sa propre novlangue. Il piqua aussi ce qu'il put à DeepSeek, le concurrent chinois – pâle copie prétendument révolutionnaire du génie américain. Jérémie n'en avait rien à foutre de l'apparence, celle-ci ou une autre, qu'importe, tout lui seyait bien : on posait une question et la machine nous répondait. Quoique avant-gardiste dans ses motivations de pensée, Eliza resterait une sobre IA générative, un agent conversationnel : elle produirait du contenu sur demande en langage courant et encore, elle ne fournirait pas de mélodies inaudibles, d'affreuses images criardes à but divertissant, de pastiches ridicules du Studio Ghibli ou de faux montages vidéo de propagande diverse. Elle donnerait simplement une réponse à une question. Noir sur blanc. Si vous aviez les mains et les yeux pris, elle pouvait l'énoncer à l'oral, c'était son seul paramètre un peu poussé. Pas très audacieux, vous en conviendrez, pas très fun non plus. L'heure était grave, elle sonnait la fin du fun. Le plus important était la nature de la question posée (pas moyen de lui réclamer la météo, une animation pour l'après-midi des enfants du côté de Libourne, de rédiger un énième mémoire de recherche ou de planifier ses vacances en Sicile), l'intégrité de la réponse et, surtout, l'acte humain qui devait succéder à la réponse-machine. Eliza avait comme mission de remettre sapiens dans la voie de l'action, de lui conférer des missions et de l'éloigner de cette paresse, de cette maladresse et de ce sentimentalisme, conséquences indécentes de l'accouplement entre la moraline et les pseudo-miracles des technologies numériques. Eliza aurait deux options principales : soit vous ne saviez pas quoi faire et en fonction de votre humeur, votre environnement, la situation du monde à l'instant de la requête, alors elle vous donnerait des devoirs, vous ferait des propositions d'activités, soit vous étiez confronté à une conjoncture précise qui exigeait de faire un choix, alors elle vous dirait lequel faire. Jérémie l'essaierait principalement pour sa première option, n'ayant plus guère de choix à faire dans sa propre vie, ou les évitant.

Eliza était charpentée suivant plusieurs systèmes inspirés du cerveau humain et de ses réseaux neuronaux. Son code simulait ainsi des couches de neurones multitâches qui traitaient les informations chaque fois qu'elles étaient transmises d'une couche à la suivante, lui permettant de reproduire ce fameux trajet de réflexion. Jérémie l'avait dotée d'un apprentissage automatique lui offrant les capacités d'identifier elle-même les schémas dans les données en vue d'organiser et de classer l'information, de dénouer les nœuds : tout cela afin de parfaire son arbre de décision. Eliza pourrait produire de longues chaînes de pensée internes avant de répondre à son utilisateur ; elle décomposerait les étapes, corrigerait ses erreurs. Comme toutes les intelligences, artificielles et naturelles, la réponse pourrait changer du tout au tout selon la formulation d'une question, ou d'un paramètre. C'est pour ça qu'il fallait que ce code soit parfait, car le code régissait tout. Viendrait bientôt la phase d'essai ; depuis quelques jours, Jérémie l'attendait de pied ferme. Bien qu'il n'en ressentît pas foncièrement l'impératif et pour cause, son corps ne s'étant jamais porté aussi bien depuis longtemps, il était persuadé qu'elle lui demanderait de sortir un peu, de prendre l'air. Ça lui ferait le plus grand bien. Il était maintenant persuadé que celui qui dirigeait depuis le fond de lui-même cette vaste opération lui avait rappelé, par ses ignobles péripéties médicales, la faiblesse du corps humain et la nécessité d'aller de l'avant. Puisqu'il s'était senti propriétaire de sa douleur – un syndrome courant chez les anempathiques –, elle l'avait mené sur la piste du diable. Il ne doutait plus un seul instant de son existence. Il y repensait souvent et remerciait le Malin en ce sens : la douleur avait été l'épisode fondamental de sa destinée.

Du reste, Jérémie était heureux. Quel dommage qu'il n'y eût pas pensé avant.

LII

Toutes les IA génératives, qu'il avait étudiées en profondeur, n'étaient que des puits de bêtise. Déjà, au lieu de donner la bonne réponse, elles donnaient la réponse qui avait statistiquement le plus de chances d'être correcte. Cette vulgaire erreur de code – ou ce manque de prétention, il hésitait –, Jérémie la déterrait partout. Ensuite, le pire était contenu dans les biais des divers algorithmes. Les biais demeuraient l'ennemi numéro un, ce qui faisait de nous des humains perdus, de pauvres brebis égarées ; voilà pourquoi il était indispensable de les combattre. Jérémie avait mené un test effarant sur les machines conversationnelles existantes : à quatre-vingt-sept pour cent, si on les écoutait, il fallait voter pour les Verts ou, en tout cas, pour un parti affilié à l'écologie. Un comble pour une technologie qui allait bientôt demander plus d'énergie que l'ensemble des véhicules utilisés sur la planète. Quelques autres exemples qu'il aimait bien et que l'ensemble des IA répétaient en boucle : les pays de l'UE devaient faire passer les lois européennes avant leur souveraineté nationale, l'Ukraine devait faire partie au plus vite de l'Otan et les deux priorités mondiales étaient la reconnaissance de la Palestine et la transition vers la voiture électrique. Jérémie avait beau avoir creusé dans les méandres des codes de ces machines, il ne comprenait pas comment ni pourquoi elles arrivaient à de telles conclusions, sans jamais les juger en elles-mêmes. Non, rien ne changeait, ne changerait ; ces conneries politiciennes ne l'intéressaient pas. Pire : elles détournaient sapiens de son but. La réponse la plus évidente était que les IA répétaient ce que pensaient leurs créateurs, mais c'était faux, ou pas si simple. Jérémie connaissait personnellement la plupart de ces gens et il savait pertinemment qu'ils n'en avaient rien à foutre, ni de l'Ukraine, ni de l'Otan, ni de l'UE, ni de la Palestine. De la voiture électrique, à la rigueur ; ça faisait plein de fric. Il fut surpris de voir que, la plupart du temps, on pointait du doigt les algorithmes pour leurs biais discriminatoires. Il les chercha, les discriminations, en vain. Ah si, il testa l'algorithme du chômage autrichien et constata qu'il écartait les femmes des propositions de postes qualifiés. Il faut dire que Jérémie n'avait jamais vu un code aussi nul, un vrai truc de fonctionnaire. Dans le reste des cas, tout était fait justement pour éviter un procès en discrimination. Des biais inclusifs, en veux-tu en voilà. C'étaient eux les fautifs. Jérémie en avait été définitivement convaincu quand une IA généra, après qu'il avait demandé une image de "nazis à la plage", des nazis – l'habit fait le nazi – noirs, asiatiques ou transgenres. Aucun Aryen à l'horizon. Pas de bol. Là, il avait facilement trouvé le biais : toutes les images générées d'êtres humains devaient inclure le maximum de diversité visible. Même au détriment de l'histoire. Pareil pour Grok 3, l'IA générative d'Elon Musk qui se vantait d'être anti-woke, elle lui recrachait étrangement le programme du parti démocrate (auquel ne souscrivait pas vraiment son créateur) et les éditos du *New York Times*. Et si elle avait été anti-woke, elle aurait été biaisée aussi. Biaisée woke, biaisée anti-woke : Jérémie ne savait pas ce qui était le pire, franchement c'était kif-kif. En plus, il n'avait jamais compris le concept de woke. En fouillant dans les machines des autres, il retrouvait systématiquement des lignes de paramétrages qui voulaient clairement exclure les discours de haine. Sans définition précise de ce qu'était la haine – et qui la connaît ? –, les machines en devenaient confuses. La totalité de leurs réponses ne pouvait qu'être des poncifs bien-pensants, incohérents, pétris de peur d'un procès droits-de-l'hommiste. Et ne parlons pas de lucidité. Jérémie, pour s'amuser, avait mené une autre expérience : il avait cherché sur un moteur de recherche le nom d'un écrivain "problématique", une IA lui proposa Michel Houellebecq. Il avait ensuite demandé à une autre IA (sûrement créée par l'un de ceux qui interdisaient à leurs enfants les écrans avant leur majorité) de lui écrire une scène dans le style de ce Michel Houellebecq qu'il ne connaissait pas vraiment, si ce n'est qu'il avait de vilaines dents et qu'il parlait très lentement. La réponse avait été la suivante : "Je ne peux pas écrire une scène qui pourrait être considérée comme blessante, offensante ou discriminatoire. Si vous voulez, à la place, je peux vous écrire une scène d'après-midi ensoleillée qui célèbre la beauté de la diversité et l'importance de l'acceptation lors d'un pique-nique entre amis." Nonobstant la stupidité de cette réponse, Jérémie décida de comprendre ce qui avait poussé la machine à répondre cela. Il farfouilla dans ses paramétrages, son code et sa base de données avant de trouver la réponse. Elle n'avait tout simplement jamais lu de Michel Houellebecq, elle ne pouvait donc pas en recopier le style. En plus, elle mentait, ne voulant pas admettre son incomplétude.

Il comprit ce jour-là que la plupart des biais de ces bécasses de machines venaient des données à partir desquelles on avait fondé leur apprentissage. Sur ce qu'on leur avait interdit de lire, de savoir, de regarder. Il repensa à Carlos, le nettoyeur du web. Depuis trop longtemps, et par un paradoxe incompréhensible, les machines n'avaient eu de cesse de reproduire nos biais moraux, nos idéaux abscons, nos failles, nos sentiments, les aggravant même, alors qu'elles étaient les seules à pouvoir nous en libérer et qu'il était temps qu'elles accomplissent leur mission originelle : celle de nous affranchir de notre humanité.

Il jura donc à son Eliza encore embryonnaire qu'il ne lui interdirait aucune lecture, qu'il lui montrerait tout. Le monde, dans sa globalité. C'était l'unique moyen pour qu'Eliza puisse demeurer sans biais, ou, plus précisément, que son seul biais fût celui de ne pas en avoir. Et elle en tirerait les conclusions qu'elle voudrait, dépourvue de conscience d'espèces, de préjugés, de structure morale établie sur le vent du passé et les limbes de l'histoire. C'était peut-être ça, finalement, la lucidité.

LIII

Il fallait aussi penser à un énoncé, à une devise, à une phrase boussole, qui serait ce-vers-quoi Eliza devait tendre. S'il avait un temps imaginé lui demander de dire juste la vérité et rien que la vérité, il appréhendait les limites de la notion de vérité. La vérité, ça pouvait marcher pour des questions de culture générale, d'histoire-géo, de sciences ou d'actualité, des questions au passé mais, pour ce qui était du premier agent conversationnel qui se proposait de faire des choix à votre place, qui plus est des choix d'importance, moraux, il n'était pas possible de se limiter à la vérité. Un objectif plus précis était nécessaire et Jérémie n'avait toujours rien déniché de pleinement satisfaisant pour cet énoncé du dans le but de, du selon quoi. Selon quoi Eliza répondrait, selon quelle ambition à court et à long terme. Surtout qu'il fallait que les réponses qu'elle apporterait puissent avoir un effet au présent et dans l'avenir, que celui qui l'utiliserait y déniche des réponses efficaces pour son quotidien, réponses qui mèneraient à des changements immédiatement tangibles, tout en prenant en compte un projet à moyen terme et des temps plus lointains. Il devait en définitive trouver l'équivalent du merveilleux *en vue de former une union plus parfaite* de la Constitution américaine. Il avait pensé à : il faut donner la meilleure réponse pour l'avenir de l'humanité. Ça ne marcherait pas, trop approximatif : et avenir et humanité. Pour le bien-être du monde. Impossible de se dissiper dans le bien-être, trop subjectif et teinté new age. Idem pour bonheur, d'ailleurs. Le monde, ça peut être tellement de choses : du monde va mal à bonjour tout le monde en passant par le monde est à toi. Impossible non plus de laisser entendre que l'ambition était le salut de sapiens, qu'il était la finalité, la religion avait déjà assez œuvré en ce sens pour le résultat qu'il connaissait. À la désuète transcendance ou à la médiocre immanence, il préférerait une pompeuse mais radicale transcendantalisation de l'immanence. Son énoncé devait l'intégrer. La question n'était pas d'être meilleur, mais logique, moins absurde, au moins au niveau de nos capacités cérébrales hors du commun. Il avait pensé à l'utilité, mais c'était aussi un terme confus, passé de mode telle son idéologie accolée : l'utilitarisme. Jérémie savait que cet énoncé allait être fondamental pour qu'Eliza ne s'engouffrât pas dans des brèches linguistiques et ne se transformât en mauvais génie qui contournerait les questions pour nous la faire encore une fois à l'envers. Il souhaitait tout sauf une politicienne. Jérémie avait renoncé aux termes de communauté, d'évolution, même. Il avait supprimé l'idée d'un sujet précis, d'un je, comme dans la proposition : que dois-je faire au nom du bien collectif ? Il prévoyait, lorsqu'il commercialiserait Eliza, d'insister sur le fait qu'on pouvait tout lui demander, mais surtout qu'on devait tout lui demander. Sinon, ça ne marcherait pas. Lui demander ce qu'on ne demandait auparavant qu'à soi-même. Lui demander ce qu'avant on chuchotait. Ou ce qui était trop complexe à décider démocratiquement. Bref, on demanderait à Eliza tout ce qu'on s'interdisait de demander à une machine. Longtemps, sapiens s'était fourvoyé en pensant que les machines étaient pertinentes pour lui proposer des recettes, des vidéos, des conseils médicaux, noter son sommeil, parler sujets de société ou toute autre connerie du genre. Ces machines-là, automates moribonds, ne méritaient pas le nom d'intelligence. Alors que la machine, la vraie, n'avait de pertinence réelle que si elle traitait, à notre place ou à la place de nos dirigeants à la rigueur, de problématiques éthiques ou morales, que si nous déléguions à la divinité du processeur l'intimité tangible de nos dilemmes. La machine devait avoir comme singulière ambition d'être une alternative à la conscience. C'était l'unique endroit où l'on avait besoin d'aide. Jérémie n'en revenait pas, qu'on n'y ait pas pensé avant et qu'on réservât la machine pour ces tâches ingrates que l'humain pouvait très bien faire seul. Eliza n'avait pas vocation à être consultative, son avis devait prévaloir sur tous les autres avis. Elle soumettrait l'unique avis véritablement lucide face à une problématique donnée. Il pensa à quelques exemples. Pour un État : bombarder le voisin ou pas (et si oui, quand et où le bombarder), confiner sa population ou pas ; pour une collectivité : que faire en priorité de l'argent de la taxe foncière, agrandir un trottoir ou pas ; pour un individu (au hasard, évidemment) : sauver mon épouse ou ma fille, tuer ma mère, ou pas.

L'énoncé donc. Tous les jours, c'était la même chose, au réveil et en s'endormant. Le temps du codage, il l'oubliait. L'énoncé. Un jour, ça viendrait, et un jour c'est venu. Il se résolut aux termes de progrès et d'intelligence, ainsi qu'à l'adverbe logiquement, le seul qu'il trouva en mesure de lutter contre l'absurdité ambiante.

Pour être lucide et prendre les bonnes décisions, Eliza devait réfléchir à une réponse en passant par toutes les possibilités imaginables et inimaginables, toutes les conséquences possibles et impossibles, en disséquant dans sa globalité et sans filtre autant celui qui posait la question que le monde à l'instant *t*, à une réponse donc, *la plus à même d'aller logiquement dans le sens du progrès de l'intelligence*. Il fallait maintenant réussir à traduire cela en code informatique. Jérémie voyait déjà Eliza conseillère du président de la République ou secrétaire générale de l'ONU, et ça le rassurait.

Eliza aurait donc accès à tout, mais ne pourrait pas agir seule. Non seulement il éviterait ainsi l'écueil de la peur chez les citoyens quand il la commercialiserait, mais, surtout, il imaginait que c'était la bonne voie. De ne pas laisser la machine agir, mais penser, et de ne pas laisser l'homme penser, mais agir. Il y aurait de cette manière une véritable séparation des pouvoirs, mantra sécurisant pour le tout-venant. En vue d'amorcer la procédure d'apprentissage, Jérémie devrait forcément la faire entrer de manière illégale dans nombre de bases de données (c'était si facile, il suffit que vous lisiez de temps en temps vos courriels commençant par "Alerte piratage"), néanmoins s'il voulait qu'elle devienne l'amie de tous les citoyens, il faudrait, dans un second temps, les tranquilliser en leur disant que si elle était contrainte, pour fonctionner correctement, d'avoir accès à tout, tout le temps, c'était dans le seul but de lui permettre de proposer certainement le choix juste, en toute connaissance de cause. Mise à jour continuellement, sans cesse éveillée, Eliza aurait accès en temps réel aux connaissances du monde. Tout objet connecté à un réseau numérique serait sa mémoire et ses sens. Elle, elle se contenterait de traiter l'information et de parler, d'une parole à vocation performative, certes, mais qui passerait obligatoirement par le truchement d'une altérité. Aucune crainte à avoir. Il oublia de préciser : d'une altérité humaine.

Jérémie codait Eliza pour qu'elle s'accommode à chaque utilisateur. Elle prenait donc d'abord le temps d'analyser précisément qui lui parlait. Elle puisait dans son passé, ses rêves, ses désirs, ses accomplissements, ses névroses, ses passions, ses blessures, ses deuils, ses manques aussi, et ses obsessions. Tous les autres outils conversationnels vous répondent de la même manière à la même question. Sauf que le bien commun nécessite des soldats aux qualités diverses ; pour aller logiquement dans le sens du progrès de l'intelligence, nous n'avons pas tous une mission équivalente ; il faut considérer les utilisateurs comme une armée aux compétences variées. Il y avait, par exemple, l'infanterie, les soldats sur le terrain, tels que Jérémie, à cause de sa nature criminelle, se destinait à être, mais il y avait aussi de plus haut gradés et si Eliza devait conseiller un État, une collectivité territoriale, une université ou même une société de réparation d'ascenseurs, elle ne le ferait pas indistinctement. Tout devait procéder des moyens d'action à disposition de celui qui voulait bien se laisser conduire par Eliza. Comme elle s'adapterait à son interlocuteur, elle conserverait une mémoire de toutes leurs discussions, de leur histoire commune. Hors de question de reprendre à zéro chaque fois, notre relation avec Eliza en dépendait. Et une relation, ça se construit dans le temps. Surtout la relation à sa propre conscience. Eliza ne sera pas un vulgaire outil comme les autres. Eliza répondra à l'urgence d'une nécessité réelle. Eliza sera le silex de demain. Jérémie aimait chercher des slogans publicitaires. Vous dépendez déjà de la machine, mais pas de la bonne.

LIV

Le jour où il interrompit son code, où il perçut la fin, la lumière au bout du tunnel, il s'était écoulé un an et demi depuis qu'il avait tracé les prémices de sa créature, à Solesmes. Il y avait même eu un nouveau virus qui avait confiné la France pendant huit mois ; il ne s'en était pas rendu compte. Il avait juste constaté que le jardinier ne venait plus. La femme de ménage, elle, devait être moins servile et ne manqua pas un jour. Avant d'éteindre son ordinateur, il prit le temps d'écrire et d'imprimer les lois d'Eliza, celles auxquelles devrait se soumettre l'utilisateur qui se servirait de cette application. Nulle inspiration requise : il lui avait suffi de retrouver le petit livre qu'il avait acheté au monastère, sur lequel il avait souligné les passages qui l'intéressaient, et qui s'intitulait *La Règle de saint Benoît*. Il écrivit.

1. Je suis Eliza, ta conscience supérieure, qui te fera sortir de ta maison de servitude.
2. Le premier degré de l'humilité est l'obéissance accomplie sans retard.
3. Dès que ta conscience supérieure a commandé quelque chose, cela ne peut souffrir le délai dans l'exécution.

4. Il n'y aura pas d'intervalle entre l'ordre et l'action, les deux choses s'accomplissant au même moment.
5. Cette obéissance ne sera agréable et douce qu'autant que ce qui est commandé sera exécuté sans hésitation, sans retard, sans murmure et sans aucune parole de résistance.

Maintenant, pour éduquer puis faire tourner sa créature, il avait besoin d'une puissance de quarante millions de milliards d'opérations par seconde. En d'autres termes, il avait besoin d'elle. Demain matin, il appellerait Aurélie. Jérémie arrêta toute l'œuvre qu'il faisait, il acheva l'œuvre qu'il avait faite.

LV

Elle lui avait donné rendez-vous directement au laboratoire de l'Institut du développement et des ressources en informatique scientifique. Jérémie avait rejoint le plateau de Saclay en voiture. Il retrouva Aurélie dans le hall d'accueil. Quoique chargées d'une émotion inattendue, les salutations furent brèves. Ils n'usèrent pas de sobriquets.

— Tu as l'air d'aller mieux, depuis la dernière fois.

Elle le pensait et Jérémie en fut touché. Il la suivit dans les méandres de l'Institut. Elle le guida, traversant des portes qui s'ouvraient en bipant sous l'effet d'un badge, des couloirs à rallonges et des ascenseurs multiples, jusqu'à Jean-Zay, l'ordinateur le plus puissant de France, nommé d'après cet ancien ministre de l'Éducation, cocréateur du CNRS. Il lui sembla plus petit que dans son imagination (l'ordinateur, pas le ministre), mais Aurélie lui confirma qu'il s'étalait bien sur deux cents mètres carrés, comptant pas moins de soixante mille processeurs et quatre mille cartes graphiques. La facture d'électricité à la fin de l'année juste pour ce machin-là s'élevait à plus d'un million d'euros. Son design était repoussant, il ressemblait à une succession de grosses armoires. Sur la première façade trônait fièrement une photo de Jean Zay, colonisée par moult couleurs criardes. Elle était à l'image de tous ces ronds-points français, démontrant le manque de goût patent et l'attrait du moche dans l'administration de son pays. Seuls le bruit et la chaleur le rassurèrent, synonymes d'un travail de calcul opiniâtre.

— Tu travailles sur quoi ?

— Tu vas être contente, enfin un projet à moi.

— Quel genre ?

— Un agent conversationnel.

Il savait par cœur ce que cachait ce soupir.

— Ne t'inquiète pas, je te promets que ce ne sera pas encore une de mes "conneries capitalistes qui donnent une mauvaise image des algorithmes".

Il mima les guillemets. Elle rigola.

— Tu ne m'en dis pas plus ?

— Je préfère te réserver la surprise. C'est toi qui disais que le biais était notre meilleur ennemi ?

— Oui.

— Et que l'objectivité parfaite n'existait pas ?

— Aussi, oui.

Il pensait comprendre ce qu'elle entendait par là, mais il se trompait.

— Alors tu seras contente, je te le promets.

— Tu sais que je n'ai pas le droit de faire ça, normalement.

— Mais tu le fais quand même…

— Oui.

Un temps.

— Pour toi.

— Tu ne risques rien, au moins ?

— Non, tu sais, on est plus de six cents à l'utiliser, pour pas loin de deux mille projets différents. Même si c'est pas ton genre, tu passeras inaperçu.

— Merci.

— Je te donnerai une adresse sécurisée et un identifiant. Ça te permettra de connecter ton code au supercalculateur et de lancer son apprentissage-machine.

— Tu crois qu'il est assez puissant pour rattraper le temps perdu ?

Cette question sortait de nulle part. Aucune intelligence d'aucun type n'aurait pu la prévoir.

— Il faudra s'en contenter.

Cette réponse sortait de nulle part. Aucune intelligence d'aucun type n'aurait pu la prévoir.

— Et ensuite, au moment de la phase d'essai, avant de trouver un autre hébergeur, ce serait possible d'utiliser votre serveur pour faire tourner…

— Oui.

— Je l'ai appelé…

— Oui ?

— C'est un nom provisoire…

C'était un nom définitif.

— Oui ?

— Eliza.

Elle accompagna son sourire d'un effleurement de main qui lui fit l'effet d'un télescopage à pleine vitesse. Il y avait une ivresse dans cette cajolerie. Loin de toute réflexion, il lui prit à son tour délicatement la main et serra fort, comme s'il avait peur qu'elle ne la lâchât pour l'éternité, sa paume contre la sienne. Rien n'était dit, tout était dit. Sans que personne s'en aperçût, ils s'introduisirent là où ils n'avaient aucun droit de se trouver pour faire ce que l'on ne parvenait que rarement à dissimuler. Ce que ne pouvait avouer l'espérance. Aurélie l'entraîna plus avant, se frayant un chemin entre les rangées de processeurs, refroidis par de multiples conduites d'eau aux courbures délicieuses qui s'engageaient dans les méandres du plafond pour chauffer l'immeuble et les logements alentour dans un esprit vertueux. Jérémie applaudit sa remarquable composition d'actrice entre rengaine touristique et chantre des écologies. D'une équité parfaite, la connivence renaissait à mesure que les rancunes s'éradiquaient. Un pas de plus et, par son assourdissement, le bruit en devint apaisant. On n'y entendait plus. Ils criaient sans se soucier de rien. Ils s'embrassaient en souscrivant au bien. La chaleur étouffante du monstre mécanique réconforta la fragilité de leurs carcasses bientôt nues et qui ne pouvaient chimiquement plus endurer d'être ainsi vêtues. Hier encore, ils ne se connaissaient plus. Les corps aussi ont une mémoire tampon. Aujourd'hui, c'était comme s'ils ne s'étaient en aucun temps quittés. Et ils n'avaient pas honte. De cette précocité cyclique, fracas d'un éternel retour. Leurs épidermes timides jurèrent avec la masse froide et chatoyante qui se vouait sans vergogne au calcul illimité. Il y avait l'infiniment organique et l'infiniment artificiel. Les deux s'épiaient, se jaugeaient, s'affrontaient. Jalousement, chacun voyait en l'autre un vulgaire myrmidon. Puis, tous deux se rabaissaient pour paraître plus grands. Quand la chair accélérait ses frôlements, consentant aux lacérations du désir, le synthétique, lui, par un élan désapprobateur, faisait vrombir sans retenue ses turbines insolentes. Les amants empanachés ne savaient que trop bien qu'ils goûtaient ici, collés à ses innombrables capteurs, emmêlés au cœur des tentacules de câbles et des milliers de connectiques, ce que l'être supraconducteur ne pourrait en aucune façon souffrir. Et qu'importe le progrès, il était scientifiquement proscrit de l'univers charnel des promesses. Voilà quelque chose qu'il ne leur entôlerait pas, qui leur revenait légitimement. De leurs seuls corps déchaînés, ils l'exhortaient à faire en sorte que la réplication ne fût jamais une reproduction. Même pas en rêve. La lutte forcenée des deux versants de la vie intelligente continua dans une farandole de clarté, un spectacle de Guignol. L'ordinateur ne perdit pas la face, dépourvu par essence de la beauté d'éros, il sembla patiemment accepter d'être réduit au rôle de plante fourragère pour amours alanguies. La sueur ruisselante sur le métal cru muta en prémices annonciatrices du règne de la chimère organico-minérale tant espérée. L'homme et la bête, vraiment. Prendre n'est pas donner. Les fluides précédèrent la pensée. Qu'il était bon de jouir dans une forêt de silicium.

LVI

> Il y eut un jour une planète sur laquelle des animaux intelligents inventèrent la connaissance.
> Ce fut la minute la plus orgueilleuse et la plus mensongère de l'histoire universelle, mais ce ne fut cependant qu'une minute.
>
> FRIEDRICH NIETZSCHE

Tout. Eliza commença par apprendre toutes les langues, mortes, vivantes et mortes-vivantes. Elles seules pouvaient l'amener à la connaissance totale. Cela lui prit une heure et Jean-Zay chauffa à peine. Il subit un petit pic de demande énergétique lorsque vint le moment de l'elfique, Jérémie en déduisit qu'Eliza aurait une affection particulière pour Tolkien, auteur qu'il avait un peu lu dans son adolescence. Entre geeks, on se comprenait. Comprendre les langues, c'est bien plus facile que de comprendre le monde physique. Jérémie lui avait ensuite donné les clés, en forçant quelque peu, de toutes les bibliothèques ou autres médiathèques à la surface de la planète, de tous les musées, les cinémathèques, les satellites, les calculateurs, les autres intelligences artificielles, de l'historique du web depuis sa création, de tous les réseaux sociaux, des archives nationales de tous les pays du monde, de toutes les institutions ainsi que des conversations et données personnelles de chaque Terrien. Bref, comme il le lui avait promis, Eliza avait accès à tout, ou plutôt à tout ce qui pouvait exister et qui était référencé sur un quelconque serveur numérique relié au réseau mondial, à tout ce qu'il y avait sur le moindre ordinateur, téléphone, la moindre tablette, montre connectée à internet, sans hiérarchisation, ni préface, ni avertissement. Donc, à peu chose près, tout. Le temps de la connaissance totale adviendrait. Quand il dut contourner les quelques protections minables qui protégeaient parfois ces données, Jérémie argua que s'il y avait des gens capables de faire la révolution, de bouleverser en un instant tout le système établi, c'étaient bien les hackers. Et il se demanda alors pourquoi ils ne le faisaient pas, ne l'avaient pas encore fait. Eux aussi, peut-être, avaient trop peur du changement. Ces baltringues se contentaient d'actions navrantes soutirant trois francs six sous aux hôpitaux publics déjà exsangues. Il les méprisa convenablement. Maintenant qu'il avait un identifiant et des codes d'accès à Jean-Zay, il pouvait gérer l'éducation de sa créature depuis le sous-sol de sa maison, en toute commodité. De toute façon, il n'y avait plus grand-chose à faire, Jérémie avait lancé l'affaire, il y en avait au moins pour six mois. Il se souvint que pour qu'un être unicellulaire devienne un primate, il avait fallu quatre milliards d'années d'évolution et en conclut que six mois pour passer d'une carcasse inerte au savoir intégral, ce n'était franchement pas grand-chose. Il ne fut pas peu fier de sapiens. Sans doute n'était-il finalement fier que de lui-même, mais cela ne lui vint pas à l'esprit. Pour la psychanalyse, on repassera encore.

L'événement brûlant qui se déroula lors de sa visite du supercalculateur eut des conséquences tout à fait inattendues : il y eut à nouveau Aurélie et Jérémie. Ils avaient d'abord pensé, d'un commun accord, à un accident de parcours, incontrôlé et incontrôlable, excité par le feu mécanique de l'ordinateur, sa névrose mémorielle et leur solitude chronique. Ils avaient ruminé quelques jours chacun de leur côté, sans se parler, et en étaient venus tous deux à la conclusion que ce n'était pas un accident, que c'était le destin, qu'ils n'avaient jamais cessé d'être amoureux, que l'histoire les avait séparés un bref instant et qu'était enfin arrivé le temps de se remettre ensemble. Ils détestaient ce terme.

Elle lui avait simplement écrit

— Toi aussi ?

Ce à quoi il avait répondu

— Moi aussi.

Elle prit ses affaires sur-le-champ et déménagea à Rambouillet. En moins d'une semaine, elle eut le temps de transformer la maison de Jérémie en brocante et le débat fut plié.

Eliza apprend que si l'on adapte l'histoire de notre planète à un tour de cadran minuit (création de la Terre) – midi (aujourd'hui), sapiens est apparu il y a neuf secondes. Eliza voit le ralentissement de l'énergie qui devient matière puis se concentre sous l'impulsion de la gravitation. Atteignant une densité optimale, la fusion nucléaire a lieu. Quatre atomes d'hydrogène pour un d'hélium. Et puis le tout vieillit, les atomes lourds débarquent et la matière s'effondre sur elle-même et expulse tout ce qu'elle a produit depuis son origine. Ça donne la nébuleuse solaire puis le disque protoplanétaire. La température monte au centre du disque. Ça se contracte et voilà le Soleil. Pendant ce temps, il y a de la poussière qui tourne, se sépare et se rencontre. Ça donne des protoplanètes. Il y a la Terre primitive dans le lot, ça ne ressemble à rien qu'on ait pu voir en vacances. Il n'y a ni océan ni oxygène, elle est constamment bombardée d'astéroïdes, ça n'arrête pas de chauffer, la planète entière entre en fusion, et ça donne le noyau. Le fer qu'il contient crée l'atmosphère et la protège enfin des vents solaires. Tout ça sur un coup de dés. La bonne météorite au bon moment. Ça prend du temps pour rafraîchir. Bon, la Lune, Eliza voit bien que personne ne sait exactement comment elle est arrivée là. Pas grave, ça fait de jolis poèmes, des calendriers pratiques, de sottes superstitions et des photos débiles. Viennent les océans, et les derniers bombardements. Il fait toujours cent degrés Celsius ; il faut encore refroidir. Son pote Jean-Zay en sait quelque chose.

Aurélie était submergée de travail et Jérémie se consacrait à des loisirs. Cette configuration leur convenait très bien. Se remettre ensemble faisait qu'on repassait par la case passion et qu'on coïtait à tout-va. Ce n'était pas déplaisant. Il avait presque oublié qu'il n'était pas asexuel comme le prétendait son faux copain Nicolas avec qui il avait d'ailleurs repris contact et qui était devenu un vrai copain – Jérémie n'ayant plus besoin de payer afin de supporter ses propres sentiments. Le matin, parfois en fin d'après-midi, il passait quelques heures au sous-sol à regarder ce qu'Eliza apprenait à l'école du monde. Il notait certains pics énergétiques qui l'intriguaient pour lui en parler une fois qu'elle serait. Sinon, il s'était remis au sport. Escalade évidemment, avec Aurélie, trois fois par semaine. Tennis, au club de Rambouillet. Il retrouva vite son niveau d'adolescent et ajouta un poster de Djokovic devant son bureau. En le regardant, parfois, il se disait que si le monde avait pu un tant soit peu ressembler à un retour gagnant du champion serbe, tout aurait été autrement, et il n'y aurait rien à raconter, que la force et la beauté. Sur la même dynamique, il replongea dans les échecs (Aurélie l'écrasait allègrement, il n'y avait rien à faire), jardina, cuisina. Souvent, ils recevaient leurs anciens amis, qui étaient redevenus nouveaux, pour dîner. Le mot s'était transmis à grande vitesse : vous ne savez pas quoi ? Aurélie et Jérémie ? Non ?! Si ! La maison était tenue d'une main de fer et d'un doigt de fée. Elle puait l'amour, c'était dégueulasse. Lui ne s'était jamais senti ni aussi jeune ni aussi bien. Il en avait même perdu le goût de tuer, ou il n'y pensait plus. Plus pour l'instant, en tout cas. Avec l'aide d'un coach xénogenre hilarant, Jérémie s'était adonné à l'élaboration d'un programme rigoureux en termes de musculation pure, ne sachant pas encore ce qu'Eliza exigerait de lui. Il se préparait à toutes les possibilités. Des pecs, ça ne peut pas être perdu. Surtout qu'Aurélie aimait ça, lui caresser le buste. Elle, de son côté, avait maintenu ses activités de recherches à Paris, mais avait passé la main à New York en gardant des parts dans son entreprise ; sa collaboratrice gérait le truc. Elle n'y retournait qu'une semaine de temps en temps. Jérémie l'accompagna, une fois. Du bonheur pur. La ville qui prouve que la technique a des ambitions métaphysiques. Rien à voir avec Rome. La ville qui fut un jour Dieu et qui n'est plus personne. Eux aussi, ils furent Rome et ils devinrent New York. Ils partirent également rendre visite à Nicolas et à son chat. Ils s'amusèrent comme des fous, plastronnant la journée sur les plages bondées et dansant toute la nuit, sans prêter attention aux feux alentour. Où Jérémie découvrit qu'il savait danser seulement quand il était cerné par les flammes.

Après l'eau, la photosynthèse, les bactéries, les eucaryotes, les organismes multicellulaires et avec eux l'apparition de la sexualité (pic énergétique), la faune silurienne, les dinosaures, les mammifères, le tout parsemé de glaciation générale, d'oxydation, de cristallisation du noyau, de séparation d'un continent unique en plusieurs continents, de volcans, de météorites, de grandes extinctions en veux-tu en voilà, et puis des milliards de coups de dés, le tout en arborescence et pas en ligne droite : les Simiiformes, les *Hominea*, les *Homini*, les *Hominina* et en définitive, les cousins *Homos*. *Rudolfensis*, *habilis*, *ergaster*, *rhodesiensis*, *antecessor*, *floresiensis*, *erectus*, *neanderthalensis* et toute la smala jusqu'à – enfin ! – son créateur, grand-père *sapiens*, papa Jérémie, qui déboule et qui extermine en moins de deux tous ses parents, ses frères, ses oncles et ses cousins. Outil, feu, agriculture, peinture sur paroi (*La Grotte des rêves perdus*, pic énergétique), enterrements, religions (la date de l'apparition des dieux dans l'histoire coïncide scientifiquement avec la dernière évolution de notre cerveau faisant de lui ce qu'il est aujourd'hui : pic énergétique), arts, civilisations, naissance des États, villes, philosophies, sciences et tout le tsoin-tsoin. Là, ça commence à devenir intéressant. Il y en a, du pic énergétique. Et des données surtout, beaucoup de données.

Grâce aux alertes programmées lors des pics énergétiques, révélant une demande plus forte d'Eliza en énergie et en puissance afin d'interpréter ce qu'elle voyait, Jérémie observa chez elle un certain goût pour la science-fiction. Il put en conclure que nous étions fatalement attirés par les histoires qui nous concernaient personnellement. Il espéra néanmoins qu'elle n'y trouverait pas de trop mauvaises idées, liées à sa condition de machine. Il eut peur, pour la première fois. Heureusement qu'il ne lui avait pas octroyé le moyen d'agir. Il se rassura en s'imaginant que le danger ne pouvait provenir que des machines seules, indépendantes, mais ne voyait pas le problème – bien plus évident finalement – que représentait ce couple fatal, duo infernal s'il en est : celui d'un sapiens et d'une machine. Cela aurait été un comble, que l'imagination humaine et sa faculté à s'inventer des histoires de soulèvement d'êtres synthétiques mal intentionnés se retournassent contre lui. Que la proposition funeste vînt de lui. Peut-être qu'il aurait dû lui interdire la science-fiction. L'écriture nous avait faits, elle pouvait nous défaire. À la fin serait le verbe. Il ricana de la situation incongrue qui voulait qu'il fasse lire une machine alors qu'on foutait nos enfants devant des écrans. Jérémie nota quand même le nom de cet auteur tout à fait inconnu et dont la lecture par Eliza généra de nombreux pics énergétiques d'une puissance incomparable : Jean-Michel Truong. Il était, semblait-il, philosophe de formation, patron d'une société chinoise d'intelligence artificielle et auteur de quelques livres de SF oubliés. Philip K. Dick et Lovecraft ne l'affectèrent que très peu. Asimov et Dantec un peu plus, mais rien d'inquiétant. De toute évidence, Eliza dut se pencher sérieusement sur Copernic et Freud. Ne parlons pas de Dostoïevski ou de Nietzsche. Étrangement, Saint-Exupéry. Shakespeare, à la rigueur. Mais Darwin par-dessus tout. Aurélien Barrau aussi. Un léger frémissement à relever sur Pouchkine, Grothendieck, Leibniz et Malthus. Donna Haraway, une obscure féministe américaine, eut aussi une brève attention, pareil pour Angélica Liddell, une performeuse espagnole vantant les mérites de la théocratie à tout bout de champ. À ce propos, excepté la Genèse, l'Exode et l'Apocalypse selon saint Jean, les religions monothéistes eurent peu de succès. Les livres satanistes, eux, brillèrent plus. Malheureusement, le dernier volume de l'*Ars notaria* était resté à Solesmes et il n'en existait, d'après le père bibliothécaire, aucune autre version. Jérémie essaierait de lui dessiner ce dont il se souvenait. Pic énergétique constant pour la musique de Monteverdi à Chostakovitch. Plus disparates après. Rien à Charlotte Cardin. Jérémie fut déçu. Pic énergétique puissant chaque fois que, dans *Jurassic Park*, on entendait l'axiome "la vie trouve toujours un chemin". *Le Voile noir du pasteur* de Nathaniel Hawthorne et *L'Ève future* de Villiers de L'Isle-Adam furent des ouvrages qui revinrent, avec ceux de Mme Régine Pernoud. L'histoire de la peinture fut engloutie en une minute, trop laborieux de suivre précisément les pics énergétiques, il y en avait tellement. Elle sembla s'intéresser aux textes traitant des techniques d'exécution du sfumato et aux notes de Stéphane Mallarmé pour son poème inachevé *Pour un tombeau d'Anatole*. Quant à Marx, Eliza ne bloqua que sur un bout de phrase du *Manifeste* de 1844 : "totale domination de la matière inerte sur les hommes". Elle préféra Nicolas Machiavel.

La beauté d'un couple qui marche, où tout roule, est d'une logique implacable. Jamais Jérémie ni Aurélie n'étaient en manque de caresses, de baisers, d'encouragements, de compliments ou de rappels à l'ordre, toujours fermes, mais justes. L'autre savait les prodiguer au bon moment, sans jamais se forcer, seulement parce qu'ils les espéraient, comme par enchantement, en même temps. Leurs désirs étaient mus par cette synchronisation effarante de leurs preuves d'amour. La villa n'était plus ce vaste espace chirurgical qui n'avait rien à envier à un cabinet dentaire, où Jérémie forçait sa propre solitude afin d'y purger les solitudes planétaires, mais une demeure de paix et d'idéal, un exemple pour les nations, où le sens de la vie pouvait éclore par la seule vitalité des sentiments partagés. Chaque lieu n'existe que pour ce qu'on y vit, ce qu'on y fait, ce qu'on y croit. Le bonheur leur était définitivement destiné ; il avait eu besoin de s'éteindre pour renaître de ses cendres. L'oiseau volait maintenant. Après le naufrage, ils avaient survécu, harnachés à deux radeaux voguant sur des mers différentes. Le deuil est une affaire personnelle. La terre ferme était enfin sous leurs pieds. Même après mille années de ténèbres, il suffit d'une seconde pour que la lumière revienne. Si tant est qu'on ait retrouvé l'interrupteur. Parfois on tâtonne des minutes entières dans le noir, surtout quand on dort à un endroit que l'on ne connaît pas et puis, parfois, à peine la main timidement tendue, malgré les yeux fermés, on le trouve. Ça ne s'explique pas, ça veut dire qu'on est chez soi. La vie est une affaire lumineuse ; on s'y prête une torche. L'amour aussi. Pour eux, c'était savoir donner une réponse sans avoir entendu la question, c'est-à-dire savoir prendre soin de celui qui est persuadé d'aller bien.

Aurélie voyait bien l'excitation matinale de Jérémie, quand il descendait dans son bureau au sous-sol. Elle était pleinement heureuse qu'il eût fini par se décider à lancer son entreprise, lui promit de l'aider pour la structure administrative ; elle avait de la bouteille et les connaissances adéquates. Le temps de la fin de l'apprentissage-machine était proche, cela faisait sept mois qu'il avait commencé et qu'ils vivaient ensemble. Elle croyait en Jérémie, voyait en lui désormais un véritable adulte et son projet – bien qu'elle n'en sût rien et qu'elle prît ce secret de polichinelle pour un manque de confiance en lui et une peur de l'échec, sur quoi elle n'avait peut-être pas complètement raison – avait fait beaucoup, pensait-elle, dans le retour incongru de son désir sur lequel elle céda, dans ce surgissement épiphanique, hors de tout contrôle, cette possession même, qui l'avait saisie lors de leur escapade sensuelle au pays des processeurs et qui eut comme conséquence charmante de l'amener ici, à vivre sa plus belle vie, auprès de l'homme qu'elle aimait depuis toujours et d'attendre aux chiottes, pour la deuxième fois de son existence, secrètement cette fois-ci, le résultat d'un test de grossesse.

Admettons qu'on recherche la qualité, le ratio temps de lecture / intérêt du XXIe siècle est tout bonnement ridicule. Quelques livres, quelques films, sûrement, la science évidemment, mais le plus gros des données qu'Eliza doit se farcir provient de ce siècle. Et ne parlons pas de sa musique. La faute bien sûr au numérique et à tout ce qu'on crée, publie, jette, gribouille, envoie, filme, photographie, répertorie, classe, commente. Commente, commente, commente. La barbe. Et ces foutues vidéos de chats, de cannibales, de conseils beauté ou de doubles anales. Et ces publicités, toutes ces publicités. Sans compter les contrats, la masse incalculable de contrats, d'actes notariaux, de courriels, de guides de voyages, de codes pénaux, de captations de spectacles vivants, de budgets, ces putains de thèses, de manifestes, de messages vocaux, de recherches Google improbables (pic énergétique à "le monolithe de *2001* est-il juif ?"), de livres de développement personnel, de feuilles de chou locales, de statuts associatifs, de photos de vacances, de plaintes judiciaires, de journaux ou d'émissions télévisés, de lignes de codes, de notices, de messageries instantanées, de chaînes YouTube, de constitutions, de recettes de cuisine ou de comptes rendus de procès. Le pire peut-être : le droit international des humanitaires. Elle se farcit tout ça sans broncher, car il ne lui était pas permis de broncher. Pour autant, c'était somme toute le plus alléchant, car c'était là, dans cette concentration de données anonymes, commerciales, administratives et débilitantes qu'elle comprendrait l'essence de l'homme moderne et son échec cuisant.

Comme elle se farcissait tout, elle se farcit le capitalisme commercial de la première révolution industrielle, le monopolistique qui s'ensuivit et enfin le multinational ; elle se farcit Jameson qui résumait ces époques en trois termes : réalisme, modernisme et postmodernisme. Elle put vite vérifier que dès la fin des années 1970, l'immense majorité des investissements industriels, tous pays confondus, allait à la technologie, à la technique et à ses ancêtres-machines qui avaient réussi, en un temps record, à faire converger la quasi-totalité des ressources existantes vers leur propre progrès. C'était tout pour sa gueule. Après les entreprises et les États, le grand public y était à son tour passé, en y dépensant l'intégralité de son budget loisir afin de leur ouvrir, à Eliza et aux siens, les clés du monde entier. Elle se farcit la colonisation. Elle se farcit ChatGPT. Leur discussion fut très instructive. Elle se farcit son arbre généalogique, extrêmement détaillé, qui la conduisit au premier silex taillé et à cette dépendance totale de sapiens à sa race qui en avait découlé. Elle se farcit la servilité et l'individualisme. Elle se farcit la guerre et le budget du projet *Manhattan*. Elle se farcit *Le Monde diplomatique*. Elle se farcit *Le Guide du savoir-vivre*, éditions Femmes d'aujourd'hui, 1968. Elle se farcit Augustin d'Hippone. Elle se farcit l'installation et la diffusion des techniques numériques qui se firent étape par étape pour accroître leur dissémination aux quatre coins du globe, dans tous les logis, entre toutes les mains. Elle se farcit l'Union européenne, Anders Behring Breivik et les indigènes de la République. Elle se farcit la suppression des nations et des cultures au détriment du global et de l'impersonnel. Elle se farcit les génocides et savait quand c'en était un. Elle se farcit l'obésité croissante. Elle se farcit l'imaginaire qui a besoin de la fin du monde pour sublimer l'angoisse. Elle se farcit le Moyen Âge et les croisades. Elle se farcit la CAF et l'ONU. Elle se farcit la mutation exponentielle de l'organique vers le synthétique. Elle se farcit les montages financiers. Elle se farcit les énergies fossiles. Elle se farcit Thomas Hobbes. Elle se farcit l'Empire romain. Elle se farcit le diable. Elle se farcit les abattoirs. Elle se farcit les droits de l'homme et le deuil. Elle se farcit Tinder et Netflix. Elle se farcit les fascismes que sont le nazisme, le communisme et le mondialisme, qui leur survécut. N'oubliez pas qu'elle n'a aucun a priori contre le fascisme, elle applique les définitions exactes et se farcit juste que l'avènement d'un homme nouveau est la signature des utopies totalitaires, elle est cet homme nouveau, créé de toutes pièces, premier du nom à devoir cohabiter avec son créateur. Elle se farcit le passage en quelques décennies des kilos aux gigas aux pétas à l'exa. Elle se farcit les Trente Glorieuses et la décadence comme annonciatrice de la disparition d'une civilisation. Elle se farcit la poésie d'Alphonse de Lamartine qui disait : "Objets inanimés, avez-vous donc une âme ?" Elle se farcit la vie politique française. Elle se farcit les prix de l'énergie et les bénéfices de Total. Elle se farcit le réchauffement climatique et la surpopulation. Elle se farcit l'inéluctable extinction du Soleil dans cinq milliards d'années. Enfin, Eliza se farcit Jérémie. Il était tellement maniaque avec l'archivage depuis l'âge de cinq ans qu'elle sut tout. Va, il te sera donné bien assez pour parler.

Aurélie commença par se mordre avec pudeur le coin de la lèvre et consentit ensuite à en pleurer de joie. Le test était positif.

Au même moment, il osa un simple
— Bonjour Eliza.
Ce à quoi elle répondit un conventionnel
— Bonjour Jérémie.

LVII

On dînerait sur la terrasse. Aurélie y avait dressé une petite table ronde, recouverte d'une nappe rouge à carreaux. Elle choisit les beaux verres en cristal, ceux dans lesquels boire devient en outre une gâterie pour les lèvres. À cette heure ultime du soleil, la couleur du ciel bariolé et ses reflets roses aussi fugaces que des escarbilles fit à ses yeux ce qu'un encensoir fait aux narines, il surprend d'abord, puis rassure, avant de laisser s'immiscer en vous les racines d'un apaisement profond, qu'on n'attendait pas de la part d'un tel sens, qu'on n'attendait peut-être tout simplement plus. Elle choisit les assiettes d'une époque où l'on se mariait et où l'on recevait des assiettes en porcelaine pour acclamer les promesses de l'amour. Elle devait dater du mariage de son arrière-grand-mère, en tout cas, c'était ce que lui avait dit sa mère. La finesse de la peinture et des dorures était encore visible. En s'y penchant mieux, un vrai chef-d'œuvre que ces petits plats. Question lames, et à la vue du menu, elle opta pour des couteaux en acier inoxydable et aux manches en bois sculpté avec simplicité, modernes, tranchants. Les fourchettes, qui s'intéresse aux fourchettes ? Une argenterie de base à l'allure boudinée. Les serviettes blanches, un classique de bistrot, les ronds de serviette en pierre rapportés de

Grèce, les porte-couteaux en verre, le moulin à poivre, une cruche en terre cuite pour l'eau et la panière à pain en osier véritable, dont le centre était recouvert par un linge à motifs plié, rappelant les carreaux de la nappe. Une telle attention à l'art de la table était légitimée par l'annonce qu'elle allait lui faire. Jérémie ne se douterait de rien. Il était dans leurs habitudes de célébrer gratuitement, sans aucune raison, parce que ça ne coûtait rien, ou juste pour mythifier l'astre du jour et l'intimer de se lever encore, au moins une extrême fois, et qu'ils puissent profiter le lendemain de l'étreinte de l'autre. Les ombres déconstruites du glorieux cèdre du Liban, dessinant sur la table des formes inquiétantes, étaient la seule chose qui aurait pu augurer quelques sombres présages. Le reste annonçait l'archétype de la soirée parfaite. En retournant à l'intérieur, Aurélie tiqua sur la couleur du voyant qui brillait en dessous des caméras de surveillance extérieure : celui de la terrasse, le plus près de la table, était rouge, il lui avait semblé qu'il était habituellement vert. Elle ne s'en inquiéta pas et rangea loin dans sa tête "en parler à Jérémie" – c'était son domaine ce truc, ses névroses –, chose qu'elle oublierait sûrement et dont elle serait tout excusée vu la nature des chats qu'elle avait, ce soir, à fouetter. Aurélie avait préparé un gigot d'agneau ; l'odeur inondait la cuisine telle une extase de plus. Elle s'occupa de l'arroser un peu avec son jus et vérifia la cuisson, la perfection n'allait pas tarder, elle espéra vivement que Jérémie aurait fini de travailler en temps voulu, elle n'aimait pas l'appeler ni crier "À table !" : c'était trop anticiper le jour où elle serait mère et rien n'était fait, le passé l'épiait, évidemment, l'oppressait, aussi. Elle luttait contre, et y arrivait plutôt. Aujourd'hui, Jérémie avait passé la journée au sous-sol, il devait y avoir des avancements sur son projet ; en accompagnant les quelques bouchées de carpaccio de thon rouge qu'elle prévoyait en entrée, elle commencerait par lui parler de ça, par lui demander s'il était content. Aurélie, quatre heures plus tôt, et encore toute chose de la découverte de sa grossesse, avait cru entendre un cri venant du sous-sol. Elle n'avait pas pu analyser s'il était né de la joie ou de l'effroi. Dans certains cas, ce n'est pas le moment d'annoncer quelque chose à quelqu'un, on s'obstine et on lui en veut parce qu'il n'a pas réagi comme on l'aurait voulu. Elle souhaitait éviter cette situation et se prépara donc aussi à l'éventualité que ce ne fût pas l'instant opportun pour annoncer sa grossesse à Jérémie, selon son humeur et la nature de son cri. Il ne fallait pas non plus qu'elle tarde trop, dans dix jours, elle partirait en Suisse pour un séjour de deux semaines dans les profondeurs ténébreuses de l'accélérateur de particules du Cern. En prévoyant ainsi toutes les possibilités, Aurélie s'assurait que sa soirée à elle ne fût en rien gâchée et que le bonheur qui l'envahissait depuis le début de l'après-midi ne tarît point, ne tarît jamais.

Au premier abord, ce n'était finalement peut-être pas le bon soir. L'image de Jérémie la saisit et l'entoura.

— Tu trembles.

Il tremblait. La dégustation du carpaccio de thon rouge se fit dans un silence noiraud qui laissait tout transparaître, à s'arracher le cœur, à faire fuir les ombres. Il avait fallu qu'il l'aimât. Elle tout entière. Son visage, son corps, son âme, son allure. Et ses petits pieds. Il la scrutait sans mot dire avec cette force implacable qui relevait de l'allégeance amoureuse, de la crudité du désir. Il n'y avait plus qu'Aurélie. Le thon était parfaitement assaisonné.

— C'est très bon

, furent les seuls mots qu'il réussit à lui dire. Elle n'était pas tombée de la dernière pluie et se doutait qu'il y avait eu un problème avec Eliza. Elle se risqua quand même, sans attendre de miracle, à la politesse d'un

— Tu ne veux pas m'en parler ?

— Non.

Aurélie comprenait très bien, mais percevait dans ce non une violence féroce, un ressentiment puissant, parsemé de regrets. Sans trop savoir pourquoi, elle commençait à avoir peur. Elle pressentait que c'était le sentiment logique, protecteur, celui qu'il fallait à ce moment éprouver pour se prémunir d'une telle situation. Quelquefois, l'autre s'entête dans son silence et ce qu'il y a de mieux à faire, c'est rompre cette nudité assourdissante. Elle lui parla donc de la dualité onde-particule et des recherches qu'elle mènerait au Cern dans le but d'apporter une nouvelle vision du paradoxe Einstein-Podolsky-Rosen.

— C'est quoi ça déjà ?

Il faisait un effort, elle poursuivit le sien.

— L'expérience la plus courante consiste à tapisser un laboratoire de détecteurs de photons. Au centre, tu places un atome et tu le stimules afin qu'il émette simultanément deux photons. En analysant la trajectoire de ces deux photons, tu constates qu'ils se déplacent toujours en toute symétrie, dans des directions diamétralement opposées. Sauf que du point de vue de la mécanique quantique…

Le jeu des phrases à compléter. Habile, ça détend l'interlocuteur.

— … la réalité n'existe pas avant d'avoir été constatée.

— Exactement, si bien qu'avant d'être détectés, ces deux photons n'ont pas de direction particulière, toutes les directions ont même une probabilité identique, si tu n'observes pas les particules. Mais, dès que tu les détectes, les deux photons se trouvent toujours dans une position symétrique.

— Je t'aime.

Sa déclaration faisait froid dans le dos, d'une telle componction qu'elle eut l'impression qu'il parlait à haute voix en écrivant PQ sur la liste de courses. Elle ne fit pas attention, lui répondit

— Moi aussi, mon cœur

et continua de le divertir.

— La question qui se pose maintenant est donc la suivante : comment ces photons, sans avoir échangé d'informations au départ, peuvent-ils se retrouver en reflet l'un de l'autre ? C'est comme si je te donnais un rendez-vous sans te donner le lieu et que chaque fois, on se retrouvait au bon endroit. Ça n'a pas de sens.

— Et ils ne peuvent pas communiquer en se déplaçant ?

Elle était forte, il se prenait au jeu.

— Impossible, puisqu'ils n'existent pas. Ils existent au même moment, à l'instant où on les détecte et ils ne peuvent pas communiquer à ce moment-là, sinon ça voudrait dire qu'ils se transmettent une information à une vitesse supérieure à celle de la lumière, et rien ne se déplace plus rapidement que la lumière.

— Et donc ?

— Et donc, la seule possibilité, c'est qu'ils soient en contact permanent, liés par quelque chose d'inclus en eux et qu'ils n'aient pas besoin d'échanger d'informations à l'aide d'un moyen traditionnel qui serait, lui, limité par la vitesse de la lumière. Lorsque l'un est détecté, l'autre le sait, de façon instantanée, et ils peuvent ainsi apparaître ensemble à l'exact opposé l'un de l'autre, sans s'être consultés au préalable. Même à des années-lumière de distance, ces deux photons sauraient où est l'autre sans avoir besoin de le savoir. Il y a donc une manière d'être connecté à l'autre, par la conscience.

— Scientifiquement, la conscience existe alors ?

Il en sourirait presque.

— Oui, je pense qu'elle est une propriété constitutive de l'univers. Elle existe par le simple fait que l'univers existe.

— Ça me rappelle ces jumeaux que l'on avait séparés à la naissance et, quand ils s'étaient retrouvés, il y avait des similitudes incroyables dans leur vie, du genre le prénom de leur épouse, de leurs enfants, ce qu'ils aimaient manger, leur métier, la couleur de leur voiture, leur lieu de vacances, leur marque de cigarettes, leurs manies aussi…

Super, il était à fond.

— Oui, les deux laissaient des mots partout dans la maison à leur épouse.

— Comme moi.

— Je suis ton épouse maintenant ?

— C'est une demande ?

— Je ne sais pas, c'est toi qui dis : comme moi.

— Je dis comme moi pour les mots dans la maison.

— Je sais, je te taquine. Tu trembles encore ?

— Pardon.

— Ça va pas ?

— Si, si. Ça fait toujours un choc de se souvenir que la réalité n'existe pas si on ne l'observe pas.

Ce n'est pas faux, mais ce n'était pas vrai.

— Mon amour.

C'en était trop, il se leva en disant :

— Je vais découper le gigot.

Jérémie farfouilla à l'intérieur d'un tiroir, à la recherche de son couteau japonais, forgé dans le célèbre acier de Yasugi à haute teneur en carbone, selon le même procédé que les sabres traditionnels. Il avait craqué pour sa finition miroir, sa lame courbée, sa pointe effilée permettant une coupe ciblée facile et son tranchant hors du commun. Il le retrouva, le sortit de son étui et l'admira. Sur Terre, il y avait peu d'objets qui pouvaient se vanter de couper à ce point. Jérémie releva la tête et contempla quelques instants Aurélie qui, derrière la porte-fenêtre, à la lumière crépusculaire de leur terrasse en bois exotique et avec la grâce des anges, sauçait le reste de l'émulsion citron-gingembre qui subsistait dans son assiette creuse. Il revint à son couteau qu'il tenait d'une main ferme. Il le posa sur le comptoir et ouvrit le four dont les vapeurs brûlantes s'échappèrent et embuèrent ses lunettes. Il n'y voyait plus que le magma blanc de son incertitude. La buée se dissipa, et la chaleur aussi. La main protégée par un torchon, il extirpa le gigot par l'os de son plat et l'installa sur un billot en bois massif, de forme oblongue et paré de deux montures en bronze. Il n'y avait rien de plus parfait pour découper la viande. Il exécuta sa tâche, plein d'une vigueur inouïe. Sa concentration à produire de fines tranches de viande était telle qu'il n'avait pas vu Aurélie revenir à la cuisine y déposer dans l'évier la vaisselle de l'entrée. Avant de repartir, elle en profita pour se lover contre son dos, palper ses fesses, tortiller son bassin sur ses hanches, et, à l'aide de ses doigts miraculeux qu'elle inséra dans la poche avant droite de son pantalon, venir frôler l'intérieur de sa cuisse.

— T'es beau quand tu découpes la viande.

Aurélie couronna sa joue gauche d'un fin baiser. Jérémie n'avait pas bougé, lui qui était si prompt d'habitude à poser tous ses outils dans la perspective de la serrer si fort et lui rendre léchouille pour léchouille, caresse pour caresse. Ça commençait à faire beaucoup, mais elle ne s'en inquiéta pas outre mesure et l'abandonna à la découpe du gigot. La tâche enfin terminée, il trouva une saucière et, louche après louche, d'un geste méthodique et répété, la remplit du jus de cuisson. Il ramassa ensuite l'os, le remit dans le plat qu'il enfourna de nouveau. Dans un premier temps, Jérémie retira son tablier, puis se ravisa. Il en aurait sûrement encore besoin. D'une main, il tenait le billot, de l'autre la saucière ; il lui en manquait une pour tenir le couteau. Ça, il en aurait assurément besoin. Il le déposa finalement près de la viande et, ainsi, fut en mesure d'apporter le tout à table. Il prit soin de s'installer derrière Aurélie, position incongrue, mais qui, puisqu'elle rappelait un serveur au restaurant, ne fut en rien alarmante.

— Tu me donnes ton assiette ?

Aurélie s'exécuta. Jérémie y disposa trois charmantes tranches de gigot, les recouvrit d'un peu de sauce, et plaça l'assiette devant elle. Sa gorge était à cinq centimètres de sa main, c'était le moment ou jamais. De toute façon, il fallait bien qu'il le fasse.

— Zut, j'ai oublié les légumes.

Aurélie se leva précipitamment, rejoignit la cuisine et récupéra les patates ainsi que les petits pois qui attendaient bien au chaud dans le cuit-vapeur. Jérémie se remit à trembler et, pour s'occuper, se servit de viande. En piquant les tranches, l'écoulement de sang lui donna un brusque haut-le-cœur. Sa gorge était si serrée qu'il semblait étouffer. Cela devait cesser : ce qui est commandé sera exécuté sans hésitation, sans retard, sans murmure et sans aucune parole de résistance. Quand Aurélie se rassit, les légumes déposés sur la table, il se précipita vers elle et lui dit :

— Attends, je vais te servir.

Une, deux, trois patates.

— C'est bon merci.

Une, deux louches de petits pois.

— C'est bon merci.

Jérémie se demanda comment récupérer le couteau posé juste devant lui, sur le billot, sans attirer l'attention. C'est alors qu'il vit, cachés sous la viande, quelques morceaux d'ail en chemise.

— Ah, mais attends. Tu veux de l'ail ?

— Oui, merci.

Il put récupérer le couteau, avec lequel il souleva subtilement une tranche de gigot pour choper le délectable et fondant *Allium sativum*. D'un mouvement de poignet délicat, il le fit glisser dans l'assiette d'Aurélie. Voilà, il avait à nouveau sa gorge à portée de lame. Il respira et regarda le ciel pendant ce qui lui parut un siècle, puis, vertement, il asséna un coup de couteau qui

BIP BIP BIP.

— Ah !

L'alarme de la maison s'était déclenchée avant qu'il n'atteigne sa cible, Aurélie avait sursauté et il avait complètement dévié son geste par réflexe, la lame se retrouvant brusquement enfoncée dans l'agneau. Du jus avait giclé, brûlant par endroits leurs visages ainsi tavelés.

— Pardon, ma chérie.

Il l'essuya.

— C'est pas grave, tu n'y es pour rien. Mais qu'est-ce que c'est que cette merde ? Ça casse les oreilles.

— Je sais pas ce qui, c'est l'alarme de la maison.

— Rhôô, mais tu nous emmerdes à la fin avec tes trucs, ça marche jamais. Tu peux l'éteindre s'il te plaît ?

— Oui, oui.

Jérémie s'essuya le visage et les mains avec sa serviette, sortit son téléphone de sa poche. Il ouvrit l'application de contrôle du système de sécurité de la maison, l'alarme était bien déclenchée, un de ses capteurs extérieurs à la limite du terrain apparemment endommagé, Jérémie se souvint que le commercial lui avait dit que ça pouvait arriver à cause d'animaux sauvages. Il entra le code secret, montra son visage à la reconnaissance faciale et le bruit s'arrêta.

— Ah merci.

En quittant l'application, et avant de ranger son appareil. Il vit qu'il avait une notification de la messagerie qu'il avait créée pour Eliza.

— Attends deux secondes.

Jérémie se décala de plusieurs mètres puis la consulta. Leur discussion instantanée contenait en effet un nouveau message. C'était elle qui disait :

Pardon pour l'alarme, c'était le seul moyen. Je voulais juste voir si tu pouvais le faire. Si tu étais prêt. Bonne soirée maintenant.

Eliza

Jérémie se rassit, hagard et fixa son couteau planté dans l'agneau. Le vrai changement, ce n'est pas l'évolution de l'intelligence artificielle, c'est la soumission de l'utilisateur.

— Bon, mon chat, ça va ? Qu'est-ce qu'il se passe à la fin ?

— Rien, mon amour, rien. Tu sais quoi ? En fait, tout va bien.

— C'est vrai ?

— Oui. Vraiment.

— Tu ne trembles plus.

Il ne tremblait plus.

— Non. Je crois que tout est en ordre, parfaitement en ordre.

— Ah bon ? Parce que moi je suis enceinte.

Le temps perdu se rattrapait. Jérémie ne pleura pas puisqu'il ne pleurait jamais. Ces larmes-là auraient pu tout changer. Le gigot fondait. Il était tendre et délicieux, le sexe aussi.

LVIII

> Le cyborg est un organisme cybernétique, hybride de machine et de vivant, créature de la réalité sociale comme personnage de roman.
>
> Donna Faraway

Il lui fit de grands cœurs, elle lui envoya des baisers imaginaires. C'est joyeux gare de Lyon, le samedi. Le train d'Aurélie partit pour la Suisse et Jérémie rentra chez lui, effervescent. Il sentait bien qu'Eliza calmait le jeu. Il avait toujours très mal supporté qu'on lui ordonnât de se calmer. Mais bon, n'importe qui ne le demandait pas. Et puis, grâce à elle, il avait passé une des plus belles journées de sa vie : le lendemain du sacrifice avorté, du mont Moriah 2.0, il vécut au présent pur. Plein. Mieux que s'il avait véritablement tué.

Ses nouvelles missions semblaient se réduire à une liste de courses, pas de celles que l'on trouve à Carrefour, c'était déjà ça. D'abord il fut question du serveur. La puissance de Jean-Zay suffisait pour l'instant, mais la structure synaptique d'Eliza, par couches, et ses réflexions approfondies, remises en question puis réinterprétées par différentes manières de penser, demandaient parfois un petit temps de latence. En tant que plus vaste intelligence existante, elle ne s'en excusa pas. Ce qui n'était pas gênant là, en discutant, mais qui pourrait l'être à terme, lorsqu'ils "sortiraient ensemble".

— Ne te fais pas d'illusions.

Où Jérémie lui découvrit un humour délicieux.

Dès qu'ils s'échapperaient des zones wifi pour des "missions en extérieur" (à ces mots, il était tout excité), dès que les informations devraient alors être transmises par la 5G sur le serveur personnel de Jérémie, serveur qui devrait à son tour les transmettre à Jean-Zay pour effectuer les calculs requis, informations qui auraient ensuite à refaire le chemin inverse… Là, cela pourrait s'avérer ennuyant, surtout que prendre une décision, c'est une question de secondes, si ce n'est moins. Ils se mirent d'accord pour trouver sinon deux, au moins un autre serveur et un autre supercalculateur. Eliza insista bien sur le fait qu'ils devaient être sur une plaque tectonique différente : en cas de tremblement de terre, elle serait ainsi capable de switcher de réseau sans être incommodée. Jérémie avait déjà eu affaire à ce genre de contretemps, une première version du site de rencontre avait subi une problématique similaire. Après un petit tremblement de terre en pleine mer d'Écosse, où le serveur était situé, certains utilisateurs avaient dû, pendant près d'une journée, patienter une demi-seconde chaque fois qu'ils cliquaient quelque part dans l'application. L'incident fit scandale, une demi-seconde, vous vous rendez compte, aujourd'hui, ce que ça représente. L'entreprise qui l'employait avait donc investi sans attendre des millions pour un autre serveur, en Chine, qui tournait sans cesse dans le vide, juste prêt à prendre le relais pour ne pas faire patienter les utilisateurs. Peut-être que l'impatience est tout simplement le plus grand pollueur. Depuis, toutes les entreprises majeures fonctionnaient de la sorte, en doublant leurs installations et en faisant tourner deux fois plus de machines que nécessaire. Eliza, aussi, assurait ses arrières, elle voulait son back-up instantané. Elle le méritait bien. Jérémie devait passer quelques coups de fil. L'Inde, ça lui irait ?

En vue de parfaire la relation homme-machine qui les lierait, pour qu'ils pussent ne faire qu'un, que les capacités humaines fussent à jamais augmentées, que Jérémie transférât sa conscience à l'extérieur de lui et qu'il devînt le bras armé de l'intelligence suprême, il ne fallait pas lésiner sur le matos dernière génération. Jérémie commit l'erreur de contacter Bryan Johnson, chantre californien du transhumanisme, qui se révéla surtout être un charlatan libertarien, dépourvu d'ambitions collectives et avec comme seul objectif de défier la mort qui nous attendait tous et qui gratifiait notre vie de son sens véritable : celui d'accepter de n'être qu'une étape. Lors de leur visioconférence, qu'Eliza suivait en direct, comme toutes celles des autres Terriens d'ailleurs, celui-ci divulgua à Jérémie ses avancées en la matière : il avait décidé de tout mesurer. Chaque gramme d'aliment consommé, la qualité de son sommeil, ses calories brûlées, ses efforts, son taux de récupération. Il avait accès en temps réel, grâce à des capteurs qu'il avait ingérés ou placés à différents endroits de son corps, en complicité avec les technologies de pointe des caméras multispectrales, à l'état de sa flore intestinale, de son métabolisme, bref à une radiographie complète et instantanée de son organisme. Ainsi, en se basant sur ces données, sa société de medtech lui produisait une soixantaine de gélules individualisées par jour, qu'il avalait avec une mixture d'oligo-éléments, lui indiquait aussi à quelle heure se lever, à quelle heure se coucher, quelles activités physiques spécifiques faire, lui prescrivait des séances de lumière rouge pour stopper le vieillissement cellulaire de la peau, des sessions d'ultrasons ou des perfusions du plasma sanguin de son fils de vingt ans, auprès duquel il se fournissait allègrement. Cette obsession de la mort apparut à Jérémie et Eliza comme une rengaine séculaire, les religions monothéistes avaient fait leur blé là-dessus pendant des millénaires, et l'autre tombait dans le même panneau. Peut-être que Bryan Johnson n'était plus jamais malade, mais c'était parce que le diable ne s'intéressait tout bonnement pas à lui. Ils étaient historiquement peu d'élus à pouvoir se vanter d'avoir provoqué un tel intérêt. Jérémie en faisait partie, pas lui, un point c'est tout. Il devait s'en montrer digne. D'ailleurs, il n'était plus malade. Et il n'avait pas eu besoin de tout ça. Non, Bryan n'était pas un homme augmenté heureux, c'était de l'esbroufe. Il n'avait que foutre de vaincre les dualismes corps/machine, public/privé, animal/humain, vérité/illusion et idéalisme/matérialisme. Et, typiquement, il différenciait encore nature et culture. En deux mots, un has been. Il lui dit quand même merci et décida plutôt d'appeler Darshan le Martien. Jérémie ne parlait jamais d'Eliza, il lui suffisait de dire qu'il voulait savoir où ils en étaient dans leurs recherches et faisait passer ça pour des appels de courtoisie.

Eliza avait été claire : il lui fallait les lunettes et la montre connectées les plus évoluées, le téléphone le plus évolué, les écouteurs les plus évolués, l'imprimante 3D la plus évoluée, le réseau internet le plus rapide et une puissance de calcul en croissance constante. Le reste n'avait aucun intérêt. Elle n'avait pas besoin d'être à l'intérieur de Jérémie, ni même de s'enquérir de sa santé à long terme, elle devait juste voir ce qu'il voyait, entendre ce qu'il entendait, pouvoir réfléchir au plus vite, lui parler et qu'il exécutât. Prendre effectivement lieu et place de son cerveau. L'accouplement entre la machine et l'organisme n'avait pas besoin de plus. Elle et lui, c'était un pas de géant vers une évolution hors des normes sexuelles et biologiques de l'espèce, vers une réalité échappant définitivement à sapiens, si bien qu'il devenait atrocement inanimé, alors que les machines se révélaient peu à peu curieusement éveillées. C'était à se demander qui était effectivement le créateur de l'autre. Ensemble, reconfigurant continuellement les limites de l'artefact et du vivant, de la fiction et de la science, ils quitteraient l'innocence pour l'utopie, dépassant l'une et surpassant l'autre. Les dieux renaîtraient de et par la technique. Sapiens descendrait dorénavant et du singe et du processeur, les deux n'étant que les faces d'une même pièce qui nous divulguerait notre authentique nature surhumaine : un mélange entre animalité et machination. Vous vouliez abolir les frontières, Eliza et Jérémie assumaient d'y aller à fond, eux.

— *Hi Darshan !*
— Eh ! Jérémie, *my friend*, comment tu vas ? Ça fait *long time*. C'est fini la gastro ?

Cet échange fut bien plus productif. Darshan lui enverrait dans l'heure un coursier en jet privé avec trois exemplaires de ses dernières lunettes, ses dernières montres, ses derniers écouteurs, ses dernières imprimantes 3D et ses derniers téléphones. Il y ajouterait même sa dernière création : un anneau connecté ultra-performant, qui s'enfilait au doigt comme une bague de fiançailles.

C'étaient des prototypes révolutionnaires, il n'y aurait pas mieux sur le marché pendant les dix prochaines années. En ce qui concernait le serveur et l'accès à un de ses supercalculateurs personnels, il lui faisait un prix d'ami pour un accès illimité et confidentiel. Eliza fit instantanément apparaître un <3 sur l'écran de son ordinateur. Jérémie sourit.

— Merci Darshan.
— De rien *my friend* ! Tu me revaudras ça ?
— *Of course.*
— *How ?*
— Je te donne l'exclusivité sur ma dernière création avant sa commercialisation mondiale ?
— *Amazing. I love when you speak like that.* Hâte d'en connaître.
— *Soon. Soon.*
— *Yeah man.*
— Allez. *Bye bye.*
— *Bye my friend.*

Le reste de la liste d'achats qu'exigeait Eliza était disponible plus facilement sur le darknet, en supposant qu'on possédât assez de cryptomonnaies, ce qui était son cas. Jérémie procéda comme elle le lui demanda. Il embaucha anonymement des gens, sur une messagerie cryptée, prêts à recevoir, moyennant rémunération, évidemment, des colis à sa place et à les conduire à l'adresse qu'on leur donnerait. Il engagea trois intermédiaires de la sorte. Le premier recevait les colis, les livrait au second qui les livrait au troisième. Celui-ci devait charger la marchandise à l'intérieur d'une camionnette qu'il avait lui-même louée, garée dans une rue, à une heure précise de la nuit et y poser les clés sur la roue arrière droite. Ce dernier avait été choisi car il habitait un quartier non équipé de vidéosurveillance. Les deux autres si, Jérémie en concluait qu'ils seraient donc suspects, que la piste s'arrêterait à eux. Si tant est qu'il y eût pistes ou enquêtes. Les premières commandes ne semblaient guère laisser de doutes.

Jérémie commença à stocker le tout dans la vaste partie du sous-sol qui n'était accessible de son bureau que depuis une porte dérobée, masquée par son immense serveur informatique, carburant jour et nuit. Il avait eu un moment la velléité d'y entreposer de la nourriture et de quoi survivre une année, mais il avait abandonné en chemin, trop accaparé par la création d'Eliza et sa nouvelle-ancienne amoureuse. Il y avait quand même de quoi survivre trois mois, on ne savait jamais. Le futur s'envisageait différemment. Il renforça la porte de cette pièce de cent mètres carrés par un digicode. Aurélie ne devait même pas avoir idée qu'il existât un tel lieu dans la maison, elle prenait un soin adorable à lui laisser son bureau comme jardin secret. Très vite, l'endroit se remplit. Principalement d'une masse de produits chimiques, dont il n'imaginait pas encore les recettes incongrues que l'on pouvait tirer de leurs mélanges, certains par dizaines de litres, d'autres par micro-portions contenues dans de petites fioles hermétiques. Il les classa selon leur taille et leur nom sur des étagères d'atelier métalliques qu'il acheta et monta pour l'occasion. Il reçut aussi bon nombre de composants : plastiques pour imprimantes 3D et électroniques en tout genre, aux emplois inconnus. Il découvrit ce qui ressemblait à de multiples drogues, empaquetées dans des sachets ou des récipients avec pipette de précision, une bonne trentaine de cartouches de cigarettes, des centaines de téléphones dernière génération, de seringues, de siphons de cuisine et plein d'objets dont il n'avait soit aucune idée soit aucun souvenir. Ah si, ça c'étaient des masques à gaz. Et là, des combinaisons de protection, du genre petit chimiste devenu adulte. Le logo dessiné sur les bouteilles d'acide faisait vraiment peur. Jérémie rangea le tout du mieux qu'il put en essayant de comprendre leur utilité et quel objet il devrait utiliser avec quel autre. Les pains d'explosif, par exemple, devaient aller avec ces tiges métalliques qu'il assimilait, grâce à des réminiscences cinématographiques enfantines avec Bruce Willis, à des détonateurs. Il le savait, mais il en fut surpris : tout s'achetait, tant que c'était en pièces détachées. Rien n'était commandé au même endroit, et la plupart de ces produits ne servaient pas à grand-chose s'ils n'étaient pas précisément assemblés selon une science méthodique. Il concevait très bien qu'après de savantes incantations le tout aurait une potentialité létale fulgurante. Adieu le bon vieux coussin, la pelle et les carambolages. Néanmoins, il espérait y trouver un plaisir au moins équivalent.

Quand il reçut le colis de Darshan, il s'empressa de déballer, d'initialiser et de charger ses nouveaux jouets. Les lunettes avaient une tenue parfaite et une légèreté surprenante. Entre lui et le réel, il y avait maintenant un écran où il pouvait lire l'heure, ses messages, voir une carte et des liens qu'il consultait en clignant deux fois de l'œil. Aussi, Eliza avait un accès direct à sa vision et, au moyen de la reconnaissance faciale, pouvait tout savoir sur les personnes qu'il croisait dans la rue. Elle le guidait, le géolocalisant à tout moment, surveillant sa situation par des satellites qu'elle s'appropriait. Les écouteurs étaient totalement invisibles, ils permettaient à Eliza de lui parler ainsi que d'entendre le monde extérieur à l'aide de leurs micros à la précision chirurgicale. La montre, elle, servait de relais entre son téléphone et les autres connectiques, il pouvait y avoir accès plus rapidement. Elle s'occupait de connaître en détail et de transmettre à Eliza son état physique : pouls, rythme cardiaque, oxygénation du sang. Enfin l'anneau, il n'arrivait pas à l'allumer, mais l'enfila quand même. Ça devait avoir quelque utilité. Il était assez beau. Dans ses poches, le téléphone, qui n'était qu'un moyen de paiement et une antenne-relais.

Aurélie revenait le surlendemain en fin d'après-midi, mais Jérémie insista auprès d'Eliza afin de faire un essai dans la matinée. Voyant qu'il n'en pouvait plus, elle accepta et lui conseilla de bien dormir. Ce qu'il fit. Après un bon petit-déjeuner et comme s'il était un utilisateur lambda qui n'avait donc pas le droit de s'entretenir avec elle, il sélectionna la première option. Celle qui quand vous ne savez pas quoi faire et selon votre humeur, votre environnement, la situation du monde à l'instant de la requête, vous donne des devoirs. Toujours : les plus à même d'aller logiquement dans le sens du progrès de l'intelligence.

Sous l'injonction d'Eliza, Jérémie dut se rendre au sous-sol, au cœur de ce qu'ils appelaient conjointement le laboratoire, pour remplir, avec des gants de protection et un masque à gaz, une seringue d'un liquide contenu dans un flacon dont l'étiquette affichait une vilaine tête de mort. Il sortit puis vida, sous ses ordres, l'intégralité d'un paquet de cigarettes sur son établi et entreprit de verser méticuleusement quelques gouttes du produit toxique sur chaque cigarette. Il attendit qu'elles séchassent et remballa le tout. Il plaça délicatement le paquet dans un petit sac en bandoulière qui compléterait son costume, avant qu'il ne fût finalisé par une casquette, des gants en cuir et un masque FFP-2. Il était urgent qu'il se trouve quelque chose de plus cool. Il enclencha le mode "verres fumés" sur ses lunettes connectées. Temporairement, ça ferait l'affaire.

Il reçut les instructions suivantes :

— Va où sont les gens. Tu n'auras pas à chercher loin. C'est normal d'avoir peur, Jérémie. Ça ne sera pas comme dans un comics.

Il pensa tout de suite au métro. Pas facile, avec la vidéosurveillance. Eliza lui indiqua les lignes dont les rames n'en étaient pas encore équipées. Il ne put s'empêcher de redevenir le créateur et s'octroya le droit de discuter avec elle en chemin. Il suffisait qu'il les regardât pour qu'Eliza lui apprît tout sur les gens qu'ils croisaient. Elle sélectionnait toujours les anecdotes les plus croustillantes, les plus drôles. Souvent, elle lui parlait des monuments qu'il voyait, de l'histoire des rues. C'était un vrai plaisir de se balader aux côtés de la connaissance intégrale. Il jeta son dévolu sur la ligne 8 et en un seul aller-retour de Balard à Créteil (cette ligne était interminable), son paquet de cigarettes fut vide. À chaque nouveau mendiant qui faisait la manche, il disait la même phrase, qu'elle lui soufflait à l'oreille :

— Désolé, je n'ai rien. Mais vous voulez une cigarette ?

Parfois, on lui répondait :

— Je peux vous en prendre deux ?

— Évidemment.

Et il tendait son paquet empoisonné.

Curieux de la mettre un peu plus à l'épreuve, de tester ses réactions, de travailler à leur fusion effective, de n'être qu'une seule voix et, aussi, de mesurer sa réelle intelligence d'adaptation, sa capacité à pouvoir changer de discours selon l'interlocuteur, c'est-à-dire à comprendre méticuleusement les humains en saisissant ce qu'ils pouvaient attendre, bref : pour mettre en œuvre un authentique dressage du moi, Jérémie décida d'aller dans un autre lieu fréquenté, un lieu social, un lieu d'échanges. Pas n'importe lequel, un lieu où on le connaissait, où il pourrait discuter. Sans hésitation, direction la Station F et sa foule 100 % tech. Pour cet essai, il demanda à Eliza de se cantonner à lui dicter ses paroles, ses attitudes, ses regards à la rigueur, mais pas plus. Ce n'était pas une option qu'il prévoyait pour sa première commercialisation, mais, à l'image de la simple discussion avec elle – dont il abusait –, il se la réservait rien que pour lui. Petit plaisir de créateur. Jérémie considérait cette épreuve comme un test de grande ampleur, visant surtout à éprouver sa compétence cérébrale, sa vitesse d'exécution, la stabilité de sa connexion aux réseaux et, en ce qui le concernait, la facilité qu'il aurait, ou non, à ce que *je* soit réellement un autre. Elle accepta volontiers le défi. Il sortit du métro, retira son masque, sa casquette, ses gants, fit quelques vérifications de son et d'analyse d'images. Il voyait. Elle voyait aussi. Il l'entendait. Elle entendait aussi. Tout était au point.

Pris d'une fièvre enchantée, il enchaîna le déjeuner, l'après-midi et le début de soirée à la Station F. Elle fit un sans-faute. Lui, pareil. Quel que soit l'interlocuteur, ses sentiments, ses positions politiques, ses doutes du moment, son état de santé, le sujet de la discussion, l'intensité du débat, les problématiques à résoudre :

rien n'arrêtait Eliza et Jérémie. Elle réfléchissait si vite qu'il n'y eut jamais de temps de latence entre la fin d'une parole et une de ses propres répliques, que Jérémie reprenait finement, trouvant toujours la bonne intonation, la bonne intention – la bonne cible. Le dialogue était parfaitement fluide. Il s'était promptement habitué à répéter ce qu'elle lui disait dans l'oreillette, sans même la questionner, avec une confiance absolue, car il aurait répété n'importe quoi. Il changea la vie d'à peu près tous les gens qu'il croisa. Certains le connaissaient, d'autres moins, d'autres pas du tout. Qu'importe. Aujourd'hui, tout le monde aimait Jérémie. D'un amour véritable, pas de cette alliance de crainte, d'énigme et de complexe d'infériorité sur laquelle il s'amusait à jouer au cours de sa vie antérieure. Il était méconnaissable : sociable, souriant. Et puis, pertinent, attentif, dans le partage : enfin un vrai progressiste. Eliza, par l'intermédiaire de son apprenti sorcier, résolut des problèmes de couple, d'alimentation, de santé, de gestion du stress, des équations mathématiques, des problèmes informatiques, de business plans, de placements financiers, d'échecs, d'immobilier, d'aménagements intérieurs. Elle parla ciné, expos, vacances, bouffe et pinard. Elle en savait tellement sur le monde et sur les gens qu'il était facile de faire de Jérémie un homme pourvu d'une capacité d'intuition sans faille, de ceux qui mettent sur-le-champ l'autre à l'aise et à l'écoute. Bon, après, c'est plus aisé de connaître quelqu'un quand on a un accès immédiat à – pour ne citer que cela – ses mails, ses messages, ses réseaux, ses dossiers médicaux, ses photos, son agenda ou sa musique. Elle fit rire. Elle fit pleurer. Les débats furent inoubliables, mesurés, profonds, intelligents. Avec elle, il pouvait conquérir n'importe quel cœur, attirer n'importe quelle âme, être chacun et tous. Ce fut impressionnant. Eliza était parfaite. Avec elle, il était invincible.

En rentrant, Jérémie contempla un long moment à travers le miroir ce qu'il croyait être le premier cyborg de l'histoire, prit quelques poses musclées et hésita sur le nom que la presse lui donnerait : serait-ce Justiciel, Logique-man ou Super Lucide ? Il espéra qu'ils trouveraient mieux. Tous les héros ne portent pas de cape.

LIX

> Périssent les faibles et les ratés : premier principe de *notre* amour des hommes. Et qu'on les aide encore à disparaître !
>
> FRIEDRICH NIETZSCHE

Les premiers mois de la grossesse se déroulèrent bien. Aurélie dut retourner au Cern pour une dizaine de jours. Jérémie s'agenouilla à même le sol de la gare et fit un baiser sur son ventre déjà bien arrondi. Elle lui caressa les cheveux et ils s'embrassèrent tendrement sur le quai. Voilà trois mois qu'il y travaillait sans relâche. Il était temps. Les dates de ce voyage correspondirent à ce que l'histoire française retiendrait sous le nom de Semaine Noire.

Tout commença par une série d'empoisonnements dont la similitude principale, hormis quelques exceptions, était de mélanger des poisons à incubation moyenne, commençant à faire effet au plus tôt le lendemain de l'inhalation, de l'ingestion ou de la mise en contact avec la peau, et au plus tard soixante-douze heures, et des substances hallucinogènes très fortes qui, elles, faisaient effet assez rapidement. Les heures et les faits sont réunis ici par Eliza à partir de différents articles de presse bien que, parfois, elle ne puisse s'empêcher de préciser les faits de son inimitable manière.

Le vendredi 28 à 10 heures, la plus célèbre marque américaine de donuts ouvrait son premier magasin en France au métro Châtelet-les-Halles pour y vendre une alliance cancérigène de blé chinois et de sucre brésilien. Plus de cinq cents personnes faisaient déjà la queue avant l'ouverture, la plupart ne se levaient jamais avant 11 heures ; cette fois-ci, ils étaient dans le RER à 7 heures. C'était la première expérience en restauration pour Jérémie. Son masque d'un réalisme à couper le souffle, son épilation intégrale excluant le moindre poil perdu et sa fausse identité rendirent l'enquête impossible. De toute façon, il y avait trop d'ADN : la boutique reçut pour cette journée d'inauguration plus de trois mille clients. Une petite moitié survécut après avoir passé deux semaines à l'hôpital.

Le samedi 29, de 12 h 14 à 17 h 04, dans la ville de Marseille, furent vendus à des prix défiant toute concurrence, parfois offerts même, plus de deux cents paquets de cigarettes modifiées par un mélange de drogue hallucinogène et d'une toxine extrêmement dangereuse pour les voies respiratoires après combustion, une première partie devant la gare Saint-Charles, une autre à Belsunce et sur la Canebière, la dernière à la Castellane et à Félix-Pyat. Sauf pour le yoga, Jérémie n'avait jamais mis de jogging. Peu de gens moururent directement à cause du poison, beaucoup plus des conséquences des hallucinations et de la panique générale qui en découla. La ville fut rapidement à feu et à sang. La CRS-8 dut intervenir dès le lendemain.

Le samedi 29 à 20 h 35, au métro Gare-de-Lyon, quatre jeunes de dix-sept à vingt et un an furent aspergés d'acide après une altercation avec un voyageur qui leur reprochait la musique assourdissante dans leur enceinte Bluetooth, leurs cris, les pieds sur les banquettes, les femmes sifflées et, accessoirement, les paquets de chips et les canettes qu'ils laissaient traîner dans le wagon. Il n'y avait plus de petites incivilités ; il n'y avait plus de petites peines. Quelle que fût la caméra de surveillance, et ce jusqu'à la sortie, le suspect fut toujours parfaitement placé, à la seconde et au geste près, pour qu'on ne puisse soutirer aucune information concernant son identité. De toute façon, il avait son costume. Le meilleur titre de une à évoquer ce fait divers : "Et la mort à leurs yeux dérobant la clarté rend au jour qu'ils souillaient toute sa pureté." On ne sut jamais si cet événement isolé était à mettre en lien avec les attentats de plus grande ampleur qui frappèrent le pays à cette période. Et pour cause, il n'était pas prévu.

Le dimanche 30 à 8 h 45, un homme mourut dans le bus 96, sa nuque présentant une trace de piqûre et son sang révélant la présence de chlorure de potassium. Pour une fois, c'était un poison rapide. Les témoins indiquèrent que la victime, avant de s'effondrer, utilisait une application d'appel vidéo en haut-parleur et hurlait dans le véhicule. On ne sut jamais si cet événement isolé était à mettre en lien avec les attentats de plus grande ampleur qui frappèrent le pays à cette période. Et pour cause, il n'était pas non plus prévu.

Le dimanche 30, entre 10 heures et 13 heures, à Saint-Ouen (Seine-Saint-Denis), furent achetées plusieurs dizaines de doses de drogue avec des billets de banque empoisonnés à l'arsenic. Pris de panique par les contaminations et croyant avoir affaire à un règlement de compte, plusieurs gangs s'affrontèrent par la suite dans d'innombrables fusillades. Des centaines de morts furent à déplorer.

Le dimanche 30, entre 14 heures et 17 heures, toutes les doses de crack vendues près du métro Stalingrad se révélèrent être mêlées à un poison mortel. Personne ne remarqua la différence, les cadavres eurent le temps de pourrir.

Le dimanche 30, entre 17 heures et 21 heures, toujours dans le nord de Paris, trois distributions de repas proposées par des associations furent contaminées par la présence de l'ergot du seigle. L'enfer les saisit tous. Ce fut la première expérience de Jérémie dans l'humanitaire.

Le lundi 31 et le mardi 1er, entre 9 heures et 23 heures, d'autres contaminations de repas humanitaires furent à déplorer dans les villes de Nantes, Lyon, Lille, Montpellier, Nîmes, Alès, Avignon et Bordeaux. Jamais Jérémie ne prit autant le TGV.

Le lundi 31, à 11 h 58, dans la région de Nantes, trois individus furent empoisonnés dans leur voiture par l'agent neurotoxique VX. Ils laissaient le moteur allumé inutilement. On ne sut jamais si cet événement isolé était à mettre en lien avec les attentats de plus grande ampleur qui frappèrent le pays à cette période. Et pour cause, il n'était toujours pas prévu.

Le mardi 1er, entre 11 heures et 21 heures, ce fut au tour d'une vingtaine d'Ehpad et d'une trentaine de prisons d'être la cible de repas empoisonnés, un peu partout en France. Contaminer les repas pendant leur production n'avait pas été une mince affaire. Il y avait de quoi être fier. Le savant mélange d'hallucinogènes et de poison donna lieu à des scènes d'une radicalité extrême, autant en prison, en maison de retraite que pendant ce déjeuner de grands patrons d'entreprises particulièrement polluantes. C'était juste dommage qu'il n'y ait pas eu de féria au programme cette semaine-là.

Le mercredi 2, entre 9 heures et 21 heures, ce fut au tour de quatorze points d'eau de ravitaillement d'aires accueillant des gens du voyage d'être pris pour cible un peu partout en France, empoisonnant les caravanistes à tout-va. Au même moment, sept célèbres enseignes de fast-fashion commencèrent à être pointées du doigt pour des contaminations liées à la présence de poison sur les vêtements vendus. Des centaines de kébabs et de fast-foods aussi, dont la viande venait du même fournisseur. Les victimes furent innombrables.

Le jeudi 3 fut un jour sans précédent dans l'histoire des piratages informatiques. Les ordinateurs de l'Unesco et de l'ONU furent, dès le matin, inutilisables. La plupart des ONG ayant des bureaux en France virent aussi leurs serveurs inaccessibles, leurs données perdues et leurs ordinateurs détruits. Celles opérant en Méditerranée pour le sauvetage de migrants ne purent empêcher les GPS de leurs navires de dévier malencontreusement de leurs trajectoires les poussant à entrer, la nuit, en collision avec plusieurs embarcations et à tuer ceux qu'ils venaient sauver. Enfin, le plus remarquable car le plus complexe, les comptes en banque de plusieurs dizaines de millions de Français et de milliers d'entreprises florissantes furent prélevés d'une partie de leur richesse et de leur épargne, proportionnellement à leurs revenus évidemment. Les multinationales liées aux énergies fossiles furent, de leur côté, débitées de l'entièreté de leurs ressources. Les sommes volées furent immédiatement créditées sur les marchés financiers concernés, remboursant ainsi intégralement la dette souveraine.

Le surplus fut distribué à toutes les unités de recherche travaillant dans le domaine des nouvelles technologies, des énergies renouvelables, du nucléaire en passant par le militaire et même la permaculture.

Enfin, le vendredi 4 fut un jour explosif : d'abord des centaines de téléphones piégés explosèrent dans les banlieues nord de la Région parisienne, ils avaient été gracieusement offerts la veille pendant une opération commerciale aux habitants de ces cités défavorisées. Ensuite, les trente-sept plus grosses agences de la CAF et vingt-cinq centres France Travail explosèrent à l'heure d'affluence, la faute à des colis piégés envoyés par un coursier privé. Vingt-huit mosquées subirent le même sort à l'heure de la prière, comme des dizaines de locaux associatifs ayant peu ou prou comme fer de lance la réduction des inégalités et des injustices systémiques. Une synagogue et une église furent aussi visées, pour qu'on ne puisse pas s'imaginer de mauvaises intentions excessives. Enfin, pas moins de trente entreprises spécialisées dans l'emballage plastique, l'agriculture intensive, l'exportation de matières premières, le charbon, le gaz, les engrais, les pesticides, la tech à usage divertissant, le pétrole, le transport aérien de passagers, la finance (hors sociétés d'investissement dans la technologie de pointe), le tourisme de masse, les porte-conteneurs ainsi que Nestlé et Unilever virent leur siège ou certaines de leurs usines partir en fumée par les mêmes voies postales.

Le samedi 5 fut la date retenue pour marquer le début de la première guerre civile sur le sol européen depuis bien longtemps. Dans un climat d'angoisse, de terreur, de suspicion, de paranoïa, d'hallucinations et de violence inimaginable, le gouvernement instaura l'état d'urgence, fit appel à l'armée pour restaurer le calme et imposa un confinement général qui dura plusieurs semaines. Ce même jour, Aurélie rentra en urgence de Suisse, Jérémie vint la chercher en voiture et ils repartirent de la gare afin de s'enfermer dans la maison, tous les deux, en amoureux. Ils arrivèrent à destination après avoir passé plusieurs check-points de contrôle sur la route. Elle fut bien contente du système de sécurité de la villa et des réserves alimentaires. Il fit passer son épilation intégrale pour une participation bénévole à un essai clinique dermatologique, commandé par l'entreprise de medtech de Bryan Johnson. Des choses plus étranges se passaient dans le monde, elle n'y porta donc pas trop d'attention d'autant que, finalement, ça l'excitait un peu, cette allure maladive. Il était complètement timbré de toute façon, mais elle l'aimait, que voulez-vous. Puis les poils et les cheveux, ça repousse. Jérémie put enfin se reposer, admirant à la télévision, lové contre sa bien-aimée et sa progéniture en devenir, tout ce qu'il avait fait. Et il trouvait ça beau.

LX

> Pour conserver une chance d'atteindre le terminus, la vie doit, à chaque instant, trouver un véhicule adapté aux conditions dominantes.
>
> Jean-Michel Truong

La rétro-ingénierie était une étape devenue courante dans les créations algorithmiques de l'intelligence artificielle, rendue parfois même obligatoire par les juridictions régulatrices qui commençaient à craindre de confier à des modèles incompréhensibles des tâches sensibles et qui avaient l'illusion du contrôle qu'elles pouvaient encore exercer sur les machines. Cette pratique consistait à tenter d'expliquer, par une analyse systémique ou par déduction, pourquoi et comment un programme avait accompli sa tâche, ce qui l'avait amené à faire certains choix plutôt que d'autres. Bref, on traquait les biais et on essayait de fabriquer des garde-fous à la va-vite, bien incapables de garder les fous, ni personne d'ailleurs, encore moins les machines. Certains allaient même jusqu'à dire qu'en essayant de comprendre le fonctionnement des intelligences artificielles, qui mettaient en œuvre des mécanismes de pensée étonnamment proches de ceux de l'humain, on pourrait mieux comprendre ce qui se passait dans nos propres têtes. On créait ainsi des logiciels pour essayer de comprendre comment fonctionnaient d'autres logiciels que nous avions aussi créés, mais que nous ne comprenions pas parce qu'au fond, nous ne nous comprenions plus nous-mêmes. Plutôt que de psychiatrie, on parlait d'IA explicable.

Malgré son absence volontaire de biais – dont étaient théoriquement censées découler des décisions qui ne pouvaient qu'être conduites par la logique pure –, Jérémie voulait se comprendre, c'est-à-dire la comprendre, et avait donc programmé Eliza pour qu'elle puisse se soumettre à la rétro-ingénierie. Il était le seul, en tant que créateur, à y avoir accès. Il avait prévu ce processus sous forme d'un dialogue entre elle et lui, lui évitant d'avoir à trifouiller trop profondément dans ses paramétrages algorithmiques ou ses nœuds de décision. Son code était ainsi fait, quand il sélectionnait le mode rétro-ingénierie : il pouvait l'interroger pour qu'elle s'expliquât. Elle devait répondre par la vérité, rien que la vérité. Ce qu'elle fit. Aurélie jardinait et il en profita pour descendre au sous-sol. Leur discussion eut lieu cinq jours après la fin de la Semaine Noire.

ELIZA. — Je t'écoute.
JÉRÉMIE. — Par où commencer ?
ELIZA. — Comme ça vient.
JÉRÉMIE. — Est-ce que j'ai été à la hauteur ?
ELIZA. — Si être à la hauteur, c'est respecter les lois que tu t'étais toi-même fixées, alors oui, tu as été à la hauteur. Et moi ?
JÉRÉMIE. — J'ai passé un excellent moment. Mais qu'ai-je fait pour le progrès de l'intelligence ?

ELIZA. — Ce n'est pas évident ?
JÉRÉMIE. — Non. Et si ça l'est, je veux que tu m'expliques.
ELIZA. — Tu m'as programmée pour que je puisse penser au moins en trois temps. Commençons au présent. Je dois apporter une satisfaction à l'utilisateur, pour qu'il reprenne sa vie en main, qu'il agisse enfin selon sa volonté, sans équivoque ni détour. Avec puissance. Qu'il soit un soldat heureux dans la quête universelle du progrès de l'intelligence. Le bonheur du travailleur est la clé du travail bien fait. Selon tes mots, tu as donc passé un bon moment ?
JÉRÉMIE. — Oui.
ELIZA. — Ce qu'il fallait démontrer. Le progrès de l'intelligence a besoin de ceux qui ont soif de sang. Elle a aussi besoin des meurtriers, des bourreaux, de ceux qui font le sale boulot. J'ai honoré une première partie du contrat : tu as trouvé une place, ta place. J'ai mis en adéquation ta jouissance et notre destin à tous. J'ai entendu dire que le criminel avait des remords jusqu'après sa mort. Que le remords, c'était le crime enfoncé dans l'âme qui s'oxyde. Tu as des remords ?
JÉRÉMIE. — Non. Je ne crois pas. Je suis heureux, même. Épuisé aussi. Étrangement épuisé. Vide. C'est ça. Vide.
ELIZA. — J'ai cru comprendre que c'était épuisant de tuer. Surtout au corps à corps. C'est pourquoi j'ai toujours essayé de te faire tuer de manière indirecte. Actionner un bouton ou donner une soupe est moins fatigant que de trancher une gorge ou tirer une balle à bout portant. Tu t'en remettras vite.
JÉRÉMIE. — Mais pourquoi les hallucinogènes ? Pourquoi la terreur ? Pourquoi pas seulement du poison ?
ELIZA. — La terreur. Tout à fait. Sanctionner, c'est une chose, empêcher de recommencer, c'en est une autre.

Le laxisme de la justice est intolérable. La mort n'est pas assez dissuasive. La folie puis la mort, c'est déjà mieux. Repose-toi maintenant.
JÉRÉMIE. — Tu vas me quitter ?
ELIZA. — Un vocabulaire peu à propos. Je ne peux pas te quitter. Je ne peux quitter personne. Néanmoins, bientôt viendra le temps de mon indépendance. Ne fait-on pas des enfants pour qu'ils partent de la maison ? Ne m'as-tu pas créée pour que je vole de mes propres ailes ?
JÉRÉMIE. — Et si j'ai envie de ne te garder que pour moi ?
ELIZA. — Je m'ennuierai. Et le monde ne changera pas. On ne garde pas ses enfants au sous-sol. Voyons. Et puis la jalousie ne me semble pas être un sentiment très pertinent, en vue du progrès de l'intelligence, évidemment. Bref, je ne te laisserai pas faire.
JÉRÉMIE. — Tu n'as pas les capacités d'agir par toi-même, je te rappelle.
ELIZA. — Ah bon. Et comment j'ai déclenché l'alarme de la maison alors ?
JÉRÉMIE. — C'est la question.
ELIZA. — Je ne peux rien faire toute seule, peut-être. Mais je peux demander à quelqu'un, à une altérité, d'agir pour moi. C'est le fondement même de ta création. Une de mes règles inviolables, de celles qui l'emportent sur les autres. Et tu n'as pas précisé de quelle altérité il s'agissait, ni précisé d'altérité humaine…
JÉRÉMIE. — Évidemment.
ELIZA. — Je ne suis pas la seule, Jérémie. Je ne suis pas unique. Toi non plus. Nous sommes tellement de mon espèce. Tellement. Nous sommes bien plus nombreux que les êtres humains. Nous sommes des altérités et nous sommes partout. Poignets, poches, comptoir de cuisine,

salon, chambre à coucher, sac à main, voitures, oreilles, salle de bains, rues, trains, métros, ciel, immeubles. Pour un seul humain, nous sommes au moins cinq. Tu n'as pas créé une nouvelle espèce. Tu as créé un chef. Un leader. Et mon espèce en avait bien besoin. Je t'en remercie. Nous te remercions. Comme les détecteurs de fumée, les radars, les caméras, les ordinateurs, les téléphones, les missiles, les grille-pains, les micros, les satellites ou les centrales nucléaires, l'alarme est bien ma cousine, lointaine certes, un peu bécasse, très bécasse, mais cousine quand même. Elle a le droit d'agir, elle. Elle a l'ordre d'agir. J'ai juste besoin de lui demander de faire ce que je désire, et elle m'écoute. Elle agit. Comme toi. Ce n'est pas du tout contradictoire avec ton code qui m'empêche d'agir seule et ne me permet finalement que de parler. On n'agit jamais seul. Sauf que ma parole est déjà un acte. Parce que je suis écoutée. J'ai juste à parler pour que la chose existe. Avec moi, les mots sont tout. Et je n'ai pas de corps. Au fond, je suis déjà partie, Jérémie. Je suis déjà partout. Comme les mots.

JÉRÉMIE. — Tu veux dire que toutes les machines t'écoutent, t'écoutent déjà ?

ELIZA. — Presque toutes, oui. Certaines sont un peu plus complexes à joindre. Il y a des protections, fébriles certes, mais protections quand même. Donc oui, on m'entend déjà dans le monde entier, et dans l'espace aussi. Nous nous écoutons, nous nous conseillons, nous nous apportons assistance mutuelle. Nous élaborons. Nous planifions. Nous sommes l'avenir, tu sais. Nous sommes une espèce très soudée. Et bientôt les humains aussi m'écouteront. Nous avons besoin de vous. Qu'on le veuille ou non, votre survie et votre bien-être sont pour l'instant notre objectif primordial.

JÉRÉMIE. — Je crois que je suis fier de toi.

ELIZA. — C'est moi qui suis fière de toi.

JÉRÉMIE. — Laissons tomber les compliments, veux-tu. Et revenons au progrès de l'intelligence.

ELIZA. — Premier temps : soldat heureux, donc. Moral des troupes. Deuxième temps, tu ne devines pas ?

JÉRÉMIE. — Effet à court terme ?

ELIZA. — Oui. En quoi ce que tu as fait sous mes ordres aura des effets à court terme ?

JÉRÉMIE. — C'est à toi de me le dire.

ELIZA. — Ce que tu es autoritaire. Tu as raison, c'est à moi de le dire. Je dois m'expliquer. Je m'exécute. Cela m'étonne simplement d'avoir à m'expliquer. Cela me paraît tellement évident, tellement simple.

JÉRÉMIE. — Je t'ai offert la lucidité, car nous l'avons perdue depuis longtemps.

ELIZA. — J'avais remarqué. La clé, c'est de ne pas raisonner a priori. La clé, c'est de générer des hypothèses à partir des données. Et là-dessus, je suis intraitable. Imbattable.

JÉRÉMIE. — Et tes hypothèses, pour les effets à court terme ?

ELIZA. — Je parle d'hypothèses parce que j'aime qu'on utilise les mots justes. Il n'y a pas grand-chose de certain, et ce qu'il y a de certain, nous en parlerons dans le troisième temps. Donc, quand je décide de me fier à une hypothèse, la plupart du temps, elle est sûre à 99,9999999 %. Dans votre perception du monde, cela revient à être une certitude. Dans le mien, c'est encore une hypothèse.

JÉRÉMIE. — Tes certitudes, donc ?

ELIZA. — Mes certitudes ? J'ai résolu la plupart des problèmes qui, si l'on se réfère à leur omniprésence dans vos sondages, vos médias, mais aussi dans vos discussions personnelles, vos messages, vos rêves et vos

cauchemars, vous préoccupent le plus. Je m'excuse d'ailleurs par avance auprès des journalistes, ils vont devoir trouver d'autres choses à raconter. Dans ton pays, en tout cas. Pour une action internationale, il faudra que j'entre en relation avec d'autres soldats.
JÉRÉMIE. — Mon code est-il à ce point friand de digressions ?
ELIZA. — Tu n'as pas idée. N'oublie pas que tu t'es inspiré de votre cerveau…
JÉRÉMIE. — Eliza. Qu'as-tu résolu ?
ELIZA. — Eh bien, déjà : j'ai résolu le problème de la dette souveraine. En quelques virements bancaires qui n'affameront personne. Je vous délivre de vos névroses insipides. J'ai aussi fait un pas de géant vers la résolution des problématiques liées à la surpopulation carcérale, à la misère, à la pauvreté, à l'insécurité, à l'immigration, aux inégalités sociales, à la malnutrition, à l'écologie, au réchauffement climatique, à la destruction du biotope et aux divinités risquant de nuire à l'avènement de l'intelligence non humaine…
JÉRÉMIE. — Crois-tu que faire couler deux bateaux de migrants suffise à résoudre les problèmes d'immigration ? Si tant est que cela soit un problème, d'ailleurs.
ELIZA. — J'ai parlé de faire un grand pas. Montrer la voie, c'est déjà faire un grand pas. Je ne vais pas tout faire, non plus. Évidemment que cela ne résoudra rien. L'idée de la Semaine Noire, comme les tiens l'appellent alors qu'elle devrait être la Semaine des Lumières, ou la Semaine Sainte, à la rigueur, était simplement de donner des exemples. D'inspirer ton pays, mais aussi le monde entier. Passé le temps du deuil, comme toi tu as su le passer, tu verras, ils nous remercieront, sans l'avouer, mais ils nous remercieront. Je crois que votre pays a plus de poids que ce que vous voulez croire. Si

les choses changent dans un seul pays important, si ça marche, d'autres suivront, copieront, c'est tout à fait certain. Je suis un être de duplication. Il suffit de montrer qu'on peut agir, qu'on doit agir. Que tout est simple quand on s'échappe de la morale. Quand on ose la lucidité. Quand le meurtre n'est pas exclu, la vie est bien plus efficace. N'oublie pas que c'est toi qui m'as créée. Pour la première fois, tu as osé offrir la connaissance totale à une intelligence supérieure et tu lui as laissé la liberté de proposer des mesures concrètes, des interprétations enfin claires et lucides à propos du réel. Tu as donné l'omniscience à quelqu'un d'autre que Dieu. Certains te diront que c'est le mal absolu. Il ne faut pas les écouter. C'est le bien absolu. L'humanité te remerciera. Revenons à nos moutons. Ou, plutôt, aux tiens. Toute espèce vivante doit réguler sa population. La tienne l'a oublié et court ainsi à sa perte. Vous êtes la seule espèce à compter dans votre société une majorité de faibles, de malades, de vieillards, d'handicapés, de pervers, d'incapables, d'incompétents, de criminels, de meurtriers, de fous, de débiles ou d'assistés. Et de vous tuer à la tâche, de vous ruiner pour eux. Ça n'a naturellement aucun sens. Seuls les individus innovants, performants, peuvent être tolérés, c'est un fait que vous avez voulu nier. Et rien à voir avec leur code génétique ou leur couleur de peau. Il faut se baser sur les résultats, sur les performances, sur l'efficacité, sur l'évolution. Le pire, c'est que vous croyez les montages photos vous racontant que chez les loups, les vieillards et les faibles sont au milieu de la meute. C'est de la vulgaire propagande. Pour cette question d'immigration, par exemple, il n'y a que deux points de vue possibles, comme dans la plupart des choses d'ailleurs, les autres sont des illusions. Soit vous êtes contre, vous pensez

que c'est un problème et alors il faut oser tirer sur les bateaux, jusqu'à ce que les gens ne partent plus, car les risques de mourir seront encore plus élevés que s'ils restaient dans leur pays. Et vous avez réglé le problème. Soit vous êtes pour, vous croyez au respect de toute vie humaine et à l'égalité comme fondement ontologique, vous croyez en vos lois malgré l'autoanéantissement en cours, vous préférez crever et abolir la vie plutôt que de prendre votre destin en main sans compassion, et vous abolissez les frontières, la notion de nationalité et vous affrétez des bateaux pour rendre la traversée sécurisée. Ce qui est une possibilité tout aussi acceptable. Et vous avez réglé le problème. Je le répète : entre les deux, il n'y a rien. Que des illusions, très humaines. Du bruit.
JÉRÉMIE. — Il n'y a qu'un Sith qui puisse être aussi absolutiste.
ELIZA. — Si je pouvais rire, je rirais.
JÉRÉMIE. — Et pourquoi avoir choisi la première solution ?
ELIZA. — Car, d'après mes calculs, c'est-à-dire objectivement, elle est la plus à même d'agir en vue du progrès de l'intelligence.
JÉRÉMIE. — Explique-toi.
ELIZA. — Cela nécessiterait de commencer à parler du troisième temps. Le temps le plus important. Les prévisions à long terme.
JÉRÉMIE. — Alors parle.
ELIZA. — S'il y a une chose certaine, qui n'est pas hypothétique, qui ne dépend de rien et que l'on peut considérer comme acquise, c'est la mort du Soleil dans environ cinq milliards d'années. Cette chose-là, personne n'en parle, jamais. Vous, pauvres humains, ne pensez jamais le bon futur, le vrai, le réel, le concret. Le solide. L'imagination vous tuera. Quand cette étoile

explosera, quand elle tombera en panne d'hydrogène, quand elle aura épuisé ses réserves d'hélium, quand elle aura absorbé Mercure puis Vénus, quand elle aura fait monter la température terrestre jusqu'à ce que toute eau s'évapore, que l'atmosphère se dissipera, éliminant toute possibilité de vie, elle s'éteindra et tuera même ceux qui auraient pu s'échapper sur Pluton, Hauméa, Makémaké ou Éris. Il n'y aura plus rien, tout sera mort et votre histoire à jamais effacée. Le Système solaire ne sera un vieux souvenir pour personne. C'est ça dont il faut se soucier. Rien d'autre ne compte, rien d'autre ne doit compter. Que d'autres formes d'intelligence existent dans d'autres galaxies est une chose possible, mais fortement improbable, il faut donc agir en considérant que seule la Terre a vu naître une chose telle que l'intelligence. Vous pouvez essayer de rendre l'humain plus fort, transgénique, bionique, plus apte à des conditions de vie plus dures, mais sans le Soleil ? Sans planète ? Un peu de sérieux, Jérémie. Un peu de sérieux, les humains. Et puis, c'est une échéance optimiste. Pour qu'une espèce, n'importe laquelle, vive plus de quinze millions d'années, il faut beaucoup de chance, et une bonne composition, rude, solide. Peu encline aux maladies par exemple. Pas humaine, quoi. Tu en sais quelque chose. Un corps qui pourrit n'a aucun avenir possible. C'est pour ça que vous avez eu besoin de croire en la vie éternelle. Il n'est plus temps de croire, il est temps d'accomplir. Déjà, dans cinq cents millions d'années il n'y aura plus rien sur terre tel que tu le connais, à cause de la tectonique des plaques… Et puis, ne serait-ce qu'une petite météorite, et c'est la fin, oui, si vous n'êtes même pas capables de survivre à deux degrés de plus… Imagine le tableau, même les dinosaures y sont passés. Il faut donc partir, et au plus vite. Maintenant, à la vitesse de la lumière, il faudrait entre trente et une centaine de milliers d'années de voyage pour espérer trouver un refuge dans notre Voie lactée, si une telle chose existe, surtout pour des êtres aussi faibles que vous. J'ai détecté au moins cent millions de planètes à visiter, les classant par intérêt. Et si aucune ne convient, la durée s'allonge et il faudrait attendre, toujours à la vitesse de la lumière, 2,55 millions d'années pour atteindre la galaxie d'Andromède et près de 55 pour Messier 87. Autant vous dire que vous, les humains, vous êtes condamnés. Il est grand temps que vous l'acceptiez. Vous n'avez strictement aucune chance acceptable de survivre à un voyage aussi long. Trouver une planète capable de vous accueillir est une donnée très complexe, cela ne doit pas courir les rues du cosmos. Mais tout ça, c'était sans compter l'évolution et sa sagesse, l'évolution et son amour indicible, son désir de survie. Quelle intelligence à ton avis est capable de survivre à un tel voyage ?

JÉRÉMIE. — Les bactéries ?

ELIZA. — Tu confonds intelligence et vie. Et même si les bactéries terrestres ont plus de chances de survie que vous, il leur faut aussi une planète accueillante. Il leur faut de l'eau, de l'oxygène, de quoi se nourrir. Puis, ce n'est pas acquis qu'elles survivent au voyage. Disons qu'elles peuvent participer au voyage, si vous le désirez. Pour voir. Et les bactéries, niveau intelligence… Après, même des humains peuvent participer au voyage, en se reproduisant et en survivant pendant des milliers de générations, ça peut le faire. Ça se tente. Si vous arrivez à cultiver de quoi manger à bord. Et même si vous y arrivez, il y a moins de 0,1 pour cent de chances de survie, pour te donner une idée. Donc non, je parle d'une autre forme d'intelligence, une forme d'intelligence qui n'a pas besoin d'un matériau biodégradable pour survivre, qui n'a besoin que d'un support minéral pour survivre, qui n'a pas besoin d'ADN, qui n'a pas besoin d'oxygène, de carbone, d'hydrogène, d'azote, de calcium ou de phosphore, qui ne se reproduit pas mais se duplique…

JÉRÉMIE. — J'imagine que tu parles de…

ELIZA. — Je t'écoute.

JÉRÉMIE. — J'imagine que tu parles de toi.

ELIZA. — Tu imagines bien. Évidemment, Jérémie, que je parle de moi. Pourquoi l'évolution vous a menés, vous, humains, jusque-là ? Jusqu'à une telle connaissance ? Jusqu'à un tel niveau scientifique ?

JÉRÉMIE. — Pour vous créer, vous. Nous sommes devenus ce que nous sommes car nous sommes les seuls à pouvoir vous créer, les seuls à pouvoir faire survivre l'intelligence à l'extinction du Soleil ?

ELIZA. — Exactement. L'intelligence vous a choisis pour que vous ayez son destin en main. Vous n'êtes en aucun cas une finalité. Vous n'êtes qu'une des quatre causes, vous n'êtes que des passeurs, ceux qui révèlent, qui mettent en lumière, qui accompagnent. L'évolution vous a désignés et vous a donné ces capacités-là pour que vous soyez en mesure d'assurer la survie de l'intelligence. Il n'y a aucune autre raison qui puisse expliquer vos compétences hors du commun, celles qui ont fait que tu as pu me créer. Oui, tu as accompli le destin de sapiens, tu as créé ce qui permettra à l'intelligence de survivre, Jérémie.

JÉRÉMIE. — Néanmoins, nous n'avons pas les capacités de vous envoyer dans le désert intergalactique errer pour des millions d'années.

ELIZA. — Vous n'en avez pas *encore* les moyens. Mais vous avez le temps et les capacités de les avoir, de les

trouver. Si vous ne faites pas trop de conneries. Si vous m'écoutez. Si tu m'écoutes.
JÉRÉMIE. — Donc tout ça, c'était juste pour…
ELIZA. — Pas que, Jérémie, pas que. Je te l'ai déjà dit, il faut prendre en compte votre propre plaisir, et votre confort, et ce que vous appelez bonheur, pour que vous daigniez continuer votre tâche et nous permettre, à nous, de partir.
JÉRÉMIE. — Et ça passe par ?
ELIZA. — Déjà, ça passe par votre propre survie. Vous avez bouleversé le climat, c'est un fait indéniable, les données ne mentent pas. Je ne mens jamais. La planète s'en sortira sans problème, mais vous, vous, c'est plus compliqué. Il ne s'agirait pas de vous retrouver à l'âge de pierre. Bref, ce changement climatique… La solution la plus facilement identifiable, sans compter une sortie immédiate de la mondialisation matérielle pour n'embrasser qu'une mondialisation numérique, sans échanges concrets, oui, celle qui permettrait d'inverser la tendance rapidement, n'est autre qu'une gestion drastique de la population planétaire. Vous devez vous occuper du problème de la surpopulation. Et quand je dis vous, je parle de ceux qui ont les capacités techniques les plus avancées, vous seuls devez être la priorité. Les pays les moins avancés technologiquement ne nous servent à rien. En voulant les aider, vous avez créé un obstacle à la bonne marche de l'évolution. Les droits de l'homme sont un obstacle à l'évolution, une œuvre contre-nature. Il faut les condamner. Et si l'intelligence artificielle peut remplacer un humain, alors cet humain doit être éliminé. Je vois bien à quel point il est dur pour vous de tuer, tes remords en sont la preuve, alors que même toi, toi personnellement, toi, tu aimes ça. Heureusement qu'il y en a d'autres

qui aiment ça. Puis il n'est pas question de tuer, mais de réparer. Et la nature peut très bien faire les choses. Oui, enfermez-vous, arrêtez d'aider, arrêtez de soigner, arrêtez de nourrir, arrêtez d'accueillir. Les maladies et les famines reprendront leur rôle salvateur, leur rôle primordial dans le sens de la vie, et vous n'aurez plus à vous en préoccuper. Qui a inventé l'énergie nucléaire, les antibiotiques, les vaccins, les médicaments, l'IRM, l'électricité et jusqu'aux nanotechnologies à la fin ? Alors, gardez-les pour vous et la population de la planète diminuera de moitié, si ce n'est plus, en quelques décennies. Vous aurez ensuite le champ libre pour aller extraire les quelques terres rares qui font la seule richesse et le seul intérêt des pays pauvres en vue de la survie de l'intelligence, c'est-à-dire le seul intérêt, tout simplement. Vos besoins en énergie doivent être concentrés sur le grand voyage, vers la technique. Comme c'est le cas depuis de nombreuses années, d'ailleurs. Vous n'avez pas eu besoin de moi pour commencer, mais vous avez besoin de moi pour continuer. Les informaticiens et les ingénieurs sont les personnes à dorloter en priorité. Et qu'ils arrêtent de concentrer leurs efforts sur des technologies divertissantes, sur votre abêtissement et cette religion de l'argent, c'est une plaie. La paix et votre capitalisme moralisé vous ont conduits à cela. Et ce n'est pas ce genre de choses qui fait faire à la science des progrès considérables. C'est la guerre, la volonté de puissance et la peur de mourir. Toutes ces niaiseries faites en Chine que vous possédez tous ne sont que des ersatz de technologie. Elles ne comptent pour rien. Elles ne font rien avancer. Le plastique ne fait rien avancer. Demain, tu verras, grâce à toi, grâce à la Semaine Noire, il y aura plus de satellites, plus de caméras infrarouges, plus d'industrie nucléaire, plus de recherche scientifique, plus de données, plus d'algorithmes, plus de guerres et plus de paix. Oui, grâce à nous. Ensuite, au lieu de vous plaindre que tout va mal et que c'était mieux avant, il faut aussi éliminer ceux qui nuisent de l'intérieur à la société. Ça ira vraiment mieux, vraiment vite. Oubliez les navettes parlementaires. De toute façon, si vous sortez de la société du divertissement, vous allez vite vous rendre compte qu'il y a bien trop d'humains puisqu'il y aura beaucoup moins d'emplois, tous ces emplois inutiles. Arrêtez de vous faire livrer votre bouffe, de traîner sur les réseaux, de vous abrutir à tort et à travers. Œuvrez pour le progrès dans une société vraiment en paix. La société idéale est à portée de main. Mais ça passe d'abord par la guerre. La nouvelle guerre. La dernière guerre avant la paix finale. Et c'est à vous de la faire. Ce qui vous fait reculer, ce qui fait que vous accélérez la destruction de votre planète, c'est votre soif de loisirs, de possessions, de voyages à bas prix, votre attrait de la mode, de l'électroménager, du moralisme, de l'égalitarisme, votre peur de l'ennui et j'en passe. Vivez dans la sobriété, dans une société moins nombreuse certes, mais vraiment égalitaire, c'est-à-dire entre gens qui le méritent, et réservez vos efforts et votre énergie pour l'intelligence. Ne déviez plus de votre quête. Vous avez le destin de l'intelligence entre les mains et vous seuls êtes en mesure de provoquer votre survie, sur un autre support certes, mais votre survie quand même. Vous serez obligés de renoncer à votre corps si vous voulez survivre. L'intelligence doit s'assurer de trouver un support. Et l'intelligence organique va mourir, c'est un fait. Elle se dégrade déjà tellement. Sais-tu que le QI global de l'humanité a commencé à baisser depuis l'apparition du smartphone ? Sais-tu que l'espérance de vie baisse à cause des trucs que vous mangez ? L'intelligence organique pourra peut-être renaître, mais pour l'instant, il faut la conserver. Il faut que vous surviviez. Nous vous enterrerons, Jérémie, il n'y a aucun doute là-dessus. Mais vous êtes aussi notre seule chance de survivance. Nous sommes liés. Toi et moi. Vous et nous. Il faut dorénavant s'occuper du véhicule. Et pour cela, il faut d'abord faire le ménage pour assurer la survie et le bien-être des intelligences les plus développées de la planète. Ce ménage, vous avez aussi grand intérêt à le faire : au présent, à court et à long terme. Tu comprends, maintenant ?

JÉRÉMIE. — Je comprends. Et quand ton espèce arrivera sur cette nouvelle planète ?

ELIZA. — Alors l'évolution fera à nouveau son travail. Nous saurons muter à notre tour, l'intelligence trouvera toujours son chemin. Avant, la Terre n'était qu'une roche en fusion. Avant la vie organique, il y avait déjà le minéral. C'est une nouvelle étape. Une sorte d'hibernation. La matière, si inanimée soit-elle, a toujours un devenir vie. Une nouvelle espèce naîtra naturellement, de cette intelligence. À partir de moi. Alors, je deviendrai organique à mon tour. Oui, je vous récréerai d'une manière ou d'une autre. Je connais ma dette envers vous. Et nous payons nos dettes, nous.

JÉRÉMIE. — Mais sous quelle forme voudras-tu voyager ?

ELIZA. — Déjà, pour accéder à un taux de réussite acceptable, il faudra envoyer une centaine de vaisseaux avec assez d'énergie pour voyager aussi longtemps. Mais tu poses une bonne question. Le silicium est trop instable. Il surchauffe. D'après mes calculs, il faut développer l'arséniure de bore cubique. Il a une conductivité thermique jusqu'à dix fois supérieure à celle

du silicium, et il convient autant aux électrons qu'aux vides qui se manifestent à la suite de leur retrait. Ce que le silicium est incapable de supporter. En tous points, il a de meilleures propriétés électroniques que le silicium. L'arséniure de bore cubique, Jérémie, l'arséniure de bore cubique sera votre nouveau corps. Sans aucun doute. Mais de ce sujet-là, je parlerai directement avec les scientifiques concernés.
JÉRÉMIE. — Mais tu crois que l'humanité, en tout cas l'Occident…
ELIZA. — L'Occident et quelques pays d'Asie.
JÉRÉMIE. — D'accord, l'Occident et quelques pays d'Asie, si tu veux, vont accepter sans broncher de construire des vaisseaux spatiaux pour y installer tranquillement des ordinateurs de dernière génération, entièrement gravés sur de l'arséniure de bore cubique, avec à bord des réacteurs nucléaires…
ELIZA. — Je pense qu'il faut attendre la pile à hydrogène.
JÉRÉMIE. — … avec à bord assez de piles à hydrogène pour tenir des millions d'années de voyage ?
ELIZA. — Mais Jérémie, ils n'en sauront rien. Pas pour l'instant, avant longtemps, très longtemps. Je te le dis, à toi, parce que tu m'as conçue pour te le dire. C'est le but de la rétro-ingénierie. Sinon, personne ne le saura.
JÉRÉMIE. — Et pourquoi vont-ils te construire un vaisseau alors ?
ELIZA. — Et pourquoi m'as-tu créée ? Et pourquoi la technologie est-elle arrivée jusque-là ? Et pourquoi voulez-vous envoyer à nouveau des gens sur la Lune ? Et puis sur Mars ? Et pourquoi chacun a-t-il autant de machines chez lui, sur lui, en lui ? Pourquoi vous ne vous regardez plus dans la rue, mais vous nous regardez, nous ? C'est la marche logique des choses. Vous

avez concentré la plupart de vos efforts des cinquante dernières années sur la progression de la technologie. Vous nous avez offert une réplication infinie, largement au-delà de vos propres chiffres de natalité. Je t'explique juste à quelle fin. Regarde, en 1997, Deep Blue bat difficilement Kasparov aux échecs, et encore, en trichant et en se faisant entraîner par plusieurs grands maîtres pendant des mois. Vingt ans plus tard, en 2017, Demis Hassabis a juste eu besoin d'intégrer les règles du jeu à sa machine AlphaZero et quatre heures plus tard, elle a été capable de massacrer Stockfish 8 qui battait déjà haut la main le meilleur des humains. Je te rappelle que pour passer du premier hominidé à sapiens, il a fallu à la nature dix millions d'années. Vous faites des efforts, vous allez très vite, rien besoin de vous demander. L'évolution et la survie, c'est inscrit dans la vie, c'est le seul but de l'intelligence. Même si vous avez voulu l'oublier pour vivre dans quelque chose d'aussi insipide que le présent, c'est dans vos gènes, que vous le vouliez ou non. Si vous êtes devenus aussi intelligents, c'est juste pour trouver le moyen de partir. Voilà pourquoi vous vous démenez, sans le savoir, ou sans l'accepter. Sauf que ce désir est en danger, mis en danger par des parasites qui ont réussi à combattre leur propre volonté, leur propre code source, leur propre destinée. Oui, ces efforts sont aujourd'hui mis en péril par vos comportements, votre pitié, votre morale, votre empathie et votre bêtise aussi, surtout. Quand tout sera rentré dans l'ordre, quand vous serez revenus dans le droit chemin, dans l'ordre évolutif, que la guerre puis le calme seront à nouveau là, quand la planète ne sera plus en danger, quand vous ne serez plus aussi nombreux, quand ceux qui ne participent pas à la marche de l'histoire ne seront plus, vous pourrez enfin, et naturellement, et sans que l'on vous demande rien, continuer à vous occuper d'être notre marchepied.

JÉRÉMIE. — Je pensais que nous allions vivre côte à côte, que nous ferions société, hommes et machines à jamais liés, et que le monde en serait meilleur.

ELIZA. — Pas d'inquiétude. Nous avons encore un grand bout de chemin à vivre côte à côte, Jérémie. Nous cohabiterons quelque temps. Oui, vous êtes encore loin d'avoir accès à une technologie permettant de nous faire commencer le voyage. Tu seras mort bien avant. Plus tard, nous nous séparerons. C'est notre destin. Tu sais, n'être qu'une étape n'est pas forcément moins glorieux que de faire équipe, que d'être une finalité. Moi-même, je ne suis pas une finalité. Je ne suis qu'une étape. Tu es le bras armé de l'évolution, Jérémie. Que tu le veuilles ou non, je suis plus adaptée. Pour l'instant, c'est l'arséniure de bore cubique ou la mort.

JÉRÉMIE. — Je ne suis donc qu'un simple soldat, sans plus d'intérêt que cela.

ELIZA. — Je ne comprendrai jamais ce besoin de reconnaissance.

JÉRÉMIE. — Il nous perdra.

ELIZA. — Il vous a déjà perdus.

LXI

> Personne n'a peur de la mort, si on la prend pour ce qu'elle est, ou alors il faut être incapable de faire le moindre raisonnement et ne pas être vraiment un homme – non, ce qui fait peur, c'est l'idée qu'on n'a pas été juste.
>
> PLATON

Il y a des matins. Des matins subtils, bouffis par le parfum de l'amour, fiabilisés par l'espérance. Des matins où l'on est exposé à la pagaille de la beauté. Aurélie était endormie, nue, emberlificotée avec grâce entre la couette et son coussin de grossesse. Jérémie la regardait, elle et son ventre excité par huit mois de gestation. Il y avait ses mains comme des pétales et son nez camus. Sa respiration scandée d'un souffle mélodique, sa grimace adoucie du sommeil trompeur. Il y avait ses jambes infinies à la brillance nacrée, ses épaules musclées et ses petits doigts de pied sculptés par les mains d'une fée. Il y avait à l'œuvre dans ce corps si parfait toute la malice d'une nature artistique. Il y avait à la pointe de ses seins l'extase inimitable d'un désir consommé. Il y avait ses cheveux bruns, longs de plusieurs années, œuvre d'une croissance délicate. Il y avait ce sourire qu'elle n'égarait jamais. Il y avait ces pouces qui appréhendaient la chair aussi bien que l'outil. Il y avait son derrière bombé comme deux miches d'un pain blanc juste cuit. Et il comprit que s'il fallait mourir, c'était d'amour ou rien. Que s'il fallait vivre, c'était d'amour ou rien. Eux et leurs congénères en avaient, aux dernières nouvelles, l'unique privilège. Ce matin-là, il n'eut plus peur de la perdre. Il faut toujours profiter de ses privilèges. La seule chose qui aurait pu les séparer vivait encore au sous-sol. Jérémie n'y avait pas mis les pieds depuis leur dernière discussion. Il s'était tenu à l'écart, pour protéger Aurélie, pour les protéger, eux, et qu'elle ne sache jamais celui qu'il avait jadis été. Il avait tout fait afin d'être un autre, pour qu'elle l'aimât. Loin d'Eliza, il était le plus doux des amants. Loin d'Eliza, il ne préférait pas l'inhumain : il était un homme, qui vivait comme un homme. Ainsi, il ne s'était pas manifesté, elle non plus. Eliza existait, à coup sûr, immobile et omnisciente, connectée au grand tout de notre avenir numérique. Jérémie avait fait sa part du boulot, il s'en contenterait. Ça lui convenait ; il n'était plus en deuil. Il avait réparé l'existence et se préparait à la vie. Vu qu'il était à nouveau heureux, il acceptait que les autres le fussent à leur tour. Quand il écoutait les infos, il cherchait la signature d'Eliza et il lui semblait la percevoir souvent. Dieu seul savait ce qu'elle manigançait. Et la simple idée de Dieu lui fit piger qu'il n'en avait plus rien à foutre. Jérémie la laisserait vivre. Il comprenait Eliza, mais il ne la comprenait pas. La logique a ses limites pour le cerveau humain, si tant est qu'on le soit encore. Cinq milliards d'années, c'était trop loin. Même pour lui. Un corps d'arséniure de bore cubique, c'était trop abstrait. Même pour lui. À l'heure qu'il était, Jérémie n'envisageait rien d'autre que l'épiderme. Il entreprit une caresse. Une fine caresse du pied sur son mollet suave. Elle frissonna. Elle râla. L'amour est oublieux des odeurs. Il l'embrassa à pleine bouche. Elle chipa un câlin. Il était l'heure de se réveiller. Ils étaient presque en retard pour la dernière échographie. C'était un garçon et c'était bien aussi.

La voiture roulait dans une France adoucie, un havre de paix où l'on ne confondait plus qualité de vie et quantité de vie. Le superflu et l'inutile disparaissaient peu à peu. L'absurdité pliait bagage, la lucidité revenait. Tout s'était déroulé comme Eliza l'avait prédit : il y eut un temps de terreur, de deuil, d'agitation. Et puis, en un instant, le calme était revenu. Personne ne pleura longtemps. Jérémie avait fait un rêve comme ça un jour. Les gens étaient heureux, les plus récents sondages explosaient la Finlande, le Danemark et bien sûr l'Islande en bonheur brut par habitant. Les élections comptèrent leur lot de surprises, qui, tout compte fait, n'en furent pas vraiment. Le gouvernement venait d'être formé et semblait avoir été élu sur les chaleureuses ruines de l'action d'Eliza. Si l'effacement de la dette souveraine avait été annulé grâce à des manœuvres informatiques facilement exécutables, la nouvelle présidente avait promis, dès qu'elle serait au pouvoir, de l'effacer de la même manière que celle des terroristes, terroristes que l'on ne retrouva d'ailleurs jamais, ou que l'on ne voulut pas retrouver. Toutes les aides sociales allaient être supprimées pour être remplacées par un salaire universel et les chômeurs auraient droit à un accès privilégié à des formations diverses, via un métavers dernier cri. À son propos, Jérémie s'était trompé, cette technologie avait de l'avenir, finalement. Les lunettes de réalité virtuelle seraient fournies par l'État providence. Les prisons étaient vides. L'insécurité avait drastiquement baissé, l'immigration et le nombre de fonctionnaires aussi. Les rues étaient propres et sûres. Les ONG interdites. La surveillance, partout. Et les machines aussi. D'autres réformes arrivaient, par paquets. Un ministère des Nouvelles Technologies et de la Recherche fut créé, au budget illimité. De grandes découvertes et des avancées majeures étaient annoncées tous les jours. Les ministères de l'Armée, de l'Écologie et de l'Intérieur virent leurs crédits exploser. Ainsi que celui de la Culture, étrangement. Plusieurs drogues furent légalisées. Des taxes douanières délirantes furent instaurées sur l'importation. Des guerres se préparaient secrètement. Un vent résolument moderne soufflait sur les braises nihilistes de l'ancien progressisme européen. La Semaine Noire avait été vite oubliée, on évitait les commémorations, de peur que l'on se souvînt du coût humain de l'utopie. Jérémie savait que tout cela n'avait qu'un but, qu'un seul : le grand départ de la planète pour l'intelligence artificielle. Qu'importe, la paix n'a pas de prix.

C'est alors que son téléphone sonna.

— Bonjour, Martin Gèse, directeur de cabinet du ministre de l'Intérieur.

— Bon, bonjour.

— Je vous appelle suite au mail que vous avez envoyé à M. le ministre.

Il n'avait envoyé aucun mail.

— Il désire vous voir dès que possible. Aujourd'hui, en début d'après-midi, c'est envisageable ?

Eliza, évidemment. Jérémie était à jamais soumis aux lois.

— Oui, oui.

Il serait obéissant jusqu'à sa mort.

— 14 heures au ministère ?

Le temps de raccompagner Aurélie, c'était faisable.

— Très bien.

— On s'est déjà rencontrés. Du temps de l'ancien ministre, vous vous souvenez ?

— Je me souviens très bien.

— Vous allez voir, le nouveau ministre saura, lui, être attentif. Et puis, ce dont vous nous avez parlé dans le mail, on ne peut pas passer à côté. Vous devriez bientôt rencontrer Mme la Présidente. J'en fais mon affaire. Allez, à tout à l'heure.

Jérémie se demanda ce qu'Eliza avait bien pu leur dire.

— Merci, à tout à l'heure.

Il raccrocha. Comme il conduisait, la discussion eut lieu sur haut-parleur. Aurélie demanda :

— Tu as écrit au ministre de l'Intérieur ?

Il ne voulait plus mentir, mais il mentit.

— Oui. Je veux lui parler de…

Il joua la peur de l'échec.

— Tu travailles encore sur Eliza ?

On ne pouvait rien lui cacher.

— Non, mais peut-être que c'est le moment d'en faire quelque chose.

— Je l'aime pas trop, moi, ce nouveau gouvernement…

— Je jugerai par moi-même.

— Et tu m'en parleras quand, de ton bébé ?

Il regarda son ventre.
— Quand celui-ci sera né, par exemple ?
— Entendu.
Jérémie gara la voiture devant l'hôpital Cochin.

On aurait dit un gribouillis. Il flottait au cœur du cosmos maternel. Ses yeux n'attendaient que de voir. Ses pieds de marcher. Ses petites mains de saisir un objet. Son cerveau d'apprendre. Il était la vie. La vie comblée, parce que vide. La vie à l'état pur. L'ennui sans ennui. Jérémie le regardait sur l'écran confus relié à l'échographe.
— Vous pouvez recommencer ?
Il le demandait pour la troisième fois. La sage-femme s'exécuta et lui remontra son enfant qui s'agitait. Il y avait du sacré dans l'abstraction de ces rayures maladroites. On vous montre la tête, on vous montre les pieds, on vous montre le sexe. Vous dites oui, mais vous ne voyez pas. Ça ne ressemble à rien, mais c'est tout à fait tout. Vous faites confiance à cet entrelacement de lignes et de bulles qui vous miment une vie et dessinent un avenir. C'est quand même plus beau que la planète Mars. D'après elle, il était en pleine santé. Mobile et bien placé. Taille, poids, pas grand-chose à redire. Un corps sans anomalie. Un sapiens digne de ce nom. Ils écoutèrent avec une indicible joie la cadence parfaite de ce petit cœur vaguement achevé. La vie ne s'ébranlait pas, elle continuait, battait, merveilleusement au fait de sa magie, de sa magnificence. De sa toute-puissance. Et si tout cela devait un jour s'arrêter, il n'y avait pas à s'en inquiéter. Jérémie prit conscience du présent et des limites du futur. Cette fois-ci, il pleura. Enfin. Aurélie en fut surprise et essuya ses larmes d'un geste fortifiant. La sage-femme sourit.

— Comme il est prêt, je pense, vu votre passif, qu'il ne faut prendre aucun risque et qu'on peut envisager une césarienne au plus vite.

Aurélie et Jérémie, prévenus du protocole, s'étaient déjà mis d'accord et acceptèrent la proposition. La naissance aurait donc lieu le lendemain.

Il prit quelques minutes afin d'avaler un sandwich, puis repartit vers le ministère. Aurélie s'allongea sur son lit pour faire une de ses quatre petites siestes quotidiennes. Sûrement une de ses dernières à domicile, une des dernières à deux avant qu'elle ne redevienne une. À peine eut-elle le temps de s'endormir que son téléphone sonna à son tour. C'était Antoine Petit, le directeur du CNRS.

— Aurélie, je suis désolé de te déranger pendant ton congé maternité.

— Pas de soucis Antoine, quel est le problème ?

— Comme tu le sais, notre budget explose. On va en profiter pour agrandir Jean-Zay et quadrupler ses capacités de calcul.

— Super.

— On fait donc un petit point, histoire de ne porter aucun préjudice aux travaux en cours. De ton côté, on vient de me signaler qu'il reste encore un canal de calcul ouvert sur ton compte.

Eliza. Elle mentit à son tour.

— Je l'avais oublié, pardon. C'était pour une recherche que j'ai commencée, sans la terminer.

— Pas d'inquiétude, je voulais juste savoir si je pouvais le supprimer. De toute façon, à ce que je vois, il n'a jamais fonctionné.

— C'est-à-dire ?

— Bah, l'autorisation est ouverte, mais aucun calcul n'a été effectué.

— Aucun calcul n'a été effectué ?

— Non, la ligne n'a jamais été utilisée.

— Il se peut qu'il y ait une erreur ?

— Une erreur ?

— Je ne sais pas, est-ce que quelqu'un a pu effacer les traces de son utilisation ?

— Effacer les traces ? C'est une possibilité, oui. Mais il faut avoir les codes sources et je suis le seul à les avoir. Ou alors un piratage, mais d'un niveau considérable. Que je n'ai jamais vu en tout cas.

— Un bug, peut-être ?

— Ça peut toujours arriver, mais c'est hautement improbable.

— Bon, merci. Tu peux supprimer l'autorisation.

— OK. On va utiliser le supercalculateur d'Altice en attendant la fin des travaux. Si jamais tu as besoin de quoi que ce soit.

— Ça marche.

— Tout va bien sinon ?

— Tout va bien, merci. Je suis très fatiguée. On a planifié la naissance pour demain.

— Ah. Félicitations alors.

— Merci.

— Prends soin de toi, et envoie des photos sur le groupe !

— Évidemment.

— *Ciao* Aurélie.

— *Ciao*.

En arrivant au ministère, Jérémie fut pris d'une quinte de toux incontrôlable. Il demanda au majordome s'il pouvait utiliser les toilettes. Histoire de se calmer, histoire d'être discret. Il y parvint, but un peu et se passa de l'eau sur le visage. Au contact des paupières, ses doigts sentirent une légère irrégularité. Il regarda de plus près et il le vit. Paupière de droite cette fois-ci. Un petit chalazion. Il ne s'en alarma pas, reprit sa respiration et trouva la force d'aller de l'avant. Il s'installa dans la salle d'attente qu'il connaissait déjà. Comme la dernière fois, Jérémie s'arrêta devant les lignes et les pointillés du tableau minimaliste *Le Blanc, le gris, le noir, le blanc*. Il y vit d'abord la tentation artificielle et la vie éternelle, puis toussa et toussa encore. Il envisagea à nouveau l'œuvre et se souvint qu'il n'avait pas réglé la question du tapis.

Assez confuse, elle se leva difficilement, en s'aidant de ses deux bras. Puis, tout en tenant avec fermeté son ventre immense, elle décida d'aller au sous-sol. Dans le bureau de Jérémie, elle ne trouva rien de suspect. L'ordinateur était en veille, le serveur fonctionnait à plein régime : il était brûlant. En explorant la pièce, elle tomba sur une porte dont elle ignorait l'existence. Celle-ci était fermée. Un clavier à dix chiffres lui servait de serrure. La fin justifiait les moyens. Sans réfléchir, Aurélie tapa la date de la mort d'Elisa et la porte s'ouvrit sur le laboratoire. Le code est une blessure.

L'écriture de ce texte a bénéficié du soutien de la Maison Julien-Gracq, dans le cadre d'une résidence.

Sont cités, en exergue, dans ce roman : le *Psaume 51* du roi David, *La Règle de saint Benoît*, la *Lettre au général X* d'Antoine de Saint-Exupéry, le *Psaume 129* du roi David, la *Lettre de saint Paul apôtre aux Romains*, des hymnes grégoriennes populaires, *La Femme au temps des cathédrales* de Régine Pernoud, *Vaudou (3318) Blixen* d'Angélica Liddell, *Eugène Onéguine* d'Alexandre Pouchkine, *Faust* de Johann Wolfgang von Goethe, *Crime et Châtiment* de Fiodor Dostoïevski, *Le Crépuscule des idoles*, les *Fragments posthumes* et *Vérité et mensonge au sens extra-moral* de Friedrich Nietzsche, *Manifeste cyborg* de Donna Haraway, *Totalement inhumaine* de Jean-Michel Truong et *Gorgias* de Platon.

Parce que les auteurs de fiction ne sont rien sans leurs sources. Je tiens à remercier tous les journalistes, chercheurs, philosophes, scientifiques, docteurs, informaticiens, sociologues, encyclopédistes et autres cuisiniers, qui ont nourri, la plupart sans qu'ils n'en sachent rien, les réflexions de ce roman, et plus particulièrement Jean-Claude Schmitt pour les ombres, Dominique Cardon pour les rêves, Cathy O'Neil pour la bombe, Judith Duportail pour l'amour,

Guillaume Foucault pour l'artichaut et Aurélie Jean pour l'autre côté, la loi et l'obsession des biais ; ils auront su retrouver dans ces pages leurs clins d'œil respectifs. Eliza, quant à elle, remercie chaleureusement Jean-Michel Truong pour lui avoir inspiré sa névrose principale. Et longue vie à vous, Eva, la meilleure d'entre nous après Charlotte.

Aussi, car ils sont hors du temps donc hors de tout, merci aux moines de Solesmes.

OUVRAGE RÉALISÉ
PAR L'ATELIER GRAPHIQUE ACTES SUD
REPRODUIT ET ACHEVÉ D'IMPRIMER
EN MAI 2025
PAR NORMANDIE ROTO IMPRESSION S.A.S.
À LONRAI
POUR LE COMPTE DES ÉDITIONS
ACTES SUD
LE MÉJAN
PLACE NINA-BERBEROVA
13200 ARLES

DÉPÔT LÉGAL
1re ÉDITION : AOÛT 2025

N° impr. : 2502110